Die drei ???®

Toteninsel

Justus Jonas, Peter Shaw und Bob Andrews haben mit ihren spannenden Abenteuern längst Kultstatus erreicht. Ihre Markenzeichen sind die drei ???®. Sie stehen allerdings nicht für Ahnungslosigkeit, sondern für ungelöste Rätsel, mysteriöse Vorkommnisse und Geheimnisse aller Art. Denn die Detektive aus Rocky Beach übernehmen jeden Fall, auch wenn er noch so knifflig ist.

Die drei ???®
Toteninsel

Erzählt von André Marx

Deutscher Taschenbuch Verlag

Weitere ›Die drei ???®‹-Bände
sowie das gesamte lieferbare Programm
von dtv junior finden sich unter www.dtvjunior.de

FSC
www.fsc.org
MIX
Papier aus verantwortungsvollen Quellen
FSC® C019821

Ungekürzte Ausgabe
2. Auflage 2011

Based on characters by Robert Arthur
Umschlagkonzept: Balk & Brumshagen
Umschlagbild: Hanno Rink
Gesetzt aus der Bembo 10,5/13˙
Gesamtherstellung: Druckerei C. H. Beck, Nördlingen
Gedruckt auf säurefreiem, chlorfrei gebleichtem Papier
Printed in Germany · ISBN 978-3-423-71403-7

Die drei ???®
Toteninsel

Die drei ???®

Teil 1
Das Rätsel der Sphinx

erzählt von André Marx

Inhalt

Die Karten des Bösen

Die drei Detektive	
? ? ?	
Wir übernehmen jeden Fall	
Erster Detektiv	Justus Jonas
Zweiter Detektiv	Peter Shaw
Recherchen und Archiv	Bob Andrews

Justus Jonas schlug mit der flachen Hand auf die Visitenkarte, die auf dem Schreibtisch lag. »Langweilig!«

Bob und Peter sahen einander ratlos an. »Was soll das heißen – langweilig?«, fragte Bob.

»Langweilig heißt altmodisch, überholt, unzeitgemäß, konservativ. Und damit nicht werbewirksam, ineffektiv, um nicht zu sagen: kontraproduktiv. Mit diesen Karten können wir niemanden mehr hinter dem Ofen hervorlocken, geschweige denn beeindrucken. Sie sind ... na ja, langweilig halt!«

»Und nur deshalb hast du uns herbestellt?«, fragte Bob ungläubig.

»Also, ich finde sie ganz schön«, sagte Peter.

»Schön? Sie sind nicht schön! Es sind immer noch die gleichen alten Karten, die wir zu Beginn unserer Detektivkarriere hergestellt haben, um Alfred Hitchcock zu beeindrucken.«

»Na und? Hat doch auch funktioniert!«

»Ja, schon – aber das ist ewig her! Die Typografie, das Layout, die Schrift – alles völlig altbacken! Wir haben sie mit dieser uralten Maschine gedruckt, die noch irgendwo in der Werkstatt vor sich hin gammelt. Ich bitte dich, Zweiter! Wozu haben wir einen Computer? Hier in unserer Zentrale steht seit geraumer Zeit dieses Wunderwerk der Technik samt Drucker. Und wir geben uns immer noch mit diesen Uraltvisitenkarten ab!«

»Na und? Hat doch auch irgendwie seinen Charme«, fand Peter.

»Es ist unprofessionell«, beharrte Justus. »Mit diesen Karten nimmt uns niemand mehr ernst. Wir brauchen neue. Das ist beschlossene Sache!«

»Wenn das schon feststeht, warum mussten wir dann extra herkommen?«, maulte Bob.

»Um euch eure Hausaufgabe abzuholen. Überlegt euch was für die neuen Karten! Bis Ferienbeginn will ich erste Vorschläge sehen!«

»Hausaufgaben!«, rief Peter. »Mist, ich muss noch Mathe machen!« Er warf einen Blick auf die Uhr. »Ich muss los, Kollegen, sonst kriege ich das nicht mehr auf die Reihe. Ciao!« Er riss die Tür des alten Campinganhängers auf, in dem die drei Detektive ihr Büro eingerichtet hatten, und stürzte hinaus.

»Ich werd mich Peter mal anschließen«, murmelte Bob. »Bis morgen, Just!«

Wenig später saß der Erste Detektiv allein in der Zentrale. Er nahm die Visitenkarte in die Hand und drehte sie gedankenverloren zwischen den Fingern. Seine Freunde schienen nicht gerade begeistert gewesen zu sein, dass er sie wegen der Sache mit den neuen Karten in die Zentrale bestellt hatte. Aber er hatte doch recht! Die Karten waren wirklich uralt. Es war ja schon fast peinlich, sie jemandem zu zeigen.

Seufzend stemmte er sich vom Schreibtischstuhl hoch, löschte das Licht und verließ die Zentrale. Die Tür des Wohnwagens sicherte er mit einem Vorhängeschloss. Der ausgediente Campinganhänger stand auf dem Gelände des Trödelhandels seines Onkels. Der offizielle Name des Unternehmens lautete »Gebrauchtwarencenter T. Jonas«, aber genau genommen war es nur ein mit tonnenweise Krimskrams vollgestellter Schrottplatz. Justus schlenderte in der Abenddämmerung zwischen den Auslagen und Schrottbergen hinüber zum Wohnhaus, in dem er seit dem Tod seiner Eltern mit seinem Onkel und seiner Tante lebte.

Als er die Haustür öffnete, gellte ein markerschütternder Schrei durch das Haus!

Justus zuckte zusammen und horchte. Stille.

Langsam trat er über die Schwelle und schloss die Tür lautlos. Er lauschte in den dunklen Flur hinein. Alles blieb ruhig. Aber da hatte doch jemand geschrien! Oder litt er an Halluzinationen?

Justus überlegte noch, ob er es wagen konnte, über die knarrenden Dielen in den Flur zu treten, als wieder jemand schrie. Eine Frau! Es kam aus dem Wohnzimmer! Panik wallte jäh in ihm auf. Er missachtete jede Vorsicht und rannte dem Schrei entgegen. »Tante Mathilda!« Justus riss die Wohnzimmertür auf und blickte in das vor Entsetzen verzerrte Gesicht einer jungen, blonden Frau.

Einer Frau in Schwarz-Weiß.

Tante Mathilda, mit einer Schüssel im Arm gebannt vor

dem Fernseher sitzend, zuckte zusammen. Ein bisschen Popcorn sprang aus der Schale und blieb an ihrem Pullover hängen. »Musst du mich so erschrecken!«, rief sie halb empört, halb erleichtert.

»Das musst gerade du sagen. Ich dachte, hier wird jemand ermordet!« Justus warf einen Blick auf seinen reglos im Sessel hängenden Onkel, der mit offenem Mund leise schnarchte, sodass sein gewaltiger schwarzer Schnurrbart leicht vibrierte. Auf dem Bildschirm wankte gerade ein Schauspieler in einem billigen, schleimigen Monsterkostüm stöhnend und mit ausgestreckten Armen auf die Blondine zu. Und nun setzte auch die gruselfilmtypische Musik ein. Hätte der Regisseur die nicht schon früher unterlegen können? Dann wäre Justus nie auf den Gedanken kommen, einen echten Schrei zu hören.

»Ermordet?« Tante Mathilda schüttelte den Kopf, ohne den Blick vom Fernseher zu wenden. Während sie nach dem Popcorn tastete, sagte sie tonlos: »Du hast einfach eine zu lebhafte Fantasie, Justus. Das kommt von deiner ständigen Detektivspielerei. Ich wusste immer, dass das nicht ohne Spätfolgen ...« Sie verstummte mitten im Satz. Das kreischende Opfer hatte die Flucht ergriffen und rannte durch einen finsteren Wald. Warum war sie nicht gleich abgehauen, anstatt eine halbe Ewigkeit kreischend auf der Stelle zu stehen? Tante Mathilda war das egal. Sie war so gefesselt, dass sie sich der Anwesenheit ihres Neffen gar nicht mehr bewusst war.

Nun war es an Justus, den Kopf zu schütteln. Mathilda Jonas und ihre Gruselfilme! Solange er denken konnte, hatte sich seine Tante keinen der alten Horrorklassiker im Fernsehen entgehen lassen. Das hatte den Vorteil gehabt, dass er sich als kleiner Junge oft neben das Sofa setzen und mitgucken konnte. Tante Mathilda hatte ihn nach fünf Minuten einfach vergessen und somit auch die Ermahnungen, ins Bett zu gehen. Und Justus lächelte. Manche Dinge änderten sich eben nie. Er trat auf das Sofa zu und wies auf die Schüssel. »Gezuckert?«

Tante Mathilda nickte abwesend.

Justus griff hinein und schob sich eine Handvoll Popcorn in den Mund. Angewidert verzog er das Gesicht. Gesalzen! Wenn er etwas hasste, dann war es gesalzenes Popcorn! Mühsam schluckte er es hinunter, warf seiner Tante einen missbilligenden Blick zu, den sie natürlich nicht bemerkte, und verließ das Wohnzimmer.

In der Küche fand er noch Reste des Mittagessens, schob sie in die Mikrowelle und machte sich anschließend hungrig darüber her. Wie so oft aß er auch diesmal nicht so viel, dass er satt wurde, sondern so viel, wie da war. Als er den Teller beiseiteschob, betrachtete er sorgenvoll seinen unübersehbaren Bauch. Wieder einmal hatte der Hunger im ewigen Kampf gegen die Diät gewonnen. Besser, er vermied es in den nächsten Tagen, sich auf die Waage zu stellen.

Tante Mathilda und Onkel Titus kamen herein. »Na, ausgeschlafen?«, fragte Justus seinen Onkel grinsend.

»Es gibt doch kein besseres Schlafmittel als einen Lieblingsfilm deiner Tante.«

»Ist die blonde Schöne gerettet worden?«

»Ja. Der Held hat das Ungeheuer zur Strecke gebracht.« Sie stellte die Popcornschüssel auf den Tisch und Justus griff automatisch zu, bis ihm in letzter Sekunde einfiel, dass er das Zeug ja gar nicht mochte.

»Haben wir eigentlich schon die Neuigkeit des Tages erzählt?«, fragte Onkel Titus.

»Ach ja!«, platzte Tante Mathilda heraus. »Patrick und Kenneth haben geschrieben!« Sie fischte eine Postkarte vom Küchentisch und reichte sie Justus. Eine Schafherde war zu sehen, die auf einer einsamen Straße inmitten einer saftig grünen Hügellandschaft stand. Unverkennbar Irland. Patrick und Kenneth O'Ryan, die beiden irischen Brüder, hatten früher für Onkel Titus auf dem Schrottplatz gearbeitet, bis sie zurück in ihre Heimat gegangen waren. »Wir fahren nach Irland!« Tante Mathilda machte einen kleinen Luftsprung.

»Wirklich? Klappt es nun endlich? Ihr habt ja Monate gebraucht, um diese Reise zu planen!«

»Jetzt ist es endlich so weit. In einer Woche geht es los. Wir fliegen direkt nach Dublin. Dort holen sie uns vom Flughafen ab und dann fahren wir in ihre Heimat im Westen Irlands. Hach, zwei Wochen Europa! Ist das nicht romantisch, Titus? Ich freue mich so!«

Titus Jonas nickte lächelnd. Für Gefühlsausbrüche war Tante Mathilda zuständig. Er hielt sich meistens zurück.

»Und was heißt das für mich? Ich soll doch wohl hoffentlich nicht die halben Sommerferien lang den Schrottplatz alleine schmeißen?«

»Wieso denn alleine?«, gab Onkel Titus ungerührt zurück. »Du hast doch deine Freunde Bob und Peter! Zu dritt schafft ihr das spielend.«

Justus blieb vor Entsetzen der Mund offen stehen. Zwei Wochen lang das Geschäft allein führen! Und das in den Ferien!

»Veräppel den armen Jungen nicht ständig, Titus!«, sagte

Tante Mathilda und gab ihrem Mann einen sanften Stoß zwischen die Rippen. »Keine Sorge, Just, wir machen für die Zeit natürlich Betriebsferien. Das haben wir uns schließlich auch mal verdient. Ich wäre dir nur dankbar, wenn du nicht ausgerechnet in dieser Zeit auf die Idee kommst, mit Bob und Peter zelten zu fahren oder so. Schließlich muss jemand aufs Haus aufpassen.«

Justus atmete auf. »Kein Problem.«

»Und komm nicht auf dumme Gedanken! Nur weil Katze und Kater aus dem Haus sind, heißt das noch lange nicht, dass die Mäuse auf dem Tisch tanzen dürfen!«

Justus verdrehte die Augen. »Geht es jetzt los?«

»Was geht los?«

»Die einwöchige Predigt über die Pflichten und Gebote eines allein zu Hause gelassenen Neffen?«

»Werd nicht frech! Ich möchte mir nur keine Sorgen machen, wenn ich im Urlaub bin. Also: Finger weg vom Detektivspielen! Dabei ist noch nie etwas Gutes herausgekommen.«

»Das würde ich nicht sagen«, widersprach Justus. »Dank unserer Arbeit ist schon so manches Verbrechen aufgeklärt worden. Die Polizei von Rocky Beach wäre –«

»Wäre wahrscheinlich sehr froh, wenn ihr euch nicht ständig in ihre Arbeit einmischen würdet. Bitte, Justus, tu mir den Gefallen: keine gefährlichen Ermittlungen, während wir weg sind!«

»Im Moment haben wir sowieso keinen Fall in Arbeit«, versuchte Justus seine Tante zu beruhigen. »Und wenn unser Telefon in der Zentrale doch mal klingeln sollte, geht es wahrscheinlich nur um eine entlaufene Katze.«

»Hoffen wir, dass es dabei bleibt.«

Tante Mathilda und Onkel Titus verabschiedeten sich ins Bett. Justus machte sich auf den Weg nach oben, wo er sein Zimmer hatte. Während er sich die Zähne putzte, malte er sich die beiden Wochen allein zu Haus aus. Natürlich würde er die Erwartungen seines Onkels und seiner Tante nicht enttäuschen. Aber zwei Wochen ohne sie im Haus und auf dem Schrottplatz: Das war zu verführerisch, um nicht wenigstens eine kleine Party zu planen! Gleich morgen würde er Peter und Bob davon berichten und mit ihnen Pläne schmieden.

Justus war gerade ins Bett gegangen, als ein kleines rotes Lämpchen auf dem Schreibtisch blinkte. Das Telefon in der Zentrale! Vor ein paar Wochen hatte Justus eine Leitung von ihrem dortigen Anschluss in sein Zimmer gelegt. Wenn nun in der Zentrale das Telefon klingelte, blinkte hier die rote Lampe. Für Notfälle, wenn er mal auf einen dringenden Anruf wartete und nicht rund um die Uhr im Wohnwagen sitzen wollte.

Er warf einen Blick auf den Wecker. Kurz nach elf. Wer rief denn um diese Zeit noch an? Wahrscheinlich waren es Bob und Peter, die wussten, dass er oft noch bis spät in die Nacht am Computer saß. Die Lampe erlosch. Jetzt war der Anrufbeantworter angesprungen.

Justus beschloss, bis morgen zu warten. So dringend war es schon nicht gewesen.

Oder? Was, wenn es nicht Bob oder Peter ...

Justus knurrte und schlug wütend die Bettdecke zurück. Verdammte Neugier! Was hatte er sich nur bei dieser Erfindung mit der blinkenden Lampe gedacht? Er zog ein Hemd an, schlüpfte in die Turnschuhe und schlich aus dem Zimmer, die Treppe hinunter zur Haustür. Die Berge aus Gerümpel sahen im Mondlicht gespenstisch aus. Der Kies knirschte unter seinen Schuhen, als er den Schrottplatz überquerte. Es war kühl. Justus verschränkte die Arme über der Brust und legte einen Schritt zu. Dieser kurze Marsch durch die Nacht machte ihn nur wieder unnötig wach. Schon bereute er es, seiner Neugier nachgegeben zu haben. Wehe, es war nichts Wichtiges! Oder noch schlimmer: Wehe, es hatte niemand auf den Anrufbeantworter gesprochen!

Er kramte den Schlüssel aus der Tasche, nahm das Vorhängeschloss ab und öffnete die Tür zum Campinganhänger. Der Anrufbeantworter blinkte. Wenigstens etwas. Justus spulte das Band zurück und spielte die Nachricht ab.

»Schade, dass du nicht da bist, Just. Na, wahrscheinlich liegst du schon im Bett.« Das war Peter. »Ich sitze immer noch an meinen Matheaufgaben. Dachte, du könntest mir mal schnell helfen. Aber egal, ich hätte es wahrscheinlich sowieso nicht kapiert. Bis morgen!«

»Na, toll«, brummte Justus. »Danke, Peter.« Er überlegte einen Moment, ob er zurückrufen sollte, doch wahrscheinlich würde er Peters Eltern wecken. Er war schon auf dem Weg nach draußen, da klingelte das Telefon erneut. Schon wieder Peter? Justus nahm den Hörer ab.

»Justus Jonas von den drei Detektiven.«

Jemand räusperte sich am anderen Ende.

»Hallo? Wer ist da?«

»Justus Jonas?« Die Stimme war kaum mehr als ein leises, kratzendes Röcheln.

»Ja.«

»Von den drei Detektiven?«

»Das sagte ich gerade.«

»Ich habe einen Fall für euch.«

»Wer spricht denn da?«

»Ein Rätsel.«

»Würden Sie mir bitte sagen, wer Sie sind?«

»Mein Name ist unwichtig. Menschenleben stehen auf dem Spiel. Löst das Rätsel!«

»Welches Rätsel? Hören Sie, wenn das ein Scherz sein soll, dann –«

»Kein Scherz!«, unterbrach ihn der Mann schroff. Er hustete und wiederholte leise: »Kein Scherz. Jemand wird sein Leben verlieren, wenn ihr das Rätsel der Sphinx nicht löst.«

»Das Rätsel der Sphinx? Hallo? Sind Sie noch dran?«

»Ich rufe an.«

Ehe Justus etwas erwidern konnte, hatte der Mann aufgelegt.

Botschaft von Geisterhand

»Noch drei Tage Schule!«, stöhnte Peter, als er vom Rad stieg und es auf dem staubigen Schrottplatz abstellte. »Ich schwöre dir, ich mache drei Kreuze, wenn dieses Schuljahr vorbei ist. Es ist echt nicht lustig, Jahr für Jahr knapp am Sitzenbleiben vorbeizuschrammen. Sei froh, dass du damit keine Probleme hast, Bob. He, Bob, hörst du mir überhaupt zu?«

»Hm? Ja, klar.«

»Das war eine Lüge. Du bist in Gedanken wohl schon in den Ferien, was?«

»Nein, bei Jelena.« Bob bemerkte einen Moment zu spät, was er gesagt hatte, und errötete.

»So, so, bei Jelena!«, sagte Peter gedehnt und grinste breit. Ihm war nicht entgangen, dass sich Bob in letzter Zeit sehr gut mit dem Mädchen im Rollstuhl verstand. »Seid ihr mal wieder verabredet?«

Bob nickte. »In einer halben Stunde. Daher hoffe ich, dass Justus es kurz macht. Warum er uns wohl so dringend sprechen will?«

»Es geht bestimmt um die Pläne für die Ferien. Habe ich dir erzählt, dass meine Eltern wegfahren? In zwei Tagen habe ich sturmfreie Bude!«

»Du Glücklicher.« Bob verzog das Gesicht. »Mein Vater wird bestimmt den ganzen Sommer der Meinung sein, dass ich in den Ferien ja viel mehr Zeit habe, um zum Beispiel den Rasen zu mähen oder den Müll runterzubringen oder das Auto zu waschen. Autowaschen! So ein Blödsinn! Fahren Autos denn besser, wenn sie sauber sind?«

Bob und Peter betraten die Zentrale, deren Tür wegen der Hitze weit offen stand. Justus wartete bereits auf sie. »Was geht am Morgen mit vier Beinen, am Mittag mit zwei und am Abend mit drei Beinen, hat aber nur eine Stimme?«

»Das ist eine typische Justus-Jonas-Begrüßung«, stellte Peter fest. »Wie wäre es das nächste Mal mit: ›Einen schönen guten Tag wünsche ich euch, liebe Freunde‹?«

Justus ignorierte ihn. »Los, Kollegen, die Zeit drängt, löst das Rätsel oder sterbt!«

»Sind wir deshalb hier? Um Rätselfragen zu beantworten?«, fragte Bob.

»Oder um zu sterben?«

»Wenn ich das gewusst hätte ...«

»Ein wenig mehr Sportsgeist, wenn ich bitten darf!«

»Also schön: etwas, das morgens auf vier, mittags auf zwei und abends auf drei Beinen läuft?« Peter überlegte einen Moment. »So was gibt es nicht.«

»Wenn ich die Sphinx wäre und du ein ahnungsloser Wanderer auf dem Weg nach Theben, müsste ich dich nun erwürgen.«

»Wie bitte?«

»Die Sphinx. Ein Fabelwesen aus der griechischen Mythologie: ein Frauenkopf auf einem geflügelten Löwenkörper. Sie saß auf einem Felsen und jeder, der an ihr vorbeiwollte, musste das Rätsel, das ich euch gerade gestellt habe, lösen. War die Antwort falsch, hat sie ihn erwürgt.«

»Und warum erzählst du uns das?«, wollte Bob wissen.

»Weil ich gestern einen äußerst mysteriösen Anruf bekommen habe.« Justus berichtete von seinem nächtlichen Erlebnis. »Was haltet ihr davon?«

»Seltsam«, murmelte Peter. »Ob sich da jemand einen Scherz erlaubt?«

»Das habe ich auch vermutet. Der Anrufer beteuerte, es wäre ihm ernst.«

»Jemand wird sein Leben verlieren, wenn wir das Rätsel nicht lösen? Ist das eine Drohung?«

Justus schüttelte den Kopf. »Es klang nicht so. Ich glaube nicht, dass er mit ›jemand‹ einen von uns meinte. Er braucht unsere Hilfe.«

»Also ein neuer Fall«, sagte Bob.

Justus nickte.

»Warum kommen die Leute immer mit so abstrusem Zeug zu uns?«, fragte Peter. »Können wir nicht mal einen ganz normalen Auftrag bekommen? Jemanden beschatten, weil seine Frau vermutet, dass er fremdgeht, zum Beispiel. Oder Unfallzeugen ausfindig machen. Normale Sachen halt.«

»Glaubst du denn, das wäre spannender?«

»Nein. Aber weniger anstrengend. Das Rätsel der Sphinx. Wenn ich das schon höre!«

»Nun übertreib mal nicht, Peter. So schwierig ist das Rätsel auch wieder nicht.«

»Nicht? Also, ich bin ratlos. Weißt du die Lösung etwa schon?«

Justus nickte selbstgefällig. »Natürlich.«

»Und warum fragst du dann uns?«

»Um euch geistig ein bisschen auf Trab zu halten.«

»Rück schon raus mit der Sprache, Just!«, forderte Bob.

»Die Antwort lautet: der Mensch. Als Säugling krabbelt

er auf vier Beinen, als Erwachsener geht er auf zweien und als Greis benutzt er einen Stock als drittes Bein.«

Bob und Peter blickten sich überrascht an. »Wie bist du denn darauf gekommen?«, wollte Peter wissen.

»Ich habe es nachgelesen.«

»Nachgelesen?«

»Man muss nicht alles wissen, Peter. Man muss nur wissen, wo man es nachschlagen kann. In diesem Fall in einem Buch über griechische Mythologie. In der Sage begegnet eines Tages Ödipus der Sphinx und kann das Rätsel lösen. Daraufhin stürzt sie sich kopfüber vom Felsen zu Tode.«

»Na schön«, sagte Bob. »Und nun?«

»Der geheimnisvolle Unbekannte hatte angekündigt, noch einmal anzurufen.«

»Ich hoffe, das tut er bald. Ich bin nämlich gleich verabredet.«

Peter warf den Kopf in den Nacken, klimperte mit den Augenlidern und säuselte: »Mit Jelena!«

Noch bevor Bob etwas erwidern konnte, klingelte das Telefon. Augenblicklich verstummte das Gespräch. Justus schaltete den Verstärker ein, ließ es noch ein weiteres Mal klingeln und nahm den Hörer ab.

»Justus Jonas von den drei Detektiven.«

»Das Rätsel der Sphinx«, drang die gleiche röchelnde Stimme wie am Vorabend aus dem Lautsprecher. »Habt ihr es gelöst?«

»Ja, Sir, haben wir.«

»Und?«

»Wir werden Ihnen die Antwort geben, wenn Sie uns sagen, wer Sie sind und was Sie von uns möchten.«

»Danach«, versprach der Fremde.

Justus zögerte einen Moment. »Also schön. Die Antwort lautet: der Mensch.«

Es klickte in der Leitung und das Gespräch war unterbrochen.

Der Erste Detektiv blickte irritiert den Hörer an und legte schließlich auf.

»Ein durchschlagender Erfolg«, fand Bob. »Wenn ihr mich fragt, ist das die reine Verarschung.«

Peter nickte. »Da will uns jemand hochnehmen. Bestimmt irgendein blöder Typ aus der Schule, der auf uns neidisch ist.«

»Oder der sich wegen unserer altmodischen Visitenkarten über uns lustig machen will«, scherzte Bob.

Etwas klickte. Dann kam ein surrender Ton aus der Ecke neben dem Schreibtisch.

»Wir kriegen ein Fax«, stellte Justus fest und beugte sich neugierig über das Gerät. So eine Maschine war schon was Tolles. Wie von Geisterhand schob sich leise ratternd eine Botschaft aus dem Faxgerät. Der Erste Detektiv hatte es – wie das meiste ihrer Ausrüstung – kaputt aus dem Schrott geborgen, den Onkel Titus regelmäßig aufkaufte, und es repariert. Auf diese Weise hatte sich die Zentrale nach und nach zu einem professionellen Büro gemausert. Ein Piepsen signalisierte das Ende der Übertragung. Justus riss das Papier ab. »Eine kopierte Buchseite.«

»Wer hat sie geschickt?«

»Keine Ahnung. Der Absender hat die Kopfzeile gelöscht. Es stehen weder der Name noch die Rufnummer drauf.« Der Erste Detektiv überflog den Text. Dann ließ er das Papier langsam sinken und sah seine Kollegen stirnrunzelnd an.

»Was ist denn los?«, fragte Bob. »Was steht da?«

»Ich glaube, das Rätsel der Sphinx war nur ein Test«, antwortete Justus. »Das hier ist das wirkliche Rätsel.«

»Erzähl schon!«

»Es ist ein Auszug aus dem ›Lexikon der Geheimbünde‹.«

»Woher weißt du das?«

»Steht hier. Ich lese ihn euch vor.« Justus räusperte sich. »Sphinx. Eine geheime Organisation von Archäologen und Schatzsuchern. Benannt nach der Figur aus der griechischen Mythologie, einem Sinnbild für alles Rätselhafte, sowie nach der ägyptischen Sphinx, die ein Symbol für den Pharao war. Sphinx ist eine Gruppe von ausgebildeten Forschern, die sich den langsam mahlenden Mühlen der Bürokratie entziehen, indem sie auf eigene Faust archäologische Expeditionen starten, anstatt auf staatliche Fördergelder zu warten. Da sie hierbei jedoch auch auf die staatlichen Genehmigungen verzichten, sind sie Kriminelle, die mehr an verborgenen Reichtümern als an wissenschaftlichen Erkenntnissen interessiert sind. Erste Aktivitäten sind seit Mitte des neunzehnten Jahrhunderts bekannt. Gerüchten zufolge haben Mitglieder von Sphinx viele der großen archäologischen Expeditionen des letzten Jahrhunderts unterwandert, um wertvolle Informationen über zukünftige Grabungsstätten zu erlangen. In den letzten Jahrzehnten ist es jedoch sehr ruhig um die Organisation geworden. Es ist fraglich, ob sie überhaupt noch existiert. Kritiker behaupten sogar, Sphinx sei ein moderner Mythos und in Wirklichkeit hätte es die Gruppe nie gegeben. Dennoch existieren Kunstschätze auf der Welt, von denen niemand weiß, woher sie stammen. Die Käufer berichten von geheimnisvollen Mittelsmännern, über die sie die Objekte erstanden haben. Ob diese

Schwarzhändler jedoch tatsächlich zu einer organisierten Gruppe gehören oder auf eigene Faust arbeiten, bleibt fraglich.« Justus ließ das Blatt sinken und lehnte sich zurück.

»Wow«, sagte Bob.

»Klingt interessant, nicht wahr?« Ein abenteuerlustiges Glitzern hatte sich in Justus' Augen geschlichen.

»Und wer hat uns das gefaxt?«, fragte Peter.

»Unser telefonischer Auftraggeber.«

»Und warum?«

»Damit wir das Rätsel lösen.«

»Welches Rätsel?«

»Das Rätsel der Sphinx. Nicht der griechischen oder ägyptischen Sphinx, sondern das Rätsel dieser Geheimorganisation. Es muss da eines geben! Wir sollten uns näher mit diesem Fall befassen.«

»Ohne unseren Auftraggeber zu kennen?«, wunderte sich Peter.

»Er wird sich noch mal melden«, war Justus überzeugt. »Wenn wir ihm jedoch keine Ergebnisse liefern können, haben wir keine Chance herauszufinden, wer er ist.«

»Was denn überhaupt für Ergebnisse?«, fragte Bob. »Was will er von uns?«

»Dass wir so viel wie möglich über Sphinx herausfinden. Und da ist er nicht der Einzige.«

»Du hast Feuer gefangen«, vermutete Peter. »War nicht anders zu erwarten.«

»Ihr etwa nicht? Das klingt doch nach einem spannenden Fall! Ich schlage vor, Bob macht sich gleich auf den Weg ins Zeitungsarchiv der Los Angeles Post. Peter, du gehst in die Bibliothek und versuchst dort etwas über diesen Geheimbund herauszufinden.«

»Und du? Du bleibst faul zu Hause sitzen und wartest Däumchen drehend auf Neuigkeiten?«

Justus richtete sich in gespielter Empörung auf und räusperte sich. »Selbstverständlich nicht. Ich werde über das Internet versuchen, Antworten zu bekommen.«

»Was auf das Gleiche hinausläuft«, fand Peter.

Bob rutschte auf seinem Stuhl herum. »Tut mir leid, Kollegen, aber ich habe jetzt keine Zeit, wie ihr wisst. Vielleicht morgen.«

»Dein Mangel an detektivischem Eifer ist beklagenswert«, maulte Justus. »Aber schön. Dann eben morgen. Wir treffen uns nach der Schule hier. Und dann will ich ein paar interessante Ergebnisse hören!«

Ergebnisse! Justus hatte von seinen Freunden Ergebnisse gefordert. Und nun stand er selbst ohne den allerkleinsten Hinweis da. Nachdem Bob und Peter gegangen waren, hatte er den ganzen Abend vor dem Computer verbracht, war durchs Internet gesurft und hatte sich in der halben virtuellen Welt nach Sphinx umgesehen. Er hatte jede ihm bekannte Suchmaschine befragt und jedes Mal nur Informationen über die griechische oder ägyptische Mythologie und über das steinerne Monument in Giseh zutage gefördert. Erst nach Stunden war er das erste Mal auf den mysteriösen Geheimbund gestoßen, doch die Auskünfte waren ähnlich vage wie in dem Fax. Justus hatte es mit Archäologie, mit Geheimbünden, mit berühmten Fundstätten auf der ganzen Erde versucht – jedes Mal ohne nennenswertes Ergebnis. Mehr als einmal hatte er sein Ziel auf seiner Reise durch die Welt der nahezu unbegrenzten Informationen aus den Augen verloren und war der Versuchung erlegen, sich einfach durch die Homepages und Webseiten treiben zu lassen. Je mehr Stunden der erfolglosen Suche verstrichen, desto häufiger ertappte er sich beim Lesen von durch Zufall aufgestöberten Artikeln, die nicht das Geringste mit seinem ursprünglichen Anliegen zu tun hatten. Immer wieder musste er sich dazu zwingen, zu seinem eigentlichen Ziel zurückzukehren.

Sphinx. Sphinx. Dieser Name schien ein Fluch zu sein. Doch was hatte er erwartet? Dass eine im Geheimen operierende Organisation von Grabräubern – falls es sie wirklich gab – eine eigene Homepage hatte, die jeden Interessierten über alle illegalen Aktivitäten informierte? Es war absurd gewesen anzunehmen, dass er im Internet fündig werden würde. Am Ende war er genauso schlau wie vorher: Er wusste, dass es Sphinx möglicherweise gegeben hatte oder immer noch gab – möglicherweise aber auch nicht. Vielleicht war alles nur ein Mythos. Ernst zu nehmende Wissenschaftler hatten sich offenbar noch nicht mit Sphinx beschäftigt. Die Informationen, auf die Justus stieß, waren mehr als zweifelhaft. Oft standen sie in Zusammenhang mit absurden Abhandlungen über Verschwörungen und gefährliche Geheimbünde, die die Weltherrschaft an sich reißen wollten. Dieses dubiose Geschreibsel konnte der Erste Detektiv unmöglich ernst nehmen.

Was immer ihr unbekannter Auftraggeber wissen wollte – Justus würde ihm keine Antwort geben können. Und je mehr er über die Angelegenheit nachdachte, desto mehr wurmte es ihn, dass er nichts über den nächtlichen Anrufer wusste. Peter hatte recht gehabt: Warum sollten sie für jemanden arbeiten, dessen Namen sie nicht einmal kannten?

Er hoffte trotzdem, dass Bob und Peter bei ihrer Suche mehr herausgefunden hatten, und wartete am nächsten Nachmittag gespannt auf seine Kollegen. Doch als Peter die Zentrale betrat, erkannte Justus bereits an seinem Gesichtsausdruck, dass ihm die Neuigkeiten des Zweiten Detektivs nicht gefallen würden.

»Und?«, fragte er dennoch erwartungsvoll.

»Nichts und«, antwortete Peter mürrisch. »Ich bin jetzt Experte in griechischer und ägyptischer Mythologie, aber ansonsten ist nichts bei meiner Wühlerei in der Bibliothek herausgekommen. Ich habe ein paar Bücher über Geheimbünde gefunden. Da steht aber auch nur das drin, was wir schon wissen: verrücktes Zeug. Du kannst dir deine Sphinx sonst wohin stecken, Justus. Diesen Verein gibt es nicht.«

Der Erste Detektiv nickte niedergeschlagen. »Das Gefühl habe ich auch.«

Bob Andrews betrat die Zentrale. Sein Lächeln löste sich in Luft auf, als er die Gesichter seiner Freunde sah. »Ihr wirkt nicht besonders glücklich.«

»Sind wir auch nicht«, murrte Peter. »Eine Pleite auf der ganzen Linie. Erzähl uns bitte, dass du mehr herausgefunden hast als wir. Mehr als gar nichts nämlich.«

»Ich habe einen zwölf Jahre alten Artikel im Archiv der Los Angeles Post entdeckt, der uns vielleicht weiterbringt.«

Sofort richtete sich Justus kerzengerade in seinem Stuhl auf. Eine Spur! »Zeig her!«

»War gar nicht so einfach«, erzählte Bob, während er umständlich in seinem Rucksack kramte. »Ich habe ewig gesucht und tausend Mikrofilme und gebundene Jahrgänge durchforstet – ohne Ergebnis. Ich wollte gerade aufgeben, als Mrs Grayson aus dem Archiv eine Idee hatte. Sie weiß ja immer, wo man was findet. Ihr Gedächtnis ist phänomenal. Wenn sie einmal einen Artikel gelesen hat, vergisst sie ihn nicht.« Er förderte einen kleinen Stapel Kopien zutage und reichte ihn dem Ersten Detektiv.

»Mrs Grayson erinnerte sich an einen Fall, der vor zwölf Jahren durch die Presse ging: Eine Gruppe von Archäologen war irgendwo in Laos mit der Ausgrabung einer alten Tempelanlage beschäftigt. Das gesamte Gebiet war weiträumig abgesperrt worden und die Ausgrabungen schon seit Monaten im Gange. Alles ganz ordnungsgemäß. Bis eines Tages eine Mitarbeiterin des Teams bei ihrer Rückreise nach Amerika vom Zoll erwischt wurde.«

»Wobei?«, fragte Peter.

»Beim Schmuggel. Sie hatte ungefähr ein halbes Dutzend wertvoller Götterfiguren im Gepäck, die sie außer Landes bringen wollte.«

»Um sie zu verhökern?«

»Ja. Erst sah es so aus, als wollte sie ihre Kollegen mit dem Diebstahl der Statuen übers Ohr hauen. Aber der Fall veranlasste die Behörden, auch alle anderen aus dem Team zu überprüfen, um sicherzustellen, dass nicht schon vorher wertvolle Kunstschätze geschmuggelt worden sind.«

»Und?«

»Bei der Überprüfung kam etwas Unglaubliches heraus: Die gesamte Ausgrabung war gar nicht von offizieller Seite genehmigt worden. Wenn ein Team von Wissenschaftlern irgendwo rumbuddeln will, ist das meist eine sehr langwierige Sache. Erst recht, wenn das nicht auf heimischem Grund und Boden passieren soll, sondern im Ausland. Es müssen Gelder beantragt werden, um die Ausgrabung zu finanzieren, man braucht Genehmigungen und noch mal Genehmigungen. Es kann locker ein Jahr vergehen, bevor man überhaupt das erste Mal den Spaten ansetzen darf. Oft werden solche Projekte noch während der Vorbereitungsphase wieder fallen gelassen, weil der bürokratische Weg einfach zu langwierig und teuer ist.«

»Und diese Ausgrabung in Laos war nicht genehmigt?«, fragte Justus.

»Richtig.«

»Aber wie sind sie damit durchgekommen?«

»Indem sie sämtliche Papiere gefälscht haben. Und Beamte bestochen. Und hintergangen. Indem sie einfach so getan haben, als würde alles mit rechten Dingen zugehen. Und das hat monatelang niemand herausgefunden.«

»Dreist«, fand Peter. »Als das aufgeflogen ist, sind bestimmt alle festgenommen worden.«

Bob schüttelte den Kopf. »Nein. Als die Wahrheit ans Licht kam, war die Ausgrabungsstätte verlassen. Das gesamte Team war Hals über Kopf geflohen. Natürlich nicht, ohne die ausgegrabenen Schätze verschwinden zu lassen.

Weder die Schätze noch die Diebe sind je gefunden worden.«

»Interessante Geschichte«, sagte Justus und zupfte an seiner Unterlippe. »Und es klingt verdammt nach dem, was wir über Sphinx wissen. Könnte aber auch Zufall sein.«

»Könnte es nicht«, widersprach Bob. »Es kommt nämlich noch besser.«

»Was meinst du?«

»Dr. Maria Svenson. Das war die Frau, die beim Schmuggelversuch erwischt wurde. Sie behauptete in einem Verhör, sie gehöre einer Gruppe namens Sphinx an und es sei nicht das erste Mal, dass diese Organisation ungenehmigte Ausgrabungen durchführe. Später nahm sie jedoch alles zurück und behauptete das Gegenteil: Sie sei nur als Hilfskraft für den Job engagiert worden und habe nichts von all dem gewusst. Sie stellte sich als Opfer dar, das für den Schmuggel missbraucht wurde.«

»Hat man ihr das etwa geglaubt?«

»Nein. Die Beweise sprachen eindeutig gegen sie. Und so ist sie für zwei Jahre in den Knast gewandert.«

Der Erste Detektiv nickte bedächtig. »Dann gibt es Sphinx also wirklich.«

»Und was machen wir jetzt?«, wollte Peter wissen.

»Da Dr. Svenson bis jetzt unser einziger echter Anhaltspunkt ist, sollten wir sie ausfindig machen«, schlug Justus vor und wandte sich an Bob: »Hast du sonst noch was über sie herausfinden können?«

»Vor ihrer Festnahme hat sie in Kalifornien als Gastdozentin an verschiedenen Universitäten unterrichtet. Aber nach ihrer Freilassung? Keine Ahnung!« Ein Grinsen stahl sich auf sein Gesicht. »Aber ich werde es vielleicht bald wissen.«

»Was soll das denn heißen?«

»Ich habe jemanden darauf angesetzt, etwas über Maria Svenson herauszufinden.«

»Und wen, wenn ich fragen darf?«

»Jelena.«

»Was?« Justus räusperte sich und schluckte die Bemerkung, die ihm auf der Zunge lag, hinunter. Er zwang sich zur Ruhe. Nicht, dass er etwas gegen Jelena hatte. Sie war nur äußerst vorlaut, schnippisch und hartnäckig. Und manchmal ging sie ihm schlicht und ergreifend auf die Nerven. »Was, zum Teufelsgeiger, hat Jelena mit der Sache zu tun?«

»Ich habe ihr von unseren Ermittlungen erzählt«, gab Bob gelassen zurück.

»Und warum?«

»Weil sie gefragt hat. Und weil sie uns helfen kann.«

»Na klar«, knurrte Justus und verschränkte die Arme. »Jelena, die Superfrau. Wenn es nach ihr ginge, würde sie uns wahrscheinlich immer helfen. Aber wir sind die drei ???, nicht die vier ????, schon vergessen?«

»Reg dich nicht auf, Just. Ich hatte einen guten Grund, sie einzuweihen.«

»Und welchen?«

»Sie hat immer noch sehr guten Kontakt zu Dr. Arroway.« Dr. Lou Ann Arroway war ebenfalls Archäologin und unterrichtete an der Universität von Los Angeles. Die drei ??? und Jelena hatten bei einem anderen Fall mit ihr zu tun gehabt, doch nach dem erfolgreichen Ende der Ermittlungen war der Kontakt sehr schnell abgebrochen. Nicht so bei Jelena. »Ich weiß zwar nicht, wie es bei Archäologen ist, aber ich könnte mir vorstellen, dass es dort genauso läuft wie in den meisten anderen Berufen: Jeder kennt jeden. Es würde mich nicht wundem, wenn Dr. Arroway weiß, wer Maria Svenson ist, und uns vielleicht sogar sagen kann, wo sie steckt. Ich bin eben bei Jelena vorbeigefahren und habe sie gebeten, Dr. Arroway zu fragen.«

»Das hätten wir auch selbst tun können«, erwiderte Justus noch immer brummig.

In diesem Moment klingelte das Telefon.

»Aber dann würden wir nicht jetzt schon die Antwort bekommen«, sagte Bob triumphierend. »Das wird sie sein.«

Justus seufzte, drückte auf den Verstärkerknopf und hob ab. »Justus Jonas von den drei Detektiven.«

»Hi. Jelena hier. Na, schwer bei der geistigen Arbeit?«

»Kann man sagen.«

»Bob hat mir von eurem neuen Fall erzählt. Ihr wisst also mal wieder nicht weiter.«

»Davon kann gar keine Rede sein«, erwiderte Justus gereizt und biss sich sogleich auf die Zunge. Jelena wollte ihn nur provozieren. Das tat sie immer. Es war ihr Lieblingssport. Und sie schaffte es fast jedes Mal.

»Ich werde euch trotzdem auf die Sprünge helfen«, fuhr Jelena gönnerhaft fort. »Ich habe mit Dr. Arroway telefoniert. Sie kennt Maria Svenson tatsächlich – und zwar aus der Studienzeit. Sie wusste von der Laos-Geschichte, nahm das aber nicht so ernst. ›Jeder macht mal einen Fehler‹, hat sie gesagt.«

»Weiß sie, wo Dr. Svenson jetzt lebt?«

»Ja. In Pasadena. Sie unterrichtet nicht mehr, sondern arbeitet in einem archäologischen Forschungslabor. Wartet, ich habe mir die Adresse aufgeschrieben.« Jelena gab die Anschrift durch.

»Okay, Jelena.«

»Okay? Ist das alles? Wie wäre es mit danke schön?«

»Danke«, sagte Justus gequält.

»Ist euer Verstärker an?«

»Ja.«

»Bob, halt mich auf dem Laufenden!«, rief Jelena lauter als nötig. »Ciao!«

Nachdem Justus aufgelegt hatte, sah er auf die Uhr. »Wir schaffen es noch bis Pasadena, ohne zu einer unhöflich wirkenden Besuchszeit dort anzukommen. Los, Kollegen, auf geht's!«

»Wir wollen gleich hinfahren?«, fragte Peter erstaunt.

»Wieso nicht? Worauf sollen wir denn warten? Das ist die einzige Spur, die wir haben!«

Das Telefon klingelte erneut.

Justus nahm ab. »Noch was vergessen, Jelena?«

»Was wisst ihr über Sphinx?«, röchelte die dunkle Stimme.

Der Erste Detektiv zuckte zusammen. »Wir haben eine Spur.«

»Gut. Was wisst ihr?«

Justus versuchte, seine Stimme hart und entschlossen klingen zu lassen: »Wir haben sie noch nicht verfolgt. Und wir werden es erst dann tun, wenn Sie uns sagen, wer Sie sind.«

Schweigen.

Dann: »Ich gebe euch noch drei Tage, das Geheimnis zu lüften. Dann wird jemand sterben.«

»Sie können uns nicht drohen!«

»Einer von euch!«

»Wir werden nicht –«

Klick.

Justus blickte einen Moment den Hörer an, dann legte er ihn langsam auf. Seine Freunde starrten ihn an.

Peter schluckte. »Also, ich weiß ja nicht, wie es euch geht, aber mir wird das langsam eine Spur zu krass.«

»Das sind doch nichts als leere Drohungen«, behauptete Justus.

»Woher willst du das wissen? Vielleicht ist der Typ ein durchgeknallter Psychopath! Ich finde, wir sollten ...« Peter stockte.

»Das ist der Punkt, an dem du normalerweise von uns verlangst, die Finger von der Sache zu lassen«, stellte Bob fest.

»Stimmt.«

»Aber das funktioniert diesmal nicht. Wenn wir den Fall nicht weiterverfolgen, macht der Psychopath womöglich ernst.« Bob schüttelte sich, von einem plötzlichen Schauer gepackt.

»Dann haben wir also keine Wahl«, sagte Peter mit Grabesstimme.

»Eben«, sagte Justus bestimmt. »Daher ist jede weitere Diskussion überflüssig. Lasst uns also Maria Svenson einen Besuch abstatten.« Er erhob sich von seinem Stuhl und blickte die beiden auffordernd an.

»Ich kann nicht«, sagte Peter schnell. »Meine Eltern fahren morgen in Urlaub und ich habe meiner Mutter versprochen, ihr beim Packen zu helfen. Sie wird mir bestimmt stundenlang erklären, wie oft ich welche Blumen zu gießen habe und so, ihr wisst schon.« Er sah auf die Uhr. »Ich hätte zwar noch eine Stunde Zeit, aber das reicht kaum für den Weg nach Pasadena und zurück. Außerdem –«

»Schon gut, Peter«, sagte Justus beschwichtigend. »Bob und ich fahren allein. Auf geht's!«

Der Weg nach Pasadena führte sie ins bergige Hinterland. Bobs klappriger VW-Käfer ächzte bei jeder Steigung. Justus beobachtete besorgt die Öltemperaturanzeige. Hier in den Bergen war es heißer als an der Küste, und bis zum Los Angeles National Forest, an dessen Rand Pasadena lag, waren es noch ein paar Meilen. Dieser Landstrich war felsig und ausgedörrt, dafür war der Ausblick atemberaubend: Vor ihnen breitete sich eine riesige grüne Waldfläche aus und im Süden klebte die unbewegte Dunstglocke von Los Angeles in der Luft. Wenn Justus in den Rückspiegel schaute, sah er die bewaldeten Canyons, die die Landschaft in bizarren Narben zerfurchten und in den am Horizont glitzernden Pazifik ausliefen. Dann tauchte Pasadena auf. Die malerische Stadt lag in einem grün bewachsenen Tal. Die weißen Dächer der Häuser leuchteten einladend in der Sonne. »Ist ja ganz nett hier«, meinte Bob, »aber mir würde das Meer fehlen. In einer Stadt zu leben, in der man nicht das Meer sehen kann – das wäre nichts für mich.«

Justus hörte nur mit halbem Ohr zu, denn er war in die Straßenkarte versunken und suchte nach Dr. Svensons Adresse. »An der übernächsten Kreuzung nach links.«

Zehn Minuten später hatten sie das Haus erreicht. Es lag in einer typischen Vorstadtsiedlung, in der alle Häuser gleich aussehen und wo jeder jeden kennt. Ein paar Kinder spielten auf der Straße, als sie ausstiegen und auf die Haustür zugingen. Drei Stufen führten zur Veranda hinauf. Auf dem Klingelschild stand ein einziger Name: Svenson.

»Hast du dir eigentlich überlegt, wie wir vorgehen?«, fragte Bob.

»Was meinst du?«

»Wie kommen wir an unsere Antworten? Sie packt

sicherlich nicht einfach aus, wenn wir sie nach Sphinx fragen.«

Der Erste Detektiv winkte ab. »Das werden wir spontan entscheiden müssen. Überlass das Reden mir.« Er klingelte.

Nichts rührte sich. Auch nicht nach dem zweiten und dritten Versuch.

»Niemand da«, stellte Bob fest. »Wir hätten vielleicht doch besser anrufen sollen.«

Doch in diesem Moment hielt ein Auto an der Straße. Eine sportlich gekleidete Frau Ende vierzig stieg aus, eine riesige Aktentasche unter dem Arm. Ihr zentimeterkurzes Haar war silbrig grau. Sie warf schwungvoll die Tür zu und kam mit resoluten Schritten auf die beiden Detektive zu. »Wollt ihr zu mir?«

»Wenn Sie Maria Svenson sind?«

»Bin ich. Aber ich sage euch gleich, dass ich mir alle relevanten Zeitschriften selber kaufe, bereits zahlendes Mitglied im Tierschutzverein bin und keinerlei Interesse an politischen Organisationen habe.« Sie klemmte die monströse Tasche unter den Arm und kramte nach ihrem Schlüssel. »An religiösen übrigens auch nicht.«

»Darum geht es auch nicht. Darf ich uns kurz vorstellen? Mein Name ist Justus Jonas und das ist mein Kollege Bob Andrews.«

»Kollege? Wovon?«

»Wir sind –«

»Auf der Suche nach Informationen«, unterbrach Justus Bob. Es war nicht nötig, Mrs Svenson sofort einzuweihen, dass sie Detektive waren. »Es geht um den ... Zwischenfall in Laos, in den Sie vor zwölf Jahren verwickelt waren.«

Dr. Svenson hielt mitten in der Bewegung inne. Die

Tasche unter ihrem Arm geriet ganz langsam ins Rutschen. »Wie bitte?«

»Sie sind damals wegen Schmuggels festgenommen worden. Darüber würden wir gerne mit Ihnen reden.«

»Himmel, das ist ewig her!«, rief sie überrascht. Dann wurde sie wütend: »Aber ich wüsste nicht, was euch das angeht.« Sie bekam den Schlüssel zu fassen und machte sich daran, die Tür zu öffnen. »Ich weiß nicht, wo ihr diese alte Geschichte ausgegraben habt, aber ich habe auch keine Lust, mit euch darüber zu reden.«

»Ich versichere Ihnen, wir wollen nichts Böses!«, sagte Justus schnell. »Wir möchten nur mit Ihnen über den damaligen Vorfall sprechen.«

»Es ist besser, ihr geht jetzt.«

»Oder sollen wir lieber über Sphinx sprechen?«

Die Tür schwang auf, doch in diesem Moment rutschte die Aktentasche aus Dr. Svensons Umklammerung, knallte auf die Treppenstufen und sprang auf. Eine Flut von Büchern und Papieren ergoss sich über die Treppe und den Weg. »Verflucht noch mal!«

Bob und Justus sprangen die Veranda hinunter und halfen beim Einsammeln. Neben den Büchern, Heftern und losen Blättern war auch etwas Kartenmaterial dabei und zwei oder drei kleine Notizbücher, die zum Teil aufgeschlagen auf dem Gehweg herumlagen. Der Erste Detektiv versuchte, so viel wie möglich mit einem Blick zu erfassen, ohne dass es auffiel.

»Her damit!«, fauchte Dr. Svenson und riss Justus eines der Notizbücher aus der Hand, das er gerade zurück in die Tasche legen wollte. »Ich schaff das schon. Verschwindet einfach. Ich bin heute wirklich nicht in der Stimmung, mit zwei vorwitzigen Jungs über meine Vergangenheit zu plaudern.«

»Aber es wäre nur ganz kurz«, unternahm Justus einen letzten Versuch. »Wir möchten Sie wirklich nicht belästigen und –«

Maria Svenson hatte ihre Tasche gegriffen und die letzten Bücher unter den Arm geklemmt. Ohne ein weiteres Wort warf sie die Tür zu.

Der tanzende Teufel

»Nette Frau«, bemerkte Bob nach ein paar Sekunden. »Doch, sehr nett. Der Ausflug nach Pasadena hat sich richtig gelohnt.« Er sah Justus fragend an. »Ob wir noch mal klingeln sollten?«

»Besser nicht. Wir wissen, was wir wissen wollten. Fahren wir nach Hause.«

»Wir wissen, was wir wissen wollten? Wie kommst du denn auf die Idee? Wir wissen gar nichts, würde ich sagen.«

»Wir wissen, dass Maria Svenson etwas zu verbergen hat«, gab Justus zurück. »Sie hat vor Schreck die Tasche fallen gelassen, als ich den Namen Sphinx erwähnte.«

»Das kann auch Zufall gewesen sein. Ich dachte schon die ganze Zeit, dass sie sie jeden Moment verliert.«

»Aber sie hat nicht nachgefragt, was ich mit Sphinx meine.«

»Weil sie damit beschäftigt war, ihre Bücher aufzusammeln. Sorry, Just, aber ich glaube, du siehst gerade mehr Geheimnisse, als da sind.«

Justus erwiderte nichts, lächelte aber geheimnisvoll.

»Hast du gesehen, was das für Bücher waren, die Dr. Svenson mit sich herumschleppte?«, fragte Bob, als sie auf dem Rückweg waren. »Alles Mögliche über irgendwelche Inseln.«

»Mikronesien«, bestätigte Justus. »Eine Inselgruppe auf der anderen Seite des Pazifiks. Und es waren auch eine

Menge Karten dabei. Seekarten. Ich frage dich: Was will eine Archäologin mit Seekarten?«

»Du stellst Fragen. Woher soll ich das wissen?«

»Na ja, vielleicht finden wir das noch heraus. Ich werde erst mal Peter anrufen.«

»Warum das? Glaubst du, ausgerechnet Peter kennt die Antwort?«

»Nein. Ich will wissen, ob seine Eltern ihn heute Abend entlassen.«

»Was ist denn heute Abend?«

Wieder schlich sich ein Grinsen auf Justus' Gesicht. »Ach ja, das hatte ich ganz vergessen zu erwähnen. Wir haben heute eine Verabredung.«

»Mit wem?«

»Wenn ich mich nicht täusche, mit Sphinx.«

Bob starrte ihn an.

»He, guck auf die Straße, Kollege!«

»Mit Sphinx? Habe ich irgendwas nicht mitbekommen?«

»Kann sein.«

»Nun spuck's schon aus, Just! Was weißt du, was ich nicht weiß? Und warum?«

»Warum? Weil ich das Glück habe, mit einem fotografischen Gedächtnis gesegnet zu sein. Und so konnte ich mir mit einem schnellen Blick in Dr. Svensons aufgeschlagenen Terminkalender alles merken, was dort geschrieben stand.«

»Alles?«

»Na schön, ich geb's zu, so viel war es nicht.«

»Und *was* war es?«

»Neben einer Einkaufsliste, einem Arztbesuch und einigen unleserlichen Notizen war ein Termin für heute Abend, zehn Uhr, eingetragen. Ich habe das ziemlich sichere Gefühl, dass wir auf der richtigen Spur sind.«

»Was für ein Termin?«

»Dort stand: ›Treffen mit S‹.«

»Es war gar nicht einfach, meine Mutter davon zu überzeugen, dass ich heute noch wegmuss. Letzter gemeinsamer Abend und so. Als ich ihr sagte, dass du mich brauchst, Justus, hat sie gleich wieder die Krise gekriegt.« Peter imitierte den besorgten Tonfall seiner Mutter: »Immer wenn Justus dich braucht, gerätst du in Schwierigkeiten. Ich werde keine ruhige Minute im Urlaub haben, wenn ich weiß, dass ihr schon wieder in eine gefährliche Sache verwickelt seid.«

»Klingt ganz nach Tante Mathilda«, fand der Erste Detektiv. »Aber wir brauchen dich nun mal. Maria Svenson hat Bobs Wagen gesehen und würde ihn wahrscheinlich wiedererkennen. Deinen nicht.«

Die drei ??? fuhren in Peters knallrotem MG zurück nach Pasadena. Es war Viertel nach neun. Justus hatte vorgeschlagen, frühzeitig vor Dr. Svensons Haus zu warten. Schließlich wussten sie nicht, ob das geheimnisvolle Treffen mit S bei ihr zu Hause oder an einem anderen Ort stattfinden sollte.

»Dort drüben steht Mrs Svensons Wagen. Sie ist also zu Hause. Wir parken am besten ein Stück vom Haus entfernt. Sicher ist sicher.«

Während sie warteten, überkamen Bob erste Zweifel. »Und was ist, wenn S nichts anderes bedeutet als Sandra oder Susan? Vielleicht trifft sie sich einfach nur mit ihrer besten Freundin.«

»Dann haben wir Pech gehabt«, antwortete Justus lakonisch. »Aber vielleicht steht das S für Sphinx und dann haben wir eine heiße Spur!«

Nach etwa zehn Minuten richtete sich Peter hinter dem Steuer kerzengerade auf. »Da verlässt jemand das Haus! Ist sie das?«

»Ja.« Justus beobachtete, wie Maria Svenson in ihr Auto stieg und davonfuhr. »Los, Zweiter, hinterher! Aber unauffällig, wenn ich bitten darf.«

»Ich bin ja kein Idiot.« Peter nahm die Verfolgung auf. Schön ruhig und mit reichlich Abstand. Es war schließlich nicht das erste Mal, dass er so etwas machte. Trotzdem ließ Justus es sich nicht nehmen, ihn immer wieder zu belehren.

Die Fahrt führte sie aus Pasadena heraus zurück zur Küste, diesmal allerdings Richtung Los Angeles. Langsam wurde die Bebauung dichter und schließlich waren sie mittendrin im Getümmel des Großstadtdschungels. Hier war es wesentlich schwieriger, den Wagen nicht aus den Augen zu verlieren, doch Dr. Svenson fuhr angenehm behäbig. Offenbar hatte sie nicht bemerkt, dass sie verfolgt wurde, andernfalls hätte sie die drei Detektive problemlos abhängen können. Nach einer guten halben Stunde erreichten sie Downtown, das Zentrum der Stadt, wo sich Café an Café reihte, Schaufenster an Schaufenster, und wo sich Massen aufgestylter Menschen durch die hell erleuchteten Straßenschluchten schoben, um zu sehen und gesehen zu werden. Doch Peter ließ sich nicht ablenken und folgte der Archäologin unbeirrt, bis sie schließlich vor einem Bürogebäude hielt: einem beeindruckenden Monstrum aus Glas und Stahl, das ein Dutzend Stockwerke in die Höhe ragte. Auch zu dieser späten Stunde wurde hinter einigen beleuchteten Fenstern noch gearbeitet. Dr. Svenson stieg aus dem Auto und betrat den Wolkenkratzer durch eine gläserne Drehtür.

Die drei ??? sprangen aus dem MG und eilten ihr nach, doch kurz vor der Tür hielt Justus seine Freunde zurück. »Wir können ihr nicht einfach folgen.«

»Warum denn nicht?«

»Wegen des Wachmanns.« Er wies durch die Scheibe ins Foyer, in dem hinter einem Tresen ein uniformierter Mann saß. Er sprach gerade mit Dr. Svenson, griff dann zu einem Telefonhörer und lächelte ihr zu. Nachdem er aufgelegt hatte, wies er auf die Fahrstuhltüren. Sie ging darauf zu, drückte einen Knopf und wartete.

»Wir müssen hinterher!«, drängte Peter. »Sonst ist sie gleich in diesem Riesenklotz verschwunden!«

»Der Wachmann würde uns aber nicht durchlassen. Die allermeisten Büros haben schon vor Stunden geschlossen. Jeder, der jetzt noch ins Gebäude will, muss einen triftigen Grund haben.«

»Und wenn wir sagen, wir hätten was im Büro vergessen?«

»Das glaubt der uns nie«, war Justus überzeugt. Während er Maria Svenson beobachtete, wie sie auf den Lift wartete, bearbeitete er seine Unterlippe. Der Fahrstuhl kam, sie stieg ein und anhand der Anzeige oberhalb der Tür erkannte Justus, dass es nach oben ging. Vier, fünf, sechs, sieben ... in den achten Stock. Dort verharrte der Zeiger. »Die Tiefgarage!«

»Wie bitte?«

»Dieses Gebäude hat eine Tiefgarage, seht ihr? Die Ziffern über der Fahrstuhltür zeigen zwei unterirdische Geschosse an. Das ist garantiert mehr als nur ein Keller.«

»Du meinst, wir kommen über die Tiefgarage in das Gebäude?«, fragte Bob.

»Genau.«

»Aber da sind garantiert Kameras. Sieh doch, der Wachmann hat Monitore in seinem Schalter! Er würde uns sofort sehen und wahrscheinlich einen Sicherheitsalarm auslösen oder so.«

»Dann muss einer von uns ihn ablenken, während die anderen beiden so schnell wie möglich die Tiefgarage durchqueren.« Er blickte Peter fest in die Augen.

»Ich? Wieso denn schon wieder ich?«

»Wir haben keine Zeit für Diskussionen. Machst du's?«

Peter wog einen Augenblick lang die verschiedenen Möglichkeiten ab: Wollte er lieber dem Wachmann irgendeine absurde Geschichte auftischen oder von demselben Mann dabei erwischt werden, wie er durch die Tiefgarage schlich? Er entschied sich für Ersteres. »Okay.«

»Gut. Der Eingang zum Parkdeck liegt wahrscheinlich auf der Rückseite des Gebäudes. Gib uns zwei Minuten. Und dann gehst du da rein und lenkst den Typ so lange wie möglich von seinen Bildschirmen ab. Verstanden?«

»Verstanden.«

Justus und Bob liefen los und waren bald hinter der nächsten Hausecke verschwunden.

Peter sah auf die Uhr. Wartete. Sah wieder auf die Uhr. Wartete. Dann holte er einmal tief Luft, drehte sich um und betrat die Drehtür, die sich automatisch in Bewegung setzte und ihn ins Foyer schleuste. Augenblicklich war der Straßenlärm ausgesperrt und es war fast unnatürlich still. Umso lauter erschien das Quietschen von Peters Turnschuhen auf dem polierten Steinboden der Eingangshalle. Er war noch nicht weit gekommen, da dröhnte ihm auch schon die Bassstimme des Nachtwächters entgegen: »Kann ich dir irgendwie helfen?« Die Frage war nicht freundlich gemeint.

»Ich ... äh ... ja, ich ... ich meine, nein. Ich komme schon zurecht, danke.« Peter versuchte, so selbstverständlich wie möglich auf die Fahrstuhltüren zuzugehen.

»Momentchen mal, wo soll's denn hingehen?«

»In den, äh, vierten Stock.«

»Im vierten Stock arbeitet niemand mehr.«

»Ich weiß. Ich wollte dort auch nur etwas holen, was ich heute Nachmittag vergessen habe. Also, genau genommen nicht ich. Sondern mein Vater. Der arbeitet da nämlich. Im vierten Stock.«

»Und wo?«

»Bei ... äh ... Winston & Winston.« Peter hatte gerade noch einen Blick auf die Kunststofftafel an der Wand werfen können, auf der die hier ansässigen Firmen verzeichnet waren.

Der bullige Nachtwächter kniff die Augen zusammen. Er glaubte ihm offensichtlich kein Wort. Mit dem Zeigefinger winkte er Peter zu sich heran.

Zögernd trat der Zweite Detektiv bis zum Tresen vor. Und konnte einen Blick über die Schulter seines Gegenübers auf die Monitore werfen. Sie zeigten tatsächlich Bilder aus der Tiefgarage und wechselten alle paar Sekunden die Einstellung. Autos. Türen. Autos. Betonpfeiler. Autos. Justus und Bob. Autos.

»Und wo dort?«

»W... wie bitte?« Peter riss seinen Blick los und fixierte den Wachposten. Hatte er etwas gemerkt?

»Wo arbeitet dein Vater?«

»In der ... Buchhaltung«, log Peter und hoffte inständig, dass es bei Winston & Winston auch eine Buchhaltung gab. Er hatte ja nicht einmal eine Ahnung, was das überhaupt für eine Firma war.

»Und was möchtest du nun im Büro deines Vaters?«

»Seine Brieftasche holen. Er hat sie heute im Büro vergessen und mich gebeten, sie zu holen. Es ist sehr wichtig, wissen Sie. Er könnte sie natürlich auch morgen selbst holen, aber die Theatertickets für heute Abend sind drin und meine Mutter wäre –«

»Ein bisschen spät fürs Theater, meinst du nicht?«

Peter schluckte. »Es ist eine Art Nachtvorstellung.« Er konnte nicht anders. Er musste noch einen Blick auf die Monitore werfen. Da waren sie wieder! Sie rannten gerade auf eine Stahltür zu. Hoffentlich war das der Eingang zum Treppenhaus, dort waren sie in Sicherheit!

Der Wachmann bemerkte Peters Blick und drehte sich um. Im letzten Augenblick war das Bild auf eine andere Kamera gesprungen. Der Nachtwächter schien eine Ahnung zu haben. Er fixierte die Bildschirme. Als einer davon wieder die Stahltür zeigte, waren Justus und Bob verschwunden.

»Wenn dein Vater wirklich hier arbeitet, weiß er sicherlich ganz genau, dass nach sieben Uhr abends niemand, der hier nicht arbeitet, ohne Termin in dieses Gebäude kommt. Das nächste Mal denkst du dir besser eine glaubwürdigere Story aus. Und jetzt verschwinde und lass dich hier nicht wieder so schnell blicken!«

Das ließ sich Peter nicht zweimal sagen. Er machte auf der Stelle kehrt und ging eilig und mit quietschenden Sohlen zurück, ohne sich noch einmal umzudrehen. Erst als er wieder auf der Straße stand, atmete er auf. Er drehte sich um und blickte die glänzende Fassade hoch. Ob Bob und Justus es geschafft hatten?

»Peter scheint seine Sache gut gemacht zu haben«, bemerkte Bob, als sie die Tür mit der großen aufgeklebten Sechs passierten. »Sonst wären wir schon längst geschnappt worden.«

Justus antwortete nicht. Er hatte nicht die Kraft dazu. Noch zwei Stockwerke. Er würde nicht einmal mehr zwei Stufen schaffen!

Sie hatten die Rampe zur Tiefgarage sofort gefunden und es war kein Problem gewesen, ins Treppenhaus zu gelangen. Weitaus problematischer war das Treppenhaus selbst – neun Stockwerke nach oben. Zu Fuß. Sie hatten es nicht gewagt, den Aufzug zu benutzen, da der Wachmann das ohne Zweifel bemerkt hätte. Ächzend schleppte sich Justus die letzten Stufen hoch, bis sie schließlich vor der Tür mit der Nummer acht standen. Der Erste Detektiv lehnte sich keuchend an die Wand und schloss für einen Moment die Augen. Verfluchte Kondition! Vielleicht hätte er doch mit Peter tauschen sollen. »Wollen wir ewig hier im Treppenhaus bleiben?«

»Nein. Du hast recht.« Justus öffnete die Tür einen Spalt und spähte in den dahinterliegenden Flur. Er war nur schwach beleuchtet. Kein Mensch zu sehen. Auf einem Schild an der Wand standen die Namen der Firmen, die sich in diesem Stockwerk befanden. »Eine Werbeagentur, ein Rechtsanwalt, ein Online-Unternehmen, noch ein Rechtsanwalt – aha, was haben wir denn da? ›Ethnoart – Kunstwerke aus allen Teilen der Welt‹. Scheint eine Art Kunsthandel zu sein. Ich würde sagen, das ist die erste Adresse, bei der wir unser Glück versuchen sollten.«

Sie folgten dem Wegweiser und gingen links den Gang hinunter. Kein Laut war zu hören, selbst der Klang ihrer Schritte wurde vom dicken grauen Teppichboden geschluckt. In diesem Teil des Stockwerks schien niemand mehr zu arbeiten – kein Telefonklingeln, keine klackernde Computertastatur, kein Summen eines Kopierers, es war totenstill. Bis schließlich leise Stimmen zu ihnen drangen.

»Da ist jemand!«, flüsterte Bob. »Es muss das Büro am Ende des Ganges sein!«

Sie blieben neben einer gläsernen Tür stehen, in die ein Logo eingraviert war: eine dämonische Teufelsgestalt, die sich in einem irren Tanz um den Schriftzug »Ethnoart« wand. Das Glas war getönt, daher waren nur einige Schatten auszumachen, die sich bewegten. Justus und Bob drückten sich an die Wand und lauschten.

». . . an die Impfung. Es ist nicht nötig, dass die Expedition an einer heimtückischen Malaria scheitert.« Das war eindeutig die Stimme von Maria Svenson!

»Dr. Svenson hat recht. Auf Makatao werden wir keinen Arzt konsultieren können, nur unsere Hausapotheke. Bereiten Sie sich also auf alle tropischen Krankheiten vor!«

»Malaria wird das geringste Problem sein, wenn die Gerüchte stimmen, Mr Schwartz«, warf jemand grimmig ein. »Ich traue dem Braten nicht. Und ich traue Hadden nicht! Was ist, wenn er uns alle in eine Falle locken will?« Der Mann sprach mit spanischem Akzent.

»Sie sehen Gespenster, Juan«, sagte Mr Schwartz. »Mr Hadden will seine Ware, das ist alles. Und er bietet uns eine Menge Geld dafür, dass wir sie ihm beschaffen. Es gibt keine Falle.«

»Und was ist dann mit der ›Montana‹ passiert? Das Schiff hatte das gleiche Ziel wie wir – und ist verschollen!«

»Unsinn. Es ist nicht verschollen. Wir wissen, dass die ›Montana‹ unbeschadet die Insel erreicht hat.«

»Aber Professor Phoenix und die anderen haben sich seit zwei Tagen nicht mehr gemeldet!«, rief Juan aufgebracht. »Kommt Ihnen das nicht wenigstens ein bisschen merkwürdig vor?«

»Das kann tausend Gründe haben«, sagte Dr. Svenson. »Uns ist doch klar, dass sich diese Expedition erheblich von allen anderen unterscheidet. Aber wir haben keine Wahl. Wenn wir wissen wollen, was mit Professor Phoenix geschehen ist und was sich hinter dem Geheimnis von Makatao verbirgt, müssen wir in fünf Tagen an Bord der ›Hadden Explorer‹ gehen und aufbrechen.«

»Aber das ist nicht der einzige Grund«, fügte Mr Schwartz hinzu. »Hadden wird uns in Zukunft jede Unterstützung verweigern, wenn wir nicht fahren. Und das bedeutet den sicheren Tod von Sphinx.«

Bob versetzte Justus einen Stoß in die Rippen. Als ob er es nicht selbst gehört hätte: Sphinx! Es war also doch kein Mythos!

»Einer kennt das Geheimnis«, brummte Juan. »Dieser junge Bursche!«

»Das wissen wir nicht«, sagte ein dritter Mann, der sich bisher noch nicht zu Wort gemeldet hatte. Seine Stimme war ruhig und gelassen.

»Aber natürlich, Olin! Hadden traut uns nicht. Er schickt einen seiner Leute zur Überwachung mit. Und dieser Bursche weiß garantiert, was auf Makatao vor sich geht.«

»Diese Mutmaßungen sind absurd«, sagte Schwartz entschieden. »Außerdem bringen sie uns keinen Schritt weiter. Und wir haben noch eine Menge Arbeit zu erledigen.«

»Moment noch«, sagte Maria Svenson zögernd. »Da wir gerade von Überwachung sprechen: Ich hatte heute eine seltsame Begegnung. Zwei Jungen standen vor meiner Haustür und wollten mit mir über meine Festnahme vor zwölf Jahren sprechen.«

»Wieso denn das?«

»Ich habe sie nicht nach ihren Gründen gefragt, sondern sie gleich zum Teufel geschickt. Aber einer der beiden – so 'n unangenehm Altkluger, Dicker – sprach plötzlich von Sphinx.«

»Wie bitte?«, explodierte Juan. »Was hat das zu bedeuten?«

»Ich weiß es nicht. Ich habe nicht darauf reagiert und ihnen die Tür vor der Nase zugeschlagen.«

»Was waren das für Burschen?«, fragte Olin.

»Keine Ahnung.«

»Haben sie sich nicht vorgestellt?«

»Doch. Aber ich habe die Namen wieder vergessen. Der eine hatte einen Allerweltsnamen. Und der Dicke hieß irgendwie merkwürdig. Julius oder so. Ich weiß es nicht mehr. Aber es waren nur zwei Jungen. Ich bin sicher, dass sie ungefährlich sind. Ich wollte Sie nur unterrichten für den Fall, dass sie auch bei Ihnen aufkreuzen. Dieser Auftrag ist so schon rätselhaft genug. Halten Sie die Augen offen!«

»In Ordnung, Dr. Svenson. Jetzt sollten wir –«

»Nichts ist in Ordnung!«, rief Juan. »Sehen Sie denn nicht, was hier geschieht? Jemand ist uns auf den Fersen!«

»Es waren nur zwei Jungen, Juan!«

Schwartz räusperte sich lautstark. »Jetzt sollten wir noch mal die Ausrüstungsliste durchgehen!«

Juan schnaubte wütend. »Einen Augenblick.« Ein Stuhl knarrte. Schritte näherten sich der Tür.

Justus und Bob warfen sich einen panischen Blick zu. Auf dem gesamten Flur gab es keinen Ort, an dem man sich verstecken konnte! Bob sprang zur nächstbesten Tür und drückte die Klinke herunter – verschlossen. Es gab nur noch eins: den Gang hinunter!

Sie sprinteten los. Beinahe schien es, als würden sie die nächste Ecke erreichen, bevor Juan die Tür öffnete.

Aber nur beinahe.

»He! Bleibt stehen!«

Sie sprangen in den nächsten Flur und rannten bis zur Treppenhaustür. Daneben war der Aufzug. Hinter ihnen wurden Stimmen laut: »Zwei Jungen, ein plumper Dicker! Das sind sie bestimmt!« Jemand rannte ihnen nach. Es waren mindestens zwei Personen. Justus wusste genau, dass er bei einer Flucht über die Treppe keine Chance hatte. Er schlug auf den Fahrstuhlknopf. Wenn der Lift seit Dr. Svensons Ankunft nicht mehr benutzt worden war, war er noch auf dieser Etage. Die Tür glitt zur Seite. Sie sprangen in die Kabine und drückten auf die Taste für das erste Untergeschoss.

»Mach schon, mach schon, mach schon«, murmelte Bob und tippelte unruhig mit dem Fuß. »Geh zu, du blöde Tür!«

Sie konnten gerade noch einen Blick auf Juan erhaschen, der um die Ecke geschossen kam, als sich die Tür schloss. Der schwarzhaarige Mann pochte dagegen, doch da setzte sich die Kabine schon in Bewegung.

»Er wird die Treppe nehmen!«

»Wir sind zu schnell, er erwischt uns nicht mehr«, meinte Justus.

»Und der andere Fahrstuhl?«

Justus biss die Zähne zusammen. »Wir gehen besser kein Risiko ein. Sobald wir unten sind, legen wir einen Sprint zu Peters Wagen ein und verschwinden hier.«

Bob stöhnte. »Zum Glück hat Dr. Svenson uns nicht gesehen. Sie hätte uns sofort wiedererkannt.«

»Wenn sie eins und eins zusammenzählen kann, spielt das keine Rolle. Sie wird sich denken können, dass wir diejenigen waren, die ihr heute Nachmittag einen Besuch abgestattet haben.«

Noch ein Stockwerk. Da fiel es Bob ein: »Was machen wir mit dem Nachtwächter? Er wird uns auf den Kameras sehen!«

»Ein Grund mehr, sich zu beeilen!«

Sie sprangen aus der Fahrstuhlkabine und rannten durch den unterirdischen Betonbunker bis zur Rampe, die zurück auf die Straße führte. Peter wartete auf sie, nervös vor seinem MG auf und ab gehend. »Was ist los? Was ist los?«

»Frag nicht, mach uns startklar!«

Das ließ Peter sich nicht zweimal sagen. Der Motor lief bereits, als Bob und Justus in den knallroten Sportwagen sprangen.

Mit quietschenden Reifen schossen sie davon.

»Makatao«, sagte Bob und knallte einen Stapel Bücher, Karten und Kopien auf den Schreibtisch der Zentrale.

»Hadden«, sagte Peter und legte einen kleinen Notizzettel daneben, auf dem nicht mehr stand als der Name. Er grinste verlegen. »Sorry, aber ich hatte einfach keine Zeit für Nachforschungen. Ihr wisst ja: Meine Eltern sind heute weggefahren. Was für ein Drama! Aber jetzt habe ich sturmfreie Bude. Und das Beste ist, dass meine Eltern die Katastrophe von Zeugnis, die mir morgen überreicht wird, erst in zwei Wochen zu sehen kriegen.«

Die drei ??? hatten sich am nächsten Nachmittag in der Zentrale getroffen, um die Ergebnisse ihrer Recherchen zu besprechen.

»Wie gut, dass ich ein bisschen Vorarbeit geleistet und ein paar Kleinigkeiten herausgefunden habe«, sagte Justus, lehnte sich zurück und legte die Fingerspitzen aneinander, wie er es immer tat, wenn er zu einem längeren Vortrag ausholte. »Bei dem geheimnisvollen Hadden handelt es sich allem Anschein nach um Mr Joseph Hadden, den Chef der Hadden Industries.«

»Hadden Industries?«, fragte Bob. »Das sagt mir irgendwas, ich weiß bloß nicht genau, was.«

»Die Firma stellt Kunststoffe her«, antwortete Justus. »Und hat dadurch in so ziemlich allem ihre Finger: Computertechnik, Autoindustrie, Verpackungen und so weiter. Eigentlich ist es ein Industriebetrieb wie jeder andere auch. Mit einer Ausnahme: Es gibt ihn noch nicht besonders lange und er hat es trotzdem innerhalb weniger Jahre geschafft, zum absoluten Marktführer in Kalifornien zu werden. Mr Hadden ist ein sehr ehrgeiziger Mann, der nichts dem Zufall überlässt. Irgendein Wirtschaftsmagazin hat ihn zum erfolgreichsten Unternehmer des Jahres gewählt.«

»Warum bist du so sicher, dass es gestern um ausgerechnet diesen Hadden ging und nicht um einen anderen?«, fragte Peter.

»Weil Joseph Hadden auch einige Schiffe besitzt, mit denen er seine Produkte ins Ausland exportiert. Es hat eine Weile gedauert und ich musste mit einer Menge Leuten telefonieren, die unangenehme Fragen gestellt haben, aber ich konnte schließlich herausfinden, dass eines der Schiffe ›Hadden Explorer‹ heißt.«

»Das Schiff, von dem gestern die Rede war!«, rief Bob. »Wir haben es also mit einem reichen Unternehmer zu tun, der den Leuten von Sphinx eine Expedition nach Makatao sponsert, damit sie dort irgendwas für ihn tun.«

»Tja«, seufzte Peter. »Nur was?«

»Was hast du denn über diese Insel herausgefunden, Bob?«

»Einiges. Aber ich bin nicht sicher, ob uns das weiterhilft.«

»Fang an!«

»Makatao ist eine Insel in Mikronesien.«

»Mikronesien!« Justus pfiff durch die Zähne. »Dr. Svenson hatte Bücher und Karten über Mikronesien in ihrer Tasche, erinnerst du dich?«

Peter lachte. »Moment mal, wovon redet ihr überhaupt? Mikriwas?«

»Mikronesien«, korrigierte Justus. »Ein Bund föderierter Kleinstaaten im westlichen Pazifik, bestehend aus etwa zweitausend größeren und kleineren Inseln, die zum Teil vulkanischen Ursprungs sind.«

»Ähh ...«

»Wurde vor etwa 3500 Jahren besiedelt und zwischen dem Zweiten Weltkrieg und 1990 von den USA als Treuhandgebiet verwaltet.«

»Ähhh ...«

»Und ist seitdem weitgehend unabhängig. Die Hauptstadt ist Kolonia auf der Insel Ponape, auch Pohnpei genannt.«

»Müssen wir das so genau –«

»Ich wollte euch nur einen kleinen Überblick verschaffen.« Der Erste Detektiv lächelte milde.

»In Ordnung«, sagte Peter. »Ich bin im Bilde. Aber eine Inselgruppe im Pazifik hätte völlig gereicht. Was ist nun mit diesem Makatao?«

»Es hat ewig gedauert, bis ich etwas darüber herausgefunden habe. Wie Justus schon sagte: Mikronesien besteht aus über zweitausend Inseln. Ich brauchte allein eine Stunde, um zu schnallen, dass Makatao eine davon ist. Dann wurde es allerdings interessant.«

»Schieß los!«

»Die Insel ist heute unbewohnt. Aber es gibt Spuren von Zivilisation auf ihr. Vermutlich.«

»Vermutlich?«

»Ja. Das ist nicht ganz klar. Es ist nämlich so: Die Insel ist schon seit Jahrzehnten nicht mehr betreten worden.«

»Warum denn das?«

»Weil sie eine Art Heiligtum ist. Seht mal!« Bob griff nach einem der Bücher, die er aus der Bibliothek mitgebracht hatte, und schlug eine markierte Seite auf. »In diesem Buch heißt es, dass auf Makatao Ruinen eines alten, längst untergegangenen und vergessenen Volkes gefunden wurden. Richtig erforscht wurden diese Ruinen allerdings nie.«

»Und warum nicht?«, fragte Peter.

»Weil es verboten ist, die Insel zu betreten. Es liegt so eine Art Fluch auf ihr.«

»Oh-oh. In Ordnung, ich will gar nicht mehr wissen.«

»Ich aber. Erzähl weiter, Bob!«

»Die Mikronesier sind ein sehr abergläubisches Volk. In einer ihrer vielen Sprachen bedeutet Makatao so viel wie Toteninsel. Sie glauben, dass ihre Vorfahren dort eine heilige Stätte errichtet haben, eine Art Heimstatt für die Seelen ihrer Toten. Noch heute sind die Ureinwohner davon überzeugt, dass die Geister ihrer Vorfahren auf Makatao leben. Sie haben durchgesetzt, dass niemand die Insel betreten darf, damit die Ruhe der Toten nicht gestört wird. Und da Makatao ziemlich klein ist und es bei über zweitausend Inseln auf eine mehr oder weniger auch nicht mehr ankommt, hat die Regierung diesen Wunsch respektiert.«

»Und was ist mit diesen Ruinen?«

»Das ist die große Frage. Die Artikel, die ich gefunden habe, widersprechen sich in diesem Punkt. In einigen steht, dass die Legenden der Ureinwohner wahr sind. Es ist von einer mystischen Kultstätte die Rede, die das vergessene Volk zur Verehrung ihrer Ahnen angelegt hat. Woanders heißt es, die angeblichen Ruinen seien nichts weiter als eine zufällige Felsformation. Und dann gibt es noch die Artikel, in denen behauptet wird, die Ruinen von Makatao seien nur ein Mythos. Alle Berichte über eine uralte Kultstätte seien moderne Legenden.«

»Seltsam«, fand Justus und zupfte an seiner Unterlippe. »Solche Legenden entstehen doch nicht von alleine. Warum sollte jemand Geschichten über eine Ruine erfinden, wenn es sie in Wirklichkeit gar nicht gibt? Das alles erscheint mir sehr rätselhaft.«

Bob nickte nachdenklich. »Ein Rätsel. Genau das ist es. Je mehr ich über Makatao gelesen habe, desto rätselhafter wurde mir diese Insel. Es gibt dort irgendein Geheimnis, ich bin ganz sicher. Und irgendjemand will etwas geheim halten.«

»Geheim halten?«, wiederholte Peter verblüfft. »Wie kommst du denn darauf?«

»Wenn ich alle Berichte und Artikel, die ich entdeckt habe, in eine zeitliche Reihenfolge stelle, scheint es so, als habe man erst in den letzten drei, vier Jahren versucht, das Rätsel von Makatao herunterzuspielen. Man könnte sogar sagen: zu vertuschen.«

»Man?«, hakte Peter nach. »Wer ist man?«

»Keine Ahnung.«

Der Erste Detektiv runzelte die Stirn. »Wie sollte jemand in der Lage sein, etwas in so großem Stil geheim zu halten? Und vor allem: was?«

»Genau das fragen sich die Leute von Sphinx auch«, vermutete Peter. »Wenn das, was wir über diesen Verein wissen, stimmt, ist die Sache doch eigentlich klar. Es geht um diese Ruine. Sie wollen herausfinden, ob es sie wirklich gibt und was es damit auf sich hat. Joseph Hadden hat das nötige Kleingeld und kann mal eben ein paar Scheine für den ganzen Spaß lockermachen. Und eines seiner Schiffe zur Verfügung stellen. Als Gegenleistung will er sämtliche Schatztruhen voller Gold und Edelsteine, die gefunden werden.«

»Klingt logisch«, stimmte Justus zu. »Aber ist es das, was unser geheimnisvoller Auftraggeber wissen will? Wie passt die Warnung, dass jemand sterben werde, in die ganze Geschichte?«

»Vielleicht war es nur eine Drohung«, gab Bob zu bedenken. »Vielleicht hatte der Auftraggeber Angst, wir würden den Fall nicht ernst genug nehmen.«

»Möglich«, gab der Erste Detektiv zu. »Aber ich glaube, es steckt mehr dahinter. Erinnert ihr euch, was dieser Juan gesagt hat? Dass ein Schiff namens ›Montana‹ die Insel bereits erreicht hat. Und dass der Kontakt zur Mannschaft seit einigen Tagen abgebrochen ist. Wir haben noch längst nicht alle Informationen, die wir brauchen, um das Puzzle zusammenzusetzen. In vier Tagen läuft die ›Hadden Explorer‹ aus. Bis dahin sollten wir herausgefunden haben, worum es wirklich geht.«

»Und wie sollen wir das machen? In Maria Svensons Nähe können wir uns nicht mehr wagen. Und auf eine zweite Begegnung mit Juan bis ich auch nicht besonders scharf. Beide haben uns gesehen und würden uns sofort wiedererkennen.«

»Da hast du recht. Und deshalb werden wir uns an Hadden selbst halten. Mehr über ihn herausfinden. Ihn beschatten. Wenn Juans Misstrauen begründet ist, dann ist

Hadden der Einzige, der wirklich weiß, worum es geht. Wäre doch gelacht, wenn wir das nicht auch herausfänden.«

Justus Jonas räusperte sich und klopfte an die Tür. Keine Antwort. Er wartete fünf Sekunden und drückte dann vorsichtig die Klinke herunter. Die Sekretärin im Vorzimmer war noch sehr jung. Sie trug Kopfhörer und tippte gerade einen auf Band diktierten Text ab. Dabei starrte sie angestrengt auf ihren Monitor, ohne Justus zu bemerken. Auf ihrem Schreibtisch stand ein Namensschild: Barbara Jefferson. Von dem kühl und sachlich, aber unverkennbar teuer eingerichteten Raum führte eine weitere Tür ins Allerheiligste des Gebäudes: Joseph Haddens Büro. Eine tiefe Stimme drang durch das edle Holz.

Justus räusperte sich erneut. Mrs Jefferson zuckte erschrocken zusammen und riss sich den Kopfhörer herunter. »Ja, bitte?«

»Guten Tag. Mein Name ist Justus Jonas. Ich möchte gern zu Mr Hadden.«

Sie runzelte die Stirn und blickte irritiert auf einen vollgeschriebenen Terminkalender. »Jonas? Tut mir leid, aber ich habe hier keinen Termin notiert. Wann warst du denn mit Mr Hadden verabredet?«

»Äh ...« Justus setzte seine dümmlichste Miene auf und sprach extra langsam. »Verabredet? Also, eigentlich waren wir gar nicht verabredet.«

»Tut mir leid, ohne Termin ist da gar nichts zu machen.« Der Klang ihrer Stimme verriet, dass es ihr kein bisschen leidtat. Das war einer ihrer Standardsätze, die sie täglich ein Dutzend Mal abspulte. Sie wandte sich wieder ihrem Tonband und dem Computer zu. Nach ein paar Augenblicken bemerkte sie, dass Justus immer noch im Vorzimmer stand und keine Anstalten machte zu verschwinden. »Gibt es noch was?«

»Könnte ... könnte ich vielleicht so einen Termin bekommen?«

»Worum geht es denn?«

»Ich möchte gern ein Interview machen mit Mr Hadden.«

»Ein Interview.«

»Für die Schülerzeitung. Weil er doch so ein erfolgreicher Mann ist. Und ein Vorbild für jeden strebsamen amerikanischen Schüler, der es mal zu etwas bringen will im Leben.«

Mrs Jeffersons Gesicht zuckte ein wenig. »Ich weiß nicht, ob –« Das Telefon unterbrach sie. »Einen Moment. Hadden Industries, Jefferson am Apparat, was kann ich für Sie tun? Wie bitte? Mein Wagen?«

Justus war gespannt, ob sie sofort aufspringen und rauslaufen oder ihn erst höflich bitten würde zu gehen.

Es war eine Mischung aus beidem. Mrs Jefferson presste noch ein »Ich komme sofort« hervor, dann schnappte sie ihre Tasche und stürzte auf die Tür zu. »Tut mir leid, Junge, ein Notfall. Ruf doch einfach an und lass dir einen Termin geben, in Ordnung?«

Das »Ja, Madam« bekam sie schon gar nicht mehr mit. Sie warf noch einen Blick zurück, um zu sehen, ob Justus das Büro auch wirklich verließ. Was sie jedoch nicht mitbekam, war, dass der Erste Detektiv auf dem Absatz kehrtmachte, sobald sie um die Ecke des Flurs gebogen war. Er ging ins Vorzimmer zurück und schloss die Tür.

Viel Zeit hatte er nicht. Sobald Mrs Jefferson unten auf

dem Parkplatz angekommen war, würde sie feststellen, dass ihr Auto immer noch unversehrt dort stand, wo sie es abgestellt hatte. Und nicht gerade abgeschleppt wurde, wie der Polizeibeamte am Telefon behauptet hatte. Der gar kein Polizeibeamter war. Sondern Bob mit verstellter Stimme.

Das Büro befand sich im fünften Stock. In spätestens vier Minuten würde sie zurück sein. Justus musste sich also beeilen. Er schlich zum Schreibtisch der Sekretärin hinüber und warf einen Blick auf den Computerbildschirm: ein Brief an irgendeine Firma in Nevada. Nicht besonders aufschlussreich. Dann öffnete er die Schublade. Klebestreifen, Büroklammern, Tacker, Textmarker und hübsch designte Briefumschläge mit dem Hadden-Industries-Logo. Was hatte er erwartet? Auch der Blick auf das Aktenregal brachte ihn nicht weiter. Dies war eine gut laufende Firma voller gewissenhafter und ehrgeiziger Mitarbeiter. Sie handelten mit Kunststoffen. Nicht mit Drogen oder Waffen oder geraubten Schätzen. Und wenn doch, dann würde er die Hinweise darauf sicher nicht im Büro der Chefsekretärin finden.

Justus' Blick fiel auf den Tischkalender, den Mrs Jefferson konsultiert hatte. Er war von oben bis unten vollgeschrieben. An eines schien Mr Hadden sich jedoch eisern zu halten: seinen Feierabend um sechs Uhr abends. Justus überflog die Einträge, blätterte vor und zurück. Zu viel, um sich alles zu merken, selbst für ihn. Kurz entschlossen schnappte er sich den Kalender, ging damit zum Kopierer und legte die Doppelseite für gestern und heute auf die Glasfläche. Das Rattern des Kopierers erschien ihm ohrenbetäubend laut. Unwillkürlich drehte er sich um und fixierte die beiden Türen hinaus auf den Flur und hinein in Mr

Haddens Büro. Jeden Moment würde jemand hereinkommen!

Justus rief sich innerlich zur Ordnung. So ein Blödsinn! Warum sollte Mrs Jefferson nicht zwischendurch etwas kopieren? Trotz seiner Angst, entdeckt zu werden, konnte Justus der Versuchung nicht widerstehen und blätterte den Kalender um. Er kopierte noch eine Seite. Und noch eine. Schließlich hatte er eine Kopie der gesamten Woche gemacht. Eilig faltete er die Blätter zusammen und steckte sie in die Hosentasche. Er stellte den Kalender zurück auf den Tisch. Zeit zu verschwinden!

Doch gerade als er das Büro verlassen wollte, wurde er wieder auf die gedämpfte Stimme aus dem Nebenraum aufmerksam. Wenn er das Ohr an die Tür legte ... Die Chance durfte er sich nicht entgehen lassen. Justus schlich hinüber und lauschte. Er hörte nur eine Stimme. Hadden schien zu telefonieren. Doch außer einem dumpfen Brummeln und ein paar kurzen Jas und Neins war nichts zu verstehen. Dann war das Gespräch beendet.

Justus wollte sich gerade abwenden, als plötzlich direkt hinter ihm jemand mit dunkler Stimme sprach! »Mrs Jefferson, würden Sie bitte den Wagen schicken?«

Geisterstadt

Der Erste Detektiv fuhr zusammen und wirbelte panisch herum. Es war niemand hier. Erleichtert atmete er auf. Es war Mr Haddens Stimme gewesen, die aus der Gegensprechanlage kam. »Mrs Jefferson?« Mrs Jefferson sah nach ihrem Auto. Und durfte bestimmt nicht unabgemeldet ihren Arbeitsplatz verlassen. »Hallo? Sind Sie da?« Justus hörte einen knarrenden Stuhl, dann Schritte. Hadden kam rüber!

Der Erste Detektiv hechtete zurück zum Flur, doch er hatte den Raum erst halb durchquert, als sich die Tür in seinem Rücken öffnete. Wie angewurzelt blieb er stehen und blickte sich so beiläufig wie möglich im Büro um.

»Wer bist du denn? Und wo ist Mrs Jefferson?«

Der Erste Detektiv wandte sich um. Hadden war groß. Er überragte Justus um eineinhalb Köpfe. Sein schwarzer Anzug saß tadellos, die Manschettenknöpfe glänzten und auf den ersten Blick wirkte er wie ein Modell für das Cover eines Wirtschaftsmagazins. Alles an ihm strahlte Autorität aus. Trotzdem war da etwas in seinem Gesicht, das so gar nicht zum Bild des knallharten Geschäftsmannes passen wollte. Das schalkhafte Glitzern in den Augen, die Lachfalten ... irgendetwas machte Joseph Hadden zu einem durch und durch sympathischen Mann.

»Oh, Guten Tag. Sind Sie Mr Hadden?«

»Der bin ich.«

»Mein Name ist Justus Jonas. Ich ... ich wollte eigentlich ... einen Termin mit Ihrer Sekretärin machen. Aber sie musste schnell mal raus.« Diesmal war Justus' Stottern echt.

»Einen Termin? Worum geht es denn?«

»Um ein Interview für die Schülerzeitung.«

Mr Hadden lächelte belustigt. »Für die Schülerzeitung? Wieso sollte sich eine Schülerzeitung für mich interessieren?«

»Weil ...« Jetzt war es auch egal. Justus konnte ruhig weiter den Idioten spielen. Ob er nun die Sekretärin vor sich hatte oder Joseph Hadden persönlich – was machte das für einen Unterschied? »Weil Sie ein so erfolgreicher Mann sind. Und ein Vorbild für jeden strebsamen amerikanischen Schüler, der es mal zu etwas bringen will im Leben.«

Nun lachte Hadden. Ein natürliches, sympathisches Lachen. »Wenn du mir versprichst, diesen Satz nicht in deinem Artikel zu bringen, kannst du mich gerne interviewen.«

Die Tür ging auf. Mrs Jefferson kam herein. »Mr Hadden! Verzeihen Sie, ich ... musste kurz raus. Es war etwas mit meinem Wagen. Oder besser gesagt: Es war nichts mit meinem Wagen. Jemand hat sich einen Scherz erlaubt.« Sie wandte sich an Justus. »Du bist ja immer noch hier. Hatte ich nicht gesagt –«

»Schon gut, Mrs Jefferson. Ich wollte zwar gerade Feierabend machen, aber bis der Wagen da ist, habe ich noch ein paar Minuten Zeit. Komm mit in mein Büro, Junge, dann kannst du mir ein paar Fragen stellen.«

»Danke, Mr Hadden.«

»Rufen Sie bitte den Fahrer an, Mrs Jefferson!«

Justus folgte dem Chef von Hadden Industries in sein Büro.

»Ein Interview? Er hat dir ein Interview gegeben?« Peter schüttelte den Kopf. »Das gibt es ja nicht!«

»Das war überhaupt nicht mein Plan gewesen!«, verteidigte sich Justus. »Wer rechnet denn damit, dass er wirklich Zeit für einen Schülerzeitungsreporter hat! Noch dazu einen extrem unterbelichteten Schülerzeitungsreporter.« Sie standen auf der Straße in Downtown Los Angeles vor dem Gebäude der Hadden Industries. Hier draußen hatten Bob und Peter Mrs Jefferson angerufen und gewartet.

»Und was hast du ihn gefragt?«

»Na ja, nichts Wichtiges. Ich durfte mir ja nichts anmerken lassen, also habe ich ein paar belanglose Fragen gestellt und dabei furchtbar nervös getan, damit er nichts merkt.«

»Und? Wie ist dein Eindruck?«, wollte Bob wissen.

»Na ja ... er ist sehr nett. Ganz anders, als ich ihn mir vorgestellt habe. Nach dem ersten Eindruck habe ich fast das Gefühl, dass wir die falsche Spur verfolgen. Aber für ein Urteil ist es noch ein wenig früh.«

»Was steht denn auf den Kopien, die du gemacht hast?«

»Ich habe sie mir noch nicht angesehen. Denn jetzt gibt es Wichtigeres zu tun. Hadden macht gleich Feierabend. Er wird von einem Fahrer abgeholt. Ich schlage vor, wir verfolgen ihn.«

»Was soll das bringen?«

»Das werden wir dann sehen. Im Zweifelsfall wissen wir, wo er wohnt. Schaden kann es nicht.«

Sie gingen hinüber zu Peters MG, stiegen ein und beobachteten das Gebäude. Es dauerte nicht lang, da trat Joseph Hadden mit einer dicken Aktentasche in der Hand aus dem Haus, blickte die Straße hinunter und wartete. Unwillkürlich duckten sich die drei ???.

Eine halbe Minute später traf der Fahrer ein. »Das gibt es doch nicht!« Justus traute seinen Augen nicht. Es war nicht irgendein Wagen, von dem Hadden abgeholt wurde. Auf Hochglanz polierter, schwarzer Lack. Goldene Beschläge. Die kunstvoll geschwungene Kühlerfigur. Ein alter Rolls-Royce.

Und es war auch nicht irgendein Fahrer, der ausstieg, um Mr Hadden die Tür zu öffnen.

»Das ist Morton!«

Der hochgewachsene Brite mit dem makellosen schwarzen Anzug, in dem seine Haltung noch steifer wirkte, als sie sowieso schon war, hielt die hintere Tür auf und wartete, bis Mr Hadden eingestiegen war. Dann rückte er seine Chauffeursmütze zurecht und umkreiste den Rolls-Royce, um elegant auf dem Fahrersitz Platz zu nehmen. Alles an ihm war irgendwie elegant. Und gleichzeitig steif. Eben sehr britisch. Unverkennbar Morton.

Die drei ??? kannten den Chauffeur seit Beginn ihrer Detektivarbeit. Justus hatte seine Fahrdienste für einen Monat bei einem Preisausschreiben gewonnen. Als die Zeit abgelaufen war, hatte sich ein dankbarer Klient den drei Detektiven erkenntlich gezeigt, indem er die weitere Benutzung des Rolls-Royce finanzierte – auf unbestimmte Zeit. Seit Bob und Peter ein eigenes Auto hatten, machten sie zwar nur noch zu besonderen Anlässen davon Gebrauch, aber Morton war ihnen im Laufe der Zeit zu einem Freund geworden. Zwar legte der Chauffeur seine vornehme Art niemals ab, aber sie wussten, dass die Sympathie nicht nur einseitig war.

»Morton ist Haddens Fahrer, ich glaub es ja nicht!«, sagte Peter fassungslos.

»Das ist hervorragend!«, rief Justus. »Besser hätte es gar nicht kommen können. Bestimmt kann Morton uns jede Menge über Mr Haddens Aktivitäten der letzten Zeit verraten.«

»Und was jetzt?«, fragte Peter, als der Rolls-Royce sich in Bewegung setzte.

»Fahren wir wie geplant hinterher.«

Sie verfolgten Hadden quer durch die überfüllten Straßen der Innenstadt. Peter hielt so viel Abstand, dass weder Morton noch Hadden Verdacht schöpfen konnten. Nach etwa zehn Minuten stoppten sie vor einem der wenigen Wolkenkratzer, die sich in Los Angeles dem Himmel entgegenstrecken. Ein weiteres Mal öffnete Morton seinem Fahrgast die Tür, nickte zum Abschied und stieg wieder ein.

»Und nun?«, fragte Bob. »Folgen wir Morton oder Hadden?«

»Morton«, entschied Justus. »Bei Hadden wird es nicht besonders spannend werden, schätze ich, es sei denn, du willst ihn an der Tür beim Duschen belauschen. Er wohnt hier.«

»Woher weißt du das?«

»Von ihm.« Justus grinste. »Ich habe ihn bei meinem geistreichen Interview gefragt, wo er wohnt. Und statt des erwarteten Beverly Hills oder Malibu Beach sagte er Downtown. Das Haus sieht nur aus wie ein Bürogebäude. Aber in den obersten Stockwerken befinden sich die nobelsten Apartments der Stadt. Mit Pool auf der Dachterrasse bei ungetrübter Sicht auf den Pazifik und allen Schikanen.«

»In Ordnung.« Peter nahm die Verfolgung wieder auf. Doch zu ihrer Verwunderung ging es weder zum Wilshire

Boulevard, wo Morton wohnte, noch zur Autovermietung Gelbert, für die er arbeitete. Der Rolls-Royce steuerte in ein schmuddeliges Viertel mit heruntergekommenen Flachbauten und halb zerfallenen Fabrikhallen. Keine Gegend, in der man sich nach Einbruch der Dunkelheit aufhalten sollte. Die Sonne stand zwar noch knapp über dem Horizont, doch es schien, als würde selbst das Tageslicht einen Bogen um diesen düsteren Stadtteil machen. Kein Mensch war auf den Straßen zu sehen. Wie in einer Geisterstadt. Es war jedoch nicht auszumachen, ob die Häuser leer standen oder sich die Leute darin verbarrikadiert hatten. Um erst nachts herauszukommen.

Der Rolls-Royce wurde langsamer und hielt schließlich auf dem Hof einer verlassenen Fabrik. Ein bizarres Bild, dachte Justus: eines der edelsten und teuersten Fahrzeuge, die er je gesehen hatte, vor der vergammelten Fassade einer abrissreifen Fabrikhalle. Morton stieg aus und blickte ihnen entgegen. Er wirkte nicht im Mindesten überrascht.

Peter brachte den MG zum Stehen und sie stiegen aus. »Hallo, Morton!«, rief der Zweite Detektiv verunsichert. »So ein Zufall, dass wir Sie hier treffen. Wie geht es Ihnen?«

»Guten Tag, die jungen Herrschaften. Es geht mir gut, danke der Nachfrage. Ich halte diese Begegnung jedoch weniger für einen Zufall.« Er lächelte kaum wahrnehmbar.

»Sie haben es gemerkt?«, fragte Justus überrascht.

»Dass ihr mich verfolgt? In der Tat, das habe ich.«

»Alle Achtung!«, sagte Peter anerkennend. »Ich will ja nicht angeben, aber eigentlich bin ich ziemlich gut im Beschatten. Das peilen nur die wenigsten.«

»Ich hatte gute Lehrer, möchte ich behaupten.«

»Warum sind Sie denn in diese gottverlassene Gegend gefahren?«, fragte Bob. »Haben Sie hier etwa einen Fahrgast?«

»Nein. Ich war nur der Meinung, dieser Ort sei für ein konspiratives Treffen geeignet. Ich gehe doch recht in der Annahme, dass es euch heute nicht darum geht, meine Fahrdienste in Anspruch zu nehmen?«

»Das stimmt, Morton«, gab Justus zu. »Verzeihen Sie uns, es war eigentlich nicht unsere Absicht, Sie auszuspionieren. Es ... ergab sich bloß gerade so.« Plötzlich kam dem Ersten Detektiv ein Verdacht. »Sie wussten die ganze Zeit, dass Sie verfolgt werden? Haben Sie Ihrem Fahrgast etwa davon erzählt?«

»Nein. Warum sollte ich? Schließlich war ich mir einigermaßen sicher, dass die Beschattung einzig und allein meiner Person galt. Dürfte ich nun jedoch den Grund für die Heimlichkeiten erfahren?«

Justus räusperte sich. »Nun ja ... genau genommen ging es weniger um Sie als um Ihren Fahrgast. Mr Hadden.«

»Mr Hadden?« Morton hob überrascht die Augenbrauen. »Ich verstehe nicht ganz. Steht er unter eurer Beobachtung?«

Bob nickte. »Seit heute. Bis gerade eben hatten wir keine Ahnung, dass Sie sein Fahrer sind.«

»Nun, das bin ich auch nicht. Er ordert regelmäßig einen Wagen von Gelbert, doch anders als den meisten unserer Kunden ist es ihm egal, wer ihn fährt. Hauptsache, es geschieht schnell und zuverlässig.«

»Haben Sie ihn schon oft gefahren?«, hakte Bob nach.

Morton zögerte. »Ich bin nicht sicher, ob ich befugt bin, darüber zu sprechen. Die Autovermietung Gelbert & Co.

garantiert nicht nur höchsten Fahrkomfort und Sicherheit, sondern auch Diskretion.«

»Kommen Sie schon, Morton«, sagte Peter. »Wir erwarten doch nicht, dass Sie streng geheime Informationen preisgeben.«

»Ich habe ihn ... gelegentlich chauffiert.«

»Könnten Sie uns vielleicht etwas mehr über die Fahrtziele verraten?«

»Ausgeschlossen.« Er schüttelte entschieden den Kopf. »Dürfte ich erfahren, warum ihr euch so für Mr Hadden interessiert?«

»Sagen wir so«, begann Justus. »Er hat den Weg unserer Ermittlungen in einem neuen Fall gekreuzt.«

»Ihr meint, er ist Verdächtiger eines Verbrechens?«

»So genau wissen wir das noch nicht«, gestand Bob. »Um ehrlich zu sein: Bis jetzt gab es noch gar kein Verbrechen. Nur eine Handvoll geheimnisvoller Hinweise. Daher wäre es ja gut, wenn Sie uns weiterhelfen könnten.«

»Es tut mir leid. So gerne ich euch helfen würde, aber ich muss allen meinen Kunden gegenüber loyal sein. Das ist das oberste Gesetz bei meiner Arbeit. Ein Chauffeur ist mehr als ein teurer Taxifahrer. Ein Chauffeur muss offen für jeden Menschen und gleichzeitig verschwiegen wie ein Grab sein.«

Justus nickte. Er verstand Mortons Argumentation. Morton war der mit Abstand korrekteste Mensch, dem Justus je begegnet war. Wenn seine Order lautete, Stillschweigen über seine Fahrgäste zu bewahren, dann hielt er sich auch daran. Nachdenklich zog er die Kopien von Haddens Terminkalender aus der Tasche, während Peter und Bob Morton weiter bearbeiteten.

»Aber Sie könnten uns doch wenigstens verraten, ob Mr Hadden sich in den letzten Tagen zur Firma Ethnoart hat fahren lassen«, schlug Bob vor.

»Nein, kann ich nicht. Oder wie würde es euch gefallen, wenn ich eure Fahrtziele meinem nächsten Kunden auf die Nase binde?«

»Niemand spricht von ›auf die Nase binden‹«, meinte Peter. »Aber möglicherweise könnten Ihre Informationen ein Verbrechen verhindern.«

Morton zögerte. »Wenn ihr mir einen Beweis erbringt, dass Mr Hadden tatsächlich in ein Verbrechen verstrickt ist, werde ich darüber nachdenken. Bis dahin muss ich mich jedoch an meinen Ehrenkodex halten. Aber unter uns gesagt: Ich weiß zwar nicht, was für einer Sache ihr da auf der Spur seid, aber ich halte Mr Hadden für einen sehr anständigen und aufrichtigen Menschen. Wenn meine Menschenkenntnis in diesem Fall gefragt ist, würde ich euch raten, euch nach einem anderen Verdächtigen umzuschauen.« Er blickte auf seine Uhr. »Wenn ihr mich nun entschuldigen würdet, mein nächster Fahrgast wartet. Ich bin in meiner gesamten Laufbahn noch kein einziges Mal unpünktlich gewesen und würde mit dieser Tradition nur höchst ungern brechen. Ich wünsche noch einen schönen Tag, die jungen Herrschaften.«

»Gleichfalls, Morton«, sagte Peter geknickt.

»Ach, darf ich Sie noch etwas fragen, Morton?«, sagte Justus, als der Chauffeur bereits im Wagen saß und die Tür gerade zuwerfen wollte. »Haben Sie heute Abend schon etwas vor?«

»Bitte? Ich verstehe nicht.«

»Heute Abend, so gegen zehn.«

Morton runzelte die Stirn. »Tut mir leid, ich fürchte, zu diesem Zeitpunkt bin ich verhindert.«

»Müssen Sie arbeiten?«

Die Runzeln vertieften sich. »So ist es.«

Der Erste Detektiv zuckte die Schultern. »Schade. Einen schönen Tag noch. Und gute Fahrt!«

»Was sollte das denn?«, fragte Peter, nachdem der Rolls-Royce abgefahren war. »Wolltest du ihn auf ein Glas Wein einladen, damit er redselig wird?«

»Irrtum, Zweiter. Ich wollte lediglich herausfinden, ob wir heute Abend mit Mortons Hilfe rechnen können.«

»Mit seiner Hilfe? Tja, wohl nicht. Du hast ihn ja gehört.«

»Noch mal Irrtum. Er wird uns helfen.«

»Das hörte sich für mich aber nicht so an«, meinte Bob.

»Dann seht mal, was ich hier entdeckt habe.« Justus faltete eine der Kopien auseinander und tippte auf einen Eintrag. »Heute Abend um zehn hat Hadden einen Termin. Und wie bereits Maria Svenson hat auch Joseph Hadden – beziehungsweise seine Sekretärin – nur einen geheimnisvollen Buchstaben eingetragen.«

»Lass mich raten«, sagte Peter. »Ein S.«

»Exakt.«

»Und Morton hat heute Abend um zehn eine Fahrt!«

Feuerturm

»Hoffentlich dauert es nicht so lange«, murmelte Bob und trommelte auf das Lenkrad seines Käfers.

Sie hatten sich dazu entschieden, seinen Wagen zu nehmen, um weniger aufzufallen. Wahrscheinlich würde Morton auch diesmal die Verfolgung bemerken. Aber er würde kaum versuchen, sie abzuhängen. Insgeheim war er auf ihrer Seite, da war sich Justus ganz sicher. Er musste nur seinen Grundsätzen treu bleiben. Nein, um Morton machte er sich keine Sorgen. Bobs Nervosität beunruhigte ihn allerdings.

»Was ist denn los mit dir? Wir haben doch alle Zeit der Welt. Morgen ist der letzte Schultag. Da passiert sowieso nichts mehr außer der Zeugnisvergabe. Du darfst ruhig unausgeschlafen sein.«

»Ich bin aber auch noch verabredet«, brach es schließlich aus Bob heraus.

»Wann? Heute noch?«

»Mit Jelena?«, fragte Peter grinsend. »Ich weiß gar nicht, warum du permanent so ein Geheimnis daraus machst, Bob. Ich mag sie!«

Bob sagte nichts.

»Wann denn?«, fragte Justus.

»Um halb elf.«

»Wie bitte?«

»Hörst du schwer?«, explodierte Bob. »Um halb elf! Und das ist genau der Grund, warum ich so ein Geheimnis mache, Peter. Es geht mir auf den Geist, dass ich mich ständig rechtfertigen muss.«

»Musst du doch gar nicht.«

»Doch. Denn Justus fängt garantiert gleich mit seiner Was-ist-dir-eigentlich-wichtiger-Jelena-oder-unsere-Detektivarbeit-Predigt an.«

Justus schwieg.

»Okay. Er hätte damit angefangen, wenn ich ihm nicht schon vorher den Wind aus den Segeln genommen hätte. Willst du meine Antwort hören, Just? Mir ist beides wichtig! Aber die Verabredung mit Jelena steht schon seit drei Tagen. Wir wollen in den letzten Schultag feiern. Also werde ich gleich verschwinden, okay?«

»Schon gut, schon gut, ich sag ja gar nichts.« Justus musste sich eingestehen, dass Bob recht hatte. Vermutlich hätte er tatsächlich etwas Derartiges gesagt.

Glücklicherweise wurde die unangenehme Unterhaltung von Peter unterbrochen: »Schwenkt die weiße Fahne, Kollegen, es geht los! Rolls-Royce parkt vor dem Apartmenthaus! Du hattest recht, Just, es ist tatsächlich Morton! Und da kommt auch schon Hadden. Er hat wohl in der Empfangshalle gewartet.«

Der Geschäftsmann trat in einem schwarzen Mantel aus dem Gebäude und stieg in den Wagen. Morton schloss die Tür und fuhr los.

»Auf geht's«, sagte Bob und drehte den Zündschlüssel um. Wieder war die Fahrt durchs nächtliche Los Angeles ziemlich kurz.

Schon nach zehn Minuten stoppte Morton vor der prächtigen Fassade eines Restaurants namens »Feuerturm«.

»Das ›Feuerturm‹«, sagte Bob und pfiff durch die Zähne. »Da kommt unsereins nicht mal mit Anzug und Krawatte rein. Ich glaube, es ist eine Art Club. Man muss schon zur High Society gehören, um dort essen zu dürfen. Vom Zahlen ganz zu schweigen.«

»Eines steht fest«, meinte Peter. »Mr Hadden lässt es sich gut gehen. Mann, was für ein Schuppen! Tja, Kollegen, damit dürfte unsere Beschattung zu Ende sein. In diesen Laden kommen wir niemals rein.«

Hadden stieg aus und Morton fuhr weiter, während die drei ??? den Geschäftsmann beobachteten. »Wir haben Glück«, bemerkte Justus. »Er sucht sich einen freien Tisch am Fenster. Wir können ihn zwar nicht belauschen, aber doch wenigstens beobachten.«

»Und was soll das bringen?«

»Wenn er sich beispielsweise mit Maria Svenson trifft, haben wir Gewissheit, dass mit dem geheimnisvollen S tatsächlich Sphinx gemeint war.«

»Oder Svenson.«

»Genau.«

»Oder aber noch was ganz anderes«, sagte Peter plötzlich mit einem Klang in der Stimme, der Justus ganz und gar nicht gefiel.

»Was meinst du, Zweiter?«

»Habt ihr gerade nicht hingesehen?«

»Wo hingesehen? Ich habe nur Hadden beobachtet.«

»Da ist gerade jemand ins ›Feuerturm‹ gegangen. Jemand, den ich hier als Allerletzten erwartet hätte. Jemand, bei dem ich überzeugt gewesen wäre, dass er niemals in diesen Laden reingelassen wird.«

»Spuck's schon aus, Zweiter!«

»Oh mein Gott! Das kann nur ein schlechter Scherz sein! Seht doch!«

Ein großer, schlaksiger junger Mann in einem fast gut sitzenden Anzug war an Mr Hadden herangetreten und reichte ihm die Hand. Hadden ignorierte sie. Schließlich nahm der Junge etwas irritiert Platz. Sein Gesicht war blass, er wirkte unsicher. Das war ungewöhnlich. Bisher hatten die drei ??? ihn nur als überhebliches Großmaul erlebt. Denn es bestand absolut kein Zweifel daran, dass sie diesen Burschen kannten. Besser, als ihnen lieb war.

»Ich schmeiß mich weg«, keuchte Bob fassungslos. »Ich fresse 'nen Besen. Ich glaub es einfach nicht! Ich träume!«

»Du träumst nicht, Bob«, sagte Justus. »Das rätselhafte S in Haddens Terminplan steht weder für Sphinx noch für Svenson. Sondern für Skinny Norris.«

»Wer, zum Teufelsgeiger, ist Skinny Norris?«

Peter und Justus starrten Jelena an, dann Bob. »Du hast ihr nie von Skinny erzählt?«

»Er hat mir so einiges noch nicht erzählt«, antwortete Jelena und zwinkerte Bob vermeintlich unauffällig zu.

Nachdem die Unterredung zwischen Hadden und Skinny bereits nach zehn Minuten beendet gewesen war und Skinny das Restaurant verlassen hatte, waren die drei ??? nach Rocky Beach zurückgefahren. Bob hatte seinen Freunden erlaubt, ihn in die Eisdiele zu begleiten, wo er mit Jelena verabredet war. Sie waren alle noch viel zu aufgedreht, um schon nach Hause gehen zu können. Jelena hatte etwas irritiert ausgesehen, sich dann jedoch sofort auf die Neuigkeiten im Fall Sphinx gestürzt. Dies war jedoch der Moment, an dem sie die ganze Aufregung nicht mehr nachvollziehen konnte. Skinny Norris? Wer sollte das sein?

»Skinny ist so ziemlich der widerlichste Typ, der mir je begegnet ist«, sagte Peter voller Abscheu.

»Eine schreckliche Nervensäge«, ergänzte Bob. »Und noch dazu gefährlich.«

»Ein beispielloser Unsympath.«

»Aha«, nickte Jelena. »Und warum?«

»Wo soll man da anfangen?« Peter zerfetzte vor lauter unterdrückter Aggression das Papierschirmchen in seinem Eisbecher. »Er ist ein blöder, dummer, arschiger –«

»Hinterhältiger, selbstgefälliger, schleimiger –«

»Anmaßender, egozentrischer, missgünstiger –«

»Penner.«

»Exakt.«

»Penner?«, fragte Jelena amüsiert. »Ihr meint, ein Vagabund, ein Tippelbruder, ein Clochard?«

»Nein«, sagte Peter. »Wir meinen, ein Blödmann.«

»Von bedauernswert geringer Intelligenz«, fügte Justus hinzu. »Was ihn jedoch nicht weniger anstrengend macht.«

»Und nicht weniger boshaft!«, rief Bob. »Oder habt ihr schon vergessen, wie oft uns Skinny in die Quere gekommen ist und wirklich in Gefahr gebracht hat?«

»Wie könnte ich! Seit unserem allerersten Fall hat er uns immer wieder Ärger gemacht. Er gönnt uns unseren Erfolg einfach nicht. Er hält sich für was Besseres. Nur weil sein Vater Geld hat und er mit einem schicken Sportwagen durch die Gegend flitzt. Er ist ... er ist einfach ...«

»Schon gut, schon gut«, sagte Jelena und hob abwehrend die Hände. »Ich glaube, ich bin im Bilde. Ihr mögt ihn nicht besonders. Und was sagt uns das über den Fall?«

»Dass Hadden Dreck am Stecken haben muss«, war Peter überzeugt. »Sonst würde er sich nicht mit Skinny treffen.«

»Nun mal langsam«, mahnte Justus. »Skinny ist zwar ein übler Bursche, aber er ist kein Schwerverbrecher.«

»Weiß man's? Wir haben lange nichts von ihm gehört. Wer weiß, was er in der Zeit getrieben hat.«

»Keine voreiligen Schlüsse! Skinny ist gar nicht intelligent genug, um es mit einem ausgebufften Geschäftsmann wie Hadden aufzunehmen. Habt ihr nicht gesehen, wie unsicher er im ›Feuerturm‹ war? Er sah aus, als hätte Hadden ihm ordentlich die Meinung gesagt. Skinny wurde jedenfalls immer kleiner und stiller. Bis er sich schließlich wie ein geprügelter Hund verdrückt hat.«

»Ich denke, er wäre so selbstsüchtig?«, wunderte sich Jelena.

»Ist er auch. Aber Hadden ist wohl eine Nummer zu groß für ihn.«

Bob strich sich nachdenklich durchs Haar. »Meinst du denn, Skinny hat etwas mit dem Fall zu tun? Mit Sphinx, meine ich? Sein Treffen mit Hadden könnte ja auch einen ganz anderen Grund gehabt haben.«

»Schwer zu sagen«, antwortete Justus. »Aber wir müssten es herausfinden können, indem wir ihn beschatten.«

»Noch eine Beschattung«, stöhnte Peter. »Hört das denn nie auf?«

»Er ist die nächste Spur, die wir haben«, sagte Justus gleichmütig. »Abgesehen von der ›Hadden Explorer‹ natürlich.«

»Das Schiff?«

»Genau. Wir sollten es ausfindig machen und schauen, was damit geschieht. Ob es beladen wird, wer an Bord geht et cetera. In vier Tagen soll es auslaufen. Bis dahin sollten wir herausgefunden haben, um was für eine Expedition es hier genau geht.«

»Verdammter Mist«, murrte Jelena. »Ich würde so gerne mitmachen.«

Die drei ??? sahen sie betreten an. Obwohl sie mit Jelenas aufbrausender und sehr direkter Art anfangs ihre Schwierigkeiten gehabt hatten – besonders Justus –, war sie ihnen inzwischen eine gute Freundin geworden – vor allem für Bob. Und obwohl Justus sich immer wieder dagegen ausgesprochen hatte, Jelena in ihre Arbeit mit einzubeziehen, wusste er, dass sie ihnen schon einige Male eine große Hilfe gewesen war. Und Hilfe konnten sie in diesem unübersichtlichen Fall gut brauchen.

Aber Jelenas Möglichkeiten waren beschränkt. Sie konnte sich nicht auf die Lauer legen und Skinny Norris beschatten. Oder unbemerkt in ein Bürohaus schleichen oder jemanden mit dem Auto verfolgen.

Jelena war querschnittsgelähmt und seit ihrer Kindheit auf einen Rollstuhl angewiesen. Normalerweise kam sie gut mit ihrer Behinderung zurecht. Doch in Momenten wie diesen ärgerte es sie ungemein, dass sie nicht mit den drei ??? auf die Jagd gehen konnte. Frustriert schlug sie mit den Handflächen gegen die Räder ihres Rollstuhls, doch ihre Wut verflog so schnell, wie sie gekommen war. »Immer wieder blöd«, murmelte sie.

Justus biss sich auf die Lippen. Anfangs hatte er Jelena gehasst. Inzwischen war sie für ihn eine Art Verbündete und Gegnerin zugleich. Eigentlich wäre es jetzt Bobs Aufgabe gewesen, Jelena aufzumuntern. Aber wenn Jelena eines hasste, dann war es Mitleid. Daher hielt Bob sich zurück. Der Erste Detektiv gab sich einen Ruck und sagte: »Du kannst uns trotzdem helfen.«

»Keine Almosen-Hilfsarbeiter-Pipifax-die-arme-Jelena-soll-auch-was-zu-tun-haben-Jobs bitte, okay?«

Justus atmete einmal tief durch. Jetzt wusste er wieder, warum er sie gehasst hatte. »Ich hatte nicht vor, dir vorzuschlagen, dass du unsere Zentrale putzen sollst. Aber wie du meinst.«

»Sag schon!«, forderte Jelena in halb trotzigem, halb versöhnlichem Tonfall.

»Du bist doch gut im Rumtelefonieren.«

»Das ist ja auch die einzige Tätigkeit, bei der mein Gegenüber nicht sieht, dass ich im Rollstuhl sitze«, antwortete sie bissig. »Und schon werde ich ernst genommen. Erstaunlich, oder?«

»Dein Sarkasmus geht mir auf die Nerven. Willst du nun mitmachen oder nicht?«

»Ja.«

»Dann finde heraus, ob ein Schiff der Hadden Industries namens ›Montana‹ in den letzten Wochen Richtung Mikronesien ausgelaufen ist. Genauer gesagt nach Makatao. Wobei ich allerdings bezweifle, dass dieser Zielort irgendwo angegeben wurde. Versuch rauszukriegen, wer an Bord war, ob etwas Außergewöhnliches geladen war, wann das Schiff zurückkehren soll und was mit der Besatzung geschehen ist – denn irgendetwas ist geschehen, wenn Juan die Wahrheit gesagt hat.«

»Kein Problem«, versicherte Jelena. Ihre Stimmung hatte sich schlagartig gebessert. Der leicht überhebliche Unterton war zurückgekehrt, als sie sagte: »Mach ich mit links.«

Der blaue Sportwagen hielt mit quietschenden Reifen vor einem kleinen Bungalow in Santa Monica. Skinny Norris sprang schwungvoll aus dem Wagen, indem er über die Tür hinweghüpfte, anstatt sie zu öffnen. Er blickte die Straße hinauf und hinab und lief dann mit federnden Schritten zum Haus. Ein Satz über die niedrige Hecke, dann war er an der Tür, zückte einen Schlüssel und war gleich darauf im Gebäude verschwunden.

Bob und Peter, die sich in Bobs Wagen geduckt hatten, richteten sich langsam wieder auf.

»Toller erster Ferientag«, maulte Peter. »Wir fahren gleich nach der letzten Stunde zu Skinny, warten, bis er sich mittags um zwölf bequemt aufzustehen, warten noch länger, bis er das Haus verlässt, verlieren ihn fast auf der Küstenstraße, weil er brettert wie bescheuert, und landen schließlich in Santa Monica, wo er in einem Haus verschwindet und wir ihm nicht mehr folgen können.«

»Aber wir können rausfinden, wen er da besucht. Und was noch viel interessanter ist: zu welchem Haus außer dem seiner Eltern er einen eigenen Schlüssel hat!«

»Da hast du recht«, stimmte Peter zu. »Wer geht?«

»Immer der, der fragt.«

Der Zweite Detektiv seufzte. »Also schön.« Er quetschte sich aus dem Käfer und huschte sogleich in den Schatten eines Baumes. Er wollte das Haus noch ein paar Minuten lang beobachten. Schließlich war es möglich, dass Skinny jeden Moment wieder herauskam. Doch als sich weder an der Tür noch hinter den Fenstern etwas rührte, verließ Peter seine Deckung und näherte sich dem Bungalow. Es gab keinen Briefkasten an der Straße, daher musste er bis an die Haustür kommen, um den Namen des Bewohners am

Klingelschild abzulesen. Ein letztes Mal beobachtete er alle Fenster auf verdächtige Bewegungen. Dann wetzte er los, sprang die drei kleinen Stufen bis zum Eingang hoch und warf einen Blick auf das Klingelschild.

Er wollte gerade kehrtmachen und so schnell wie möglich zu Bob zurückkehren, als sich plötzlich die Haustür öffnete. Peter sprang hinter ein Gebüsch, duckte sich und hielt den Atem an. Skinny trat heraus. Hatte er ihn bemerkt? Offenbar nicht, denn ungerührt schloss er die Tür ab. Dann griff er in die Innentasche seines Angeberjacketts und holte ein Handy hervor. Er wählte eine Nummer. Wartete. Dann räusperte er sich und sagte leise, aber für Peter gerade noch zu verstehen: »Die Zeit wird knapp.«

Das war alles. Skinny schob das Handy zurück in die Tasche, joggte zu seinem blauen Flitzer, stieg ein und brauste los.

»Jetzt aber nichts wie hinterher!«, brummte Peter und hechtete los, sobald er sicher war, dass Skinny ihn im Rückspiegel nicht mehr sehen konnte. Bob hatte den Motor schon angelassen und gab Gas, noch bevor Peter die Tür ganz zugezogen hatte.

»Mist! Skinny ist schon da vorne abgebogen! Hoffentlich kriegen wir ihn noch!« Bob setzte den Blinker, fuhr nach rechts – und hatte eine verlassene Straße vor sich. Kein blauer Sportwagen weit und breit. Er brauste an den nächsten Abzweigungen vorbei, die Augen überall, doch Skinnys Auto blieb verschollen.

»So ein Ärger! Wir haben ihn verloren!« Bob schlug wütend auf das Lenkrad und wandte sich dann an Peter. »So viel zu unserer Verfolgung. Just wird sich freuen.«

»Was soll's.« Der Zweite Detektiv zuckte mit den Schultern. »Ich habe sowieso die Nase voll von dieser ewigen Hinterherschleicherei. Fahren wir zurück nach Rocky Beach!«

»Hat es denn wenigstens was gebracht? Wer wohnt in dem Haus?«

»Tja, du wirst es kaum glauben«, prophezeite Peter. »Auf dem Klingelschild stand Barbara Jefferson.«

»Haddens Sekretärin?« Justus hob überrascht die Augenbrauen, als seine Kollegen ihm eine halbe Stunde später in der Zentrale von ihren Erfolgen und Misserfolgen berichteten. »Was will Skinny denn bei der? Und warum, um alles in der Welt, hat er einen Schlüssel zu ihrem Haus?«

»Sie wird ihm kaum freiwillig einen gegeben haben«, meinte Peter. »Er hat ihn ihr geklaut. Ich hab's gleich gesagt, Skinny führt was im Schilde! Wo er auftaucht, gibt es nur Ärger!«

»Rätselhaft«, murmelte Justus. »Sehr rätselhaft. Erst Hadden, jetzt Mrs Jefferson. Warum schleicht Skinny bei Hadden Industries herum?«

»Ach ja, da war noch was«, fiel es Peter ein. »Ich habe noch ein Telefonat belauscht, das Skinny geführt hat.«

»Und das sagst du erst jetzt?«

»Na ja, es war kein richtiges Telefonat. Und wahrscheinlich hat es überhaupt nichts zu bedeuten. Aber du sagst ja immer, dass jede Kleinigkeit wichtig sein könnte, Just, also erzähle ich es euch besser.«

»Mit wem hat er denn gesprochen?«

»Keine Ahnung. Genau genommen hat er nur einen einzigen Satz gesagt: Die Zeit wird knapp. Das war's. Dann hat er aufgelegt und ist abgedüst.«

Bob hob ratlos die Hände, aber Justus war wie erstarrt. »Die Zeit wird knapp?«

»Das hat er gesagt.«

Der Gesichtsausdruck des Ersten Detektivs wandelte sich von völliger Verblüffung zu leichtem Entsetzen, bis sich seine Miene schließlich verfinsterte und er äußerst wütend und mit zornig vorgestrecktem Kinn ins Leere blickte. »Skinny Norris!«

»Was ist denn los, Just?«, fragte Bob beunruhigt.

»Wir sind von Anfang an Skinny auf den Leim gegangen.«

»Was meinst du damit? Von Anfang an? Wieso?«

Anstatt zu antworten, drehte er sich zum Schreibtisch um und drückte eine Taste auf dem Anrufbeantworter. »Ich war kurz draußen und habe Onkel Titus auf dem Schrottplatz geholfen. Das war vor etwa einer halben Stunde. In der Zeit hat unser röchelnder Auftraggeber angerufen und eine seiner Warnungen aufs Band gesprochen.« Justus spielte die Nachricht ab.

Die Stimme war verzerrt und dunkel, aber unverkennbar: »Die Zeit wird knapp!«

Stimmen aus dem Nichts

»Er hat uns von Anfang an reingelegt!«, rief Peter wütend und nicht zum ersten Mal. In der vergangenen halben Stunde hatte er diesen Satz in den verschiedensten Abstufungen der Empörung mindestens ein Dutzend Mal gesagt. Aber noch immer war seine Wut nicht verflogen.

Bob und Justus ging es ähnlich. Nur waren sie im Gegensatz zu Peter immer stiller geworden.

»Sag doch auch mal was, Just!«, forderte Peter verärgert. »Du hüllst dich schon wieder in Schweigen. Lässt es dich etwa kalt, dass Skinny die geheimnisvolle Stimme aus dem Nichts war? Dass er uns verarscht hat?«

»Nein. Ich überprüfe diese Behauptung nur gerade.«

»Welche Behauptung?«

»Dass Skinny uns verarscht hat.«

»Was gibt es denn da zu überprüfen? Er hat uns aufs Glatteis geführt, und zwar so was von fett! Diese Schmach kannst selbst du nicht wegdenken.«

»Ich bin da nicht so sicher.«

»Komm schon, Just, so überlegen ist dein Intellekt nun auch wieder nicht. Niemand kann irgendwas wegdenken!«

Der Erste Detektiv machte eine wegwerfende Handbewegung. »Ich rede von Skinny. Warum sollte er uns einen Streich spielen? Das ergibt keinen Sinn. Zumal es ganz offensichtlich gar kein Streich war. Sphinx gibt es wirklich. Skinny hat uns in diesem Punkt nicht angelogen. Die Frage ist also: Was will er von uns?«

Bob runzelte die Stirn. »Glaubst du etwa, er meint das alles ernst? Er will wirklich unsere Detektivdienste in Anspruch nehmen?«

»Wäre doch möglich.«

»Niemals«, widersprach Peter. »Skinny hat uns noch nie ernst genommen. Er würde sich eher die rechte Hand abhacken, als ausgerechnet uns ...« Er stockte. Man hörte förmlich, wie sich die Rädchen in seinem Kopf langsam in Bewegung setzten.

»Na? Fällt dir was auf?«, fragte Justus amüsiert. »Er würde sich eher die rechte Hand abhacken, als ausgerechnet uns als Detektive zu engagieren. Oder er würde, wenn er die rechte Hand behalten möchte, sich als jemand anders ausgeben und uns mit verstellter Stimme per Telefon kontakten. Somit wahrt er sein Gesicht und wir machen die Drecksarbeit für ihn. Dann kann er mithilfe der Informationen, die wir ihm beschaffen, weiter seinen finsteren Machenschaften nachgehen.«

»Meinst du wirklich?«, fragte Bob. »Glaubst du, wir haben ihn die ganze Zeit bei irgendwelchen kriminellen Sachen unterstützt?«

»Es gibt nur einen Weg, das herauszufinden. Mir reicht es jetzt mit der Heimlichtuerei. Skinny soll uns selbst sagen, was er im Schilde führt. Wir müssen den Vogel zum Singen bringen.«

»Skinny? Ein Vogel?«, Peter lachte verbittert. »Sicherlich nicht. Wenn Skinny irgendein Tier ist, dann doch wohl eher eine Ratte.«

»Oder eine Schlange«, ergänzte Bob.

»Na schön. Dann bringen wir eben die Schlange zum Singen.«

Das letzte bisschen rötlicher Dämmerung schimmerte am westlichen Himmel, während im Osten bereits die ersten Sterne funkelten. Es war neun Uhr. Seit über einer Stunde lagen die drei Detektive vor dem Grundstück der Familie Norris auf der Lauer und warteten darauf, dass Skinny das Haus verlassen würde. Immerhin war heute der erste Ferientag – er würde diesen Abend garantiert nicht allein in seiner Bude verbringen.

Ihre Geduld wurde auf eine harte Probe gestellt, doch dann tat sich etwas an der Haustür.

»Na endlich«, raunte Peter. Augenblicklich war er in seinem Versteck hinter dem dicken Eichenstamm in Alarmbereitschaft. »Ich dachte schon, Skinny geht heute gar nicht mehr raus.«

Skinny Norris trat aus der Tür, atmete einmal tief durch und joggte in gewohnter Lässigkeit zu seinem blauen Sportwagen. »Schnell, Just, das Telefon!«

Der Erste Detektiv holte ihr Gemeinschaftshandy aus der Tasche und wählte. Skinnys Nummer herauszufinden war ganz einfach gewesen – er hatte sie auf dem Anrufbeantworter seines Festanschlusses hinterlassen. Ganz in der Nähe piepte es. In Skinnys Brusttasche.

Skinny wurde langsamer, holte das Handy heraus und hielt es ans Ohr. »Ja?«

Justus grinste. Er hörte Skinny stereo – einmal durch den Lautsprecher und einmal live, gerade mal zwanzig Meter von ihm entfernt. Der Erste Detektiv sprach leise und mit dumpfer Stimme, als er antwortete: »Lös das Rätsel!«

Skinny blieb wie vom Donner gerührt stehen. »Wie bitte?«

»Lös das Rätsel!«

»W. . . welches Rätsel? Wer spricht da?«

»Das ist das Rätsel! Finde heraus, wer ich bin!«

»Wenn . . . wenn das ein Scherz sein soll, dann . . .«

»Kein Scherz! Jemand wird sterben, wenn du das Rätsel nicht löst!«

Skinny legte auf. Verunsichert blickte er sich um. Justus war ziemlich weit entfernt, doch er hätte schwören können, die Angst in Skinnys Gesicht zu sehen. Gerade als Skinny ins Auto sprang, drückte Justus die Wahlwiederholung.

»Ja?« Ein deutliches Zittern in der Stimme.

»Wegfahren nützt dir nichts!«

»Woher . . . woher wissen Sie –«

»Ich kann dich sehen.«

Kaum hatte Justus das ausgesprochen, wirbelte Skinnys Kopf panisch herum, er blickte hierhin und dorthin, versuchte, die Schatten in seiner Nähe mit Blicken zu durchbohren. Aber die drei ??? hatten sich wohlweislich einen Baum weit entfernt von jeder Straßenlaterne ausgesucht. Skinny hatte keine Chance, sie zu entdecken.

»Steig aus dem Wagen!«, forderte Justus.

Skinny griff nach dem Zündschlüssel.

»Wenn du den Motor anlässt, wird das dein Ende sein!«

Augenblicklich zuckte Skinnys Hand zurück. Diesmal öffnete er die Tür des Cabrios, um auszusteigen. »Und nun?«

»Geh am Haus vorbei die Straße hinunter! Ganz langsam!«

Er setzte sich in Bewegung und kam Schritt für Schritt näher, das Handy immer noch am Ohr. »Wie weit soll ich gehen? Hallo?«

Justus konnte nicht mehr antworten, ohne Skinny damit

ihr Versteck zu verraten. Doch das war auch gar nicht mehr nötig. Inzwischen war ihr alter Erzfeind nahe genug herangekommen, um die Bombe platzen zu lassen. Der Erste Detektiv unterbrach die Verbindung und trat aus dem Schatten des Baumes heraus. »Also, Skinny, wer bin ich?«

Es war ein Moment, den die drei ??? nie vergessen würden: Skinny Norris zuckte zusammen. Er schnappte nach Luft. Er wurde bleich. Dann erkannte er Justus. Dann Bob. Dann Peter. Und ihm klappte buchstäblich die Kinnlade herunter. Der Augenblick der totalen Verblüffung währte einige wunderbare Sekunden. Doch dann kehrte der altbekannte Ausdruck grenzenloser Überheblichkeit in sein Gesicht zurück.

»Justus ›Baby Fatso‹ Jonas«, sagte er verächtlich und spielte damit auf die verhasste Rolle an, die Justus als kleines Kind in einer damals sehr beliebten Fernsehserie gespielt hatte. »Und natürlich die nie von seiner Seite weichenden Schatten: Peter ›der Schisser‹ Shaw und Mr Langweilig Bob Andrews. Was treibt ihr euch denn hier herum? Müsst ihr nicht längst im Bett sein?« Skinny war etwas älter als die drei ??? und hielt sich für besonders schlau, wenn er immer wieder auf dieser Tatsache herumritt.

»Das kannst du dir doch wohl denken, Skinny«, antwortete Peter wütend. »Wir wollten unseren großen, gefährlichen Auftraggeber mal aus der Nähe sehen.«

»Ich weiß überhaupt nicht, wovon ihr redet«, erwiderte Skinny lässig genervt.

»Und ob du das weißt, Skinny!«, fauchte Peter. »Du hast bei uns angerufen und uns bedroht! Und uns diesen Müll über Sphinx und das ganze andere Zeugs aufgetischt.«

Skinny winkte müde ab und wandte sich an Justus: »Sag

deinem Freund, er soll in Zukunft nicht mehr so viele Drogen nehmen, Dickerchen. Das kann böse enden.« Damit drehte er sich um und schlenderte cool zurück zu seinem Wagen.

Peter wollte hinterher, doch Justus hielt ihn zurück. »Vergiss es, Zweiter. Aus dem kriegst du kein Wort raus.«

»Aber warum leugnet er es?«

»Weil wir die falsche Taktik gewählt haben.« Justus überlegte einen Augenblick, dann rief er Skinny, der gerade losfahren wollte, hinterher: »Hey, Skinny! Wenn du doch noch wissen willst, was es mit Sphinx und Hadden und Makatao auf sich hat – unsere Nummer hast du ja!«

Skinny antwortete nicht, aber der Erste Detektiv war sicher, dass er ihn gehört hatte. Dann brauste der blaue Sportwagen mit quietschenden Reifen davon.

»Okay, hast du was zu schreiben oder ist dein Gedächtnis tatsächlich so gut, wie du immer behauptest?«

»Letzteres«, sagte Justus kühl, griff aber vorsichtshalber trotzdem nach Stift und Zettel. Das brauchte Jelena schließlich nicht zu wissen.

»Los geht's, ich habe Folgendes rausgefunden: Vor zwei Wochen lief im Hafen von Los Angeles eines von Haddens Schiffen aus, die ›Hadden Montana‹. Offiziell hieß es, sie solle irgendwelche Kunststoffkleinteile nach Kanada liefern, aber das stimmt nicht. Tatsächlich brach sie mit unbekanntem Ziel nach Westen auf und ist bis heute nicht zurückgekehrt. Ursprünglich wurde sie zweieinhalb Wochen später zurückerwartet, aber Hadden persönlich hat seinen Mitarbeitern erklärt, dass die ›Hadden Montana‹ bei einem Sturm schwere Schäden erlitten habe, in einer Werft in

Kanada repariert werde und dass es unsicher sei, wann das Schiff für weitere Transporte zur Verfügung stehe. Aber, du ahnst es vielleicht schon, auch das ist eine Lüge. Die ›Montana‹ wird in keiner kanadischen Werft repariert. Und auch in keiner, die auf irgendeiner Insel in westlicher Richtung liegt. Fazit: Es weiß zwar niemand davon, aber die ›Hadden Montana‹ ist seit zwei Wochen verschollen.«

»Puh!«, machte Justus. »Wie hast du das alles rausgefunden?«

»Willst du es wirklich wissen?«

»Keine Details.«

»Na schön, die Kurzform: Ich habe telefoniert. Gestern den halben Tag und heute auch. Bei der nächsten Telefonrechnung wird mein Vater mich köpfen. Durch einen Anruf bei Hadden Industries bekam ich den Namen des Schiffes und seinen Zielort heraus. Durch ein Dutzend Anrufe in Kanada erfuhr ich, dass die ›Montana‹ dort nie aufgetaucht ist und auch nie erwartet wurde. Das mit den Reparaturwerften war etwas schwieriger, aber auch so was ist rauszukriegen, wenn man sich ein paar gute Storys einfallen lässt, die man den Leuten erzählt. Du weißt schon: der ahnungslose Vater an Bord der verschollenen ›Montana‹, der nicht weiß, dass seine Frau auf der Intensivstation liegt, und den ich deshalb dringend erreichen muss, schluchz!«

»Du bist wirklich abgebrüht, Jelena. Aber trotzdem: gute Arbeit!«

»Ich weiß. Und wie läuft es bei euch? Bob hat mir erzählt, dass Skinny der geheimnisvolle Unbekannte war. Mal ehrlich, darauf hättet ihr auch früher kommen können, oder?«

Justus verdrehte die Augen. Da war er wieder, der Grund,

warum er Jelena immer ein bisschen hassen würde. Doch er schluckte die bissige Bemerkung, die ihm auf der Zunge lag, herunter und berichtete ihr von ihrer gestrigen Begegnung.

»Das klingt ja nicht so berauschend. Und was nun?«

»Bob und Peter kommen gleich vorbei und dann beratschlagen wir, wie wir an Skinny herankommen.«

»Okay, ich werd noch ein bisschen telefonieren, vielleicht krieg ich noch mehr raus. Und du weißt ja, wenn ihr mal wieder ratlos seid und euch jede kriminologische Inspiration fehlt: Wendet euch vertrauensvoll an Jelena!«

Justus hatte gerade aufgelegt, als das Telefon schon wieder klingelte. »Justus Jonas von den drei Detektiven.«

Zwei Sekunden Schweigen. Dann, mit unverstellter, fast betreten klingender Stimme: »Skinny Norris hier.«

»Skinny?«, rief Justus überrascht und biss sich sogleich auf die Zunge. Wenn er Skinny zum Reden bringen wollte, durfte er jetzt keinen Fehler machen!

Doch zu seinem Erstaunen nahm Skinny ihm die schwierige Aufgabe ab: »Wir sollten uns treffen. Ich muss mit euch reden.«

Die singende Schlange

»Was immer Skinny uns erzählen will, ich glaube ihm schon jetzt kein einziges Wort«, sagte Peter entschlossen, als er am späten Nachmittag die Zentrale betrat. »Er führt was im Schilde. Er führt immer was im Schilde!«

»Mal langsam!«, mahnte Justus. »Wir sollten abwarten, was Skinny zu sagen hat, und dann entscheiden, ob wir ihm glauben oder nicht.«

»Das muss ich nicht abwarten«, meinte Peter aufgebracht. »Für mich ist die Sache klar: Er wird uns Lügenmärchen auftischen. Warum sonst sollte er plötzlich mit uns reden wollen, nachdem er gestern so getan hat, als wüsste er von nichts?«

»Vielleicht weil er eingesehen hat, dass seine Reaktion albern war«, sagte Justus. »Du weißt doch, Skinny braucht immer etwas länger.«

»Warum willst du ihm überhaupt zuhören, Just?«

»Weil ich wissen will, worum es bei der ganzen Sache geht!« Wütend trat Peter auf den Ersten Detektiv zu und klopfte mit dem Fingerknöchel an dessen Stirn. »Hallo? Jemand zu Hause? Skinny ist unser Auftraggeber! Skinny Norris! Damit ist der Fall für mich gestorben!« Herausfordernd sah er erst Justus, dann Bob an. »Sag doch auch mal was, Bob!«

Der dritte Detektiv hob abwehrend die Hände. »Ich will nicht mitstreiten. Aber ich denke, Just hat recht: Wir sollten Skinny erst mal anhören. Danach können wir ihn immer noch zum Teufel jagen.«

Peter ließ die flache Hand gegen seine Stirn klatschen, sagte jedoch nichts mehr. Ohne Bobs Unterstützung hatte er keine Chance. Kopfschüttelnd wandte er sich ab, bis ihm noch einfiel: »Aber das Treffen findet nicht hier in der Zentrale statt, klar? Am Ende will er uns nur ausspionieren!«

»Wir werden uns draußen auf dem Schrottplatz unterhalten«, versprach Justus und verließ schon mal den Wohnwagen, um dem Zweiten Detektiv den Wind aus den Segeln zu nehmen. Draußen lief ihm Tante Mathilda über den Weg. Sie wirkte irgendwie hektisch. »Ach, Justus, ihr habt es gut! Ihr könnt euren ersten Ferientag genießen!«

»Ihr doch auch bald. In drei Tagen geht es nach Europa! Schon aufgeregt?«

»Machst du Witze? Ich kann seit drei Nächten nicht mehr richtig schlafen! Ständig fallen mir irgendwelche Dinge ein, an die wir unbedingt denken müssen. Dann mache ich das Licht an und schreib sie auf meine Liste. Dein Onkel meint, wenn das so weitergeht, werde ich von Irland überhaupt nichts sehen, weil ich nämlich eine Woche lang Schlaf nachholen muss.«

Justus lachte. »Wie wäre es, wenn du die Liste einfach vergisst? Ich kenne dich doch, Tante Mathilda, du denkst auch ohne Liste an alles!«

Seine Tante erwiderte das Lächeln, doch plötzlich fiel ihre fröhliche Miene in sich zusammen. Sie wirkte besorgt. »Es gefällt mir gar nicht, dass ich dich so lange hier allein lassen muss. Wenn etwas passiert! Mit dem Haus oder dem Geschäft oder ... mein Gott, wenn *dir* etwas passiert! Stell dir vor, du fällst die Treppe runter und brichst dir ein Bein! Wer soll denn dann –«

»Tante Mathilda! Ich habe mir noch nie das Bein gebrochen. Warum sollte ich das ausgerechnet jetzt tun? Du weißt doch: Nur sportliche Menschen sind einer permanenten Verletzungsgefahr ausgesetzt. Ich bin also vollkommen sicher.«

Das Lächeln kehrte zurück, doch nur für einige Sekunden. Ein blauer Sportwagen schoss auf den Schrottplatz und hielt in einer Staubwolke. Augenblicklich verfinsterte sich Tante Mathildas Gesicht. »Ist das nicht dieser unangenehme Junge aus der Nachbarschaft? Der Sohn von diesem Norris! Wie heißt er doch gleich? Skinner! Was will der denn hier?«

»Der will zu uns«, antwortete Justus verlegen.

»Zu euch? Ich dachte, ihr mögt ihn nicht.«

»Tun wir auch nicht!«, sagte Peter, der sich inzwischen dazugesellt hatte, überlaut.

»Er ist gleich wieder weg, Tante Mathilda. Keine Sorge.«

Mathilda Jonas warf ihrem Neffen noch einen zweifelnden Blick zu, dann verschwand sie.

Skinny kam auf die drei ??? zu.

»Hi Skinny!«, sagte Justus so neutral wie möglich.

»Hi«, setzte Bob hinzu.

Peter schwieg.

»Hallo.«

»Wir sind schon sehr gespannt, Skinny«, sagte Justus. »Besonders nach gestern Abend.«

»Bei mir hält sich die Spannung in Grenzen«, brummte Peter kaum hörbar.

»Tja, also gestern Abend«, begann Skinny zögernd und blickte sich unsicher um. »Müssen wir das hier draußen besprechen?«

»Warum?«, fauchte Peter. »Fürchtest du, deine Freunde könnten zufällig beobachten, dass du dich mit uns unterhältst? Meinst du, sie lachen dich dann aus?«

Justus warf dem Zweiten Detektiv einen bösen Blick zu. Wenn Peter so weitermachte, überlegte Skinny es sich womöglich anders und würde wieder verschwinden, ohne ein Wort gesagt zu haben. »Hier draußen ist so gut wie jeder andere Ort. Schieß los.«

»Tja, also gestern Abend«, wiederholte Skinny. »Das war sehr dumm von mir. Ihr habt mich überrascht. Ich hätte nicht damit gerechnet, dass ihr mir auf die Schliche kommt. Daher habe ich etwas überreagiert. Aber ihr hattet natürlich recht: Ich war derjenige, der euch angerufen hat.«

Peter schnappte nach Luft. Was immer er erwartet hatte – das war es nicht gewesen! Doch auch Bob und Justus konnten ihre Überraschung kaum verbergen. »Und was sollte das Ganze?«, fragte Bob. »Ein blödes Spiel?«

»Nein, kein Spiel!«, sagte Skinny schnell. »Die Sache ist ernst. Sehr ernst sogar.«

»Und warum dann diese blöde Heimlichtuerei?«, wollte Peter wissen.

»Du beantwortest dir die Frage gerade selbst, Shaw«, antwortete Skinny gereizt. »Wenn ich von Anfang an mit offenen Karten gespielt hätte, hättet ihr mir erst gar nicht zugehört. So wie jetzt.«

»Wir hören dir zu«, versicherte Justus. »Erzähl weiter! Worum geht es bei dieser ganzen Sphinx-Geschichte?«

Skinny räusperte sich. »Wo soll ich anfangen?«

»Am Anfang!«, schlug Peter bissig vor.

»Also schön: Seit ein paar Monaten arbeite ich aushilfsweise bei einer großen Firma in Los Angeles, einem Kunststoffhersteller.«

»Hadden Industries«, sagte Justus. »Wissen wir.« Das stimmte nicht ganz, denn dass Skinny bei Hadden arbeitete, war ihm neu gewesen. Aber das musste er ihm ja nicht auf die Nase binden.

Sofort wurde Skinny misstrauisch und fragte lauernd: »Woher wisst ihr das?«

»Skinny«, seufzte Bob. »Wenn du jemanden beauftragst, in einer Sache nachzuforschen, darfst du dich nicht wundern, wenn er etwas herausfindet.«

»Was wisst ihr über Hadden?«

»Wie wäre es, wenn du uns erst mal erzählst, was du weißt?«, schlug Bob vor. »Das bist du uns ja wohl schuldig.«

Skinny blickte ihn für einen Moment böse an, dann entspannte er sich, senkte den Kopf und nickte. »In Ordnung. Ich arbeite also bei Hadden Industries. Ein ziemlich gut bezahlter Job. Eines Tages erwischte Mr Hadden mich allerdings dabei, wie ich ... nun ja, ich ... sagen wir so, ich habe mich nicht ganz korrekt verhalten. Er war stinksauer und wollte mich rausschmeißen und noch dazu anzeigen.«

»Was hast du gemacht? Die Portokasse geklaut?«

Es war offensichtlich, wie unangenehm Skinny dieses Thema war. Er wand sich unter den Blicken der drei ??? wie ein Wurm an der Angel. »So was Ähnliches«, sagte er schließlich. »Jedenfalls hatte Hadden mich in der Hand und hätte mir richtig Ärger machen können. Aber er schlug mir einen Handel vor: Entweder Rausschmiss und Stress mit den Bullen – oder ich erledige einen Job für ihn und kriege dafür auch noch einen Batzen Kohle.«

»Du hast natürlich Letzteres gewählt«, vermutete Justus. »Und was ist das für ein Job?«

»Ich soll auf einem Schiff mitfahren, das in drei Tagen ausläuft. Die ›Hadden Explorer‹.«

»Wer hätte das gedacht«, brummte Peter.

»Und?«

»Die ›Explorer‹ braucht noch einen Schiffsjungen. Das ist alles. Jedenfalls alles, was Hadden mir gesagt hat. Aber ich habe ihm nicht geglaubt. Warum sollte er ausgerechnet mich dafür haben wollen? Ich hab also ein bisschen rumgeschnüffelt.«

»Skinny, Skinny«, tadelte Peter. »Ich hoffe, du bist nicht schon wieder erwischt worden.«

»Kannst du deinem Lakaien nicht mal sagen, er soll die Schnauze halten, Jonas?«, bellte Skinny unvermittelt. »Er geht mir ganz schön auf die Nerven.«

»Pass auf, was du sagst, Skinny!«, ging Peter zum Gegenangriff über. »Wenn du unsere Hilfe willst, dann halt dich zurück!«

»Eure Hilfe! Pah! Ihr habt doch sowieso noch nichts herausgefunden! Detektive! Das hätte ich mir denken können, dass die ganzen Geschichten über euch nichts als Prahlerei sind. Wahrscheinlich denkt ihr euch den ganzen Schwachsinn nur aus.« Wütend sah er Bob an. »Und dein Vater lässt ihn bei der Zeitung auch noch drucken.«

»Was?« Bob machte einen Schritt auf Skinny zu. »Sag das noch mal, du –«

»Leute!«, rief Justus. »Leute! Beruhigt euch! Wie wäre es, wenn wir einfach ganz sachlich bleiben würden? Also, Skinny, du hast rumgeschnüffelt. Was hast du dabei rausgefunden?«

Skinny starrte ihn wütend an und für einen Moment glaubte Justus, er würde auf dem Absatz kehrtmachen und abhauen. Doch dann beruhigte er sich und fuhr fort: »Die ›Explorer‹ hat genau das gleiche Ziel wie ein anderes Schiff von Hadden Industries, das vor zwei Wochen ausgelaufen ist: die ›Montana‹. Sie ist in den Westpazifik gefahren, nach Mikronesien. Um genau zu sein nach Mako... Maka...«

»Makatao«, beschloss Justus. »Ich hoffe, das beweist, dass wir nicht ganz so untätig waren, wie du uns gerade unterstellen wolltest.«

»Makatao, richtig«, sagte Skinny irritiert. »Und wisst ihr, was Makatao übersetzt bedeutet?«

»Toteninsel«, sagte Bob cool.

»Genau. Und wisst ihr auch, warum?«

»Nun ja, da gibt es die verschiedensten Gerüchte«, erinnerte sich Bob. »Einige behaupten, der Name stamme –«

»Weil niemand, der je auf Makatao war, lebendig zurückgekehrt ist! Und soll ich euch noch etwas verraten? Die ›Montana‹ ist verschollen. Seit fünf Tagen hat Hadden keinen Kontakt mehr zu der Crew. Und nun schickt er die ›Explorer‹ nach, um die Mannschaft zu retten. Ein Selbstmordkommando! Das alles hat er mir verschwiegen.«

Peter grinste hämisch und rieb sich die Hände. »So langsam verstehe ich dein Dilemma, Skinny. Du kriegst Schiss wegen der Toteninsel, kannst aber nicht mehr zurück, weil Hadden dich sonst anzeigt. Niemand kehrt von Makatao zurück? Hervorragend! Dann wären ja alle unsere Probleme gelöst!«

Zu Justus' Erstaunen explodierte Skinny diesmal nicht. »Ja«, sagte er ruhig. »Genauso ist es. Ich habe Angst vor diesem Auftrag. Ich will nicht auf die Toteninsel. Und deshalb habe ich euch vor einer Woche angerufen.«

»Was meinst du damit?«

»In den Unterlagen, in denen ich die Informationen über die ›Montana‹ und die ›Explorer‹ fand, tauchte immer wieder ein Name auf: Sphinx. Es scheint eine Gruppe von Leuten zu sein und sie haben irgendwas mit dieser Expedition zu tun, aber mehr konnte ich nicht herausfinden. Aber es gibt da ein Geheimnis um diese Toteninsel und ich bin sicher, dass Sphinx der Schlüssel ist. Ich musste also jemanden finden, der dieses Rätsel lösen kann.« Skinny schwieg betreten.

»Und dann kamst du auf uns«, sprach Bob den in der Luft hängenden Satz aus.

Skinny nickte.

»Ich fass es nicht!«, rief Peter halb empört, halb belustigt. »Du hast uns doch als Detektive noch nie ernst genommen! Und jetzt willst du auf einmal unsere Hilfe beim Lösen des Sphinx-Rätsels?«

»Ihr steht doch auf dieses geheimnisvolle Zeug!«, verteidigte sich Skinny und versuchte dabei, verächtlich zu klingen. Es gelang ihm nicht besonders gut. »Das weiß doch jeder in Rocky Beach. Kennt jemand ein bescheuertes Rätsel? Dann fragt die drei Satzzeichen, die reißen sich drum!«

»Nur ist dieses Rätsel nicht bescheuert«, stellte Justus fest und beschloss, die ungeschminkte Wahrheit auszusprechen: »Im Gegenteil. Es macht dir so viel Angst, dass du dich an deine ärgsten Feinde wendest, weil sie möglicherweise die Einzigen sind, die dir noch helfen können.«

»Und? Könnt ihr?« Es war Skinny anzusehen, dass er es hasste, wie Justus ihm den Spiegel vorhielt. Aber er war in der deutlich schwächeren Position und konnte nur die Zähne zusammenbeißen.

»Ich bin nicht ganz sicher«, antwortete der Erste Detektiv. »Wir haben versucht herauszufinden, wer oder was sich hinter Sphinx verbirgt. Aber ich glaube nicht, dass wir so das Rätsel lösen.« Nun berichtete Justus ihm, was sie in Erfahrung gebracht hatten. Dabei beobachtete er Skinny ganz genau. Nach wie vor wusste er nicht, ob er Skinny trauen konnte. Die Situation war mehr als seltsam. Ihr alter Erzfeind stand ihnen gegenüber und Justus vertraute ihm die Ergebnisse ihrer Ermittlungen an. Hätte ihm das jemand vor einer Woche prophezeit, Justus hätte nur laut gelacht. Ausgerechnet Skinny Norris! Es war absurd.

Auf jeden Fall war Vorsicht geboten. Es war immer noch möglich, dass Skinny sie hereinlegen wollte. Justus war zwar nicht klar, auf welche Weise und zu welchem Zweck, aber er bewahrte sich eine gute Portion Misstrauen. Aber so genau er Skinny auch beobachtete, keine seiner Regungen ließ erahnen, dass er ein doppeltes Spiel trieb.

»Das war es. Wir wissen zwar, was es mit Sphinx auf sich hat und wie Hadden in der Sache drinhängt, aber was für ein Geheimnis sich genau auf Makatao verbirgt, ist immer noch unklar. Du bist jedenfalls nicht der Einzige, der sich bei dem Gedanken, auf die Toteninsel zu fahren, unwohl fühlt, Skinny. Juan, der zu Sphinx gehört, vermutet ebenfalls, dass Hadden etwas ganz anderes plant, als er vorgibt. Ich fürchte allerdings, es gibt nur einen Weg, das Rätsel zu lösen.«

»Und welchen, du Schlaumeier?«

»Du musst an Bord der ›Explorer‹ gehen und mitfahren.«

»Auf gar keinen Fall!«

»Dann kriegst du Ärger mit Hadden.«

»Das weiß ich auch. Aber findet ihr nicht, dass die Sache gewaltig stinkt? Womöglich steckt ein kapitales Verbrechen dahinter! Wir dürfen nicht zulassen, dass die ›Hadden Explorer‹ wirklich ausläuft!«

»Wir?«, echote Peter. »Du willst doch nur deine eigene Haut retten, Skinny. Als ob es dir um Recht und Gesetz ginge! Und wir sollen da mitspielen? Ohne mich! Ich wüsste nicht, warum ich dir helfen sollte. Zieh deinen Kopf schön selbst aus der Schlinge.«

»Typisch!«, knurrte Skinny. »Die edlen drei Detektive, immer selbstlos und hilfsbereit. Wir übernehmen jeden Fall. Dass ich nicht lache! Aber wenn es wirklich drauf ankommt, dann kneift ihr. Und warum? Weil euch die Nase eures Klienten nicht passt!«

»Aus gutem Grund!«

»Macht ihr das immer so? Teilt ihr die Menschen immer in zwei Gruppen ein und helft nur denen, die euch sympathisch sind? Und der Rest ist euch egal? Auch wenn ihr genau wisst, dass ihr sie damit in höchste Gefahr bringt? Ihr macht es euch verdammt einfach!«

»Nun übertreib mal nicht, Skinny«, versuchte Bob zu schlichten. »Das mit der höchsten Gefahr ist bloß eine Vermutung von dir. Vielleicht ist ja alles ganz harmlos.«

»Das glaubst du doch wohl selber nicht!«

»Und selbst wenn, dann hast *du* dich in Gefahr gebracht. Nicht wir.«

»Wenn mir etwas zustößt, seid ihr dran wegen unterlassener Hilfeleistung«, behauptete Skinny.

Peter lachte. »Das glaubst du nicht im Ernst. Du kannst dir ohne Probleme selbst helfen. Fahr einfach nicht mit auf die Expedition!«

»Und Hadden?«

»Er wird schon seinen Grund haben, warum er dich feuern oder sogar anzeigen will. Das ist deine eigene Blödheit. Weißt du was, Skinny? Du bist ein erbärmlicher Feigling! Wir sollen die Suppe auslöffeln, die du dir selbst eingebrockt hast? Ohne mich!« Demonstrativ drehte Peter sich um und ging davon.

»He, Peter!«, rief Justus beschwichtigend. »Bleib doch hier! Wir haben doch noch gar nicht alles beredet!«

»Für mich gibt es da nichts mehr zu bereden«, sagte Peter über die Schulter zurück, ohne sich umzudrehen. Dann verschwand er hinter einem Schrottberg.

»Ihr helft mir also nicht«, stellte Skinny mürrisch fest.

Justus überlegte. »Peter hat recht. Es ist nicht unsere Aufgabe, dich vor den Konsequenzen deiner eigenen Tat zu bewahren.« Er machte eine Pause. »Aber du hast ebenfalls recht. Vielleicht steckt tatsächlich ein Verbrechen hinter der ganzen Geschichte. Daher werden wir weiterermitteln. Aber ich habe zwei Bedingungen. Erstens: Du spielst in Zukunft mit offenen Karten und erzählst uns umgehend alles, was mit dem Fall zu tun hat. Zweitens: Wenn die Sache vorbei ist – ganz egal, was das genau bedeutet –, stellst du dich deiner Strafe.«

Skinny funkelte ihn wütend an. »Du glaubst, du könntest hier Gott spielen, was, Jonas?«

»Was redest du da, Skinny«, gab Justus genervt zurück.

»Du bist ein selbstgerechter Fettsack! Du meinst, du kannst mir Bedingungen stellen? Das mache ich nicht mit!«

»Es ist ganz einfach, Skinny«, sagte Justus, die Ruhe selbst. »Ich *kann* dir Bedingungen stellen! Die Sache ist doch die: Entweder es geht um Gerechtigkeit, dann helfen wir dir, aber am Ende wird jeder für seine Fehler geradestehen müssen. Oder es geht darum, deinen Kopf zu retten. Aber dann ohne uns. Das kannst du schön selbst erledigen.«

»Das ist Erpressung«, zischte Skinny.

»Nenn es, wie du willst. Es läuft aufs Gleiche hinaus. Du musst dich entscheiden, was du willst.«

Skinny starrte ihn an, starrte Bob an, starrte auf die Zentrale, über den Schrottplatz, auf den Boden und schwieg. Irgendwann fragte sich Justus, ob er überhaupt noch etwas sagen würde. Aber dann kam ein kurzes Nicken. »Okay. Aber die Abmachung gilt nur, wenn ihr auch etwas herausfindet. Wenn ich am Ende die ganze Arbeit mache oder wir Hadden nichts nachweisen können, platzt der Handel.«

Justus nickte knapp.

Skinny wandte sich ohne ein weiteres Wort um und machte sich auf den Weg zu seinem Wagen, als Justus noch etwas einfiel: »Woher hattest du eigentlich einen Schlüssel zu Barbara Jeffersons Haus?«

Skinny blieb stehen. »Woher wisst ihr davon?«

»Wenn du jemanden beauftragst, in einer Sache nachzuforschen, darfst du dich nicht wundern, wenn ...«

»... er etwas herausfindet«, beendete er Bobs Satz und setzte zischend hinzu: »Klugscheißer!«

»Also, Skinny? War es das, wobei Hadden dich erwischt hat? Hast du die Schlüssel seiner Mitarbeiter geklaut?«

»Quatsch! Das ist 'ne Privatsache, klar?«

Justus runzelte die Stirn. »Die Abmachung ist, dass du uns alles verrätst, was du weißt, Skinny! Hast du das schon –«

»Barbara ist meine Freundin!«, fauchte Skinny. »Und wehe, ihr schnüffelt mir noch mal hinterher!«

»Seine Freundin!«, höhnte Peter, als Skinny verschwunden war und Bob und Justus ihm alles berichtet hatten. »Das glaubt er doch selbst nicht. Skinny legt uns rein! Warum seht ihr das nicht?« Sie waren zusammen in der Zentrale. Peter lief trotz der beklemmenden Enge im Inneren des Campinganhängers wie ein gefangenes Raubtier auf und ab.

»Er hätte überhaupt kein Motiv«, widersprach Bob.

»Späte Rache vielleicht?«, warf Peter ein. »Für die unzähligen Male, bei denen wir schneller und besser waren als er?«

»Die kommt dann aber etwas sehr spät«, fand Justus. »Ich kann dein Misstrauen ja verstehen, Zweiter, aber die Geschichte ist zu verworren, als dass Skinny sie sich ausgedacht haben könnte. Da steckt mehr dahinter. Und das ist der Grund, warum wir weitermachen müssen: Es geht nicht darum, Skinny einen Gefallen zu tun, sondern das Rätsel zu lösen. Nichts anderes interessiert mich.«

»Und was mich interessiert, ist mal wieder völlig unwichtig.«

Justus seufzte schwer. »Tu doch nicht so, als sei dir der Fall völlig egal, Peter. Das stimmt nämlich nicht.«

»Richtig. Er ist mir nicht egal. Und von mir aus können wir weitermachen. Aber ohne Skinny!«

»Skinny ist aber ein wichtiger Informant für uns«, sagte Bob. »Im Moment sogar der wichtigste. Er kommt direkt an Hadden heran und an dessen Sekretärin.« Bob dachte einen Moment darüber nach und fing an zu lachen. »Wie alt, sagtest du, ist sie, Just?«

»Ich schätze, so Mitte zwanzig. Mindestens.«

»Fast zehn Jahre älter als Skinny. Ob sie wirklich seine Freundin ist?«

»Natürlich nicht!«, rief Peter. »Davon rede ich doch die ganze Zeit. Er lügt uns an!«

»Das ließe sich ja herausfinden«, meinte Justus. »Aber ich sehe die Relevanz nicht. Ob Skinny die Schlüssel zu ihrem Haus nun geklaut oder von ihr bekommen hat, ist nicht wichtig. Fest steht, dass er genau das Gleiche will wie wir: herausfinden, worum es bei dieser Expedition geht und was es mit Makatao und der verschollenen ›Hadden Montana‹ auf sich hat. Und so unglaublich das auch klingen mag, aber damit ist Skinny Norris zum ersten Mal auf unserer Seite.« Justus blickte den Zweiten Detektiv scharf an. Doch Peter hatte aufgegeben.

»Na schön«, brummte er. »Wie gehen wir vor?«

»In drei Tagen sticht die ›Hadden Explorer‹ in See. Bis dahin müssen wir herausgefunden haben, was vor sich geht. Ich denke, die Ladung des Schiffes wird sehr aufschlussreich sein. Bob, frag am besten Jelena, ob sie eine Idee hat. Sie hat in der Richtung schon einiges recherchiert.«

Bob hob überrascht die Augenbrauen. »Darf ich das in mein goldenes Zitatebuch eintragen? Du *bittest* mich, Jelena zu fragen?«

»Das ist der neueste Trend, Bob«, sagte Peter. »Mit alten Feinden zusammenarbeiten.«

Das Klingeln des Telefons unterbrach das Gespräch. Justus war dankbar dafür. »Justus Jonas von den drei Detektiven.«

»Guten Abend, Justus, hier spricht Morton.«

»Morton!«, rief Justus überrascht. »Was ... was kann ich für Sie tun?«

»Ich bin etwas beunruhigt«, antwortete der Chauffeur zögerlich. »Und ich habe gehofft, dass du mir dieses Gefühl nehmen kannst.«

»Ist etwas passiert?«

»Ja. Nehmt es mir nicht übel, aber seit unserer Begegnung vorgestern habe ich verstärkt darauf geachtet, ob ihr mich noch einmal beschattet.«

»Ich ... ähm, nun ja, wie soll ich sagen ...«

»Schon gut, Justus. Ich habe es bemerkt.«

»Äh, tatsächlich?«

»Aber nicht nur das.«

»Was denn noch?«

»Ich hatte in den letzten zwei Tagen insgesamt drei Fahrten mit Mr Hadden. Jedes Mal fiel mir ein Wagen auf, der mir folgte.«

Justus runzelte die Stirn. »Es war nicht zufällig ein blauer Sportwagen?«

»Nein. Und das ist das wirklich Seltsame an der Geschichte: Es war jedes Mal ein anderes Fahrzeug. Und soweit ich erkennen konnte, saß auch jedes Mal ein anderer Fahrer am Steuer. Aber nie jemand, den ich kannte.«

»Das ist ... sonderbar.«

»Aber das ist noch nicht alles. Ich habe auch sonst das Gefühl, verfolgt zu werden. Auf meinen anderen Fahrten, auf dem Weg nach Hause, beim Einkaufen ... Ich bin nie hundertprozentig sicher, aber es kommt mir vor, als trieben sich seit einigen Tagen verstärkt suspekt wirkende Subjekte in meiner Nähe herum. Männer, die auf einer Parkbank sitzen und mit dunklen Sonnenbrillen Zeitung lesen. Jogger, die mehr als einmal meinen Weg kreuzen. Fremde, die mir seit Tagen immer wieder im Hausflur begegnen, obwohl ich sie vorher noch nie gesehen habe.«

»Sind Sie sicher?«

»Nein. Das ist das Problem, Justus. Ich bin nicht sicher. Es ist möglich, dass das alles purer Zufall ist. Deshalb rufe ich an: Habt ihr eine Erklärung dafür? Kann es sein, dass das etwas mit dem Fall zu tun hat, in dem ihr gerade ermittelt? Und bei dem ihr Mr Hadden verdächtigt habt?«

»Ich ... ich weiß nicht, Morton. Ehrlich gesagt bin ich ratlos.«

Morton schwieg einen Moment. »Ich hatte gehofft, deine Antwort würde anders lauten, Justus. Ich werde ... ein wenig nervös. Um ganz offen zu sprechen: Ich bekomme es mit der Angst zu tun.«

»Mir ist wirklich nicht wohl bei der Sache. Anfangs klang der Fall ganz spannend. Aber inzwischen ...« Bob blickte Jelena ernst an. »Um es mit Mortons Worten zu sagen: Ich bekomme es mit der Angst zu tun.«

Die beiden hatten sich am nächsten Morgen zum Frühstück verabredet. Sie saßen auf dem Balkon und blickten auf den großen Garten mit dem Eichenhain. Jelena wohnte in einer kleinen Villa am Rande von Rocky Beach. Ihr Vater war Dozent an der Musikhochschule in Santa Monica und Jelena hatte sein musikalisches Talent geerbt: Sie spielte ausgezeichnet Geige. Wenn sie nicht gerade mit einem ihrer wissenschaftlichen Hobbys beschäftigt war. Oder die drei ??? bei ihren Ermittlungen unterstützte.

Jelena wirkte beunruhigt, nachdem sie sich Bobs Geschichte angehört hatte. »Könnt ihr euch einen Reim darauf machen? Was Morton mit der Sache zu tun hat, meine ich?«

Bob hob die Augenbrauen. »Das Übliche: Justus braucht mehr Hinweise, um eine Theorie zu entwickeln. Peter sieht überall riesige Verschwörungen und will sofort aussteigen.«

»Und du?«

»Ich weiß nicht. An einen Zufall glaube ich jedenfalls nicht.« Jelena sah ihn durchdringend an. Ihr Blick war eindeutig: Sie würde ihn nicht eher gehen lassen, bis er ihr gesagt hatte, was in ihm vorging. Bob seufzte. »Ich kann mir das alles nur so erklären: Die Sache ist etwas größer, als wir angenommen hatten. Es sind noch mehr Leute an Sphinx und der Expedition und Hadden interessiert. Und sie sind so professionell, dass sie sogar Haddens Chauffeur überwachen.«

»Also doch eine Verschwörung.« War das spöttisch gemeint? Bob war nicht sicher.

»Nein. Oder doch. Ein bisschen. Aber nicht in dem Maße, wie Peter es sich vorstellt, mit FBI und CIA und so. Die amerikanische Regierung hat sicher nichts damit zu tun.«

»Vielleicht ist es ein Geheimbund wie Sphinx. Oder reiche Unternehmer wie Hadden, die ihn ausspionieren, weil sie das Gleiche wollen wie er: etwas, das sich auf dieser Insel befindet. Nur was könnte das sein?«

»Ich habe ja schon versucht, mehr über Makatao herauszufinden. Aber abgesehen von den Gerüchten über Ruinen eines alten mikronesischen Volkes bin ich auf nichts gestoßen.«

»Außer auf Hinweise, dass jemand versucht hat, Spuren zu verwischen«, erinnerte ihn Jelena.

»Das war nur mein erster Eindruck. Ich könnte mich auch getäuscht haben.«

»Und wenn du recht hast? Wenn wir es wirklich mit einem Gegner zu tun haben, der mächtig genug ist, um sogar Dokumente zu fälschen und unerkannt aus dem Hintergrund die Fäden zu ziehen?«

Unwillkürlich erschauerte Bob bei der Vorstellung. Doch dann schüttelte er energisch den Kopf. »Ach was! Ich kann mir nicht vorstellen, wer das sein sollte.« Er blickte Jelena an. Sie schien nicht überzeugt zu sein. Nein, da war noch mehr. Sie sah besorgt aus. Fast ängstlich. »Was ist los?«

Sie schüttelte den Kopf. Zu schnell. »Nichts.«

»Komm schon, Jelena, irgendwas ist doch.«

Sie rang einen Moment mit sich. »Es hat wahrscheinlich nichts zu bedeuten.«

»Was hat nichts zu bedeuten?«

»Es ist bestimmt ganz unwichtig.«

»Was denn, zur Hölle?« Nun war Bob derjenige, der sie unerbittlich fixierte.

»Gestern nach dem Geigenunterricht. Da fiel mir ein Mann auf, der vor der Musikschule auf jemanden wartete.«

»Und?«, hakte Bob nach, als Jelena nicht weitersprach. »Was heißt das, er fiel dir auf?«

Ein verschmitztes Grinsen stahl sich auf ihr Gesicht. »Na ja, er sah ganz gut aus. Ein bisschen wie Sean Connery in jüngeren Jahren.«

»Tatsächlich. Und was ist daran so bemerkenswert?«

»Dass ich ihm noch einmal begegnet bin. Eine Stunde später. Ich fuhr gerade durch den Garten, um mich ins letzte Fleckchen Abendsonne zu setzen, da sah ich ihn an der Straße. Er blickte zu unserem Haus herüber. Und sah mich direkt an.«

»Oh, oh«, machte Peter. Eine steile Sorgenfalte erschien auf seiner Stirn. »Erst Morton, jetzt Jelena. Und mir ist auch schon ganz mulmig.« Er ging zum kleinen Fenster der Zentrale und lugte durch einen Spalt im Vorhang, als erwartete er, auf dem Schrottplatz ein Dutzend Gestalten zu sehen, die den Wohnwagen beobachteten. »Ob wir auch beschattet werden?«

»Nein«, sagte Justus ruhig.

»Wie kannst du da so sicher sein?«

»Wenn zwischen dem Fall Morton und dem Fall Jelena ein Zusammenhang besteht – und davon können wir wohl ausgehen –, macht es keinen Sinn, dass wir beobachtet werden.«

»Warum nicht?«, fragte Bob.

»Weil wir uns bisher im Hintergrund gehalten haben. Im Gegensatz zu Morton und Jelena.«

»Du sprichst in Rätseln, Just.«

»Es ist ganz einfach, Peter: Wir haben mit der ganzen Sache überhaupt nichts zu tun. Die Einzigen, die darin verwickelt sind, sind Hadden und die Mitglieder von Sphinx. Also werden sie beschattet. Sie und die Menschen aus ihrem Umfeld. Dazu gehört auch Morton.«

»Und was ist mit Jelena?«

»Jelena hat Nachforschungen über die ›Explorer‹ und die ›Montana‹ angestellt. Ich denke, sie hat den großen Unbekannten damit aufgescheucht. Und der will nun wissen, wer sich so plötzlich für die beiden Schiffe interessiert. Wir können ihm dabei noch nicht in die Quere gekommen sein, da sich unsere Recherche bisher auf öffentlich zugängliche Informationsquellen beschränkte.«

Bob fiel etwas ein: »Jelena will sich heute noch mal ans Telefon hängen, um herauszukriegen, welche Fracht die ›Hadden Explorer‹ transportieren soll. Wenn deine Theorie stimmt, Just, wird sie damit wahrscheinlich noch mehr Aufmerksamkeit auf sich lenken. Sollten wir sie nicht besser warnen?«

»Wozu? Wenn sie sowieso schon beobachtet wird ...«

»Wie kannst du bei der ganzen Sache so ruhig bleiben, Just?«, rief Peter empört. »Bei dir klingt das alles nach einem entspannten Einkaufsbummel. Also, mir geht ganz schön die Düse. Ich hab echt Schiss, wenn ich an diesen unsichtbaren Gegner denke.«

»Unheimlich ist das schon«, gab Justus zu. »Aber unsere einzige Chance, mehr über den Fall herauszufinden, ist die ›Explorer‹. Und natürlich Skinny Norris. Bin gespannt, ob der sich noch mal meldet. Bis dahin können wir eigentlich nur abwarten.«

Den Abend verbrachte Bob allein zu Hause. Seine Eltern waren unterwegs. Normalerweise wäre er zum Schrottplatz rübergefahren, aber Justus war mit seinem Onkel und seiner Tante essen gegangen und Peter hatte sich mit Jeffrey verabredet. Bob war unruhig. Mortons und Jelenas Beobachtungen gingen ihm nicht aus dem Kopf. Er ertappte sich dabei, wie er immer wieder zu seinem Zimmerfenster ging und hinausspähte. War da nicht eine Gestalt auf der Straße? Ja, da bewegte sich etwas! Bob kniff die Augen zusammen – und atmete erleichtert auf. Es war nur der Nachbar, der mit seinem Hund Gassi ging.

»Mach dich nicht verrückt, Bob Andrews«, ermahnte er sich selbst. »Völlig überflüssig. Und ineffektiv, wie Justus sagen würde.«

Das Telefon riss ihn aus seinen düsteren Gedanken. Es war Jelena.

»Hi. Bin ich froh, dass du anrufst. Ein bisschen quatschen tut mir ganz gut, glaube ich.«

»Ach ja?«

Etwas stimmte nicht. Der Klang von Jelenas Stimme war . . . anders. »Was ist los?«

»Ich habe jetzt einen Beweis.«

»Wofür?«

»Dass ich mich nicht getäuscht habe. Ich habe heute telefoniert. Jede Menge. Aber ich konnte beim besten Willen nicht herausfinden, was die ›Hadden Explorer‹ transportieren wird, wenn sie übermorgen ausläuft. Die meisten Leute, mit denen ich sprach, waren allerdings selbst überrascht, dass sie keine Informationen in ihren Unterlagen hatten. Sehr mysteriös.«

»Und weiter?«

Jelena schluckte. Ihre Stimme klang belegt, als sie weitersprach: »Ich bekam gerade einen Anruf. Mein Vater ging ran und rief mich dann ans Telefon.«

»Wer war es?«

»Ich weiß es nicht. Ein Mann. Er hat seinen Namen nicht gesagt. Genau genommen hat er gar nichts gesagt, eher geröchelt. Er klang ziemlich unheimlich.«

»Und was hat er ... geröchelt?«

»Die ›Explorer‹ geht dich nichts an. Lass die Finger davon, wenn du weiterleben willst. Das hat er gesagt.«

Bob schluckte. »Oh Gott.«

»Ich habe ein bisschen Angst, Bob.«

»Das hätte ich auch. Hör zu, Jelena: Du steigst aus. Die Sache wird zu riskant.«

»Ach! Und weil ich ein armes, behindertes Mädchen bin, soll ich –«

»Nein, Jelena. Sondern weil es zu riskant wird!«

»Aber ihr werdet nicht aussteigen, hab ich recht?«

»Wir wurden bisher auch noch nicht bedroht. Wir haben keine Ahnung, was dahintersteckt und wie gefährlich diese Leute wirklich sind!«

»Meinst du, ich sollte die Polizei verständigen?«

Bob überlegte. »Ich weiß nicht. Das musst du entscheiden.«

»Hm. Ich würde mich nicht mehr so hilflos fühlen, wenn ich es täte. Andererseits: Was kann ich der Polizei schon erzählen? Dass ich einen unschönen Anruf bekommen habe. Aber ich schwöre dir, wenn ich das nächste Mal einen Typen vor unserem Haus herumlungern sehe, werde ich die Bullen verständigen und dann geht es ihm an den Kragen.«

»In Ordnung. Aber bis dahin unternimmst du nichts mehr, okay? Wir kommen erst mal allein zurecht.«

»Na schön. Aber informier mich, sobald es etwas Neues gibt!«

»Klar.«

»Sofort, verstanden?«

»Ja, ja, in Ordnung.«

»Danke, Bob. Gute Nacht.«

»Nacht.« Bob hatte gerade aufgelegt, da klingelte es erneut.

»Ja?«

»Bob?«

»Ja.«

»Hier ist Skinny.«

»Oh. Äh ... hi.« Skinny rief ihn zu Hause an. Es war immer noch absurd, dass sie jetzt so etwas wie Verbündete waren.

»Ich brauche deine Hilfe, Bob.«

»Wie bitte?«

»Du musst mich in einer halben Stunde in Santa Monica treffen. Schaffst du das?«

»Äh ... worum geht es denn?«

»Hadden hat mich gerade kontaktiert. Er will mich sofort sprechen. Er sagte, es beträfe die Expedition und sei dringend. In einer halben Stunde im Industriegebiet von Santa Monica.«

»Und was weiter?«

»Ich habe kein gutes Gefühl bei der Sache. Hadden weiß, dass ich am liebsten aus der Sache aussteigen würde. Ich fürchte, er wird ... nun ja ... er wird ...«

»Dich mit Gewalt überzeugen wollen?«, half Bob ihm auf die Sprünge. »Traust du ihm das zu?«

»Hadden ist eiskalt. Ich traue ihm alles zu. Ich möchte nicht allein dorthin fahren. Ich habe schon den Dicken ... ich meine Jonas und Shaw angerufen, aber da ist niemand. Du bist der Einzige, der noch infrage kommt.«

»Ich soll dich begleiten? Hadden wird sich ganz schön wundern, meinst du nicht?«

»Du sollst ja nicht mit mir zusammen dort aufkreuzen. Sondern nur in der Nähe sein. Du weißt schon: falls was passiert.« Es war Skinny deutlich anzumerken, wie unangenehm ihm diese Situation war.

Bob überlegte einen Moment. Was wäre, wenn Peter recht hatte? Wenn Skinny sie alle hinters Licht führte? Andererseits konnte er sich nicht vorstellen, wie und warum er das tun sollte. Und jetzt hatte er die einmalige Gelegenheit, mehr über das Ziel der Expedition zu erfahren. Wenn er die nicht wahrnahm, dann würde Justus ihn morgen umbringen, so viel war sicher.

»In Ordnung, ich komme.«

Wie jede Stadt hatte auch das malerische Santa Monica seine Schattenseiten. Das Industriegebiet bei Nacht gehörte ohne Zweifel dazu. Wo es am Tage vielleicht nur staubig, laut und hässlich gewesen wäre, war es nachts geradezu gespenstisch: gespenstisch still und menschenleer. Eine Fabrik grenzte an die nächste und Lastwagen lagen wie schlafende Ungeheuer in den Schatten der riesigen Hallen. Nachts war dieser Teil der Stadt völlig tot. Nicht einmal eine Katze streifte durchs Dunkel, keine Grille zirpte, es gab kein Hundegebell und schon gar nicht menschliche Stimmen. Das Einzige, was die vollkommene Stille durchbrach, war das Knallen der Autotür, als Bob aus seinem Käfer stieg. Es schien ohrenbetäubend laut. Der Dritte Detektiv sah sich um. Es gab kaum Straßenlaternen. Die Welt um ihn herum war eine Welt voller Schemen und Schatten. Zur Sicherheit warf er noch einmal einen Blick auf die Adresse, die Skinny durchgegeben hatte. Doch, hier war er richtig. Jetzt musste er nur noch Halle 3 finden. Dort sollte das Treffen stattfinden.

Bob schlich zwischen den finsteren Gebäuden hindurch und fragte sich, warum Hadden sich ausgerechnet einen solchen Ort ausgesucht hatte. Ihm kamen nur zwei Antworten in den Sinn: Entweder gab es in Halle 3 etwas, das er Skinny zeigen oder überreichen musste. Oder Halle 3 war ein völlig willkürlich gewählter Treffpunkt und Hadden hatte einfach den abgeschiedensten Ort an der gesamten Westküste Kaliforniens gesucht, um ... Bob verscheuchte den Gedanken.

Er sah auf die Uhr: zwei Minuten zu spät. Die Fahrt nach Santa Monica hatte länger gedauert als erwartet. Doch er hatte noch keine anderen Autos an der Straße gesehen. Es blieb also Zeit genug, ein sicheres Versteck zu suchen.

Halle 3 sah genauso aus wie Halle 1 und 2. Hinter einem großen Stahlcontainer hatte er einen guten Überblick, ohne selbst gesehen zu werden. Bob wartete. Nichts rührte sich. Auch nicht nach fünf Minuten. Langsam wurde er nervös. War er vielleicht doch zu spät gekommen? Oder hatte Skinny ihn auf eine Weise reingelegt, die er bis jetzt noch gar nicht verstand? Gern wäre er auf und ab gelaufen, um seine Unruhe zu bekämpfen, doch er musste in Deckung bleiben.

Plötzlich hörte er ein Geräusch hinter sich! Er drehte sich um. Eine große, dunkle Gestalt war wie aus dem Nichts hinter seinem Rücken aufgetaucht! Sie holte zum Schlag aus!

Bob riss den Arm hoch. Ein schwerer, harter Gegenstand traf sein Handgelenk. Glühender Schmerz durchzuckte ihn.

Bob wollte schreien, doch da krachte etwas auf seinen Kopf. Bizarre Muster explodierten vor seinen Augen. Es wurde dunkel.

Am nächsten Nachmittag saß Justus in der Zentrale am Schreibtisch und starrte auf den Computerbildschirm. Drei Fragezeichen – ein weißes, ein rotes, ein blaues – wanderten langsam über den Monitor – sein selbst programmierter Bildschirmschoner. Die Symbole für unbeantwortete Fragen, ungelöste Rätsel und Geheimnisse aller Art. Davon gab es in diesem Fall reichlich. Trotzdem hatte der Bildschirmschoner keine Antworten.

Die Tür wurde aufgerissen. Justus musste sich nicht umdrehen, um zu wissen, wer das war. Es gab nur einen Menschen, der jedes Mal so viel Lärm veranstaltete, wenn er die Zentrale betrat. Als hätte er zu viel Energie und wüsste nicht, wohin damit.

»Hi, Just!«, rief Peter. »Was gibt's Neues?«

»Etwas, das dir nicht gefallen wird«, verkündete er.

»So? Gefällt mir gar nicht, wie du das sagst.«

»Wir kriegen gleich Besuch. Von –«

»Lass mich raten. Von Skinny Norris.«

»Exakt.«

»Hervorragend«, stöhnte Peter und verdrehte die Augen. »Ich hätte also ruhig zwei Stunden später kommen können. Apropos später kommen: Wo ist eigentlich Bob? Wollte er nicht schon längst hier sein?«

Justus nickte. »Ich frage mich auch, wo er bleibt. Skinny taucht hier jeden Moment auf. Er rief vorhin an und sagte, er hätte wichtige Informationen für uns und müsse uns dringend treffen.«

»Na, da bin ich aber mal gespannt«, brummte Peter und ging zum Periskop, ein mit Spiegeln ausgestattetes Ofenrohr, mit dem man durch das Dach des Wohnwagens nach draußen sehen konnte.

»Ich fände es gut, wenn wir alle hier wären, wenn Skinny uns was zu erzählen hat.«

»Zu spät. Da kommt Skinny schon.« Der Zweite Detektiv versuchte erst gar nicht, seinen Unmut zu verbergen. »Ich sage dir: Der Typ setzt keinen Fuß in unsere Zentrale!«

»Schon gut, schon gut, wir treffen ihn draußen!«

Sie gingen hinaus auf den Schrottplatz. Staub tanzte in der Sonne. Einige Kunden schlenderten zwischen den Auslagen und Schrottbergen umher. Skinny schlenderte nicht. Er kam zielstrebig auf sie zu. Er wirkte nervös und irritiert, blickte vom einen zum anderen.

»Hi Skinny«, sagte Justus so freundlich wie möglich.

»Was gibt's?«, fragte Peter schroff.

»Ist Andrews nicht da?«

»Wenn du Bob meinst: nein. Wieso? Ist das wichtig?«

»Ich ... nein, ich ...«

»Komm zur Sache, Skinny!«, forderte Peter wütend. Er konnte nichts dagegen tun. Allein Skinnys Gegenwart machte ihn aggressiv.

»Ich habe mich gestern mit Hadden getroffen. Die ›Explorer‹ läuft morgen um ein Uhr aus. Wenn wir also etwas herausfinden wollen, dann müssen wir es möglichst bald tun.«

»Wir?«, rief Peter. »Wie wäre es, wenn du zur Abwechslung mal was tust? Wie kommst du überhaupt dazu, uns Befehle zu erteilen?«

»Das habe ich nicht getan. Reg dich nicht künstlich auf,

Shaw!«, giftete Skinny zurück. »Aber ich habe vorgestern eine Abmachung mit eurem Obermacker getroffen. Ich tue nur, was wir vereinbart hatten: Ich erzähle euch alles, was ich weiß, und dafür helft ihr mir. Also, was ist? Sehen wir uns heute Nacht auf der ›Explorer‹ um?«

»Heute Nacht?«

»Wann denn sonst?«

»Du willst einfach so auf das Schiff marschieren?«

»Hast du eine bessere Idee?«

»Jetzt geht's ja wohl los! Willst du uns herumkommandieren? Hör zu, Skinny, so haben wir nicht –«

»Langsam, langsam!«, unterbrach Justus das Wortgefecht. »Wir sollten das in Ruhe besprechen. Und unbedingt damit auf Bob warten.«

»Wer weiß, wann der kommt«, murrte Peter.

»Habt ihr heute schon mit ihm gesprochen?«, erkundigte sich Skinny.

»Nein. Aber gestern sagte er, er würde heute hier auftauchen.«

»Vielleicht ist was dazwischengekommen.«

»Dann hätte er angerufen.«

»Vielleicht hatte er dazu keine Zeit.«

Justus stutzte. Was redete Skinny da für dummes Zeug?

»Hat sich erledigt«, sagte Peter. »Da kommt er!«

Bob fuhr gerade mit dem Rad durch das Tor auf den Schrottplatz. Er war langsamer als sonst. Und wackliger. Dann sah Justus den Grund dafür: Bobs rechte Hand steckte in einem blütenweißen Verband.

»Was hast du denn gemacht?«, fragte Justus besorgt.

»Ach!« Bob winkte mürrisch ab. »Ich bin gestern Nacht die Treppe hochgefallen. War wohl zu müde, um die Stufen zu treffen. So dämlich kann nur ich sein. Ich dachte, es wäre nicht schlimm, aber heute wurde das Handgelenk immer dicker. Ich war gerade beim Arzt, deshalb bin ich auch zu spät. Verstaucht.«

»Herzlichen Glückwunsch«, sagte Peter lakonisch.

»Wo warst du gestern, Skinny?«, fragte Bob gereizt.

»Ich ... oh ... ach ja. Ich wollte gerade los, da rief Hadden ein zweites Mal an und hat einen anderen Treffpunkt vorgeschlagen. Nicht im Industriegebiet, sondern am Hafen. Ich wollte dir noch Bescheid geben, aber du warst schon weg. Tut mir leid.«

»Äh ...«, meldete sich Peter zu Wort. »Habe ich hier irgendwas nicht mitgekriegt? Treffpunkt am Hafen? Gestern Abend? Wärt ihr so freundlich, uns einzuweihen?«

Bob berichtete seinen Kollegen in kurzen Worten, was am Vortag passiert war. »Ich habe mir die Beine in den Bauch gestanden neben dieser blöden Halle 3. Fast eine Stunde lang. Zwischendurch bin ich sogar eingeschlafen, glaube ich. Im Stehen. Na ja, und dann bin ich wieder nach Hause gefahren. Und weil ich so müde war, habe ich mich auf der Treppe gleich außer Gefecht gesetzt. Ganz toll.«

»Und du hast niemanden gesehen?«, hakte Skinny nach.

Justus beobachtete, wie Bobs Miene sich verfinsterte. Kein Wunder: Dank Skinny hatte er sich die Hand verstaucht, er war müde und jetzt sollte er auch noch dumme Fragen von dummen Menschen beantworten.

»Wen denn? Ihr wart ja am anderen Ende der Stadt. Aber wie ich sehe, geht es dir blendend, Skinny. Hadden hat dich nicht verprügelt, entführt, umgebracht oder dergleichen. Deine Sorge war also überflüssig. Was wollte er denn nun von dir?«

»Mir mitteilen, dass ich morgen pünktlich um eins an Bord der ›Explorer‹ sein soll. Dann laufen wir aus. Besser gesagt: sie. Hoffentlich ohne mich.«

»Wir diskutieren gerade darüber, ob wir uns heute Nacht auf der ›Explorer‹ umsehen sollen«, informierte Justus den dritten Detektiv. »Die letzte Gelegenheit. Also, Skinny, wie lautet dein Plan?«

»Plan!«, sagte Skinny verächtlich. »Nun mach nicht schon wieder einen auf intellektuell, Jonas. Man braucht keinen Plan für diese Aktion. Wir fahren heute Nacht zum Hafen, klettern aufs Schiff, sehen uns um und verschwinden wieder.«

»Seit wann hast du hier was zu sagen?«, fauchte Peter.

»Was soll das? Ihr quasselt ewig über die simpelsten Dinge. Ihr haltet euch für wahnsinnig schlau, nur weil ihr mehr Zeit damit verplempert zu reden, anstatt etwas zu tun.«

»Und du bist schlauer, weil du erst machst und dann denkst, oder was?«

»Leute!«, fiel Justus ein. »*Diese* Diskussion ist in der Tat überflüssig. Wir machen es so, wie Skinny vorgeschlagen hat.«

Peter schnappte nach Luft. »Was? Steckt ihr jetzt unter einer Decke?«

»Niemand steckt unter irgendeiner Decke. Aber Skinny hat einen vernünftigen Vorschlag gemacht, ganz einfach. Wir machen es so.«

Skinny nickte Justus zu. »Die ›Explorer‹ liegt im Hafen von Santa Monica. Es ist ein kleiner Frachter. Hadden hat ihn mir gestern gezeigt: Pier 13. Wir treffen uns um Mitternacht.« Damit wandte sich der große, schlaksige Junge mit der blassen Haut um und verließ den Schrottplatz.

Der unsichtbare Gegner

Viertel nach elf. Normalerweise Zeit fürs Bett. Aber es waren Ferien. Es gehörte sich einfach nicht, in den Ferien so früh schlafen zu gehen. Außerdem war Jelena kein bisschen müde. Gleichzeitig war sie jedoch furchtbar lustlos.

Geige üben? Hatte sie heute schon zwei Stunden lang getan. Lesen? Im Moment reizte sie nichts. Fernsehen? Es lief sowieso nur Schrott. Jemanden anrufen? Die Eltern ihrer Freunde würden sich schön bedanken, wenn bei ihnen um diese Uhrzeit das Telefon klingelte. Und ihr Vater war auf einem Konzert und wollte sich danach noch mit Kollegen treffen. Das konnte dauern.

Ziellos fuhr sie durch das große Haus. In ihr Zimmer, in die Küche zum Kühlschrank, in die große Halle, wo der Flügel stand. Sie klimperte ein bisschen herum. Ihr ging der Anruf von gestern nicht aus dem Kopf. Bob gegenüber hatte sie sich bemüht, so cool wie möglich zu klingen, doch die Wahrheit war, dass sie immer panischer wurde. Sie fühlte sich beobachtet. Auf der Straße, in der Schule, zu Hause. Ständig. Als wären überall Kameras versteckt. Oder als würde ein Unbekannter durchs Haus schleichen. Der Mann im Hintergrund, der die Fäden zog.

Ihr unsichtbarer Gegner.

Was würde sie tun, wenn sie ihm noch einmal begegnete? War sie mutig genug, sich ihm zu stellen? Oder würde sie vor Angst die Flucht ergreifen? Sie hoffte und befürchtete gleichzeitig, dass dieser Moment bald kam.

Jelena bewegte sich zurück in ihr Zimmer und öffnete das Fenster. Das Licht ließ sie aus. Das machte sie oft: einfach nur am Fenster sitzen, die kühle Nachtluft genießen und den Garten beobachten. Der Garten bei Nacht war spannend. Fast ständig raschelte irgendwo etwas. Mäuse, die durchs Gras huschten. Oder Waschbären im Laub. Manchmal sah sie Eulen auf der Jagd oder die leuchtenden Augen einer Katze aus der Nachbarschaft.

Heute sah sie etwas anderes.

An der Straße leuchtete ein kleiner roter Punkt auf: die glühende Spitze einer Zigarette. Nichts Ungewöhnliches. Doch es war diesseits der eisernen Umzäunung. Jemand war auf ihrem Grundstück!

Jelenas Herz schlug bis zum Hals. Jemand beobachtete sie! Tausendmal hatte sie diese Situation durchgespielt. Wie sie mutig auf den Fremden zutreten und ihn zur Rede stellen würde. Wer er war. Warum er sie beschattete. Sie hatte sich so fest vorgenommen, keine Angst zu haben. Und nun schlug ihr das Herz bis zum Hals. Eilig griff sie in die Räder ihres Rollstuhls und setzte sich in Bewegung. Zum Telefon! Sie wählte die Nummer der Polizei.

»Ja? Hallo? Jelena Charkova hier. Ich brauche Hilfe. Jemand ist in meinem Garten und beobachtet mich.«

Während Jelena auf die Polizei wartete, saß sie am Fenster neben der Haustür und starrte halb grimmig, halb ängstlich in die Nacht hinaus. Sie hatte ein Fernglas in der Hand. Doch auch damit sah sie nur die glühende Zigarette in der Dunkelheit. Wo blieben nur die verdammten Cops?

Endlich näherte sich ein Wagen. Er hielt. Türen schlugen, kurz darauf klingelte es. Sofort öffnete Jelena mit dem

Summer das Gartentor. Hoffentlich waren die Cops nicht so trottelig, den Kerl entwischen zu lassen! Einer der Beamten näherte sich auf dem Kiesweg dem Haus.

Da! Eine Bewegung! Der Zigarettenmann huschte zwischen den Bäumen hindurch. Er wollte abhauen! Jelena riss die Haustür auf und rief: »Hinter Ihnen! Er läuft weg!«

Der Polizist war einen Moment irritiert, dann begriff er, was los war, und setzte dem Flüchtenden nach. Fast sah es so aus, als würde er entkommen, doch als er das schmiedeeiserne Tor erreichte, trat ihm ein zweiter Polizist in den Weg. Der Mann sprang zur Seite, doch gegen zwei Cops hatte er keine Chance. Sie packten ihn! Es gab ein kurzes Handgemenge, dann gab der Zigarettenmann auf.

Eilig hob Jelena das Fernglas an die Augen. Sie wollte keinen Moment verpassen! Erst sah sie nur Dunkelheit. Doch dann ließen die Beamten Taschenlampen aufleuchten. Sie schienen dem Mann direkt ins Gesicht. Das Fernglas war wirklich gut, Jelena erkannte jedes Detail: Es war der Typ, den sie schon vor der Musikschule bemerkt hatte. Sean Connery. Sie redeten miteinander, erst laut und aufgebracht, dann plötzlich leise und sachlich. Jelena konnte nichts verstehen, dazu waren sie zu weit weg.

Dann sah sie es! Vor Schreck ließ sie beinahe das Fernglas fallen.

Mein Gott!

Sie wartete nicht auf die Cops, sondern stürzte sofort zum Telefon und wählte die Nummer der Zentrale. Es tutete. »Geh ran! Geh ran!« Niemand hob ab. Verflucht! Sie waren schon unterwegs! Bob hatte ihr erzählt, was die drei in dieser Nacht vorhatten: Sie wollten die ›Explorer‹ unter die Lupe nehmen. Ein fataler Fehler!

Justus, Bob und Peter durften auf gar keinen Fall dieses Schiff betreten!

Bob gähnte.

Peter blickte trotzig aus dem Fenster.

Justus verdrehte die Augen. »Ihr seid ja tolle Detektive, wirklich. Bob schläft gleich ein –«

»Ich hatte eine miese Nacht, okay?«

»Und Peter würde sich am liebsten wegbeamen.«

»Wundert dich das? Heute Nachmittag hatte ich den Eindruck, Skinny Norris sei der Erste Detektiv. Er schnippt mit den Fingern und wir müssen springen.«

»Das ist doch Unsinn!«, verteidigte sich Justus. »Und das habe ich dir auch schon tausendmal erklärt. Wir wären wahrscheinlich selbst auf die Idee gekommen, heute Nacht zum Hafen zu fahren. Ohne Skinnys Hilfe hätten wir aber nicht einmal gewusst, wo die ›Hadden Explorer‹ liegt.«

»Aber Jelena. Verstehst du, Just? Wir brauchen Skinnys Hilfe nicht. Niemand braucht Skinnys Hilfe. Niemand braucht Skinny! Es stinkt mir einfach, dass wir für ihn arbeiten.«

Justus war es leid. »Okay. Ich hab's begriffen. Du hast es oft genug betont. Können wir das jetzt trotzdem bitte einfach durchziehen?«

Den Rest der Fahrt schwiegen sie. Anfangs weil jeder auf den anderen sauer war. Doch je näher sie Santa Monica kamen, desto mehr wurde das Gefühl von einer inneren Anspannung verdrängt. Das berühmte Kribbeln. Justus hatte sie schon oft verspürt, die Aufregung vor einem nächtlichen Einsatz. Bob und Peter gegenüber bemühte er sich zwar immer, so cool wie möglich zu wirken, aber er war natürlich genauso nervös wie sie. Einer musste jedoch Ruhe und Gelassenheit ausstrahlen, um zu verhindern, dass die anderen völlig durchdrehten. Wenn Bob und Peter gewusst hätten, wie oft Justus behauptet hatte, sich seiner Sache völlig sicher zu sein, obwohl das genaue Gegenteil der Fall war – sie hätten ihn wahrscheinlich auf der Stelle umgebracht.

Der Hafen von Santa Monica war bei Weitem nicht so groß wie der in Los Angeles, doch es reichte aus, um sich zu verfahren. Schon als Bob an den ersten großen Gebäuden und Hallen vorbeifuhr und sie verzweifelt nach Hinweisschildern Ausschau hielten, hatte Justus kein gutes Gefühl. Er sollte recht behalten: Nach zehn Minuten hatten sie sich hoffnungslos zwischen all den Lagerhallen und Werften verirrt, waren Sackgassen und Einbahnstraßen auf den Leim gegangen und mussten mehr als einmal umkehren, da weiß-rot gestreifte Schranken ihnen plötzlich den Weg versperrten.

Es war fast halb eins, als sie endlich Pier 13 erreichten. Bob parkte den Wagen in ausreichender Entfernung und sie stiegen aus. Ein etwa zweihundert Meter langer Betonsteg, auf dem zwei Lieferwagen nebeneinander Platz gehabt hätten, ragte ins Meer hinaus. Links und rechts waren Schiffe vertäut: kleine Frachter meistens, doch hier und da blitzte auch der frisch gestrichene hölzerne Rumpf eines privaten Ausflugsbootes im Mondlicht. Aus der Ferne drang ein beständiges Krachen, Rumpeln und Surren vom Industriehafen zu ihnen herüber.

Am Ende des Betonstegs liefen ein paar Menschen geschäftig zwischen einem Lastwagen und einem Schiff hin und her. Es war dunkel auf dem Pier, die drei ??? konnten die Personen nur erkennen, weil die Scheinwerfer des Schiffes auf den Lastwagen gerichtet waren, trotzdem durften sie nicht zu nahe herantreten.

»So ein Mist, es gibt so gut wie keine Deckung«, raunte Bob. »Wie kommen wir denn an den Leuten da vorn vorbei?«

»He, wartet mal! Da kommt jemand auf uns zu!«, zischte Peter und wies voraus. Eine Gestalt war aus einem Schatten herausgetreten. Lang und dünn. Sie trug ein schwarzes Kapuzenshirt. »Wenn das mal nicht Skinny ist.«

Skinny Norris wirkte verärgert. »Wo wart ihr denn so lange? Ihr seid viel zu spät!«

»Verfahren«, gab Bob knapp zurück. »Was sind das für Leute da vorn?«

»Die Besatzung der ›Explorer‹. Sie bringen gerade ein paar Kisten an Bord.«

»Was denn für Kisten?«, fragte Justus.

»Kisten halt. Meinst du, ich habe Röntgenaugen? Wir sollten mal einen Blick reinwerfen. Dafür müssen wir irgendwie an Bord.«

»Wir warten, bis die Leute weg sind.«

Skinny schüttelte den Kopf. »Sieht nicht so aus, als wenn die so bald fertig wären. Sie haben wohl noch eine Art Besprechung für morgen. Jedenfalls quasseln sie ständig, rennen die Planke rauf aufs Schiff, rennen wieder runter und so weiter.«

»Du bist witzig!«, zischte Peter. »Und wie sollen wir dann an Bord kommen?«

»Ich hab da eine Idee. Kommt mit!« Skinny eilte zurück,

huschte von Schatten zu Schatten, flink wie ein Wiesel. Die drei ??? hatten Mühe, ihm zu folgen. Schließlich waren sie so nahe an der ›Explorer‹, wie es möglich war, ohne gesehen zu werden. Das Schiff war etwa dreißig Meter lang. Es sah neu aus. Neu und kraftvoll. Der stählerne Rumpf glänzte dunkelblau und der Schriftzug am schnittigen Bug leuchtete im Scheinwerferlicht. Und nun erkannten die drei ??? auch die Leute, die geschäftig hin und her liefen. Zumindest zwei davon.

»Maria Svenson!«, flüsterte Bob. »Und der dunkle Typ neben ihr ist Juan.«

»Da kommen noch zwei«, bemerkte Justus. »Das müssen Olin und dieser Schwartz sein. Aus diesen vier besteht die Besatzung des Schiffes. Zusammen mit dir, Skinny. Und da sitzt noch ein Mann am Steuer des Lastwagens, seht ihr? Also, Skinny, was ist nun mit deiner Idee?«

»Ganz einfach. Ich gehe auf die vier zu und lenke sie ab. Währenddessen klettert einer von euch über das Seil da vorn an Bord.« Er wies auf eines der Haltetaue, mit denen die ›Explorer‹ festgemacht war.

»Du lenkst sie ab? Wie willst du das machen?«

»Na, ich gehe auf sie zu und verwickle sie in ein Gespräch. Schließlich bin ich ihr Kollege. Die vier wissen ja, dass Hadden mich mitschickt. Ich sag einfach, dass ich mich schon mal umsehen will, bevor es morgen losgeht. Sie werden keinen Verdacht schöpfen.«

Justus zupfte an seiner Unterlippe. »Klingt gut. Bringen wir es also hinter uns. Peter, bist du bereit?«

Der Zweite Detektiv starrte ihn entsetzt an. »Ich? Wieso denn ich?«

»Na ja, einer muss an Bord klettern. Und dass ich so was

nicht kann, dürfte allgemein bekannt sein. Nach einem Meter werde ich wie ein nasser Sack an diesem Tau hängen und weder vor noch zurück kommen.«

»Ach! Und deshalb muss ich mich in Lebensgefahr begeben? Was ist mit Bob?«

Anstatt zu antworten, hielt Bob seine verbundene Hand in die Höhe.

»Oh nein«, stöhnte Peter. Verzweifelt suchte er nach einem Ausweg. Es gab keinen. Sekundenlang rang er mit seinem Schicksal.

»Es wird völlig ungefährlich sein«, versicherte Justus. »Du siehst nur nach, was in den Kisten ist, und kommst dann wieder runter.«

»Und wenn ich erwischt werde?«

»Wirst du nicht«, versprach Skinny. »Ich werde die vier lange genug ins Gespräch verwickeln. Du hast mindestens zehn Minuten Zeit.«

»Und wenn unter Deck noch andere Leute sind?«

»Da ist niemand mehr. Ich stehe hier schon seit einer halben Stunde und beobachte das Schiff, schon vergessen? Es sind nur die vier. Einige der Kisten wurden übrigens unter Deck gebracht, du musst ein bisschen suchen.«

Peter seufzte. »Also schön. Bringen wir's hinter uns!«

Skinny nickte nur knapp, zog sich die Kapuze seines Shirts über den Kopf und verließ die Deckung.

»Warum setzt er denn die Kapuze auf?«, wunderte sich Bob.

»Keine Ahnung.« Justus beobachtete, wie Skinny auf die vier Leute, die gerade alle auf dem Pier standen, zutrat. Erst wirkten sie überrascht, fast ein bisschen alarmiert, dann entspannten sie sich jedoch. Skinny stellte sich so hin, dass die anderen den drei ??? den Rücken zuwandten. Sie sprachen miteinander, doch es war kein Wort zu verstehen. »Auf geht's, Peter! Viel Glück!«

Der Zweite Detektiv nickte. »Wenn was schiefgeht, kriegt Skinny eins auf die Nase, das verspreche ich euch.«

»Du schaffst das schon!«

Peter warf noch einen letzten sichernden Blick zur Besatzung, dann huschte er lautlos auf die ›Explorer‹ zu. Es war faszinierend, wie Peter scheinbar ohne Probleme an dem Tau zum Schiffsdeck emporkletterte. Schon nach wenigen Sekunden war er oben, schwang sich über die Reling und verschwand in der Dunkelheit.

»Klasse, Peter«, flüsterte Bob. »Er ist so schnell, dass das Ablenkungsmanöver wahrscheinlich gar nicht nötig gewesen wäre. Hoffentlich klappt der Rückweg genauso gut.«

»Was passiert denn jetzt?«

»Was?«

»Sieh doch!« Justus wies auf Skinny Norris. Er winkte der Mannschaft zu – und ging über die Planke an Bord der ›Explorer‹! »Was tut er denn da?«

»Er hat doch versprochen, Peter zehn Minuten Zeit zu verschaffen!«

»Da muss was dazwischengekommen sein«, war Justus überzeugt. »Vielleicht haben sie ihn abgewimmelt, weil sie noch so viel zu tun haben. Und jetzt soll er sich schon mal seine Kabine ansehen oder so.«

»Hoffentlich geht das gut.«

Gebannt fixierten sie Maria Svenson und die anderen. Sie standen noch etwa zwei Minuten herum und sprachen miteinander. Dann ging Dr. Svenson zum Fahrer des Lastwagens, der seinen Platz hinterm Steuer die ganze Zeit nicht verlassen hatte. Kurz darauf kehrte sie zurück – und ging an Bord. Die anderen zwei Männer folgten ihr, nur Juan blieb stehen.

»Mist!«, zischte Bob. »Peter muss sofort runter vom Schiff, sonst wird er noch entdeckt!«

Plötzlich brach ein ohrenbetäubendes Dröhnen durch die Stille und ein gleißend helles Licht flammte auf und schien Justus und Bob direkt ins Gesicht!

Das Geisterschiff

Es war kein Problem gewesen, an dem Halteseil nach oben zu klettern. Das hätte vielleicht sogar Justus geschafft, dachte Peter bei sich, als er über die Reling kletterte und auf das stählerne Deck sprang. Er blickte sich um. Die großen Holzkisten standen dort drüben hinter dem Brückenhäuschen. Umso besser. Dort konnte er vom Pier aus nicht gesehen werden. Er schlich hinüber.

Vier Holzkisten, alle gut zugenagelt und ohne Beschriftung. »Na toll. Warum habe ich bloß mein Brecheisen nicht mitgenommen? Das habe ich doch sonst immer dabei!« Aber was hatte Skinny gesagt? Unter Deck war auch etwas verstaut worden. Peter entdeckte unter dem Brückenaufbau eine kleine weiße Stahltür, die offen stand. Dahinter führte eine Treppe nach unten. Das Licht brannte, aber kein Laut drang zu ihm herauf. Er musste darauf vertrauen, dass Skinny recht hatte und sich wirklich niemand an Bord befand. Trotzdem wollte er es nicht drauf ankommen lassen und die ›Explorer‹ so schnell wie möglich wieder verlassen. Also: Runter da, sich einmal umsehen und verschwinden!

Der Zweite Detektiv kletterte die schmale Treppe hinab und stand in einem schmalen Gang, von dem ein halbes Dutzend Türen abzweigten. Er legte sein Ohr an die erste. Alles blieb still. Es gab kein Schlüsselloch, durch das er hätte spähen können, also drückte er vorsichtig die Klinke herunter. Im Raum dahinter war es dunkel, doch durch das einfallende Licht erkannte Peter einen großen Tisch und mehrere Stühle. Dahinter schloss sich eine kleine Küche an: die Kombüse. Er schlich weiter. Der nächste Raum war eine winzige Kabine, in der bereits einige Reisetaschen standen. Dann noch eine Kabine. Eine geräumige Abstellkammer, vollgestopft mit Werkzeug und anderem Krempel. Zwei weitere Kabinen, ebenfalls verlassen. Es war unheimlich, wie auf einem Geisterschiff. Als hätte sich die Besatzung in Luft aufgelöst.

Erst hinter der letzten Tür am Ende des Ganges fand Peter, was er suchte. Dort war ein großer Lagerraum. Kreuz und quer standen hier Kisten und Kartons herum. Peter schaltete das Licht ein und schloss die Tür vorsorglich hinter sich. Dann nahm er die Ladung unter die Lupe. Einige der Kartons ließen sich leicht öffnen, aber Peter war enttäuscht: Es waren Lebensmittel. Dutzende Konserven und Gläser, Pappschachteln und Trockenobst. Eben alles, was man für eine längere Reise brauchte. In einer großen Stahltruhe entdeckte er eine seltsame technische Ausrüstung, die er noch nie zuvor gesehen hatte. Es sah aus wie ein überdimensionaler Wagenheber, den man erst noch zusammenbauen musste. Möglicherweise war es aber auch etwas völlig anderes. Die anderen Kisten waren verschlossen.

Peter ließ die Schultern hängen. So viel also zu seiner großartigen Enthüllungsaktion. Außer etwa einem Liter Angstschweiß hatte das Wagnis überhaupt nichts gebracht. Zeit abzuhauen!

Ein Geräusch ließ ihn zusammenfahren. Schritte auf dem Gang! Da kam jemand auf den Lagerraum zu! Blitzschnell schaltete Peter das Licht aus und versteckte sich hinter einer Holzkiste. Verfluchter Skinny! Die zehn Minuten waren noch nicht einmal halb um. Der Idiot hatte es nicht geschafft, die Sphinx-Mannschaft lange genug abzulenken!

Mit klopfendem Herzen horchte Peter. Die Schritte waren verklungen. Konnte er es wagen, rauszuschlüpfen und zu verschwinden? Er wartete noch zwei Minuten, aber auf dem Gang vor der Tür blieb es still.

Gerade wollte er sein Versteck verlassen, als die Tür mit einem Ruck geöffnet wurde. Ein breiter Lichtstreifen fiel in den Lagerraum. Peter erkannte eine hochgewachsene Gestalt. »Peter?«

Skinny! »Ich bin hier!«

»Wir müssen hier raus, Peter, schnell!« Und schon war er wieder verschwunden. Die Tür fiel langsam ins Schloss.

Peter schoss das Adrenalin durch den Körper. Er war schon zu lange hier! Nichts wie raus hier! Er öffnete die Tür einen schmalen Spalt und spähte hinaus. Niemand da. Skinny war schon über die Treppe nach oben verschwunden. Hinterher!, dachte Peter, verließ den Lagerraum und schloss die Tür hinter sich. So schnell und so leise es ging, sprintete er zurück zur Treppe.

Er hatte sie fast erreicht, als ihn plötzlich von hinten ein Schatten ansprang und ihm eine Hand auf den Mund legte! Peter rutschte aus, schnappte nach Luft, schlug hinter sich. Die Hand presste eisern ein stinkendes Tuch vor seine Nase. Eine graue, schwere Nebelwand raste auf Peters Verstand zu, auf seinen ganzen Körper, und hüllte ihn wie in Watte ein. Das helle Licht wurde noch heller, dann ganz plötzlich dunkel, und seine Knie gaben einfach nach. Er hatte nicht einmal mehr Zeit, sich zu wundern.

Er war bewusstlos, noch bevor er auf dem Boden aufschlug.

Justus und Bob waren von den Scheinwerfern des Lastwagens geblendet. Der Fahrer hatte sie direkt im Visier. Der Schock hielt nur zwei Sekunden an. Bis der Mann rief: »He, ihr Burschen! Was treibt ihr hier?«

»Los, weg!«, rief Bob und rannte los.

Justus sprintete hinterher. Sie waren entdeckt worden! Und es gab keine Möglichkeit, sich zu verstecken! Der Pier war zweihundert Meter lang. Erst wenn sie sein Ende erreicht hatten, konnten sie Deckung suchen.

Ein paar Augenblicke lang sah es ganz gut aus. Sie liefen aus dem Lichtkegel des Lastwagens hinaus und schienen in Sicherheit. Doch dann hatte offenbar auch der Fahrer seinen Schock überwunden – und gab Gas!

»Er ist hinter uns her!«, rief Bob. »Los, Just, schneller!«

Schneller! Er lief bereits, so schnell er konnte! Seine Lungen brannten schon nach fünfzig Metern! Noch schneller?

Der Lastwagen hupte. Das Licht kam näher.

»Der will uns überfahren!«

Dann erreichten sie das Ende des Betonstegs. Bob wetzte um eine Ecke. Justus war zwanzig Meter hinter ihm. Als er die Biegung erreichte, war Bob verschwunden. »Bob! Wo bist –« Jemand griff nach ihm und zerrte ihn in einen Spalt zwischen zwei großen Stahlcontainern. »Hier bin ich. Still jetzt!«

Mit angehaltenem Atem lauschten sie. Der Wagen war ganz in der Nähe! Sie trauten sich nicht, um die Ecke zu blicken. Das Motorengeknatter des Lkws wurde lauter. Immer lauter. Schließlich blieb der Wagen stehen, keinen Meter von dem Container entfernt.

Eine Ewigkeit verging. Nur das Dröhnen des Motors

war zu hören. War der Fahrer ausgestiegen? Suchte er nach ihnen? Kam er gleich um die Ecke?

»Lasst euch hier nie wieder blicken, ihr Burschen!«, rief der Fahrer ganz in der Nähe. »Verstanden? Saubengel!«

Dann schlug eine Tür zu und der Lastwagen setzte sich mit einem Zischen in Bewegung. Langsam entfernte er sich. Doch erst als das Geräusch ganz verklungen war, atmeten Justus und Bob auf.

»Meine Güte!«, keuchte Justus.

»Das machen wir nie wieder, okay?«, ächzte Bob.

»Einverstanden.« Sie verschnauften einen Moment. Dann fiel es ihnen wieder ein: »Peter ist in Gefahr! Wir müssen zurück!« Sie liefen zurück zu der Stelle, wo der Pier auf die Straße mündete. Dunkel und still lag der Steg vor ihnen. Zu dunkel und zu still. Niemand stand mehr dort. Alle waren an Bord gegangen. Justus befiel eine dunkle Ahnung.

Dann kam das Dröhnen. Ein Motor wurde angelassen. Ein sehr, sehr großer Motor.

Noch bevor Justus und Bob begriffen, was sie da hörten, schossen plötzlich zwei Scheinwerfer auf sie zu.

»Der Lastwagen!«, rief Bob. »Er kommt zurück!« Panisch sah er sich nach dem nächsten Versteck um, doch Justus hielt ihn zurück.

»Das ist nicht der Lastwagen. Ein Taxi!«

Das Taxi raste auf sie zu und hielt direkt neben ihnen. Die Scheibe auf der Beifahrerseite wurde heruntergekurbelt. »Gott sei Dank, ihr seid noch hier!«

»Jelena!«

»Ist alles in Ordnung?«

»Was . . . was tust du hier?«

»Ob alles in Ordnung ist, will ich wissen! Wo ist Peter?«

»Er ist –«

»Da kommt er!«, rief Bob erleichtert. Eine schlanke Gestalt rannte über den Pier auf sie zu. »Dem Himmel sei Dank, er hat es geschafft.«

Justus kniff die Augen zusammen. »Das ist nicht Peter. Das ist Skinny.«

Skinny blieb keuchend neben ihnen stehen. »Das ist ja gerade noch mal gut gegangen.« Misstrauisch blickte er zum Taxi. »Wer ist das?«

»Eine Freundin«, sagte Justus knapp. »Was ist passiert?«

»Der Plan ist fehlgeschlagen. Plötzlich hatten es alle sehr eilig, an Bord zu kommen. Ich musste so tun, als würde ich mitfahren. Ich konnte gerade noch aus einem Bullauge klettern und zurück auf den Pier springen.«

Jetzt begriff Justus. Das Dröhnen! Der Motor! »Das Schiff! Die ›Explorer‹ legt ab!«

Skinny nickte. »Sie haben ihre Abreise wohl vorverlegt.«

»Wo ist Peter?«, schrie Jelena.

Skinny blickte irritiert von einem zum anderen. »Ist er ... ist er denn nicht bei euch?«

»Nein!«

»Ich ... ich habe ihn unter Deck getroffen und ihm gesagt, er soll so schnell wie möglich verschwinden!«

»Er ist noch an Bord?«, rief Jelena schockiert. »Er muss da sofort runter, er ist in größter Gefahr!«

»Woher –«

»Frag nicht, Bob, beeil dich lieber! Holt ihn da runter!«

Die beiden Detektive rannten zurück. Was immer Jelena wusste, es jagte ihr allergrößte Angst ein!

»Mein Gott!«, rief Bob. »Das Schiff! Sieh doch, Just, es hat abgelegt!«

Die Planke war eingefahren, die Taue losgebunden und die ›Explorer‹ hatte sich bereits ein gutes Stück vom Pier entfernt. Die Motoren dröhnten durch die Nacht, als das Schiff wendete und langsam Fahrt aufnahm. Als Bob und Justus die Anlegestelle endlich erreichten, war die ›Explorer‹ schon auf halbem Weg zur Hafenausfahrt.

»Peter!«, rief Justus, jede Vorsicht vergessend. »Peter!!!«

Auf dem Schiff tat sich nichts. Ungerührt stampfte das stählerne Monster hinaus auf See, wurde immer schneller. Hilflos sahen die beiden Detektive zu, wie es durch die Hafenausfahrt schoss. Der Schiffsrumpf war in der Dunkelheit schon nicht mehr zu sehen, nur noch die Positionslichter blinkten.

Dann verschwand die ›Explorer‹ in der Nacht.

Die drei ???®

Teil 2
Das vergessene Volk

erzählt von André Marx

Inhalt

Die Schattenmänner

»Peter!!!« Bobs Ruf verhallte auf dem offenen Meer. Das Schiff war schon zu weit weg. Bestimmt hatte ihn dort niemand mehr gehört. Verzweifelt suchte Bob das Hafenbecken ab. Vielleicht war Peter von Bord gesprungen und auf dem Weg zurück zum Pier. Aber abgesehen von den gleichmäßigen Wellen, die die ›Explorer‹ erzeugt hatte, rührte sich nichts im Wasser. »Warum springt er denn nicht von Bord?«

»Vielleicht haben sie ihn entdeckt und halten ihn fest.«

»Was machen wir denn jetzt, Just? Wir wissen nichts über diese Leute! Wir müssen die Polizei rufen!«

»Nur die Ruhe, Bob. Ausflippen bringt gar nichts.« Justus wünschte, er würde sich das selbst auch glauben.

»Die ›Explorer‹ nimmt direkten Kurs auf Makatao, Just! Und Peter ist an Bord! Sie werden ihn früher oder später entdecken. Er muss runter von diesem Schiff!«

»Du hast ja recht. Aber wir dürfen jetzt nichts überstürzen. Wenn wir etwas Unüberlegtes tun, bringen wir Peter vielleicht in noch viel größere Gefahr.«

Bob hatte kaum zugehört. »Die Hafenpolizei! Die kann das Schiff doch bestimmt einholen und stoppen, oder? Komm, Just, Beeilung!« Er hatte sich schon zum Gehen umgewandt – als er fast über Jelena stolperte, die direkt hinter ihm aufgetaucht war.

»Keine Polizei!«

»Wie bitte?«

»Keine Polizei«, wiederholte sie bestimmt.

»Warum nicht? Peter ist –«

»Peter ist in noch größerer Gefahr, wenn wir die Polizei verständigen.«

Nun drehte sich auch Justus um. »Moment mal. Was willst du uns damit sagen?«

»Was hast du herausgefunden?«, fragte Bob.

Jelena setzte zu einer Antwort an, als Justus sie mit einer Geste unterbrach. »Wo ist eigentlich Skinny?«

»Hat sich der Kerl etwa aus dem Staub gemacht?«

»Keine Sorge«, antwortete Jelena. »Er bezahlt nur den Taxifahrer.«

»Warum denn das?«

»Weil ich es ihm gesagt habe.«

Der Erste Detektiv sah zur Straße. Das Taxi fuhr gerade ab und Skinny kam mit finsterem Blick auf sie zu.

Bob trat ihm wütend entgegen. »Was ist an Bord passiert?«

»Gar nichts.«

»Was hast du mit Peter gemacht?«

»Nichts, verflucht noch mal!«

»Aber irgendwas muss da doch abgegangen sein!«

»Ich habe ihn im Lagerraum gefunden und ihm gesagt, er soll verschwinden, das ist alles.«

»Und warum ist er dann nicht hier?«

»Woher soll ich das wissen?«

Bob biss die Zähne zusammen. »Was sollen wir denn jetzt machen?«

Justus wandte sich an Jelena: »Warum sollen wir nicht die Polizei rufen?«

»Weil die Polizei unser größter Feind ist.«

»Wie bitte?«

»Wenn die Polizei von der Sache erfährt, ist der letzte Vorteil weg, den wir vielleicht noch haben: eure Tarnung.«

»Wovon redet dieses Mädchen?«, fragte Skinny verärgert. Niemand beachtete ihn.

»Erinnert ihr euch? Morton wurde in den letzten Tagen von unbekannten Männern beschattet. Und ich ebenso. Heute Abend stand einer dieser Typen auf unserem Grundstück. Und da habe ich die Polizei gerufen.«

»Und?«, fragte Bob. »Haben sie den Kerl geschnappt?«

Jelena nickte. »Und gleich wieder laufen lassen.«

»Wie bitte? Wieso denn das?«

»Der Polizist krallte sich den Typ, dann sprachen sie miteinander und schließlich ließ der Cop ihn wieder frei und kam zu mir. Er erzählte mir, dass ich mir keine Sorgen zu machen brauchte, der Mann in unserem Garten sei nicht gefährlich, im Gegenteil: Er stünde zu meiner eigenen Sicherheit dort.«

»Da bist du natürlich ausgeflippt«, vermutete Bob.

»Nein, bin ich nicht. Ich habe so getan, als würde mich diese völlig bescheuerte Erklärung ungemein beruhigen, und den Cop nach Hause geschickt.«

»Wovon redet dieses Mädchen?«, wiederholte Skinny.

Sie funkelte ihn wütend an. »Ich heiße Jelena. Und ich habe das kurze Handgemenge zwischen den beiden im Garten mit dem Fernglas beobachtet und etwas gesehen, das unsere schlimmsten Befürchtungen übertrifft.« Sie schwieg.

»Nun sag schon, Jelena!«

»Der Typ hielt dem Polizisten einen Ausweis unter die Nase. Einen Ausweis vom CIA.«

Es dauerte einen Moment, bis Bob begriff, was Jelena da

gesagt hatte. Justus und Skinny erging es ebenso. Wie aus einem Munde sagten alle drei: »Vom Geheimdienst?«

»Exakt.«

»Oh mein Gott.«

»Und das soll ich glauben?«, höhnte Skinny. »Der CIA! Dass ich nicht lache!«

»Ich weiß, was ich gesehen habe. Es war ein Ausweis vom amerikanischen Geheimdienst. Und das bedeutet, dass wir da in eine Sache hineingeraten sind, in die die Regierung verwickelt ist.«

»Pah! Was sollte das denn sein? Waffenhandel? Spionage? Oder vielleicht sind Außerirdische auf Makatao gelandet?« Skinny kicherte.

»Sag du es uns!«, forderte Justus ruhig.

»Ich sage, dieses Mädel hier spinnt sich was zusammen.«

Jelena wollte gerade explodieren, doch Justus hielt sie zurück. »Ich glaube, du weißt ganz genau, was hier vor sich geht, Skinny. Auf jeden Fall weißt du mehr, als du uns bisher gesagt hast.«

»Was quatschst du da, Dicker?«

»Du hast uns hierher gelotst und Peter an Bord der ›Explorer‹ gelockt. Du wusstest, dass das Schiff heute Nacht ablegen würde!«

»Wusste ich nicht!«

»Willst du uns erzählen, sie wäre auch dann ausgelaufen, wenn du nicht an Bord gegangen wärst?«

»Woher soll ich das wissen? Hadden sagte, das Schiff würde um ein Uhr ablegen. Vielleicht habe ich ihn missverstanden und er meinte ein Uhr nachts!«

»Das glaubst du doch wohl selber nicht«, sagte Justus ruhig. »Die Besatzung hat auf dich gewartet. Fünf Minuten nachdem du an Bord warst, haben sie die Maschinen gestartet und du bist unbemerkt wieder runtergeklettert. Und dabei hast du Peter im Stich gelassen.«

»Ich wusste nicht, dass die heute Nacht schon abdampfen, klar? Und deinen Freund Peter habe ich gewarnt! Was kann ich dafür, wenn er zu dämlich oder zu langsam war, um rechtzeitig zu verschwinden?«

Der Erste Detektiv blickte seinem Gegenüber lange in die Augen. Es war zum Verrücktwerden: Er konnte Skinny einfach nicht einschätzen. Skinny Norris war hinterhältig, falsch und boshaft. Aber war das gerade wirklich eine Lüge? War Skinny tatsächlich gerissen genug, um sie alle hinters Licht zu führen? Justus wusste es nicht und wagte einen letzten Schuss ins Blaue: »Was sucht die ›Explorer‹ auf Makatao? Was will Hadden? Was hat der CIA damit zu tun? Oder um es kurz zu machen: Worum geht es hier, Skinny?«

Skinnys Augen verengten sich zu schmalen Schlitzen, er trat einen Schritt auf Justus zu und beugte sich zu ihm hinunter, sodass sich ihre Nasenspitzen beinahe berührten. »Hör zu, Dicker: Du kommst dir so schlau und wichtig vor. Justus MacSherlock, der große Meisterdetektiv! Aber in Wahrheit hast du keinen blassen Schimmer. Du willst wissen, worum es hier geht? Dann find es selbst heraus! Ich habe euch alles gesagt, was ich weiß. Und ich lasse mich nicht mehr von dir beschuldigen.« Er drehte sich um und ging mit großen, aber ruhigen Schritten den Pier zurück zur Straße.

»He!«, rief Bob. »Glaubst du, du könntest jetzt einfach so abhauen?«

»Lass ihn, Bob. Skinny ist uns vorerst keine Hilfe mehr. Entweder er weiß tatsächlich nichts oder er will es uns nicht sagen. Das kommt aufs Gleiche raus.« Justus stieß einen tiefen Seufzer aus. Er starrte in die Dunkelheit, die über dem Pazifik lag. Kleine Wellen schlugen plätschernd gegen die Kaimauer. Aus der Ferne drang der Tag und Nacht anhaltende Lärm des Industriehafens zu ihnen herüber. Irgendwo kreischte eine Möwe. Dann hörte er den Motor von Skinnys Sportwagen aufheulen. Justus fröstelte.

»Warum können wir eigentlich nicht die Polizei rufen?«, brach Bob zaghaft die Stille. »Wenn sich sogar der CIA für die Sache interessiert, ist sie sowieso eine Nummer zu groß für uns. Wir könnten Inspektor Cotta alles erzählen, was wir wissen. Und dann –«

»Werden wir nie das Geheimnis lüften«, unterbrach ihn Jelena.

»Vielleicht nicht wir, aber der CIA.«

Jelena schüttelte den Kopf. »Der wird uns nichts erzählen.«

»Warum denn nicht?«

»Weil hier etwas vertuscht werden soll! Begreifst du denn nicht? Makatao ist von einem undurchdringlichen Schleier aus Rätseln umgeben. Hast du nicht selbst gesagt, du hättest bei den Nachforschungen das Gefühl gehabt, jemand wolle etwas geheim halten?«

Bob nickte.

»Und meinst du nicht, dass die Männer vom CIA Morton oder mich einfach gefragt hätten, anstatt uns zu beschatten, wenn es um etwas anderes als eine Geheimoperation gegangen wäre?«

»Ich weiß nicht. Ich kenne mich beim CIA nicht aus. Vielleicht ... vielleicht können Agenten gar nicht anders. Sie schleichen wahrscheinlich sogar auf leisen Sohlen, wenn sie nur im Supermarkt einkaufen.«

Justus schüttelte den Kopf. »Ich bin Jelenas Meinung. Da geht etwas vor sich, das unter allen Umständen geheim gehalten werden soll. Und sobald wir zur Polizei gehen, sind wir raus aus der Sache und werden niemals erfahren, was wirklich vor sich geht.«

»Aber wir sprechen hier nicht bloß über Rätsel, Geheimnisse und die Berufsehre der berühmten drei Detektive, die jeden Fall lösen. Es geht um Peter! Er ist in Gefahr! Wer weiß, was sie mit ihm machen werden. Vielleicht werfen sie ihn den Haien zum Fraß vor. Wenn der CIA meint, etwas vor uns geheim halten zu müssen, meinetwegen. Ich verzichte gern auf ein paar Antworten, wenn ich Peter dafür retten kann. Außerdem ist es durchaus das Recht eines Geheimdienstes, Geheimnisse zu haben.«

»Auch wenn dabei die Bevölkerung betrogen und hintergangen wird?«, fragte Justus.

»Wer redet denn davon?«

»Ich. Diese Sache stinkt, Bob. Sie stinkt gewaltig. Da ist irgendwas ganz Großes im Gange, das unter gar keinen Umständen aufgedeckt werden soll. Aber wir haben einen letzten Trumpf im Ärmel: Bis jetzt hat niemand eine Ahnung, dass wir der Sache auf der Spur sind. Nur Morton und Jelena wurden bisher observiert. Ich hoffe doch, du hast dich vergewissert, dass dir niemand hierher gefolgt ist, Jelena?«

»Für wie blöd hältst du mich? Nachdem der Polizist weg war, haute auch der Typ vom CIA ab. Er dachte wohl, dass ich jetzt sowieso nichts mehr tun würde, nachdem ich wusste, dass ich beobachtet werde. Tja, falsch gedacht.«

»Großartig. Die drei ??? allein gegen den Geheimdienst der Vereinigten Staaten«, brummte Bob düster. »Das heißt, genau genommen sind es jetzt nur noch zwei ??.«

Justus nickte. »Ich hoffe, Peter behält auf dem Schiff die Nerven. Vielleicht gelingt es ihm sogar, bis zur Ankunft auf Makatao nicht entdeckt zu werden.«

»Wenn er nicht schon längst entdeckt worden ist«, fügte Bob hinzu.

»Wir können von Glück sagen, dass seine Eltern im Urlaub sind. Die würden spätestens morgen früh total ausflippen, wenn Peter nicht da ist.«

»Glück?« Bob runzelte die Stirn. »Na, ich weiß nicht. Sie würden die Polizei rufen. Und ich bin noch nicht davon überzeugt, dass das nicht wirklich das Klügste wäre. Geheimdienstspione! Das ist einfach eine Nummer zu groß für uns! Und wir haben noch nicht einmal einen Plan. Wie wollen wir Peter denn retten? Hast du dir schon etwas überlegt, Justus? Sollen wir der ›Explorer‹ hinterherschwimmen?«

Der Erste Detektiv sah betreten zu Boden. »Uns wird schon was einfallen.«

»Was denn? Und vor allem wann?«

»Nur keine Panik! Wir –« Er stockte. Sein Blick war auf die Straße gerichtet.

»Was ist, Just?«

»Da war was!«

»Wo? Was?«

»Eine Bewegung. Am Ende des Piers. Da schleicht jemand herum. Er ist hinter dem ersten Container auf der rechten Seite verschwunden.«

»Skinny?«, überlegte Jelena.

»Der ist abgefahren, schon vergessen? Kommt, wir schlendern ganz langsam zurück und tun so, als wären wir ins Gespräch vertieft. Wenn wir beim Container sind, ma-

Der Doppelgänger

Es war ein Schaukeln, das ihn weckte. Ein ewiges, unendlich langsames Auf und Ab, das ihm das Blut mal in den Kopf, mal in die Beine trieb. Vermutlich hatte er deshalb solche Kopfschmerzen. Außerdem war ihm leicht flau im Magen. War er krank? Hatte er Fieber? Warum sonst sollte sich sein Körper so merkwürdig anfühlen? Warum hatte er das Gefühl, permanent hin und her geschaukelt zu werden?

Außerdem war es kalt. Er wollte die Bettdecke fester um sich ziehen, doch dann stellte er fest, dass es gar keine gab. Er trug immer noch Kleidung. Jeans, Sweatshirt, Schuhe … irgendetwas stimmte hier ganz und gar nicht.

Peter schlug die Augen auf. Kaum einen Meter über ihm schwebte ein graues Metallgitter. Er lag auf der unteren Matratze eines Etagenbettes. Eines sehr schmalen Etagenbettes. In einem sehr schmalen Raum. Einem Raum mit einem winzigen runden Fenster. Einem Raum, der ganz langsam hin und her schwankte.

Schlagartig fiel ihm alles wieder ein. Der Hafen! Die ›Explorer‹! Die Suche nach den Kisten und schließlich … Skinny, der ihn gewarnt hatte. Peter hatte so schnell wie möglich verschwinden wollen, doch dann hatte ihn jemand gepackt und betäubt. Wahrscheinlich mit einem chloroformgetränkten Tuch. Das würde auch seine Kopfschmerzen erklären. Schließlich musste man ihn in diesen Raum gesperrt haben.

Der Zweite Detektiv stand auf. Ein leichtes Schwindelgefühl überkam ihn, doch nach ein paar Sekunden wurde es besser. Er blickte sich um. Peter war schon öfter an Bord von Schiffen gewesen. Der Raum war eine ganz normale Schlafkabine: äußerst klein und spartanisch eingerichtet. Draußen war es fast hell. Bald würde die Sonne aufgehen. Er warf einen Blick aus dem Bullauge: Wasser, so weit das Auge reichte.

Erst jetzt überkam ihn Panik. Sie überrollte ihn wie eine riesige Welle. Als hätte die Angst ein paar Minuten länger gebraucht, um wach zu werden. Dafür war sie jetzt umso gewaltiger und pumpte Adrenalin durch Peters Körper. Er war an Bord der ›Explorer‹! Jemand hatte ihn überrumpelt und gefangen genommen! Es war früher Morgen, er hatte Stunden geschlafen und inzwischen war das Schiff auf hoher See, meilenweit von zu Hause entfernt!

Und er war allein.

Was würden sie mit ihm anstellen? Ihn hier in der Kabine verhungern lassen? Ihn ins offene Meer werfen? Oder Schlimmeres? Ihn foltern, damit er Informationen auspackte, die er gar nicht hatte? Die Leute von Sphinx waren skrupellose Gangster, die zu allem fähig waren!

Er musste hier raus! Peter betrachtete das Bullauge. Es war zu klein. Höchstens ein kleiner Junge hätte sich da hindurchquetschen können. Blieb also nur die Tür. Peter tastete ohne viel Hoffnung nach seinem Dietrichetui. Wahrscheinlich hatte man es ihm abgenommen. Nein! Da war es! Sie waren tatsächlich so dumm gewesen, ihn nicht zu durchsuchen! Er sprang zur Tür, betrachtete das Schloss, drehte probehalber den Knauf ... und zuckte vor Überraschung zurück. Die Tür schwang quietschend auf. Sie war gar nicht verschlossen! Peter trat einen Schritt zurück. Was für ein merkwürdiges Gefängnis sollte das sein? Ging die Besatzung davon aus, dass er an Bord eines Schiffes, von dem er sowieso nicht fliehen konnte, keine Gefahr darstellte? Nun, wahrscheinlich hatten sie damit sogar recht. Was sollte er auch tun? Wie Bruce Willis im Alleingang nach und nach alle überrumpeln und einsperren? Sicher nicht. Aber vielleicht konnte er fliehen. Es musste ein Rettungsboot geben! Oder es gelang ihm, über Funk einen Notruf abzusenden ...

Der Gang war leer, alle Türen geschlossen. Peter erinnerte sich wieder. Dort hinten war der Lagerraum, hier die Kombüse ... Aber viel wichtiger war, dass scheinbar noch alle schliefen. Kein Laut außer dem beständigen Knarren des Schiffsrumpfes drang aus den Kabinen. Wenn er sich jetzt das Rettungsboot schnappte, könnte er über alle Berge sein, bevor jemand überhaupt merkte, dass er weg war!

Leise schlich Peter die Stahltreppe hinauf. Als er die Tür öffnete, blies ihm ein frischer Wind ins Gesicht. Der herbe Geruch des Pazifiks. Durch das Schaukeln der ›Explorer‹ rutschte ihm fast die Tür aus der Hand. Der Knall hätte wahrscheinlich jeden an Bord aufgeweckt. Behutsam schloss er die Tür und sah sich um. Da standen immer noch einige Holzkisten an Deck, doch die waren im Augenblick völlig uninteressant. Er musste das Rettungsboot finden! Eilig umrundete er den Deckaufbau.

Da! An der Reling stand eine Gestalt, die aufs Meer hinausblickte: eine Frau mit raspelkurzem, silbrig grauem Haar, deren Windjacke in der steifen Brise knatterte. Das musste Dr. Maria Svenson sein. Peter hatte sie zwar gestern nur aus der Ferne und im Halbdunkel gesehen, aber sie war, soweit er wusste, die einzige Frau an Bord. Sie durfte ihn nicht entdecken! Peter machte kehrt und zog sich zurück.

»Ah, guten Morgen!«

Der Zweite Detektiv erstarrte mitten in der Bewegung. Sie hatte ihn gesehen! Jetzt war alles aus! Sollte er fliehen? Aber wohin? Dies war ein Schiff. Ein kleines noch dazu. Keine Fluchtmöglichkeit. Keine Verstecke. Er war geliefert. Langsam drehte er sich um.

»Jetzt sieht man dich endlich mal ohne Kapuze. Wie geht es dir, Skinner? Besser als gestern Nacht?« Dr. Svenson lächelte ihn freundlich an.

Peter unterdrückte den Drang, den Kopf zu wenden, um zu sehen, ob da vielleicht jemand anderes stand, mit dem sie sprach. Aber natürlich war da niemand. Maria Svenson sah ihm direkt in die Augen. Skinner? Hatte sie Skinner gesagt? Ihr Lächeln versteinerte. Peter begriff, dass sie auf eine Antwort wartete. »Ja«, sagte er automatisch. »Viel besser.« Obwohl er gar nicht wusste, was sie überhaupt meinte.

Sie lachte. »Du scheinst aber noch etwas müde zu sein. Macht nichts, ich auch. Aber ich konnte nicht mehr schlafen. Die erste Nacht auf einem Schiff ... Du weißt schon, man muss sich erst an das Geschaukel gewöhnen. Also dachte ich, ich gehe an Deck und sehe mir den Sonnenaufgang an.« Sie drehte sich wieder um. Und wie auf Kommando tauchte am dämmrigen Horizont der erste Fleck der rotgoldenen Sonne auf. Er zeichnete ein glitzerndes Band auf die Meeresoberfläche.

Was sollte er tun? Was sollte er nur tun? Sich so schnell wie möglich wieder unter Deck verziehen? Über Bord springen? Mit Maria Svenson reden? Aber worüber? Sie hielt ihn offensichtlich für Skinny. Was absurd war, denn abgesehen von ihrer Körpergröße hatten Peter und Skinny absolut nichts gemeinsam.

Jetzt sieht man dich endlich mal ohne Kapuze. Das war es also – Svenson hatte Skinnys Gesicht letzte Nacht gar nicht gesehen. Aber was war mit den anderen? Irgendjemand von der Besatzung hatte ihn gestern betäubt und in die Kabine geschleppt. Hatte der Täter seine Kollegen denn nicht über seinen Fang informiert? Wie dem auch sei: Früher oder später würde jemand unweigerlich erkennen oder verraten, dass er nicht Skinny Norris war. Es war besser, den Irrtum gleich jetzt aufzuklären. Vielleicht würden sie ihn dann laufen lassen. Schließlich war er völlig ungefährlich. Er hatte noch kein Geheimnis aufgedeckt, nichts Verbotenes gesehen, er war – »Ich hoffe, du hältst mich nicht für neugierig, Skinner«, fuhr sie fort, ohne sich umzudrehen. »Aber jetzt, da wir abgelegt haben und Hadden bereits über hundert Seemeilen hinter uns liegt – wäre es da nicht an der Zeit, das Geheimnis zu lüften?«

»Das ... Geheimnis?« Peter schoss das Blut in den Kopf und gleich darauf in die Füße. Seine Beine wurden wacklig.

»Du weißt schon. Warum du an Bord bist?«

»Ich ... äh ...«

»Die ganze Besatzung rätselt schon seit Tagen herum. Was, fragen wir uns, bezweckt Hadden damit, uns einen Jungen mitzuschicken, der weder von Seefahrt noch von Archäologie eine Ahnung hat? Ich will dir nicht zu nahe treten, Skinner, aber so ist es doch, oder?« Sie wandte sich ihm wieder zu. Ihr Lächeln war nicht mehr ganz so strahlend. Und ihre Augen lächelten überhaupt nicht mehr.

»Na ja, da können Sie recht haben. Die Sache ist nämlich die: Ich bin –«

»Guten Morgen zusammen!« Ein kleiner, aber kräftig gebauter Mann kam die Treppe von der Brücke herunter.

Sein dunkles Haar wurde vom Wind zerzaust. Er musste schon die ganze Zeit oben in dem gläsernen Brückenaufbau gesessen haben.

»Hallo Olin! Wie war die Nacht?«

»Ruhig. Und wenn Sie mich gleich ablösen, werde ich mich aufs Ohr hauen. Dr. Svenson, Skinner, gut geschlafen?«

»Es hielt sich in Grenzen. Aber gut, dass du kommst, Skinner wollte uns gerade erzählen, warum er hier ist.«

»Tatsächlich?« Olin trat näher. Er war einen halben Kopf kleiner als Peter und lächelte ihn nett an. »Da bin ich aber gespannt.«

»Ich ... ich bin ...« Er konnte es nicht. »Ich bin wohl so eine Art Schiffsjunge.«

»Das hat Hadden auch schon gesagt«, meinte Olin.

»Nur leider brauchen wir gar keinen Schiffsjungen«, fügte Dr. Svenson hinzu. »Bist du etwa Haddens Neffe oder so was?«

Peter schüttelte den Kopf. »Nein. Entschuldigen Sie, ich muss ... ich muss mal.« So ruhig wie möglich ging er zurück zur Treppe. Immer noch viel zu schnell. Peter wusste, dass es wie eine Flucht aussah. Es war auch eine. Der Zweite Detektiv stolperte unter Deck und lief zu seiner Kabine.

»Guten Morgen, Skinner!« Ein riesiger Kerl trat mit gesenktem Kopf aus der Kombüse heraus. »In einer halben Stunde gibt es Frühstück!«

Peter nickte nur knapp, schob sich in seine Kabine, schloss die Tür und schob den Riegel vor. Er schloss die Augen und atmete tief durch.

Skinny. Jedermann auf diesem Schiff hielt ihn für Skinny. Das war absolut verrückt. Denn einer dieser Leute war derjenige, der ihn letzte Nacht niedergeschlagen hatte! Warum taten alle so, als wüssten sie von nichts? Oder war das die Wahrheit? Wussten sie wirklich nichts? Wie auch immer – früher oder später würde der Täter ihn entlarven. Und wenn er das nicht tat, würde die Tarnung von allein auffliegen. So oder so, dann war er geliefert. Er musste hier runter. Sofort!

Peter gab sich noch einige Minuten lang seiner grenzenlosen Panik hin. Doch dann schaltete sich sein Verstand wieder ein. Warum hatte er gerade an Deck nicht die Wahrheit gesagt? Warum war er geflohen, anstatt seine wahre Identität zu enthüllen? Je länger er zögerte, desto größer wurden seine Schwierigkeiten, wenn die anderen die Wahrheit erfuhren.

Moment mal.

Skinny Norris! Vielleicht war er es gewesen, der ihn letzte Nacht überrumpelt hatte! Vielleicht wollte er Peter mit seiner Warnung nur aus dem Versteck herauslocken, um ihn dann mit Chloroform außer Gefecht zu setzen. Peter konnte sich zwar beim besten Willen nicht vorstellen, wozu das gut sein sollte, aber – es ging schließlich um Skinny! Wer konnte schon nachvollziehen, was in dessen krankem Hirn so alles vor sich ging?

Wenn also niemand von der Besatzung, sondern Skinny der Täter war – dann mussten sie die Wahrheit vielleicht gar nicht erfahren.

Plötzlich war es Peter, als würde er Justus' Stimme in seinem Kopf hören. Trotz der Genialität und des messerscharfen Verstandes des Ersten Detektivs war er berechenbar. Peter wusste einfach, was er in einer Situation wie dieser gesagt hätte: *Das ist eine einzigartige Chance, Peter! Die Gelegenheit, alle Geheimnisse dieser Expedition zu lüften! Du musst nur cool bleiben. Du musst die Täuschung nur durchziehen und so tun, als wärst du Skinny.*

Genau das hätte Justus Jonas in diesem Moment gesagt. Jedenfalls fast. Wahrscheinlich hätte er es etwas komplizierter formuliert. Peter hätte sich aufgeregt, aber Justus hätte nicht lockergelassen und ihn irgendwann überzeugt. Oder wenigstens überredet.

Die Sache hatte nur einen Haken: Die Mannschaft erwartete etwas von Skinny. Irgendetwas, das er tun oder sagen oder wissen sollte. Den Grund für seine Anwesenheit. Peter konnte diesen Erwartungen nicht gerecht werden, denn er hatte keine Ahnung, worum es überhaupt ging.

Ja, aber die Besatzung hat ebenfalls keine Ahnung.

Er kannte ja nicht einmal alle Namen!

Maria Svenson, Olin, Juan – der Riese aus der Kombüse ist wahrscheinlich Mr Schwartz. Es ist ein Kinderspiel, das herauszufinden.

Es war Wahnsinn. Der pure Wahnsinn. Peter hätte sich selbst am liebsten geohrfeigt, als er eine halbe Stunde später fest entschlossen die Kabine verließ, um am gemeinsamen Frühstück in der Kombüse teilzunehmen. Justus wäre stolz auf ihn gewesen.

Justus fühlte sich miserabel. Er hatte die letzte Nacht kaum geschlafen. Ständig hatte er Peter vor seinem inneren Auge gesehen. Wie er allein auf diesem Schiff war, vielleicht ängstlich in ein Versteck gekauert, vielleicht auch längst entdeckt. Und warum? Weil Justus gestern nichts unternommen hatte. Was war nur in ihn gefahren? Wieso hatte er nicht sofort die Polizei verständigt? Sicher, Jelenas Entdeckung wog schwer, aber war es das alles wert? Selbst wenn der CIA da mit drinsteckte – das war noch lange kein Argument, Peters Leben aufs Spiel zu setzen! Wenn sie einfach die Hafenpolizei alarmiert hätten! Ein Motorboot hätte die ›Explorer‹ stoppen können.

Jetzt war es dafür natürlich zu spät. Das Schiff war schon seit Stunden auf hoher See und würde wahrscheinlich erst wieder anhalten, wenn es Makatao erreicht hatte.

Aber in diesem Moment, als Justus mit verquollenen Augen am Frühstückstisch saß und abwesend in eine Schale Cornflakes starrte, war das alles nicht mal das Schlimmste. Das Schlimmste war –

»Hast du die Tickets, Titus?«

»Sie sind immer noch da, wo sie waren, als du das letzte Mal gefragt hast – in meiner Brieftasche.«

»Tatsächlich? Ich habe dich schon mal gefragt?«

»Wiederholt.«

»Oh.«

Tante Mathilda. Seit einer Stunde rannte sie wie ein aufgescheuchtes Huhn durch das Haus und traf die letzten Urlaubsvorbereitungen. Was im Detail bedeutete, dass sie entweder ihren Mann oder ihren Neffen mit Fragen und Belehrungen bombardierte.

»Dass du mir nicht vergisst, die Blumen zu gießen, Justus! Aber bloß nicht zu viel! Blumen können lieber ein bisschen zu wenig Wasser vertragen –«

»Als zu viel. Ich weiß, Tante Mathilda. Du erzählst mir seit einer Woche nichts anderes.«

Tante Mathilda grinste. »Du hast es bald geschafft, Justus. In einer halben Stunde sind deine aufgeregte Tante und dein viel zu gelassener Onkel auf dem Weg zum Flughafen.

Dann bist du uns für zwei Wochen los. Aber mach bloß keine Dummheiten, hörst du?«

Es gab eine Menge, was Justus darauf hätte erwidern können. Dass er schon eine Menge Dummheiten gemacht hatte. Dass er im Begriff war, weitere zu begehen, um die ersten wiedergutzumachen. Dass die folgenden zwei Wochen geradezu von Dummheiten gespickt sein würden.

»Kennst mich doch.« Das war die einzige Antwort, die Tante Mathilda beruhigen würde und die trotzdem nicht gelogen war. Aber Justus musste sein ganzes schauspielerisches Talent aufbringen, um den Satz unbeschwert über die Lippen zu bringen.

»Und wenn Post für den Schrottplatz kommt, dann leg sie bitte ins Büro auf den Schreibtisch.«

»Ja, Tante Mathilda.«

»Und vergiss nicht, deinen Cousin Ty anzurufen. Er hat nächste Woche Geburtstag!«

»Ja, Tante Mathilda.«

»Und schließ immer das Tor ab, wenn du gehst, hörst du? Nicht bloß abends, immer!«

»Ja, Tante Mathilda.«

»Nun lass den Jungen doch in Ruhe, Mathilda. Er ist doch kein kleines Kind mehr!«

Tante Mathilda seufzte. »Ich will ja nur, dass alles seine Ordnung hat. Da fällt mir ein: Hast du die Tickets eingesteckt, Titus?«

Aus der halben wurde eine Dreiviertelstunde, dann fuhren die beiden endlich zum Flughafen. Justus stand am Tor und winkte ihnen nach. »Wiedersehen! Grüßt Patrick und Kenneth von mir! Und viel Spaß!« Der Wagen verschwand hinter der nächsten Biegung Richtung Los Angeles. Der

Erste Detektiv atmete auf. Unter normalen Umständen hätte er einen Freudensprung gemacht. Sosehr er seinen Onkel und seine Tante auch mochte, aber zwei Wochen sturmfreie Bude waren immer ein Grund zur Freude. Doch heute war ihm nicht nach Jubeln zumute. Er fühlte sich furchtbar.

Gerade wolle er das Tor schließen, als eine Fahrradklingel hektisch schrillte. Bob kam angebraust. »Waren das Onkel Titus und Tante Mathilda?«, fragte er, nachdem er mit quietschenden Bremsen neben Justus zum Stehen gekommen war.

»Ja. Auf dem Weg nach Irland.«

»Hör zu, Just, wir müssen etwas tun. Wir können Peter nicht einfach seinem Schicksal überlassen. Wir müssen –«

»Die Polizei rufen.« Justus nickte. »Ja, ich weiß.«

Bob runzelte die Stirn. »Du bist der gleichen Meinung?«

»Ja.«

»Aber gestern hast du doch noch –«

»Gestern war gestern. Aber du hattest recht, Bob. Geheimnisse oder nicht, CIA hin oder her, wir können das nicht mehr auf eigene Faust durchziehen. Wir wissen ja nicht einmal, wo wir anfangen sollten.«

Der dritte Detektiv seufzte. »Ich bin froh, dass du die Sache so siehst. Jelena wird allerdings nicht begeistert sein.«

»Zum Glück ist Jelenas Meinung völlig irrelevant«, sagte Justus leicht säuerlich.

»Rufen wir Cotta an?«

»Einverstanden.«

Sie waren gerade auf dem Weg zur Zentrale, als jemand von der Straße gegen das hölzerne Tor pochte.

»Wir haben geschlossen!«, rief Justus über die Schulter zurück. »Steht auf dem Schild: Betriebsferien!«

»Ich suche einen Justus Jonas«, drang eine Stimme über das Tor.

Justus stutzte und ging zurück. Er schob den Riegel zur Seite und öffnete einen Flügel. Draußen stand ein Mann im schwarzen Anzug. Er sah aus wie ein Leibwächter. Oder ein Chauffeur. Oder ein Bote. Jemand, der im Auftrag von jemandem hier war und eine Nachricht überbringen sollte.
»Ich bin Justus Jonas. Was kann ich für Sie tun?«

»Ich wurde geschickt, um dich und Bob Andrews abzuholen.«

»Davon weiß ich nichts.«

»Das mag sein. Aber ich habe Order, euch nach Santa Monica zu bringen.«

»Entschuldigen Sie, ich verstehe nicht ganz. Wer hat Sie geschickt?«

»Jemand, der euch helfen möchte.«

Der rasende Löwe

»Es liegen ein paar ruhige Tage vor uns. Ich hoffe nicht, dass es nur die Ruhe vor dem Sturm ist.«

Sie saßen alle in der Kombüse am Tisch beim Frühstück. Alle außer Maria Svenson, die Olin abgelöst und die Brücke übernommen hatte. Inzwischen hatte sich Peters Verdacht bestätigt: Der Riese war Mr Schwartz und schien so etwas wie der Leiter der Expedition zu sein. Schwartz war es auch, der ihnen nun mit seiner dröhnenden Bassstimme erläuterte, was sie in den nächsten Tagen erwartete. Peter fühlte sich äußerst unwohl. Er starrte auf seinen Teller und kaute angestrengt auf seinem Marmeladentoast herum. Bloß immer beschäftigt sein! Bloß immer den Mund voll haben, um nicht reden zu müssen! Aber jeder Bissen klebte staubtrocken an seinem Gaumen. Aus den Augenwinkeln beobachtete er die drei Männer, die mit ihm am Tisch saßen. Bisher hatte noch keiner eine eindeutige Reaktion gezeigt, die ihn als Täter entlarvte. Niemand war aufgesprungen und hatte ihn als Spion enttarnt. Kein wissender Blick, kein hinterhältiges Grinsen. Im Gegenteil: Bis auf ein mehr oder weniger freundliches Guten Morgen hatten ihn bis jetzt alle ignoriert. Das bedeutete, dass es entweder wirklich Skinny war, der ihn betäubt hatte – oder dass einer der Anwesenden ein doppeltes Spiel spielte und so tat, als würde er ihn nicht erkennen. Welche Ziele auch immer er damit verfolgen mochte.

Der Mut, den Peter in seiner Kabine zusammengesammelt hatte, war mit dem Betreten der Kombüse gleich wieder verflogen. Er befand sich in der Höhle des Löwen. Dreier Löwen, um genau zu sein: Mr Schwartz, Mr Olin und Juan, der mürrische Mexikaner. Nur wussten diese Löwen noch nicht, dass er die Beute war.

»Die ›Explorer‹ ist ein extrem schnelles Schiff. Wir werden Makatao in einer Woche erreichen, wenn nichts dazwischenkommt. Ich weiß, dass dieser Einsatz für uns alle sehr ungewöhnlich ist. Daher werden wir unseren Auftrag so schnell wie möglich erledigen und zusammen mit Professor Phoenix und seiner Mannschaft zurückfahren.«

»Wenn sie noch leben.«

Alle Köpfe wandten sich zu Mr Olin.

»Natürlich leben sie«, behauptete Schwartz schroff.

»Wie können Sie da so sicher sein? Warum meinen Sie, dass wir zu etwas anderem als einer Bergungsaktion losgeschickt wurden?«

»Hadden hätte uns nicht diese Ausrüstung zur Verfügung gestellt, wenn es nur darum ginge, Leichen zu bergen.«

»Außerdem wäre es Mr Hadden herzlich egal, wenn jemand von Sphinx bei der Expedition draufgeht«, fügte Juan hinzu. »Wahrscheinlich wäre es ihm sogar ganz recht. Dann müsste er uns weniger zahlen.«

Schwartz warf Juan einen missbilligenden Blick zu, wandte sich dann jedoch an Olin: »Ich weiß gar nicht, wie Sie darauf kommen, dass Phoenix und die anderen tot sein könnten.«

»Er hat sich seit über einer Woche nicht gemeldet. Niemand weiß, warum. Niemand weiß überhaupt irgendetwas. Und dann ist da natürlich noch der Fluch, den bisher alle Beteiligten sträflich vernachlässigt, um nicht zu sagen ignoriert haben.«

Peter horchte auf. »Der Fluch?« Augenblicklich biss er

sich auf die Lippen. Er hatte schweigen wollen! Wenn er mit dieser Riesenlüge durchkommen wollte, war das die einzige Möglichkeit: zuhören und schweigen.

»Der Fluch der Toteninsel.«

Schwartz verdrehte die Augen. »Ich bitte Sie, Olin, ersparen Sie uns Ihre Horrorgeschichten.«

»Es sind Geschichten, ja«, antwortete Olin ruhig. »Die Geschichten eines uralten Volkes, das bereits vor Hunderten von Jahren diese Insel besuchte. Und sehr wohl wusste, warum es ihr diesen Namen gab: Makatao. Die Toteninsel.«

Peter spielte den Ahnungslosen: »Warum denn?«

»Weil die Seelen der verstorbenen Ahnen auf der Insel ihre letzte Ruhe finden. Und wer Makatao betritt und diese Ruhe stört, ist dem Tod geweiht. Es heißt, dass niemand je von der Insel zurückgekehrt ist.«

Peter erinnerte sich an die Geschichten, die Bob recherchiert hatte. Und an Skinnys Erzählung. Olins Bericht klang sehr ähnlich. Justus wäre begeistert gewesen: In der Höhle des Löwen auf dem Weg zu einer verfluchten Toteninsel. Peter hasste es.

»Wenn Sie an diesen Quatsch glauben«, begann Juan, »warum sind Sie dann hier?«

Olin ließ sich nicht auf die Spitze ein, sondern antwortete ganz ruhig: »Weil ich die Hoffnung habe, die anderen noch retten zu können.«

»Blödsinn! Sie machen es wegen des Geldes wie wir alle.«

»Wie Sie meinen.«

Eine Weile herrschte verbissenes Schweigen. Peter kaute weiter. Das hart gekochte Ei rutschte ihm unendlich langsam die Speiseröhre hinunter, egal wie viel Orangensaft er auch hinterherschüttete. Insgeheim hatte er die Hoffnung gehabt, mit Menschen zu reisen, die sich untereinander gut verstanden und über ihre gute Laune Peter völlig vergessen würden. Stattdessen stauten sich die Konflikte bereits während des allerersten gemeinsamen Frühstücks auf. Das erste einer langen Woche. Er wünschte sich nichts sehnlicher, als aus diesem Albtraum aufzuwachen.

»Was auch immer unsere Beweggründe sind, ich erwarte von allen vollen Einsatz«, ergriff Mr Schwartz wieder das Wort. »Hadden bezahlt uns, damit wir seinen Auftrag so schnell und kompetent wie möglich erledigen. Alles andere ist Nebensache. Die Brückenwache ist in drei Schichten aufgeteilt. Die Schichtpläne haben Sie bereits. Ansonsten haben wir auf der Reise nicht viel zu tun. Was ist mit dir?« Schwartz sah zu Peter.

»Was ... was soll mit mir sein?«

»Kannst du das Schiff steuern?«

»Ich ... äh ... nein.«

Juans Kopf zuckte herum. »Du kannst nicht einmal das Schiff steuern?«

»Tut mir leid, nein.«

»Ich habe es Ihnen gesagt: Dieser Junge ist ein Nichtsnutz! Hadden hat ihn nur als Spitzel mitgeschickt. Man kann ihm genauso wenig trauen wie Hadden selbst!«

Juan sprach über Peter, als sei dieser gar nicht im Raum. Aber dem Zweiten Detektiv fiel auch keine Antwort ein. Das Absurde war, dass Juan sogar recht hatte: Er war eine Art Spitzel und die Mannschaft hatte jeden erdenklichen Grund, ihm nicht zu trauen. Was er nicht wusste, war, warum sie Skinny nicht trauen sollten. Was Skinny an Bord der ›Explorer‹ zu suchen gehabt hätte. Was seine Funktion war. Im Stillen verfluchte er sich selbst. Er hatte immer gewusst, dass Skinny ihnen etwas verschwieg. Doch statt auf der ganzen Wahrheit zu bestehen, hatte er Justus' Gutgläubigkeit nachgegeben. Das hatte er jetzt davon. Wie oft würde er sich wohl in der nächsten Woche von Bord dieses verfluchten Schiffes wünschen?

»Was ist, Skinner?«, bohrte Juan. »Fällt dir dazu nichts ein? Dachtest du, du könntest dich ewig hinter deinem Frühstück verstecken? Eine Woche lang? Raus mit der Sprache: Was hast du überhaupt an Bord verloren?«

Ich weiß nicht! Ich weiß es einfach nicht, okay? Peter räusperte sich. »Ich bin nicht befugt, darüber zu sprechen.« Das war eine gute Antwort. Hier wurde so viel Geheimniskrämerei betrieben, ein Geheimnis mehr oder weniger machte da kaum einen Unterschied.

»Wenn du glaubst, du könntest uns hinters Licht führen, bist du schiefgewickelt, Bürschchen!«

»Lassen Sie den Jungen in Ruhe«, sagte Olin. »Er hat sicherlich genauso eine Berechtigung, hier zu sein, wie wir alle. Sonst hätte Hadden ihn nicht mitgeschickt.«

»Ich traue ihm nicht.«

»Das sagten Sie bereits.«

»Dieser Bursche wird uns noch eine Menge Ärger bereiten, das garantiere ich Ihnen!« Wütend schob sich Juan das letzte Stück Toast in den Mund und verließ den Raum.

Großartig. Mit einem der Löwen hatte er sich schon angelegt, ausgerechnet dem jähzornigsten. Das fing ja gut an.

»Ich habe überhaupt kein gutes Gefühl bei der Sache«, raunte Bob. »Wenn es nun doch eine Falle ist?«

»Ziemlich merkwürdige Falle«, gab Justus zurück. »Nur keine Panik, in ein paar Minuten wissen wir mehr.«

Sie saßen auf der Rückbank der schwarzen Limousine, mit der der Unbekannte gekommen war, um sie abzuholen. Das hieß: Bob war nicht ganz sicher, ob ihm der Mann wirklich unbekannt war. Er hatte den Eindruck, ihn schon einmal gesehen zu haben, war aber nicht ganz sicher. Davon abgesehen konnte er es immer noch nicht glauben, dass Justus so bereitwillig zugestimmt hatte mitzukommen. Hatten sie nicht schon genug Ärger am Hals? Mussten sie jetzt auch noch zu einem Wildfremden ins Auto steigen, um sich zu einem geheimen Treffpunkt wer weiß wo mit wer weiß wem kutschieren zu lassen? »Wenn wir wissen wollen, was hier gespielt wird, müssen wir das Angebot annehmen«, hatte Justus gesagt. Damit hatte er vielleicht sogar recht. Aber das bedeutete noch lange nicht, dass Bob sich dabei gut fühlen musste. Oder keine Panik haben. Ihr Chauffeur hatte sich mit keinem Wort weiter dazu geäußert, wo es hingehen sollte oder wen sie treffen würden. Und je länger die Fahrt dauerte, desto häufiger unterdrückte Bob den Wunsch, bei der nächsten roten Ampel einfach auszusteigen.

Sie fuhren auf der Küstenstraße Richtung Santa Monica. Die Scheiben des Wagens waren getönt, sodass das Sonnenlicht kaum ins Innere drang. Auch die Wärme wurde durch die Klimaanlage ausgesperrt. Es war wie in einem Sarg. Schick gepolstert, aber dunkel und kalt.

Bob wusste nicht genau, was er erwartet hatte. Eine einsame Villa am Stadtrand? Die Chefetage eines Wolkenkratzers? Eine verlassene Waldlichtung im Hinterland, wo niemand ihre Schreie hören würde? Jedenfalls hatte er nicht damit gerechnet, dass die Limousine mitten in Santa Monica zum Meer abbiegen und vor einer Eisdiele am Strand anhalten würde.

»Setzt euch an einen der Tische und wartet«, sagte der Fahrer.

»Und dann?«

»Wartet einfach.«

Bob und Justus tauschten verwunderte Blicke aus, aber Bob war froh, den Wagen verlassen und ins warme Sonnenlicht hinaustreten zu können.

Es war früh am Morgen. Die Eisdiele hatte gerade erst geöffnet und bis jetzt hatten sich erst wenige Gäste dorthin verirrt. Die zwei Detektive wählten einen Tisch möglichst abseits, bestellten zwei Milchshakes und sahen sich um. Der Strand war noch wie leer gefegt, aber auf der Promenade waren eine Menge Jogger und Leute auf Rollerblades unterwegs. Einige warfen neugierige Blicke auf die schwarze Limousine, wohl in der Hoffnung, jeden Augenblick einen Hollywoodstar ein- oder aussteigen zu sehen.

»Und jetzt?«

»Warten wir.«

»Und worauf?«

»Das werden wir schon sehen.«

Eine elegante Frau kam auf sie zu. Alles an ihr war schwarz: ihre Kleidung, ihre langen, glatten Haare, ihre Sonnenbrille. Sie bewegte sich gleichzeitig kraftvoll und vorsichtig, wie eine Katze. Als sie an ihren Tisch herantrat, nahm sie die Sonnenbrille ab und musterte die beiden Detektive aus ebenso katzenhaften, leuchtend grünen Augen. »Justus Jonas und Bob Andrews, nehme ich an.«

»Ganz recht«, antwortete Justus.

Sie nickte kurz und setzte sich zu ihnen an den Tisch. Ihr Gesicht war hübsch, aber ausdruckslos.

»Ähm ... und Sie sind ...?«

»Jemand, der euch helfen möchte.« Ihr Tonfall machte deutlich, dass sie keine weiteren Fragen zu ihrer Person beantworten würde.

Der Erste Detektiv nickte bedächtig. »Woher kennen Sie uns?«

»Mein Fahrer hat euch letzte Nacht beobachtet.« Sie blickte erst zur Limousine, dann deutete sie mit einem Nicken zum fernen Hafen. »Pier 13.«

»Das war ...« Jetzt wusste Bob, warum ihm der Mann bekannt vorgekommen war. Es war der Typ, den er gestern verfolgt hatte. Warum war er nicht gleich darauf gekommen!

»Und woher wissen Sie unsere Namen und wo ich wohne?«

»Er ist euch gefolgt. Macht euch nichts draus, dass ihr es nicht bemerkt habt. Er ist ein guter Fahrer.« Die Andeutung eines Lächelns huschte über ihr Gesicht, verschwand jedoch sogleich wieder.

»Scheint mir auch so«, murmelte Justus.

»Ich will gleich zur Sache kommen. Gestern Nacht ist etwas geschehen, das nicht hätte geschehen dürfen. Anstelle von Skinner Norris ist euer Freund an Bord der ›Hadden Explorer‹ gegangen, die, wie ihr wahrscheinlich wisst, auf dem Weg nach Mikronesien ist.«

»Nach Makatao, um genau zu sein.«

»Ihr wisst erstaunlich viel.«

»Sie auch.«

»Mehr, als ihr denkt. Euer Freund ist in Gefahr. Aber ihr könnt ihm helfen.«

»Wir wollten eigentlich gerade die Polizei benachrichtigen«, sagte Justus.

»Das würde ich euch nicht raten«, erwiderte sie sachlich. »Die Polizei würde die Situation nur verschlimmern.«

»Was ist denn die Alternative?«

»Mir zu vertrauen. Ich bin hier, um euch ein Angebot zu machen. Das Schiff braucht eine Woche, um die Insel zu erreichen. In dieser Zeit könnt ihr nichts unternehmen. Aber in sieben Tagen geht ein Flugzeug nach Ponape, der Hauptinsel der Föderierten Staaten von Mikronesien. Ihr werdet diesen Flug nehmen, auf Ponape ein Boot mieten und nach Makatao fahren, um euren Freund zu retten.«

Bob verschluckte sich an seinem Milchshake.

»Moment mal!«, sagte Justus. »Das ... geht ein bisschen schnell. Wir wissen nicht einmal, wer Sie sind!«

»Ich bin auf eurer Seite«, versicherte sie. »Das ist alles, was ihr wissen müsst.«

»Und wenn wir nun doch die Polizei verständigen?«

»Dann riskiert ihr, euren Freund nie wiederzusehen.«

Justus kniff misstrauisch die Augen zusammen. »Woher wissen Sie das alles? Wer sind Sie? Und auf wessen Seite stehen Sie?«

»Wie schon gesagt: auf eurer.«

»Wieso sollten wir Ihnen trauen?«, meldete sich Bob zu Wort.

»Weil euch die Alternative nicht gefällt: Nehmt mein Angebot an oder schaltet die Polizei ein und unterschreibt damit das Todesurteil eures Freundes.«

»Todesurteil?« Bob verschluckte sich fast schon wieder. »Was ... was meinen Sie damit?«

»Dass er sterben wird. Ich dachte, ich hätte mich klar ausgedrückt.«

»Zu wem haben Sie Kontakt? Sphinx? Mr Hadden? Dem CIA?«

Statt zu antworten, öffnete sie ihre Handtasche, zog ein Bündel Geldscheine heraus und legte sie auf den Tisch. »Ihr braucht ein gewisses Startkapital, um euch auf die Reise vorzubereiten. Die Flugtickets und ein paar weitere wichtige Informationen werde ich euch in den nächsten Tagen zukommen lassen. Einen schönen Tag noch.« Sie stand auf, nickte zum Abschied und ging.

»Halt! Wir ... wir müssen doch ...«

»Wie können wir Sie erreichen?«, fragte Justus.

»Ich werde mich bei euch melden«, sagte sie über die Schulter zurück.

Sie ging zur Limousine, stieg ein und der schwarze Wagen fuhr langsam davon.

Toteninsel

»Wer ist sie?«

»Zum hundertsten Mal, Jelena, wir haben keine Ahnung!«

»Und ihr wollt das Angebot trotzdem annehmen? Obwohl ihr nicht den blassesten Schimmer habt, welche Ziele diese Frau verfolgt?«

»Justus will.«

»Und du?«

»Ich ... weiß es nicht. Es geht um Peter, verstehst du? Wir müssen ihm helfen! Aber ein gutes Gefühl habe ich nicht dabei.«

Bob und Jelena saßen beim gemeinsamen Frühstück. Wie schon letzte Woche. Sie hatten beschlossen, daraus eine Tradition zu machen: einmal in der Woche Frühstück auf Jelenas Balkon. Hoffentlich würde es in Zukunft dabei etwas weniger ernst zugehen. Außerdem hatte Bob seit vorletzter Nacht keinen Hunger mehr. Jeder Bissen blieb ihm im Halse stecken. »Ihr wisst nicht, was diese Frau vorhat!«, warnte Jelena. »Sie benutzt euch doch nur, seht ihr das denn nicht?«

»Ja, aber wir wissen nicht, wofür.«

»Eben!«

»Justus meint, es gäbe nur einen einzigen Weg, das herauszufinden: Wir nehmen die Tickets und fliegen nächste Woche nach Makatao.«

»Ihr seid verrückt.«

»Ich weiß. Das waren wir schon immer.« Bob versuchte,

die Situation mit einem Lächeln zu entschärfen. Es misslang. Jelena starrte ihn weiter mit einer Mischung aus Wut und Besorgnis an.

»Wo ist Justus' Sportsgeist geblieben? Warum unternimmt er nicht alles Menschenmögliche, um mehr über diese Frau herauszubekommen?«

»Weil wir bei den Ermittlungen vorsichtig sein müssen. Extrem vorsichtig. Jetzt, da wir wissen, dass der Mann am Hafen nicht zum CIA gehörte, können wir davon ausgehen, dass der Geheimdienst uns noch nicht auf der Spur ist. Und wir möchten, dass das so bleibt. Also müssen wir jeden Schritt vorher genau überdenken, um niemanden auf uns aufmerksam zu machen. Das Einfachste wäre gewesen, das Kennzeichen der Limousine von Inspektor Cotta überprüfen zu lassen. Aber erstens ist der viel zu neugierig und zweitens ...«

»Keine Polizei!«

»Genau.«

Jelena seufzte und nahm einen Schluck Kaffee. »Trotzdem könnt ihr nicht fliegen. Es ist zu gefährlich.«

»Und was ist mit Peter?«

»Was willst du deinen Eltern erzählen?«

»Dass Justus, Peter und ich spontan beschlossen haben, nächste Woche zelten zu gehen. Zwei Wochen lang. In die Berge. Wo man uns nicht erreichen kann und wir nicht verpflichtet sind, uns alle zwei Tage zu melden.«

»Sie werden bei den beiden anrufen, um das zu überprüfen.«

»Na und? Die Familien Shaw und Jonas sind im Urlaub. Justus wird die Geschichte bestätigen. Und dass Peter nie zu erreichen ist, werden sie für einen Zufall halten.«

»Und wenn euch die Frau reinlegt? Vielleicht solltet ihr doch die Polizei rufen.«

»Jelena, wir drehen uns im Kreis. Ganz abgesehen davon, dass wir die Polizei wegen der Sache mit dem CIA nicht verständigen können – selbst wenn wir es täten, was sollten wir denen erzählen? Dass unser Freund versehentlich auf einem Schiff nach Mikronesien festsitzt und sie ihn bitte, bitte befreien sollen? Meinst du, sie werden mit einer Hubschrauberarmada ausschwärmen und den halben Pazifik nach der ›Explorer‹ absuchen? Es ist schließlich kein Verbrechen, nach Mikronesien zu fahren.«

»Ihr wisst eine ganze Menge mehr, was ihr der Polizei erzählen könntet«, widersprach Jelena.

»Ja. Aber nichts Handfestes. Wir haben null Beweise, dass überhaupt etwas Illegales vor sich geht. Die Polizei würde wahrscheinlich lediglich ihre Kollegen auf Ponape verständigen, damit die nach der ›Explorer‹ Ausschau halten. Das war es.« Bob schüttelte den Kopf. »Nein, Jelena. Wenn es keine andere Möglichkeit gäbe, hätten wir Cotta benachrichtigt. Aber jetzt gibt es eine. Wir können Peter folgen. Und das werden wir auch tun.«

Es war Jelena anzusehen, was sie dachte. Sie rang verzweifelt nach Argumenten, obwohl sie genau wusste, dass der Entschluss bereits feststand.

»Wir werden auf uns aufpassen, keine Bange«, versuchte Bob sie zu beruhigen. »Das wäre ja nicht das erste Mal, dass wir alleine im Ausland unterwegs sind.« Keine Reaktion. »Und wir haben schon öfter gefährliche Situationen überstanden.« Jelenas Blick wurde immer kälter. »Das schaffen wir schon.« Ihre Augen sprühten Funken.

Und plötzlich begriff Bob, was wirklich in ihr vorging.

Warum sie dagegen war, dass Justus und er den Flug nahmen. Er hatte gedacht, sie sei in Sorge um ihn. Weit gefehlt. »Du ... du willst mitkommen, hab ich recht?«

»Du bist ja einer von den ganz Schnellen.«

»Jelena, ich ... ich weiß nicht, ob das eine so gute Idee ist.«

»Witzbold! Es ist eine Scheißidee, das weiß ich selber! Es ist unmöglich! Bis nach Ponape würde ich es ja noch schaffen. Aber danach? Auf einem Boot? Auf einer unbewohnten Insel? Ich glaube kaum, dass die Ureinwohner vor Hunderten von Jahren daran gedacht haben, den Strand zu asphaltieren und rollstuhlgerechte Wege zu bauen. Vergiss es!«

»Es tut mir leid.«

»Was tut dir leid?«

»Dass du ... dass du nicht mitkommen kannst. Aber sieh mal, es wäre sowieso gefährlich und –«

»Eben hast du noch das Gegenteil behauptet.«

»Ich weiß, aber –«

»Vergiss es einfach, okay? Vergiss es!«

Schweigen breitete sich aus. Ein unangenehmes Schweigen. Was immer Bob jetzt sagen konnte, es wäre das Falsche gewesen.

»Meine Bestimmung«, sagte Jelena schließlich.

»Bitte?«

»Das ist meine Bestimmung. Nie ganz dazuzugehören.« Sie lächelte traurig.

»Das ist doch Unsinn, Jelena.«

»Nein, ist es nicht. Es war schon immer so. Seit meinem Unfall vor zehn Jahren jedenfalls. Ich war immer ausgeschlossen. Nicht ausgestoßen, nein, das nicht. Alle waren immer sehr nett zu mir. Aber wenn es darum ging, am Wochenende in die Berge zu fahren oder shoppen zu gehen ... oder in die Disco ... dann war ich nicht mehr dabei. Aber ich gehörte noch nie zu den Leuten, die den Kopf hängen lassen.«

Bob lächelte. »Ich weiß.«

»Also habe ich mich um andere Sachen gekümmert: Musik, Naturwissenschaften, Justus Jonas eins auswischen. Ich mache Dinge, die sonst niemand macht. Weil ich anders bin als die anderen, anders sein muss. Weil ich ausgeschlossen bin. Das ist meine Bestimmung.« Sie blickte halb versonnen, halb verbissen in den Garten hinunter. Es schien, als hätte sie Bobs Anwesenheit ganz vergessen. Doch dann blickte sie auf und lächelte. »Kannst du mir überhaupt folgen?«

»Ein bisschen ... denke ich.«

»Ihr fliegt nach Mikronesien und ich muss wohl oder übel hierbleiben«, fasste Jelena zusammen. »Für mich gibt es nichts mehr zu tun. Und das macht mir zu schaffen. Verstehst du?«

Bob wusste nicht, was er sagen sollte. Daher beließ er es bei einem Nicken.

»Zumal ich doch genau weiß, dass ihr ohne mich völlig hilflos seid.« Sie grinste. Bob war erleichtert. Jelenas gute Laune schien zurückgekehrt zu sein. Doch plötzlich wurde sie wieder ernst. Sie griff nach seiner Hand. »Passt auf euch auf, verstanden? Ich will, dass du in einem Stück zurückkommst.«

Die Mittagssonne schien direkt in Peters Kabine. Das Bullauge war zwar klein, doch es reichte aus, um den winzigen Raum enorm aufzuheizen. Peter lag in seiner Koje und starrte auf das metallene Gitter über ihm. Er war jetzt seit einem Tag an Bord der ›Explorer‹, hatte sich jedoch nur zu den Mahlzeiten aus der Kabine getraut. Den Rest der Zeit war er hier in der beklemmenden, schwankenden Enge geblieben.

Im Spind hatte er einen Seesack mit Klamotten gefunden. Klamotten, die passten. Möglicherweise waren das Skinnys Sachen, die er schon vorher an Bord hatte bringen lassen, möglicherweise hatte jemand anderes sie hier deponiert, damit Peter etwas anzuziehen hatte. Der Zweite Detektiv hatte sich schon unzählige Male den Kopf darüber zerbrochen, wer ihn bewusstlos gemacht und in die Kabine verfrachtet hatte – Skinny oder jemand von der Besatzung oder ein unbekannter Dritter, jemand, der kurz vorm Ablegen von Bord gegangen war? Er kam in dieser Frage einfach nicht weiter.

Fest stand, dass er seine Skinny-Norris-Rolle am besten durchhielt, indem er sich so wenig wie möglich an Deck blicken ließ. Das machte ihn für alle anderen zwar noch undurchsichtiger, aber wenigstens konnte er so unangenehmen Fragen ausweichen. Doch er hielt die Enge der Kabine schon jetzt nicht mehr aus. Außerdem war ihm permanent leicht übel. Da oben waren der freie Himmel, die warme Sonne und die frische Seeluft. Und er versteckte sich in der winzigen Kabine.

Peter stand auf und öffnete das Bullauge. Aber die salzige Luft, die hereinströmte, vergrößerte noch seine Lust, an Deck zu gehen. »Ach, was soll's.« Er verließ die Kabine und kletterte über die Stahltreppe an Deck der ›Explorer‹. Juan hatte gerade Brückenwache. Umso besser. Mr Schwartz schlief wahrscheinlich, da er die Nachtwache übernommen hatte. Und Mrs Svenson und Mr Olin saßen in Liegestühlen und sonnten sich im Windschatten des Brückenhäuschens. Peter wollte sich einfach nur an die Reling stellen und aufs endlose Meer hinaussehen, aber Dr. Svenson hatte ihn sofort entdeckt.

»He, Skinner! Sieht man dich auch mal hier oben. Setz dich doch zu uns!«

»Ich wollte eigentlich nur ...«

»Nun komm schon her!«

Er hatte wohl keine Wahl. Widerwillig griff er nach einem an die Wand gelehnten Liegestuhl, klappte ihn auseinander und setzte sich.

Maria Svenson richtete sich auf. »Was treibst du denn die ganze Zeit? Versteckst du dich vor uns?«

»Ich war müde«, log Peter.

»Ich habe von dem Gespräch gestern Morgen gehört. Wenn es um Juan geht – du brauchst dir keine Sorgen zu machen. Er ist ein alter Pessimist, der niemanden richtig leiden kann, außer sich selbst.«

»Wenn überhaupt«, brummte Olin und blinzelte unter seiner Sonnenbrille hervor.

»Nimm's nicht persönlich, was er gesagt hat.«

»Ist schon okay.« Peter blickte durch die Stahlstreben der Reling. Wasser, so weit das Auge reichte. Die See war recht ruhig, trotzdem schaukelte das Schiff beständig auf und ab. Die ›Explorer‹ schnitt eine schnurgerade, weiß schäumende Linie in den Pazifik. Nirgendwo war Land zu sehen, kein einziges Schiff weit und breit, als wären sie völlig allein auf dem größten Ozean der Erde. Und Peter war allein unter Fremden, die ihn für einen anderen hielten. Er fühlte sich plötzlich sehr einsam und klein. Vielleicht hätte er doch besser unter Deck bleiben sollen.

»Wie siehst du das, Skinner?«

»Bitte?«

Dr. Svenson lachte. »Du scheinst wirklich noch müde zu sein. Wir sprachen gerade über den Fluch von Makatao. Glaubst du daran?«

»Ich weiß nicht«, gestand Peter. »Ich habe davon zu wenig Ahnung.«

»Ein Mythologieexperte ist er also auch nicht«, sagte Svenson zu Mr Olin. »Aber dafür haben wir ja Sie.« Sie lachte.

»Ihnen wird das Lachen schon noch vergehen«, prophezeite Olin, jedoch ohne eine Spur schlechter Laune. »Die Mikronesier wissen, warum sie keinen Fuß auf Makatao setzen.«

»Aber wenn es dort Ruinen gibt, müssen sie doch da gewesen sein«, sagte Peter und bereute sogleich seinen Einwurf. Hatte er schon zu viel von sich preisgegeben?

Aber Olin antwortete bereitwillig: »Schlauer Einwand. Aber als die Grabanlage gebaut wurde, gab es schließlich noch keine Toten, die dort begraben waren. Die Mikronesier haben aus Makatao praktisch einen riesigen Friedhof gemacht. Du musst wissen, ihre Religion beruht nicht auf dem Glauben an Götter wie bei den meisten anderen Urvölkern. Sie verehren ihre Ahnen. Im ganzen ozeanischen Raum ist der Ahnenkult noch heute weit verbreitet. Die Toten zu ehren und ihre Ruhe nicht zu stören, ist das oberste Gebot dieses Volkes gewesen. Wer dagegen verstößt, ist selbst dem Tod geweiht.«

Dr. Svenson lachte spöttisch. »Das mag ja ihr Glauben sein. Aber am Ende ist es doch nur Glaube. Um nicht zu sagen Aberglaube.«

»Oh nein, es ist mehr als das. Als die Spanier Mikronesien im sechzehnten Jahrhundert besiedelten, wollten sie auch auf Makatao Fuß fassen. Die Ureinwohner versuchten sie davon abzuhalten. Vergeblich. Aber wie sich herausstellte, lernten die Spanier ihre Lektion auch von allein sehr schnell. Das Schiff, das losgeschickt worden war, um eine Siedlung auf Makatao zu errichten, kehrte nie wieder zurück. Als schließlich ein Suchtrupp losgeschickt wurde, um nach dem Rechten zu sehen, lag das Schiff noch immer vor Anker. Von der Besatzung fehlte jedoch jede Spur.«

»Legenden.«

»Ein Jahrhundert später wurde die Südsee von Seeräubern beherrscht. Als Piratenunterschlupf bot sich Makatao wegen der vielen Legenden, die sich um die Insel rankten, geradezu an. Aber nach den ersten Versuchen machten die Piraten einen Riesenbogen um Makatao. Es hieß, dass viele Menschen dort auf mysteriöse Weise ums Leben gekommen wären. Soll ich fortfahren, Dr. Svenson? Es gibt noch viele weitere Berichte aus den letzten Jahrhunderten, aber sie laufen alle auf ein und dasselbe Ende hinaus: Jeder, der sich zu lange auf Makatao aufhielt, störte die Ruhe der Toten und wurde von ihnen bestraft. Er starb oder verschwand spurlos.«

»Und wie ... wie erklären Sie sich das?«, fragte Peter.

»Ich bin nicht an Bord der ›Explorer‹, um etwas zu erklären. Ich möchte Professor Phoenix und seine Mannschaft retten. Hätte ich von der ersten Expedition gewusst, hätte ich versucht, sie zu verhindern. Aber ich erfuhr leider zu spät davon. Seit zehn Tagen gibt es mit der Besatzung der ›Montana‹ keinen Funkkontakt mehr. Ich kann nur hoffen, dass wir nicht zu spät kommen.«

»Das klingt ja so, als wollten Sie die Leute so schnell wie möglich von der Insel holen und dann verschwinden«, sagte Dr. Svenson.

»Das wäre mir am liebsten, ja.«

»Aber wir haben einen Job zu erledigen.«

»Ich weiß.«

»Und niemand hier an Bord wird zulassen, dass wir unverrichteter Dinge wieder abreisen.«

»Das ist mir ebenfalls bewusst. Ich werde mich Ihnen nicht in den Weg stellen, falls Sie das meinen, Dr. Svenson. Keine Sorge, ich werde Sie bei allem, was auf der Insel zu tun ist, unterstützen. Aber ich werde ebenfalls dafür sorgen, dass wir es so schnell wie möglich tun und dann verschwinden. Kein archäologischer Schnickschnack! Keine endlosen Buddeleien, kein Kartografieren, kein Entschlüsseln von Hieroglyphen –«

»Die Mikronesier hatten keine Hieroglyphen.«

»– kein gar nichts. Wir werden nichts tun, was Zeit kostet. Wir machen unseren Job und fahren wieder nach Hause. Sie mögen die Berichte über die Toteninsel für Legenden halten. Ich weiß, dass sie es nicht sind.«

Die schwarze Katze

Die Woche verging schneller, als Peter erwartet hatte. Dr. Svenson, Mr Olin, Mr Schwartz und Juan wechselten sich auf der Brücke ab. Sie berechneten den Kurs und steuerten das Schiff, während der Rest der Mannschaft – inklusive Peter – faul an Deck oder in der Kabine lag. Zweimal wurde es etwas stürmisch, doch sie wichen den Schlechtwetterfronten rechtzeitig aus. Den Rest der Zeit lag das Wasser fast spiegelglatt vor ihnen und die ›Explorer‹ pflügte unbeirrt mit Vollgas durch den Ozean. Am Morgen des vierten Tages kam im Norden Land in Sicht: Sie passierten Hawaii. Alle standen an der Reling und starrten für eine halbe Stunde gebannt auf die Vulkaninsel, bis sie am Horizont verschwunden war. Danach umschloss sie wieder der endlose Pazifik.

Obwohl Peter sich nicht mehr den ganzen Tag lang in seiner Kabine versteckte, kam er den anderen nicht viel näher. Sie hielten sich zurück, genau wie er. Maria Svenson war zwar nett zu ihm, aber auch sehr neugierig. Sie wollte wissen, warum er an der Expedition teilnahm. Peter hielt den Mund. Auch mit Olin konnte man reden. Er war ein freundlicher, aufgeschlossener Mann, der ihn einige Male vor Juan in Schutz nahm. Doch leider sprach er viel über Makatao und den Fluch der Toteninsel, was Peters Laune nicht gerade verbesserte.

Mit Juan gab es noch zwei, drei Auseinandersetzungen. Er machte sich keine Mühe, seine Ablehnung gegenüber

Peter zu verbergen. Der Zweite Detektiv ging ihm so gut wie möglich aus dem Weg. Am wohlsten fühlte er sich, wenn Juan Brückendienst hatte oder schlief.

Mr Schwartz blieb distanziert. Er sprach kaum über sich selbst. Wenn er überhaupt etwas sagte, ging es um die Mission. Doch seine Auskünfte blieben vage. Offenbar wusste niemand genau, worum es bei der Expedition wirklich ging. Peter hatte immer häufiger das beunruhigende Gefühl, dass sie von ihm eine Antwort darauf erwarteten. Dabei war er derjenige, der Antworten suchte! Aber er war kein Wortdrechsler wie Justus. Dem Ersten Detektiv wäre es ohne Zweifel schon nach einem Tag gelungen, alles über das Schiff, seine Ladung, seine Besatzung und ihre Aufgabe in Erfahrung zu bringen. Und zwar ohne dass die anderen überhaupt gemerkt hätten, dass sie Geheimnisse preisgaben. Aber in diesem Punkt schienen sich die vier einig zu sein. Wenn Peter nichts über sich verriet, würden sie das auch nicht tun. Die Gespräche blieben an der Oberfläche und nach einer Woche war Peter genauso schlau wie vorher.

Einige Male hatte er daran gedacht, auf der ›Explorer‹ herumzuschnüffeln. Aber durch den Schichtdienst war immer jemand wach. Das Risiko, entdeckt zu werden, war einfach zu groß. Hätte man ihn beim Durchsuchen der Kabinen oder des Laderaums erwischt, wäre seine Tarnung aufgeflogen. Das konnte er nicht riskieren. Juan hätte ihn wahrscheinlich eigenhändig über Bord geworfen.

Peter war sich sicher, dass Justus auch in diesem Punkt ganz anders gehandelt hätte. Aber Peter war kein Held. Und er wusste, dass er im Zweifelsfall nicht clever genug war, um sich aus einer brenzligen Situation herauszuwinden. Er musste einfach warten, bis sie Makatao erreichten.

Im Laufe der Woche wurde es immer wärmer. Und obwohl auch in Kalifornien fast das ganze Jahr die Sonne schien, holte sich Peter einen Sonnenbrand. Was sollte er auch den Tag über anderes tun, als sich an Deck zu bräunen? In den ersten Tagen verspürte er noch einen Überschuss an Energie, den er gerne durch Sport abgebaut hätte. Am liebsten wäre er schwimmen gegangen, doch die ›Explorer‹ legte keine einzige Pause ein. Und seinen Versuch, an Deck zu joggen, gab er schon nach kurzer Zeit auf. Das Schiff war einfach zu klein. Schließlich beließ er es dabei, gar nichts zu tun. Die Trägheit lähmte ihn und ließ die Zeit wie ein diffuses, ereignisloses Nichts an ihm vorüberziehen.

Das änderte sich schlagartig gegen Mittag des siebten Tages. Peter döste an Deck. Neben ihm lagen Dr. Svenson und Mr Schwartz. Die Archäologin schlief, während Schwartz seit Stunden in ein Buch vertieft war. Juan hatte sich zum Schlafen unter Deck verzogen. Zu hören war nur das monotone Stampfen der Schiffsmotoren und das ewig gleiche Klatschen der Wellen, die sich am Bug brachen. Peter nahm die Geräusche schon gar nicht mehr wahr.

TUUUUUUUUUT!

Der Zweite Detektiv fuhr zusammen und fiel fast aus dem Liegestuhl. Dr. Svenson war schlagartig wach und Mr Schwartz ließ sein Buch fallen. Die Schiffshupe!

Mr Olin riss die Brückentür auf und rief: »Land in Sicht!« Augenblicklich sprangen alle auf und liefen zum Bug des Schiffes. Es war kaum zu erkennen, doch als Peter die Augen gegen die Sonne abschirmte, sah er, dass sich eine kleine Form aus der unscharfen Horizontlinie herausgeschält hatte. Kein Schiff. Etwas Größeres.

»Ist sie das? Ist das Makatao?«

Schwartz schüttelte den Kopf. »Nein. Aber das ist das Zeichen, dass wir bald am Ziel sind. Der Fleck dort vorn gehört zu den Marshallinseln. Wir müssen sie durchqueren, dann erreichen wir Makatao.«

Fasziniert beobachteten sie, wie die Insel langsam näher rückte. Doch die ›Explorer‹ hatte einen Kurs eingeschlagen, der einen großzügigen Bogen um die Insel machte. »Wir wollen keine Aufmerksamkeit erregen«, erklärte Schwartz. »Ich werde auf die Brücke gehen und den Kurs überwachen.«

Nach einer knappen Stunde war die Insel hinter ihnen verschwunden, doch schon bald tauchte die nächste auf. Dann noch eine und noch eine. Es hatte den Anschein, als würden sie bald das Festland erreichen, doch Peter wusste, dass das eine Täuschung war. Sie waren noch immer mitten im Pazifik, Tausende von Meilen von der asiatischen Küste entfernt. Aber es tat gut, wenigstens einige Flecken Land zu sehen, auch wenn sie ihnen nie nahe genug kamen, um Details zu erkennen. Vereinzelt tauchten Schiffe in weiter Ferne auf.

»Ist es nicht faszinierend, dass diese Inseln zu den USA gehören, obwohl wir so weit weg sind von zu Hause?«, fragte Dr. Svenson versonnen. Dann verdüsterte sich ihre Miene. »Allerdings sind die Marshallinseln nicht gerade ein rühmliches Kapitel in der Geschichte der Vereinigten Staaten.« Sie wies auf einen unbestimmten Punkt in der Ferne. »Irgendwo nördlich von uns liegt das Bikiniatoll. Dort fanden bis in die Sechzigerjahre Dutzende von Atomversuchen statt. Tausende Ureinwohner mussten ihre Heimat verlassen und konnten bis heute nicht zurückkehren, da die Inselgruppe immer noch verseucht ist. Man hat zwar versucht, das Gebiet von der atomaren Verstrahlung zu reinigen, aber es hat nicht funktioniert.« Sie schüttelte den Kopf. »Was für ein Schwachsinn.«

»Es ist wirklich bis heute verseucht?«, hakte Peter nach.

»Ja, Bikini ist ein Sperrgebiet. Aber keine Angst, wir sind weit genug weg.«

Er atmete auf. »Zum Glück.«

Dr. Svenson drehte sich um. »Und im Süden liegt Kwajalein, ebenfalls in amerikanischer Hand. Dort geht der Wahnsinn weiter.«

»Was meinen Sie? Atomtests?«

»Nein. Aber Raketentests. Kwajalein ist ein Militärstützpunkt, auf dem neue Abwehrraketen getestet werden. Die verstrahlen zwar nicht die Umwelt, aber was ändert das? Es bleibt ein Geschäft mit dem Krieg. Wie ich schon sagte: Wahnsinn. Purer Wahnsinn.«

Schaudernd wandte Peter sich ab. Auf den ersten Blick schien der endlose Ozean mit seinen unzähligen Inseln und Atollen ein Paradies zu sein. Aber Radioaktivität konnte man nicht sehen. Und versteckte militärische Testgelände auch nicht. Diese Welt war nicht halb so paradiesisch, wie er angenommen hatte.

Sie verbrachten den ganzen Nachmittag an Deck und sahen zu, wie immer wieder neue Inseln auftauchten und an ihnen vorbeizogen, während die ›Explorer‹ unaufhaltsam ihrem Ziel entgegenstampfte. Peter holte ein Fernglas von der Brücke und betrachtete die kleinen Landflecken. Zum größten Teil waren es Ansammlungen flacher, palmenbewachsener Scheiben, die nur knapp aus dem Wasserspiegel herausragten. Irgendwann gesellte sich Juan hinzu. Auch er schien erleichtert, dass die Reise endlich vorüber war.

Dann zogen Wolken auf, trieben wie Spiegelbilder der Inseln über den Himmel und verdichteten sich nach und nach zu einer graublauen Decke. Der tropische Regen war sturzbachartig und kurz. Für eine halbe Stunde verwandelte sich der ruhige Ozean in eine aufgepeitschte Fläche. Dann war plötzlich alles wieder vorbei, die Wolken verzogen sich und es lag nur noch ein leichter Dunstschleier in der Luft.

Die Sonne stand schon tief am Himmel, als Olin die Hupe ein zweites Mal betätigte und lauthals rief: »Ziel voraus!« Sofort blickte Peter durch das Fernglas. Direkt vor ihnen hatte sich ein Hügel am Horizont erhoben. Es war nicht viel mehr als ein verwaschener Fleck, aber je näher sie kamen, desto stärker hob sich die Kontur von der dunstigen Umgebung ab.

Sie war anders als die anderen Inseln. Kein flacher Sandstreifen mit Palmen, sondern ein Berg. Er war in Nebel gehüllt. Der gefallene Regen verdunstete in dichten Schwaden und verbarg das Eiland hinter einem Vorhang aus weißgrauer Luft. Lediglich seine Form war zu erkennen: ein Kegel, fast vollkommen symmetrisch, als hätte ihn ein Architekt entworfen. Schließlich begriff Peter, was er da sah: einen Vulkan! Er erinnerte sich daran, was Mr Olin vor einigen Tagen erzählt hatte: Fast alle pazifischen Inseln waren vulkanischen Ursprungs.

Ein leichter Wind kam auf und trieb den Nebel, der sich an die Insel gekrallt hatte, plötzlich auseinander.

Grün. Saftiges, volles, lebendiges Grün bedeckte die gesamte Insel. Hier und da ragten schroffe Felsen aus den Bäumen und malten dunkelbraune Flecken hinein. Das Vulkangestein glitzerte feucht. Als die Sonne hinter der Insel stand und eine Aura aus glühendem Dunst um den Vulkan zauberte, lief Peter ein Schauer über den Rücken.

Das war sie also: Makatao. Die Toteninsel.

Sie war gruselig und wunderschön zugleich. Inzwischen waren sie nahe genug, um mit bloßem Auge erkennen zu können, wie sich die Wellen schäumend an den steil ins Wasser stürzenden Felsen brachen. Ein kleiner Vogelschwarm erhob sich aus den dichten Bäumen, umkreiste einmal die Spitze des Berges und verschwand auf der anderen Seite.

»Wunderschön«, sagte Dr. Svenson. Peter bemerkte, dass eine halbe Stunde lang niemand ein Wort gesprochen hatte. »Ein Paradies.«

Peter fröstelte. Es war kalt im Schatten. Aber das war nicht alles. Bei dem Wort Paradies fiel ihm wieder ein, dass das, was er sah, nur der äußere Schein war. Auf dieser Insel waren Geheimnisse verborgen, die niemand sehen konnte. Toteninsel. Für Peter hatte dieser Name eine doppelte Bedeutung. Es ging nicht nur um den Fluch, der auf der Insel lastete. Vor allem war es die Ungewissheit, die ihm Angst einjagte. Er hatte keine Ahnung, was ihn erwartete. Er war der Spion, der bisher unerkannte Feind. Derjenige, der sich hinter einem Namen versteckt hatte, der nicht seiner war. Aber jetzt musste er aus dem Versteck herauskommen. Er musste eine Aufgabe erfüllen, ohne zu wissen, welche.

Die Reise war zu Ende. Auf Makatao würden die Masken fallen. Und seine als Erstes.

»Wie kannst du nur allen Ernstes einen Eisbecher zu sieben Dollar bestellen?«

»Es ist nicht irgendein Eisbecher. Ich habe extra den

Riesensüdseebecher genommen. Passt doch.« Justus fischte das Papierschirmchen aus der Ananasscheibe und stieß den Löffel in die Sahne.

»Also, ich kriege keinen Bissen runter.« Bob rieb vorsichtig sein Handgelenk. Heute war der Verband abgenommen worden. Es war ein komisches Gefühl.

»Nervös?«

»Machst du Witze?«

»Ich auch«, gestand der Erste Detektiv. »Was meinst du, warum ich das Eis bestellt habe?«

Sie saßen an der Uferpromenade von Santa Monica. Die gleiche Eisdiele, der gleiche Tisch wie vor einer Woche. Mit dem Unterschied, dass es früher Abend war. Und Bob und Justus eine nervenaufreibende Woche des Wartens hinter sich hatten. Sie waren zur Untätigkeit verdammt gewesen, um keine Aufmerksamkeit zu erregen. Nicht einmal Skinny hatten sie kontaktiert. Unter keinen Umständen wollten sie riskieren, vom CIA beobachtet zu werden.

Die Tage waren ereignislos verstrichen. Bis heute ihre geheimnisvolle Auftraggeberin angerufen hatte, um sich mit ihnen zu treffen. Es war wie ein Startschuss gewesen, der sie aus ihrer Lethargie gerissen hatte. Justus hatte sogleich beschlossen, Vorkehrungen zu treffen, um der Unbekannten auf die Spur zu kommen.

Bob blickte auf die Uhr. »Ehrlich gesagt hatte ich kaum noch damit gerechnet, dass sie sich bei uns meldet. Immerhin geht unser Flug heute Nacht! Gerade mal zwölf Stunden vor Abflug anzurufen, um uns die Tickets zu übergeben, ist doch etwas knapp.«

»Wahrscheinlich wollte sie kein Risiko eingehen«, sagte Justus und biss in ein Stückchen Kokosnuss.

»Und wenn das nun alles doch eine Falle ist?«

Justus ließ den Löffel sinken. »Bob«, sagte er ernst. »Wir haben das alles tausendmal durchdiskutiert. Und wir sind zu dem Schluss gekommen, dass wir in diese Maschine steigen. Außerdem würden sich deine Eltern ganz schön wundern, wenn du morgen wieder bei ihnen auf der Matte stehst, wo du doch heute mit mir in die Berge fahren wolltest.«

»Okay, okay, ich mein ja nur.« Bob blickte verstohlen zu dem dunkelblauen Wagen, der in ihrer Nähe stand. Ein Mann mit streng zurückgekämmtem, schwarzem Haar saß am Steuer und las Zeitung. Zumindest tat er so. »Hoffentlich kommt sie überhaupt mit dem Auto.«

»Wenn sie zu Fuß hier auftaucht, wird Morton sie trotzdem verfolgen. Er weiß, was er zu tun hat.«

»Blöderweise nützt uns das nichts. Selbst wenn Morton herausfindet, wer diese Frau ist und wo sie wohnt – in ein paar Stunden geht unser Flieger. Etwas wenig Zeit für Ermittlungen.«

»Wir werden Jelena Bescheid sagen. Sie kann diese Aufgabe übernehmen, während wir weg sind. Vielleicht hat sie ein paar Rätsel gelöst, wenn wir wieder zurück sind.«

»Wenn«, sagte Bob düster. Und sah wieder auf die Uhr.

»Das kannst du dir sparen, Bob. Da kommt sie.«

Er blickte auf. Die Limousine, mit der sie vor einer Woche das erste Mal hier gewesen waren, rollte langsam die Straße entlang und hielt. Ihre schwarz gekleidete Auftraggeberin stieg aus und kam mit katzenhafter Eleganz auf sie zu. Wieder nur ein Nicken zur Begrüßung, wieder ein durchdringender Blick ihrer grünen Augen.

»Guten Abend.«

»Ich will es kurz machen. Hier sind die Tickets.« Sie legte einen großen Umschlag auf den Tisch. »Außerdem Informationen und Kartenmaterial über Ponape, Makatao und die umliegenden Inseln.«

»Darum haben wir uns schon selbst gekümmert«, sagte Bob.

»Ihr seid also vorbereitet. Umso besser. Euer Flug geht in vier Stunden.«

»Moment mal!«, rief Bob. »Wir ... wir wissen doch gar nicht, was wir tun sollen!«

»Ich dachte, das sei klar: euren Freund retten.«

»Und wie?«

»Ihr mietet ein Boot, fahrt zur Insel raus und findet ihn, ganz einfach.« Aus ihrem Mund klang es wie ein Backrezept für Weihnachtsplätzchen.

»Und wenn wir in Schwierigkeiten geraten?«

»Ich verhehle nicht, dass ihr auf euch allein gestellt seid. Aber es geht nicht anders. Die einzige Hilfe, die ich euch anbieten kann, ist das Geld, das ihr in dem Umschlag findet. Es reicht auch für den Rückflug. Für drei Personen.« Sie lächelte, doch ihre Augen blieben kalt.

»Sie wollen uns immer noch nicht sagen, warum Sie das tun«, vermutete Justus. »Oder für wen.«

»Für euch. Nur für euch. Ich vertraue euch. Und ich rate euch, mein Vertrauen nicht zu missbrauchen. Ich werde erfahren, ob ihr den Flug heute Nacht wirklich nehmt.«

»Keine Sorge, wir fliegen«, antwortete Justus ruhig. »Wir hätten nur gern etwas mehr über die Hintergründe der ganzen Aktion erfahren.«

»Wenn die Zeit gekommen ist.«

»Und wann soll das sein?«, fragte Bob.

»Wenn ihr zurück seid. Vielleicht.« Sie stand auf. »Nehmt euch ein Taxi zum Flughafen. Und vergesst nicht, pünktlich da zu sein. Viel Glück!« Sie nickte und ging. Wortlos blickten die beiden Detektive ihr nach.

»Mir ist nicht wohl bei der Sache«, murmelte Bob. »Ganz und gar nicht. Diese Frau ist eiskalt.«

Justus zuckte die Schultern. »Alles nur Fassade. Wahrscheinlich hatte sie nur Angst, sich zu verraten.«

Bob schüttelte den Kopf. »Niemals. Die ist so. Die hat vor nichts Angst. Da, jetzt steigt sie in ihren Superschlitten. Auf geht's, Morton! Zeigen Sie, was Sie als Chauffeur der drei ??? gelernt haben!«

Die Limousine fuhr an und rollte langsam bis zur ersten Kreuzung. Dort bog sie ab, gab Gas und verschwand.

Mortons Wagen blieb stehen.

»He! Was ist denn da los? Warum ... warum verfolgt er sie nicht? Springt seine Privatkarre etwa nicht an? Er hätte doch den Rolls-Royce nehmen sollen!«

Justus ließ seinen Löffel sinken und starrte zu Mortons Auto hinüber. Er gab ihm Zeichen. Nichts rührte sich. Dann stieg der hochgewachsene Chauffeur aus und kam auf sie zu. »Was ist los, Morton?«, fragte Justus aufgeregt. »Sie ... Sie sind doch nicht eingeschlafen, oder?«

»Keineswegs.« Mortons Gesichtsausdruck war schwer zu deuten. Er wirkte nervös. Aufgeregt. Als habe er gerade eine beunruhigende Entdeckung gemacht.

»Nun sagen Sie schon! Warum sind Sie nicht hinterhergefahren?«

»Das war nicht nötig.«

»Wie meinen Sie das?«

»Wenn ich dich richtig verstanden habe, Justus, war mein

Auftrag herauszufinden, wohin diese Frau fährt, wo sie wohnt und wer sie ist.«

»Exakt!«

»All diese Informationen habe ich bereits.«

»Wie bitte?« Bob und Justus starrten den Chauffeur überrascht an. »Sie ... Sie kennen sie?«

»In der Tat, das tue ich. Ich habe sie schon einige Male gefahren. Nicht oft, da sie offenbar einen eigenen Fahrer hat, aber hin und wieder war sie dabei, als ich ihren Bruder chauffiert habe.«

»Ihren Bruder?«, echote Bob. »Sagen Sie schon, wer ist sie?«

»Ihr Name ist Rachel Hadden. Joseph Haddens Schwester.«

Insektenstachel

Peters Turnschuhe versanken im nassen Sand und hinterließen Abdrücke, die sich schnell mit Wasser füllten. Hastig tat er ein paar Schritte den Strand hinauf, um der nächsten Welle zu entkommen. Der Strand war klein: Nach etwa dreißig Metern wurde er auf beiden Seiten von schroffen, rotbraunen Felsen eingeschlossen. Und zwanzig Meter vom Wasser entfernt begann der Dschungel. Die wenigen Palmen, die einen Platz auf der sandigen Fläche erobert hatten, wurden von riesigen, dunkelgrünen Laubbäumen abgelöst, die sich wie eine undurchdringliche Wand vor ihnen erhoben. Die kleine Bucht war fast ein Gefängnis. Aber sie war die einzige Stelle, an der man die Insel betreten konnte. Der Rest von Makataos Küste bestand aus steilen Klippen und abweisenden Felsen.

Peter drehte sich um. Die ›Hadden Explorer‹ lag fünfzig Meter entfernt vor Anker. Mr Schwartz und Juan waren gerade dabei, das Ruderboot ein Stück den Strand hinaufzuziehen, damit es bei Flut nicht aufs Meer hinausgerissen wurde.

Unwillkürlich durchfuhr Peter ein eiskalter Schauer. Er war auf Makatao.

»Unheimlich, nicht wahr?« Dr. Svenson ließ ihren Blick übers Meer, über die Felsen und den Urwald gleiten. Zwischen den Bäumen raschelte etwas. Sie blickten zu der Stelle, sahen aber nichts.

»Es ist noch viel unheimlicher, als Sie bisher erkannt haben«, sagte Olin, der neben ihnen aufgetaucht war.

»Was meinen Sie damit?«, fragte Peter.

Er winkte ab. »Das wirst du schon merken.«

Bevor Peter darüber nachdenken konnte, wovon Olin sprach, kamen Schwartz und Juan auf sie zu. Mr Schwartz sagte: »Es wird bald dunkel. Wir sollten die Ausrüstung erst morgen von Bord holen und uns so schnell wie möglich auf die Suche nach Professor Phoenix und den anderen machen. Je eher wir sie finden, desto besser. Ich habe wenig Lust, bei Dunkelheit durch den Urwald zu irren.«

»So groß ist die Insel nicht«, sagte Maria Svenson. »Wir werden sie schnell finden. Sicherlich haben sie ihr Lager in der Nähe der Grabanlage aufgeschlagen. Und die befindet sich auf dem Gipfel des Berges. Den kann man nur sehr schlecht verfehlen.«

»Wir müssen da ganz hinauf?«, fragte Peter und blickte zur Spitze des Vulkans.

»Hast du ein Problem damit?«, giftete Juan.

»Nein, ich –«

»Keine Diskussionen!«, sagte Schwartz bestimmt. »Wir brechen sofort auf!« Er holte eine Flasche Moskitomilch aus seinem Rucksack und rieb sich damit ein. »Im Dschungel wimmelt es von diesen Viechern. Das Schutzmittel wird nicht alle abhalten, aber ohne wären wir innerhalb einer Stunde halb tot gestochen.« Nachdem sich alle eingerieben hatten, trat Schwartz auf den Rand des Urwalds zu und löste seine Machete vom Gürtel. »Auf geht's!«

»Wollen Sie sich durch den Urwald schlagen?«, fragte Dr. Svenson.

»Das hatte ich vor, ja.«

Sie lächelte spöttisch. »Lassen Sie uns doch einfach diesen

Weg nehmen.« Sie bog ein paar riesige Farnwedel zur Seite. Dahinter lag ein mit Steinplatten befestigter Pfad. Die Steine waren ausgetreten und verwittert, viele waren aus ihrer ursprünglichen Position gerutscht und verzerrten den Weg zu einer bizarren Schlangenkurve. Aber er führte klar erkennbar zum Gipfel des Berges und war fast frei von Gestrüpp und Lianen.

Alle staunten. »Glauben Sie etwa, das vergessene Volk hätte sich immer wieder aufs Neue einen Weg durch den Urwald gebahnt?«, fragte Dr. Svenson und betrat den Pfad als Erste.

Peter war die Insel von der ersten Sekunde an nicht geheuer gewesen. Aber als er in den Dschungel eintauchte, wurde es richtig unheimlich. Das ohnehin schon schwache Tageslicht wurde unter dem dichten Blätterdach so weit gedämpft, dass er kaum noch etwas sehen konnte. Und das, was er sah, war – grün. Grün, so weit das Auge reichte. Grüne Ranken wuchsen knorrige Baumstämme empor, die sich in grüne Kronen spreizten. Grüne Farne und Moose bedeckten den Boden vollständig. Büsche, Sträucher, Wedel, Stauden – von allen Seiten wurden sie von saftigem, lebendigem, hungrigem Grün bedrängt. Hier und da wurde es von knallig gelben oder roten Flecken gesprengt: exotische Blumen und Blüten, die Peter noch nie gesehen hatte. Sie leuchteten um die Wette und verströmten einen so intensiven Geruch, dass Peter zwischendurch das Gefühl hatte, völlig von Gerüchen betäubt zu sein. Alles duftete. Die Bäume, die Blüten, die Erde. Die Düfte wurden vom verdampfenden Regenwasser emporgetragen und schlugen wie eine warme Welle über ihnen zusammen. Das Leben sprang ihnen förmlich entgegen, als sie im Gänsemarsch Dr. Svenson folgten, die mit forschem Schritt den Berg über den steinernen Pfad erklomm.

Manchmal kamen sie ein paar bunten Vögeln zu nah. Laut kreischend flatterten sie auf, stießen durch das Blätterdach und verschwanden.

Der Weg stieg an und schon bald ging es steil bergauf. Die Felsplatten verwandelten sich in eine Treppe. An einigen Stellen mussten sie fast klettern, um vorwärtszukommen. Der Weg war nass und rutschig. Mehr als einmal wäre Peter fast gestürzt. Die Luft war warm und feucht und trieb ihm innerhalb weniger Minuten den Schweiß auf die Stirn. Obwohl sie kein Gepäck hatten, war der Marsch anstrengender als ein ganzer Tag im Fitnessstudio.

Und Insekten. Überall waren Insekten. Sie umschwirrten den Zweiten Detektiv in einer dichten Wolke und mehr als einmal erwischte er zwei oder drei Moskitos gleichzeitig, als er nach ihnen schlug. Ängstlich hielt er nach größeren Tieren Ausschau. Spinnen, Schlangen. War da nicht eine Bewegung im Gebüsch gewesen? Huschte dort nicht etwas über den schlammigen Boden? Peter sah eine knallgrüne Echse, die ängstlich davonhuschte, doch er war sicher, dass er aus dem Geäst von tausend neugierigen Augen beobachtet wurde. Augen, die er selbst nicht sah, da sich die Tiere perfekt an ihre Umgebung angepasst hatten. Diese Insel strotzte vor Leben. Blutrünstigem Leben.

»Autsch!« Peter schlug nach einem Moskito, der sich gerade auf seinen Arm gesetzt und zugestochen hatte. »Mistviecher.« Nach und nach wurde der Boden felsiger, die Bäume wichen zurück. Und dann, ganz plötzlich, waren sie oben. Die Sonne ging gerade unter, aber es war noch hell genug, um den Anblick, der sich ihnen bot, auf sich wirken zu lassen.

Sie standen am Rande des Vulkankraters. Vor ihnen fiel der Felsen wie ein riesiger Trichter zu einem Tal ab. Ein Tal, so groß wie ein Sportstadion. Da unten hatte einst glühende Lava gebrodelt. Aber auch jetzt war der Krater nicht leer. Er sah aus, als hätte er vor tausend Jahren einem Riesen als Spielplatz gedient. Einem Riesen, der seine Bauklötze einfach liegen gelassen hatte.

Große graue Felsblöcke ragten in die Höhe. Verwitterte Mauern, die vielleicht einmal Räume umschlossen hatten, standen nun verstreut herum und bildeten ein bizarres Labyrinth. Es gab freie Plätze, schmale Gänge, Torbögen, die ins Nichts führten, und schwarze Löcher im Gestein; vielleicht Eingänge zu unterirdischen Räumen. Oder Verstecke. Einige der Felsblöcke waren einmal reich verziert gewesen, doch im Laufe der Jahrhunderte hatten Wind und Regen das Gestein so stark verwittern lassen, dass nicht mehr viel von seiner ursprünglichen Form zu erkennen war. Alles war dicht mit Flechten und Moosen bewachsen, das Leben hatte sich wie eine dicke grüne Decke über diesen von Menschenhand geschaffenen Ort gelegt. Farne drängten sich dicht an dicht in jede Ecke, armdicke Ranken hielten die Felsblöcke und Mauern fest umklammert.

»Die Grabanlagen von Makatao«, sagte Dr. Svenson ergriffen. »Wer hätte gedacht, dass sie noch so gut erhalten sind!«

Gut erhalten? Für eine Archäologin mochte das so aussehen. Für Peter waren sie völlig zerstört. Ein Ruinenkomplex, dessen ursprünglicher Zweck seit Hunderten von Jahren nur noch zu erahnen war.

»In Ordnung«, sagte Schwartz bestimmt. »Um die Grabanlagen kümmern wir uns später. Jetzt müssen wir Professor Phoenix finden.«

Olin räusperte sich. »Ich weiß nicht, ob es Ihnen aufgefallen ist, aber ich sehe hier nirgendwo ein Lager. Keine Zelte, keine Geräte, nicht einmal die Reste eines Lagerfeuers. Sagten Sie nicht, die Gruppe hätte sich in der Nähe der Ruinen niedergelassen?«

Nun suchten alle das Gelände mit den Augen ab. Olin hatte recht. Es gab nichts, was darauf hindeutete, dass in den letzten tausend Jahren auch nur ein Mensch hier gewesen war.

»Und das ist nicht alles«, fuhr Olin fort. »Ihnen scheint ebenfalls entgangen zu sein, dass wir bei der Umrundung der Insel keine Spur der ›Montana‹ gefunden haben. Das Schiff hätte irgendwo vor Anker liegen müssen. Tat es aber nicht. Wo immer Professor Phoenix' Mannschaft ist: Sie ist nicht auf dieser Insel. Makatao ist verlassen.«

Das letzte Stückchen Sonne versank hinter dem Horizont. Da sie nur gut sechshundert Meilen vom Äquator entfernt waren, schwand das Licht fast schlagartig. Die Nacht griff wie eine riesige Hand nach dem Vulkan und hüllte ihn in Dunkelheit. Von einer Minute auf die andere war es dunkel auf der Toteninsel.

Als der Morgen graute, war plötzlich nicht mehr nur Wasser unter ihnen. Bob öffnete die Augen und blickte aus dem Fenster. Unter fedrigen Wolken glitzerte das Meer in der aufgehenden Sonne. Überall waren kleine Inseln. Sie sahen aus wie die fließenden Muster einer Glasmurmel: Das Tiefblau des Ozeans wechselte rund um die Atolle in ein kräftiges Nachtblau und ging schließlich in Türkis- und Grüntöne über, die von weißen Schlieren durchzogen waren. In dieser verwischten Farbenpracht wirkten die Inseln wie ausgestanzte dunkle Flecken.

Bob stieß dem Ersten Detektiv den Ellbogen in die Rippen. »Just, wach auf! Das musst du sehen!«

»Bist du wahnsinnig?«, brummte Justus. »Ich hab endlich mal geschlafen!« Er rieb sich die Augen. Er hatte eine grauenhafte Nacht hinter sich. Nach Mortons Eröffnung hatten sie Jelena angerufen und ihr alles erzählt. Danach waren sie zum Flughafen gefahren. Doch als Justus die Maschine sah, hätte er am liebsten wieder kehrtgemacht. Er hatte einen Jumbojet erwartet, ein normales Passagierflugzeug eben. Stattdessen hatte dort auf der Rollbahn eine zweimotorige Maschine aus grauem Stahl gestanden, die aussah, als wäre sie direkt aus dem Zweiten Weltkrieg dorthin gebeamt worden. Und genauso hatten sich die letzten Stunden auch angefühlt. Obwohl sie nicht in ein Unwetter geraten waren, war der Flug unruhig, holprig und laut gewesen. Die Motoren hatten gedröhnt, gestottert und gespuckt, immer wieder waren sie in Luftlöcher gefallen. Justus war sich vorgekommen wie bei einer die ganze Nacht andauernden Achterbahnfahrt. Es war die Hölle gewesen. Erst in den frühen Morgenstunden hatte er ein bisschen Schlaf gefunden. Und nun wurde er von Bob unsanft geweckt.

Justus blickte aus dem Fenster. Bob hatte recht: Die unter ihnen vorüberziehenden Inseln waren ein herrlicher Anblick. Der Dritte Detektiv machte eifrig ein paar Fotos. »Wir sind gleich da, das Flugzeug ist schon ziemlich gesunken.«

Über Lautsprecher kam eine Durchsage, die Passagiere

mögen sich bitte anschnallen und das Rauchen einstellen. Eine Stewardess gab es nicht. Und als Justus sich den Gurt um den Bauch schnallte und testweise daran zog, bezweifelte er, dass ihm diese Sicherung im Notfall irgendwie von Nutzen sein würde.

Er sah sich um. Die Maschine hatte nur vierundzwanzig Plätze, von denen gerade die Hälfte belegt war. Auch die anderen Passagiere sahen ziemlich gerädert aus. Justus überlegte, ob einer von ihnen vielleicht ein Spion war. Rachel Hadden hatte angekündigt, sie weiterhin zu beobachten. Wie weit mochte sie damit gehen? Keiner ihrer Mitreisenden sah irgendwie verdächtig aus. Aber das hatte natürlich nichts zu bedeuten.

»Ich glaube, das ist Ponape«, sagte Bob und wies aus dem Fenster. Unter ihnen war eine große Insel aufgetaucht, die größte bisher. Sie war fast gänzlich von Urwald bedeckt, aber an der Küste waren kleine Siedlungen zu erkennen. Das Flugzeug umrundete die Insel und näherte sich ihr von Norden. Nun lag die Hauptstadt Kolonia direkt vor ihnen. Der Flugplatz lag auf einer kleinen vorgelagerten Insel, die durch eine Brücke mit der Hauptinsel verbunden war. Fünf Minuten später rollte die Maschine nach einer unsanften Landung über die holprige Piste. Denn viel mehr als eine Piste war es nicht: Der Asphalt war an vielen Stellen aufgerissen und nur notdürftig wieder geflickt worden.

»Um Himmels willen, wo sind wir denn hier gelandet?«, fragte Bob, als er aus dem Flugzeug kletterte. Es gab keinen Shuttlebus oder Ähnliches, aber das war auch nicht nötig: Das Flughafengebäude war nur hundert Meter entfernt. Es hatte etwa die Größe eines kleinen Supermarkts. »Sagtest du nicht, dies sei die Hauptstadt Mikronesiens? Gibt es noch einen anderen Flughafen?«

Justus schüttelte den Kopf. »Das ist der einzige. Ponape ist die Hauptinsel der Föderierten Staaten von Mikronesien. Und Kolonia ist die Hauptstadt. Eine Hauptstadt mit gerade mal fünftausend Einwohnern.«

Bob schnappte nach Luft. »Das ist ja noch viel kleiner als Rocky Beach! Und das soll die Hauptstadt sein?«

Während sie auf ihr Gepäck warteten, überprüfte Justus sicherheitshalber die möglichen Rückflugzeiten. Der nächste Flieger nach Los Angeles ging in zwei Tagen. Wenn alles klappte, waren sie schon bald wieder zu Hause. Sie verließen den Flughafen und gingen über die Brücke in die Stadt. Kolonia bestand im Wesentlichen aus einer Hauptstraße. Einer Straße aus festgetrampeltem, rotem Lehm. Überall standen kleine, runde Häuser mit spitzen Dächern aus getrocknetem, grauem Gras. Dazwischen einige Backsteingebäude: Hotels, Läden und Touristeninformationen. Und hinter dem kleinen Zipfel Zivilisation, der sich im Norden Ponapes festgesetzt hatte, breitete sich der Dschungel aus: Vulkanberge, die von einer dunkelgrünen Pflanzenpracht übergossen waren. Die Bäume reichten bis in die Stadt hinunter.

»Wow«, sagte Bob.

Es war noch früh am Morgen, trotzdem waren schon viele Menschen unterwegs. Frauen in langen, bunten Gewändern und mit pechschwarzen Haaren gingen an ihnen vorbei und begutachteten die Neuankömmlinge neugierig. Einige Kinder liefen fröhlich auf sie zu, schrien irgendetwas in einer fremden Sprache und rannten weiter.

»Hast du nicht gesagt, dass hier alle englisch sprechen, Just?«

»Tun sie auch. Aber die mikronesischen Dialekte sind ebenfalls noch verbreitet.«

Ein verbeulter Jeep fuhr an ihnen vorbei. Der dunkelhäutige Mann am Steuer mit dem exotisch anmutenden Gesicht grinste sie an und rief: »Kaselehlia!«

Bob lächelte. »Das ist toll. Alle sind nett zu uns. Fast als hätten sie uns erwartet.«

Der Erste Detektiv zuckte die Schultern. »Wir sind die Attraktion des Tages. Mehr als zehn Besucher hat Kolonia wahrscheinlich nicht am Tag.«

»Was hat der Mann da gerufen?«

»*Kaselehlia.* Das ist der ultimative Begrüßungs-, Abschieds- und Zwischendurchgruß in Mikronesien, passend für jede Tages- und Nachtzeit. In unserem Fall hieß es wohl ›Willkommen‹.«

Der magische Kreis

Peter erwachte von einem Geräusch. Ein entferntes Scharren. Oder war es nur das Rauschen der Bäume gewesen? Als er die Augen aufschlug, war es schon wieder vorbei. Er blinzelte. Die Sonne war gerade erst aufgegangen, doch es war genauso schlagartig hell, wie es am Abend zuvor dunkel geworden war. Die anderen schliefen noch. Sie hatten sich in der Ruinenanlage auf den moosbewachsenen Steinplatten zusammengerollt und hier die Nacht verbracht. Es war so ziemlich die unbequemste Nacht gewesen, die Peter je erlebt hatte. In ihrem spärlichen Gepäck hatten sie kaum etwas zum Zudecken gefunden und es war schnell kalt geworden. Der Boden war hart. Er hatte Hunger und Durst gehabt. Und jedes Mal, wenn er gerade dabei war, doch endlich einzuschlafen, hörte er in der Nähe ein unheimliches Geräusch, das ihn mit einem Anflug von Panik aus dem Dämmerzustand herausriss. Ein Schaben, ein Kratzen, ein Rascheln ... Die Nacht war voller unheimlicher Geräusche. Er hatte sich nichts sehnlicher gewünscht, als aufs Schiff zurückzukehren. Aber dafür war es bereits zu dunkel gewesen.

Irgendwann war er dann wohl doch eingeschlafen. Aber besonders fit fühlte er sich nicht, als er sich nun auf dem Boden streckte und dann langsam erhob. Er sah sich um. Bei Tageslicht war die Grabanlage etwas weniger unheimlich, aber immer noch unheimlich genug, um ihn frösteln zu lassen. Er stand nun mitten in der Ansammlung aus alten

Mauerresten, zerbröckelten Figuren und Steinquadern, die ohne eine klar erkennbare Funktion aufgestellt worden waren. Doch was ihm Angst machte, war das, was er nicht sah: die unzähligen Ecken und Winkel, die Vorsprünge und Löcher, die tausend Orte, an denen sich jemand – oder etwas – verstecken und sie beobachten konnte.

Da! Wieder dieses Scharren! Als würde Stein auf Stein schaben. Nicht allzu weit entfernt. Schnell verschaffte er sich einen Überblick: Svenson, Schwartz, Juan, Olin – sie waren alle noch da und schliefen. Aber wer hatte dann das Geräusch verursacht? Oder was? Zögernd trat Peter aus dem Kreis zusammengerollter Gestalten und verschwand um die nächste Ecke. Niemand da. Er lauschte. Jetzt war auch nichts mehr zu hören. Trotzdem hatte Peter das Gefühl, dass da etwas war. Dass er beobachtet wurde. Er ging weiter. Um eine Mauer herum, an einem dicht bewachsenen Felsquader vorbei. Zu viele Ecken und Vorsprünge, zu viele Verstecke. Unwillkürlich musste er an den Fluch der Toteninsel denken. Vielleicht lebte hier irgendein gefährliches Raubtier, für das jeder Besucher Makataos eine willkommene Abwechslung auf der Speisekarte darstellte. In diesem Felsenlabyrinth konnte sich ein ganzes Rudel Tiger oder Löwen unbemerkt verstecken. War ihnen die Mannschaft der ›Montana‹ zum Opfer gefallen? Gab es in Mikronesien überhaupt Tiger oder Löwen? Peter fröstelte. Dieser Ort war ihm unheimlich. Vielleicht sollte er besser umkehren und die anderen wecken.

Der Zweite Detektiv umrundete eine kleine Felsenformation – und blieb abrupt stehen. Auf dem Boden lag ein Zigarettenstummel. Der mochte hier freilich schon seit einigen Tagen oder Wochen liegen. Aber irgendwie sah er frisch aus, noch nicht aufgeweicht vom Regen.

Als Peter sich hinunterbeugte, geschah alles ganz schnell: Ein Schatten sprang hinter einem Felsquader hervor, riss Peter zu Boden und presste ihn mit dem Rücken auf die Steinfliesen. Bevor Peter überhaupt wusste, wie ihm geschah, drückte der kalte Lauf einer Pistole gegen seine Stirn.

»Keinen Mucks! Sonst bist du tot!«

Peters Puls raste. In Sekundenschnelle spielte er alle Möglichkeiten durch – Flucht, Kampf, um Hilfe rufen –, alles war zwecklos. Die Waffe an seiner Stirn war mehr als deutlich.

Über ihm hockte ein junger Mann mit wirren, braunen Haaren. Er war nur ein paar Jahre älter als Peter. Seine Augen funkelten ihn kalt an. »Sind noch andere hier?«

Peter nickte.

»Wo?«

»Sie ... sie liegen da drüben.«

»Wie viele?«

»Vier. Wer bist du?«

»Schnauze! Was wollt ihr hier?«

Peter überlegte fieberhaft. Konnte er dem Fremden erzählen, wer sie waren? Vielleicht war er einer von Professor Phoenix' Gruppe. Vielleicht aber auch nicht. »Wir suchen jemanden.«

»Wen?«

»Professor Phoenix.« Jetzt hatte er ihre Mission entweder erfüllt oder ruiniert.

Der Junge kniff die Augen zusammen und starrte Peter misstrauisch an. »Wie heißt du?«

»Pe... Pitte ... Bitte könntest du erst die Waffe wegnehmen?«

»Deinen Namen will ich wissen!«

»Skinny Norris. Also ... eigentlich Skinner.« Wer immer dieser Bursche war, es war gut möglich, dass er Skinny kannte und seine Tarnung in diesem Moment aufgeflogen war.

»Nie gehört. Wer ist noch bei dir?«

»Mr Schwartz. Und Dr. Svenson. Und ...«

»Schwartz?« Endlich nahm er die Waffe weg und stand auf. »Warum sagst du das nicht gleich?« Er reichte ihm die Hand. Peter zögerte einen Moment, ergriff sie dann jedoch und ließ sich aufhelfen. Der Junge hielt die Hand fest. »Ich bin Albert. Ein furchtbarer Name. Nenn mich besser Al. Wir dachten schon, ihr würdet nie ankommen. Warum hat denn das so lange gedauert? Uns ist nämlich schon das Süßwasser ausgegangen. Wir mussten bereits einmal nach Ponape fahren, um unsere Vorräte aufzufüllen. Den Rest der Zeit haben wir hier auf euch gewartet. Über Funk konnten wir uns nicht melden, da uns doch tatsächlich die Batterien ausgegangen waren. Es war stinklangweilig hier. Viel zu erforschen gab es ja nicht, oder sagen wir mal: Ohne Ausrüstung waren uns einfach die Hände gebunden. Ansonsten hätten wir bestimmt eine Menge zu tun gehabt. Ist ja auch eine ziemlich aufregende Sache, die ganze Entdeckung, was?«

»Äh, ich ... bin nicht ganz sicher.«

»Seit wann seid ihr eigentlich hier?«

»Seit gestern Abend.«

»Was? So lange schon! Ach du meine Güte. Da müsst ihr direkt nach meinem letzten Kontrollgang angekommen sein. Habt ihr die Nacht etwa hier verbracht? Warum habt ihr euch nicht bemerkbar gemacht?«

»Wir … wir dachten, die Insel sei verlassen. Wir haben die ›Montana‹ nirgends gesehen.«

»Ach so. Das Schiff ist in einer Bucht auf der Ostseite der Insel versteckt. Schwer zu sehen vom Meer aus. Wir wollten unentdeckt bleiben.«

»Außerdem wussten wir ja nicht, wo ihr steckt.«

Al runzelte die Stirn. »Hat Hadden euch das denn nicht gesagt?«

»Nein.«

»Na, dann werde ich es dir mal zeigen. Ich muss sowieso die anderen wecken. Die werden sich freuen, dass ihr endlich da seid. Komm mit!«

Peter zögerte. Sollte er nicht besser Dr. Svenson und Olin Bescheid sagen? Andererseits schien Albert ganz in Ordnung zu sein, sobald er seine Waffe weggesteckt hatte. Warum also nicht? Er folgte ihm durch das überwucherte Ruinenlabyrinth bis zu einem kleinen Platz, in dessen Mitte ein altarähnlicher Quader stand. Peter konnte sich an das Ding erinnern. Bei ihrem kurzen Rundgang am Abend hatte er es im Schein der Taschenlampe gesehen. Mystische Symbole und Gesichter waren in den Felsen gehauen. Die meisten waren halb verwittert. Klar zu erkennen war nur noch ein großes rundes Relief, auf dem sonderbare Zeichen angebracht waren.

»Und nun?«

»Du wirst staunen«, versprach Al. »Siehst du dieses Symbol dort? Ich nenne es den magischen Kreis. Und jetzt pass auf!« Er kniete sich hin und presste seine flache Hand auf die Scheibe. Der magische Kreis verschwand im Sockel. Etwas knirschte. Und plötzlich schob sich der Altar lautstark zur Seite und gab eine dunkle Öffnung frei.

»Wow! Das war also das Scharren, von dem ich wach geworden bin!«

»Das ist seit zweieinhalb Wochen der Eingang zu unserem neuen Zuhause«, verkündete Al stolz.

Neugierig trat Peter vor und warf einen Blick in das Loch im Boden. Es hatte etwa die Form und Größe einer Tür. Eine Steintreppe führte in die Tiefe und die Finsternis.

»Los, wir müssen uns beeilen.«

»Wir sollen da runter?«

»Sagte ich das nicht gerade? Der Altar wird durch eine ausgeklügelte Mechanik bewegt und schließt sich nach einer halben Minute wieder. Also: Runter mit dir!«

Nun bekam es Peter doch mit der Angst zu tun, aber für einen Rückzieher war es zu spät. Vorsichtig stieg er die ersten Stufen hinunter.

»Beeil dich!«

Er stieg hinab in die Dunkelheit. Kälte schlug ihm wie eine massive Wand entgegen. Al war dicht hinter ihm. Dann erklang erneut das unheimliche Knirschen von Stein auf Stein, der Kegel aus Tageslicht wurde kleiner und mit einem dumpfen Knall schloss sich die Geheimtür über ihnen.

Kolonia war schnell erkundet. Mikronesiens Hauptstadt bestand aus kaum mehr als ein paar Läden und kleinen Pensionen, deren Besitzer Justus und Bob alle paar Meter auf der Straße ansprachen, ob sie noch ein Zimmer suchten. Anfangs hatten sie alle Angebote kategorisch abgelehnt. Doch schließlich sagte Bob: »Vielleicht sollten wir doch ein Zimmer nehmen, Just. Ich könnte im Stehen einschlafen.«

»Und was ist mit Peter?«

»Es bringt Peter gar nichts, wenn wir völlig übermüdet auf Makatao eintreffen. Laut der Karte, die uns Rachel Hadden mitgegeben hat, sind es noch einige Stunden Bootsfahrt, bis wir die Insel erreichen. Ich garantiere dir, dass ich bis dahin weggeknackt bin.«

Justus rang einen Moment mit sich. »Also schön. Du hast recht. Schlafen wir ein paar Stunden. Aber ich will noch heute aufbrechen!«

Sie blieben einfach mitten auf der Straße stehen und warteten. Angesichts ihrer Reisetaschen konnte es nicht allzu lange dauern, bis sie das nächste Mal angesprochen wurden.

Ein Junge kam vorbei, barfuß und mit nicht mehr bekleidet als einem bunten Tuch, das er sich um die Hüfte geschlungen hatte. Im Schlepptau hatte er ein halbes Dutzend Schweine, die ihm brav folgten. Sie hatten schon mehrere Schweine auf der Straße gesehen. Sie schienen die üblichen Haustiere auf Ponape zu sein. Er grinste sie fröhlich an, rief »Kaselehlia!« und kam auf sie zu. »Sucht ihr ein Bett?« Justus nickte, was den Jungen noch breiter grinsen ließ. »Kommt mit!«

Fünf Minuten später standen sie vor vier runden Hütten. Davor hockte ein Mann auf einem Stuhl. Er trug einen seltsamen grünen Kranz aus Blättern auf dem Kopf. Vor ihm war eine Decke ausgebreitet, auf der Kokosnüsse lagen. Kokosnüsse, in die kunstvoll fremdartige Gesichter geschnitzt waren. Er bearbeitete gerade eine weitere Nuss mit einem Messer, als er die zwei Detektive bemerkte. »Ahnenbilder«, sagte er stolz. »Wollt ihr welche kaufen? Sie bringen Glück!«

»Nein, danke. Wir suchen einen Platz zum Schlafen.«

»Ah, umso besser!« Er sprang auf, warf seine Schnitzerei ins Gras und führte sie zu einer der kleinen Hütten. »Wie lange?«

»Nur für heute.«

Der Mann wirkte enttäuscht.

»Wir wollen heute Abend gleich weiter. Können Sie uns vielleicht sagen, wo wir ein Boot mieten können?«

Schon grinste er wieder. »Aber natürlich! Bei meinem Bruder, er hat ein paar Boote unten am Strand. Braucht ihr einen Führer? Er kann euch überallhin fahren.«

Justus und Bob sahen einander an, dann entschied Justus, einen Versuch zu wagen: »Gern. Wir wollen nach Makatao.«

Ihr Gegenüber wich unwillkürlich einen halben Schritt zurück. Dann lächelte der Mann wieder, allerdings viel zaghafter. »Ihr könnt nicht nach Makatao.«

»Warum nicht?«

»Makatao ist eine heilige Insel. Sie ist verboten. Niemand darf dorthin.«

»Und warum nicht?«

»Weil dort unsere Ahnen ruhen. Niemand darf ihre Ruhe stören.«

»Wir haben nicht vor, ihre Ruhe zu stören.«

Der Mann lächelte. »Niemand fährt dorthin. Es ist verboten.« Es war offensichtlich, dass er kein Interesse an einer Diskussion hatte.

»Wirklich niemand?«

Er schüttelte den Kopf. »Es ist Gesetz. Die Insel bleibt unbesiedelt. Betreten verboten.«

Justus zuckte scheinbar gleichgültig die Schultern. »Na schön. Dann suchen wir uns eben ein anderes Ziel aus.«

Doch der Mann ließ sich nicht täuschen. »Kommt nicht auf die Idee, ein Boot zu mieten und ohne Führer nach Makatao zu fahren. Es ist verboten, verstanden? Außerdem würdet ihr euch ohne Führer hoffnungslos verirren. Die Insel ist nicht leicht zu finden. Ihr seid Amerikaner. Landbewohner. Anders als wir.« Er lächelte stolz, doch nun lag eine Spur weniger Wärme und Freundlichkeit in seinem Lächeln.

»Da hat er dich wohl gleich durchschaut«, murmelte Bob, als sie ihre Taschen in die Hütte schleppten.

»Das kannst du laut sagen.«

»Ich sehe nichts mehr!« Das war eine überflüssige Bemerkung. Aber Peter traute sich keinen Schritt weiter.

»Geh einfach bis ans Ende der Treppe«, riet Al. »Auf der letzten Stufe liegt eine Taschenlampe.«

Vorsichtig tastete er sich weiter. Jeden Moment rechnete er damit, dass der nächste Schritt ins Leere führte. Dass die Stufen einen geheimen Mechanismus auslösten und giftige Pfeile aus der Wand schossen. Dass ein gigantischer Felsbrocken auf ihn zurollte. Wie bei Indiana Jones. Aber dann war er am Ende der Treppe, tastete den Boden ab und fand die Lampe. Er machte Licht. Es war tatsächlich wie bei Indiana Jones. Er befand sich in einem langen, schmalen Gang, der direkt ins Vulkangestein geschlagen worden war. Die Decke war direkt über seinem Kopf, die Wände so dicht beieinander, dass keine zwei Menschen nebeneinander durch den Tunnel gepasst hätten. Es war beklemmend und unheimlich.

Al quetschte sich neben ihm vorbei zu einer seltsamen Konstruktion, die aus der Wand ragte. Zwei steinerne Krüge waren an ebenfalls steinernen Hebeln, die in der Mauer verschwanden, befestigt. Einer von ihnen war voller Sand, der andere leer. Al hob den vollen Krug aus der Verankerung und kippte seinen Inhalt in den leeren Behälter.

»Was tust du da? Was ist das?«

»Der Öffnungsmechanismus. Der Altar bewegt sich durch eine ausgeklügelte Mechanik, die in der Wand verborgen ist. Irgendwie funktioniert das mit Gewichten, ganz geschnallt habe ich es auch nicht. Jedenfalls kann man die Tür einige Male öffnen und schließen. Dazu wird der Sand von einem Behälter in den anderen gekippt. Danach lässt sich die Falltür mit dem magischen Kreis nicht mehr öffnen, es sei denn, die Gewichtsverhältnisse werden wieder geändert.«

Peter war nicht sicher, ob er alles verstanden hatte, aber er nickte vorsichtshalber. »Und jetzt?«

»Besuchen wir Anne und Professor Phoenix. Kennst du die beiden?«

»Nein.«

Für einen Moment kehrte Als Stirnrunzeln zurück. »Du weißt nicht besonders viel über die Mission, hab ich recht?«

»Wir alle nicht«, wich Peter aus. »Hadden hat niemandem etwas erzählt.«

Al zuckte mit den Schultern. »Erschrick nicht wegen Professor Phoenix. Er ist sehr nett, sieht aber etwas gruselig aus.«

Der Zweite Detektiv überlegte noch, was Al damit meinte, da nahm der ihm schon die Taschenlampe aus der Hand und ging voraus. Peter beeilte sich hinterherzukommen. Der Tunnel führte ein kurzes Stück geradeaus, dann weitete er sich zu einem großen, runden Raum mit etwa zehn Metern Durchmesser. Auf dem Boden flackerte einsam eine Kerze. Die Decke wölbte sich über ihnen und wurde in der Mitte von einer mit unheimlich grinsenden Gesichtern behauenen Steinsäule getragen. Ein weiterer Gang führte aus dem Raum hinaus. Im Schein der kleinen Flamme erkannte Peter zwei zusammengerollte Gestalten, die sich langsam aus ihren Schlafsäcken herauswühlten. Eine junge Frau hob verschlafen den Kopf, sah Al, sah Peter – und zuckte zusammen.

»Keine Panik, Anne. Bloß Besuch. Das ist Skinny. Einer von Schwartz' Leuten. Sie sind endlich angekommen.«

Anne schien ihm gar nicht zuzuhören. »Professor!«, rief sie. »Wachen Sie auf!«

Die Bewegung war so schnell, dass Peter sie kaum mitbekam. Urplötzlich schoss etwas aus dem Schlafsackknäuel hervor und stürzte sich auf ihn. Eine Sekunde später war Peter an die Wand gepresst, ein Unterarm drückte gegen seine Kehle und eine grauenhafte Fratze funkelte ihn wütend an.

Peter schrie auf. Nicht nur wegen des gewaltigen Schrecks, den er bekommen hatte. Nicht nur wegen des schmerzenden Drucks an seinem Hals. Sondern vor allem wegen des abscheulichen Gesichts, das zehn Zentimeter vor seinem schwebte und ihn anstarrte.

Der Mann war vielleicht vierzig Jahre alt. So genau konnte Peter das nicht schätzen, denn sein Gesicht war entstellt. Eine dicke Narbe verlief vom linken Mundwinkel über die Wange, durchzog das Auge und verschwand über der Stirn in den Haaren, wo sie sich als schlohweiße Strähne im ansonsten nur leicht ergrauten Haar fortsetzte. Das linke Auge war blind und grau und durch die Vernarbung seltsam verzerrt. Der Mundwinkel war wie die Lefze einer Raubkatze hochgezogen. Es sah aus, als fletschte der Mann auf einer Seite seines Gesichts die Zähne. Peter musste unwillkürlich an einen Tiger denken. Es gelang ihm nicht, seinen Blick von der entstellten Gesichtshälfte abzuwenden.

Jemand rief etwas. Der Zweite Detektiv brauchte einen Moment, um durch seine Angst hindurch die Worte zu verstehen. Es war Al: »Professor! Nur die Ruhe! Er ist ein Freund! Er gehört zu Sphinx!«

»Ich kenne ihn nicht!«, knurrte Professor Phoenix. »Und ich kenne fast alle bei Sphinx. Wer ist er?«

»S... Skinner Norris«, sagte Peter. »Ich gehöre nicht richtig zu Sphinx. Mr Hadden hat mich auf die Reise mitgeschickt.«

»Warum?«

Da war sie wieder. Die Frage, die nicht gestellt werden durfte. Die Frage, die Peter schneller an den Rand des Abgrunds brachte als alles andere.

»Lassen Sie ihn doch erst mal los, Professor Phoenix«, kam Al ihm zu Hilfe.

Langsam ließ der Druck auf Peters Kehle nach. »Wo sind die anderen?«

»Oben. Sie schlafen noch.«

Al erzählte dem Professor schnell den Rest der Geschichte. Langsam beruhigte sich Phoenix und trat einen Schritt zurück. Erst jetzt war es Peter möglich, den Mann genau zu betrachten und nicht nur auf seine schreckliche Narbe zu starren. Er war groß und kräftig und hatte sonnengegerbte Haut. Seine rechte Gesichtshälfte sah völlig normal aus. Tatsächlich umspielte jetzt sogar ein Lächeln seinen Mund, das durch die Verzerrung auf der linken Seite jedoch wieder zunichtegemacht wurde. Er kehrte zu seinem Schlafplatz zurück, hob etwas vom Boden auf und streifte es sich über das Gesicht: eine schwarze Augenklappe. Jetzt sah er aus wie ein Pirat, doch das war Peter tausendmal lieber als das Phantom der Oper. »Tut mir leid, dass ich dich erschreckt habe. Aber ich bin ein sehr vorsichtiger Mensch. Professor Phoenix.« Er reichte Peter die Hand. Als der

Zweite Detektiv sie ergriff, merkte er, dass er noch zitterte. »Und das ist Anne Fox, meine Assistentin. Es ist ihre erste Mission.«

Die zierliche Frau, die sich die ganze Zeit im Hintergrund gehalten hatte, nickte Peter zu. Sie sagte nichts, beobachtete Peter aber mit einer unbestimmten Mischung aus Angst und Misstrauen weiter.

Peter hatte das Gefühl, etwas sagen zu müssen, bevor der Professor wieder unangenehme Fragen stellte. Er ließ seinen Blick durch den Raum gleiten. »Das ist also Ihre Entdeckung.«

Phoenix lächelte sein unheimliches Lächeln. »Das hier ist eine Gebetskammer. Hier wurden die Toten zum letzten Mal geehrt. Man betete zu den Ahnen, dass sie die Verstorbenen bei sich aufnehmen. Danach wurden die Leichname zu ihrer letzten Ruhestätte gebracht.« Er wies zu dem Gang, der aus dem Gewölbe hinausführte. »Zumindest vermuten wir das. Diese Grabanlage ist einzigartig auf der ganzen Welt. Die mikronesischen Ureinwohner haben ihre Toten von allen umliegenden Inseln hierhergebracht, um sie den Ahnen zu übergeben.«

»Beeindruckend.«

Phoenix nickte. »Ja. Aber schließlich wussten wir, was uns erwartet. Es waren ja schon vor uns Archäologen hier. Bis die Föderierten Staaten von Mikronesien die Insel zum Heiligtum erklärten und jedem den Zutritt untersagten. Was du hier siehst, ist nicht die eigentliche Entdeckung.«

Peter runzelte die Stirn. »Nicht?«

»Hadden hat ihnen nichts erzählt«, mischte Al sich in das Gespräch. »Skinny sagt, sie wissen alle nicht, warum sie überhaupt hier sind.«

»Ist das wahr?«

»Mir hat Hadden kein einziges Wort verraten«, antwortete Peter wahrheitsgemäß und hoffte, dass Phoenix nicht nachhakte.

»Aber die Ausrüstung habt ihr doch hoffentlich mitgebracht?«

»Ich . . . ich denke schon.«

Das schien ihm zu reichen. Professor Phoenix rieb sich die Hände. »Also schön. Dann schlage ich vor, dass wir nun unsere Gäste begrüßen, uns bei einem gemeinsamen Frühstück stärken und dann an die Arbeit gehen. Die gesamte Ausrüstung muss hier hochgeschleppt werden. Das wird ein harter Tag.«

Der Professor machte sich auf den Weg nach draußen. Al und Anne folgten ihm, und es hatte nicht den Anschein, als würde irgendjemand sich dazu herablassen, Peter den Rest der Grabanlage zu zeigen. Doch der Zweite Detektiv konnte sich die Frage nicht verkneifen: »Was ist denn nun Ihre Entdeckung?«

Phoenix drehte sich lachend um. »Das wirst du schon noch sehen. Später.«

Bobs Schuhe quietschten bei jedem Schritt. Sein T-Shirt und seine Hose waren durchnässt. Und er vermied es, sich die über die Schulter gehängten Reisetaschen näher anzusehen. Vermutlich war ihr Inhalt vollständig ruiniert. Er blickte nach oben. Die Wolken waren förmlich an den Berggipfeln der Insel aufgespießt und schienen nicht die geringste Lust zu haben, sich vom Wind weitertragen zu lassen. Und das alles nur, weil Justus den Fehler gemacht hatte, Makatao zu erwähnen. »Ich kann es nicht glauben!

Wir haben nur fünf Stunden geschlafen! Wie kann uns innerhalb dieser kurzen Zeit unser schlechter Ruf vorauseilen?«

»Kolonia ist ein Kaff«, bemerkte Justus treffend. »Wahrscheinlich ist der Bruder unseres Vermieters der beste Freund des Bürgermeisters, der Schwager des Polizeichefs und der angeheiratete Cousin des Priesters. Und schon weiß die ganze Stadt, dass man den beiden jungen Touristen mit dem kalifornischen Akzent, die heute Morgen gelandet sind, kein Boot vermieten darf. Weil sie nämlich vorhaben, das Heiligste aller Heiligtümer, die sagenumwobene Insel Makatao, zu entweihen.«

»Das hast du schön zusammengefasst, Justus«, sagte Bob, ohne stehen zu bleiben. Sie trotteten eine Küstenstraße entlang Richtung Osten. Nachdem sie den halben Nachmittag lang versucht hatten, in Kolonia ein Boot zu mieten, und von jedem einzelnen Vermieter freundlich lächelnd abgewiesen worden waren, hatten sie die Stadt verlassen, um ihr Glück im nächsten Ort zu versuchen. Ponape war wunderschön. Aber Bob fehlte im Moment der Blick für die faszinierende Natur um ihn herum. Er sah nicht die steil aus dem Meer aufragenden Felsen, er sah nicht den Dschungel, er sah nicht den Schwarm knallbunter Papageien, der in der dicht bewachsenen Krone eines Baumes am Straßenrand saß. Bob sah nur Wolken und Regen und seine nassen Schuhe, die auf dem Asphalt quietschten.

Natürlich fuhr kein einziges Auto vorbei, das sie hätte mitnehmen können. Wer sollte auf dieser Insel auch irgendwohin fahren wollen? Warum sollten sie ausnahmsweise einmal Glück haben?

Wenigstens war der Regen nicht kalt wie der in Kalifornien, sondern angenehm warm. Es war fast so, als würde man unter der Dusche stehen. Und so trottete Bob weiter, den Blick starr auf die nasse Straße gerichtet, durch eine endlose grüne Dusche.

Der Schweiß rann in Bächen von Peters Stirn. Die Luft war so feucht, dass er das Gefühl hatte, Wasser zu atmen. Es hatte gerade geregnet. Jetzt stieg die Feuchtigkeit in grauen Schwaden vom Boden auf und hüllte den Urwald in gespenstische Nebel. Das Seil, das er fest umklammerte, schnitt ihm in die Handfläche. Aber wenn er jetzt losließ, würde Anne, die hinter ihm war, von der Kiste erschlagen werden.

Schon seit Stunden transportierten sie die Ladung der ›Explorer‹ zur Grabstätte hinauf. Peter hatte noch immer keine Ahnung, was sich in den Holzkisten befand. Aber inzwischen wusste er, dass sie ungeheuer schwer waren. Und dass es sechs Leute und eine halbe Ewigkeit brauchte, um sie zum Gipfel des Berges zu schleppen.

Dreimal waren sie schon den Vulkan hinab- und wieder hinaufgestiegen. Die Natur machte ihnen den Weg immer wieder schwer. Mehr als einmal stolperte jemand über eine Wurzel, verfing sich in einer Liane oder rutschte auf den nassen Steinstufen aus und verlor die Fracht, die er auf dem Rücken schleppte. Doch wie durch ein Wunder blieb alles heil. Dies war endgültig die letzte Fuhre. Die ›Explorer‹ war ausgeladen. Peter freute sich schon auf das Essen, das Dr. Svenson vorbereiten wollte, während sie die letzte Tour machten. Was es gab, war ihm ganz egal – er hatte einfach nur Hunger.

Nach einer Ewigkeit wichen die Bäume endlich zurück

und sie schleppten die Kisten das letzte Stück in den Krater hinunter, der inzwischen noch bizarrer aussah als zuvor: Zwischen den Ruinen standen nun überall Kisten, Truhen und Taschen herum. Und in all diesem Chaos hockte Maria Svenson über einem Gaskocher und schüttete Dosengemüse in einen riesigen, brodelnden Tropf. Es war eine verrückte Mischung aus einer mystischen Kultstätte, einer Lagerhalle und einem Campingplatz.

Fünf Minuten später war das Essen fertig. Alle stürzten sich gierig darauf, ließen sich mit ihrem Teller am nächstbesten Ort nieder und aßen schweigend. Während Peter seine Suppe löffelte, beobachtete er die Leute um ihn herum. Es war erstaunlich, wie schnell sich die Konstellationen geändert hatten, nachdem sich die beiden Gruppen begegnet waren. Als die erste Freude darüber, dass es allen gut ging, verflogen war, kristallisierte sich eines sehr schnell heraus: Professor Phoenix war der neue Anführer. Alle respektierten ihn, und das nicht nur wegen seines Furcht einflößenden Äußeren. Mr Schwartz ordnete sich ihm bereitwillig unter, Juan schien plötzlich sehr viel zahmer und Albert und Anne waren ihm sowieso treu ergeben. Nur Maria Svenson ließ sich von der Autorität, die Professor Phoenix ausstrahlte, nicht aus der Ruhe bringen.

Al setzte sich neben ihn. »Dieser Typ ist ja ein seltsamer Kauz«, sagte er und nickte zu Olin hinüber, der weit genug weg saß, um sie nicht zu hören. »Wie heißt er doch gleich?«

»Olin.«

»Genau. Faselt die ganze Zeit was vom Fluch der Insel und dass wir so schnell wie möglich verschwinden sollten. Gerade hat er sich schon mit Professor Phoenix deswegen angelegt. Warum ist der überhaupt mitgekommen? Was für einen Job hat er bei der Expedition?«

Peter zuckte die Schultern. »Ich weiß nicht.«

»Du weißt es nicht? Was weißt du überhaupt, Skinny? Hast du von irgendwas eine Ahnung?«

Peter verschluckte sich fast an der Suppe. Er konnte den Hustenreiz gerade noch unterdrücken. So ruhig wie möglich aß er weiter und ignorierte Als Bemerkung einfach. »Und was ist mit dem Fluch?«

»Phoenix hat Olin natürlich ausgelacht. Er ist ein sehr bodenständiger Mensch und nicht so ein Spinner.«

Peter hielt Olin zwar nicht für einen Spinner, ließ sich jedoch nichts anmerken. »Das heißt also, ihr habt keine Geister gesehen oder so was?« Es hatte wie ein Scherz klingen sollen.

»Na ja ... unheimlich ist es hier schon. Besonders weil wir unten schlafen, um den Mücken und dem Regen zu entgehen. Wir schlafen praktisch mitten in einem Grab. Manchmal gruselt es mich richtig. Aber wirklich passiert ist bisher nichts.«

Peter wollte etwas erwidern, doch in diesem Moment stand Professor Phoenix auf und erhob die Stimme: »Da Sie nun endlich angekommen sind, wir die ›Explorer‹ ausgeladen haben und hoffentlich alle satt geworden sind, ist wohl nun der Moment gekommen, Ihnen zu zeigen, warum Sie eigentlich hier sind.« Ein Raunen ging durch die kleine Gruppe. »Kommen Sie bitte mit!«

Das ließ sich niemand zweimal sagen. Die Schlafkammer hatten sie alle schon gesehen, daher war niemand mehr überrascht, als Professor Phoenix den magischen Kreis betätigte und der Altar zur Seite schwang. Er stieg die Treppe hinunter, dicht gefolgt von Mr Schwartz, Dr. Svenson, Olin, Juan und Peter.

»Vor vier Wochen erteilte uns Mr Hadden den Auftrag, nach Makatao zu fahren, die Grabstätte zu erkunden und ihm einige Mitbringsel zu besorgen«, sagte Phoenix auf dem Weg durch den Gang. »Doch als wir hier ankamen und schließlich den Eingang zu diesem Gewölbe entdeckten, fanden wir weit mehr, als wir erwartet hatten. Wir schickten sofort einen Funkspruch los und erzählten Hadden von unserer Entdeckung. Er antwortete, dass er so bald wie möglich Verstärkung in Form der benötigten Ausrüstung und einiger Fachleute schicken würde.« Sie durchquerten den runden Raum und betraten den zweiten Gang. Er war genauso schmal und niedrig wie der, den Peter schon kannte. Die einzige Lichtquelle war Professor Phoenix' Taschenlampe. »Ich nehme an, Mr Hadden hat Ihnen keine Details verraten, um die Sache geheim zu halten. Um ehrlich zu sein: Auch wir sind uns nicht ganz sicher, was wir da eigentlich entdeckt haben. Aber gemeinsam werden wir das Rätsel schon lösen.«

Der Gang machte einen Knick und weitete sich zu einem kleinen Raum, in dem sie alle Platz fanden. Die Wände waren mit unheimlichen Figuren bemalt, ähnlich denen, die in die Steinsäule im Gebetsraum gehauen waren. Doch Peter beachtete sie kaum. Sein Blick war starr auf das gerichtet, was sich in der gegenüberliegenden Wand befand. Etwas, womit er nicht in seinen kühnsten Träumen gerechnet hätte.

Vor ihm lag das wahre Geheimnis von Makatao.

Meuterei auf hoher See

»Irre!«, rief Bob. »Einfach irre!« Der warme Wind blies ihm mit vierzig Meilen pro Stunde ins Gesicht. Zumindest war das die Geschwindigkeit, die der Tacho des Motorbootes anzeigte. Bob stand am Steuer und blickte sich um. Justus sah mit seinen dunklen Locken und seiner Sonnenbrille aus wie ein italienischer Playboy. Doch das lag weniger an der Optik des Ersten Detektivs als vor allem am Boot selbst. Denn es war nicht einfach irgendein Motorboot. Es war *das* Motorboot. Ein unglaublicher Schlitten aus Japan, der angeblich achtzig Meilen pro Stunde schaffte. Justus und Bob wollten ihren Augen nicht trauen, als sie das Boot zwischen einem halben Dutzend heruntergekommener Nussschalen im Hafen des Nachbardorfes liegen sahen. Es stellte sich heraus, dass ein reicher japanischer Geschäftsmann es gekauft hatte, der einmal im Jahr hier Urlaub machte. Den Rest der Zeit ließ er es vom hiesigen Bootsverleiher bewachen und an Touristen verleihen. Bisher habe das Ding allerdings noch niemand haben wollen, hatte der Mann beklagt, da die Leihgebühr viel zu hoch war.

Aber Bob und Justus hatten Geld. Die Summe, die sie in Rachel Haddens Umschlag gefunden hatten, war beachtlich. Es war verrückt – so viel Geld hatten sie noch nie in ihrem Leben zur freien Verfügung gehabt. Es hätte ein klasse Urlaub werden können. Leider waren sie nicht zum Vergnügen hier. Sie waren auf einer Rettungsmission, bei der es vielleicht auch auf Tempo ankam. Daher hatte Justus ohne mit der Wimper zu zucken ein Bündel Geldscheine hingeblättert und das Boot für zwei Tage gemietet. Der Verleiher hatte jedes Interesse an ihrem Reiseziel verloren, als Justus ihm die Banknoten unter die Nase hielt.

»Sei vorsichtig, da vorn ist eine Boje!«

»Schon gesehen!« Der Dritte Detektiv riss das Steuer herum. Das Boot legte sich gefährlich zur Seite, ließ das Wasser meterweit spritzen und umrundete die Boje. Das Meer um Ponape herum war voller Inselchen, aus dem Wasser ragender Felsen und gefährlicher Untiefen, die durch grellrote Bojen gekennzeichnet waren. Es war wie eine Slalomfahrt, bei der Bob höllisch aufpassen musste, aber der Geschwindigkeitsrausch fegte jedes Gefühl von Angst beiseite. Ein flaches Kanu kam in Sicht, nicht mehr als ein ausgehöhlter Baumstamm, in dem zehn Mikronesier saßen und mit der Präzision eines Uhrwerks ihre Ruder kraftvoll in die Wellen stießen und so ein beachtliches Tempo vorlegten. Aber das Motorboot war schneller. Als Justus sie überholte, hörte er den fremdartigen, rhythmischen Gesang, mit dem die Ruderer ihre Bewegungen im Takt und sich selbst bei Laune hielten. »Kaselehlia!«, rief Bob ausgelassen und jagte an dem Kanu vorüber. »Mann, ist das geil!«

Justus blickte immer wieder auf die Karte und den Kompass, die beiden einzigen Orientierungshilfen, die sie hatten, um Makatao zu finden. Zu gerne hätte er sich von Bobs Begeisterung mitreißen lassen, doch dann wären sie innerhalb weniger Minuten in dem Gewirr aus kleinen Inseln verloren gewesen. »Siehst du den flachen Felsen an Steuerbord?«

»Äh . . . ist das links oder rechts?«

»Rechts. Du musst rechts daran vorbei. Wenn dann dahinter noch eine Insel auftaucht, sind wir richtig.«

Sie waren richtig. Und eine Viertelstunde später hatten sie das Labyrinth aus Inseln, Felsen und Bojen endlich passiert. Bob drehte sich um. Ponape lag hinter ihnen. Ein grünes Paradies, an dessen höchsten Bergen die regenschweren Wolken klebten. Aber über ihnen strahlte blauer Himmel. Bob zog seine Sonnenbrille von der Stirn herunter und blickte nach vorn: der endlose Ozean.

»Kurs Ostnordost. Noch mehr als hundert Meilen, dann dürfte Makatao langsam in Sicht kommen. Und jetzt lass mich endlich mal ans Steuer!« Justus drängelte nach vorn und schob Bob beiseite.

»He! Ich bin der Käpt'n!«

»Nichts da, jetzt will ich auch meinen Spaß! Hier, du kannst ja so lange auf die Karte gucken.«

»Meuterei!«, rief Bob. »Meuterei auf der ... wie heißt dieses Boot eigentlich?«

»Keine Ahnung.«

»Was für ein blöder Name. Meuterei auf der ›Keine Ahnung‹! Meuterei auf hoher See!«

»Pass auf, dass der Meuterer dich nicht gleich über Bord wirft! So, und jetzt wollen wir mal ein bisschen Tempo machen. Deine Schleicherei macht mich ganz krank.« Justus drückte den Beschleunigungshebel leicht nach vorn. Aus den vierzig Meilen wurden fünfundvierzig, dann fünfzig. Der Bug hob sich bedenklich weit aus dem Wasser heraus. »Wow. Aber das kann noch nicht alles sein, oder?« Er gab noch mehr Gas.

Bob geriet ins Stolpern und fiel in einen der festgeschraubten Stühle an Deck, während Justus sich halb wahnsinnig vor Angst und Euphorie am Steuerrad festkrallte. »Waaaaaaaaaaaaaa!«

»Hey, Justus!«, rief Bob lachend über das Dröhnen des Motors hinweg. »Du musst cool bleiben, das ist das Wichtigste bei so einem Speedboatrennen! Also kein Geschrei, klar?« Das Boot schoss über einen Wellenberg wie über eine Rampe und flog ein Stück durch die Luft. »Waaaaaaaaaaa!«

Als Justus sich umdrehte, flogen ihm die Haare ins Gesicht, aber das war egal. Er musste nichts sehen. Vor ihm lag der offene Pazifik. Nichts und niemand würde ihnen in die Quere kommen. Sie konnten einfach immer weiter übers Wasser jagen. »Wir haben unsere Reisegeschwindigkeit von siebzig Meilen pro Stunde erreicht! Sie können nun die Anschnallgurte lösen und sich für den Rest der Fahrt entspannen! Waaaaaaaaaaa!«

Eine Tür. Peter starrte auf eine Tür. Aber es war keine mit mikronesischen Symbolen verzierte Steinplatte. Kein Geflecht aus Holz oder Lianen. Es war eine weiße Stahltür. Ohne Rost, ohne den kleinsten Kratzer.

Mr Schwartz war der Erste, der die Sprache wiederfand: »Was ... was ist das? Haben Sie die eingesetzt, Professor?«

»Nein, Mr Schwartz. Sie war bereits hier. Und wir waren ebenso sprachlos wie Sie. Eine moderne Tür aus Stahl ist nicht gerade das, was man in einer mikronesischen Grabanlage erwartet. Sie war verschlossen. Wir haben einen ganzen Tag gebraucht, um das komplizierte Schloss zu knacken. Dann wurde uns klar, dass diese Tür erst der Anfang war.« Professor Phoenix trat darauf zu und drückte die Klinke herunter. Die Tür schwang nach außen auf. Dahinter lag Dunkelheit. »Kommen Sie!«

Peter hatte einen weiteren Tunnel erwartet, doch es war nur ein kurzer Durchgang. Und plötzlich berührten seine Füße keinen Steinboden mehr, sondern ein metallenes Gitter. Er konnte fast nichts sehen, da Phoenix seine Taschenlampe auf den Boden gerichtet hatte. Aber er stand anscheinend auf einer Art Plattform, die von einem Stahlgeländer umgeben war. Und dem Hall ihrer Schritte und flüsternden Stimmen nach zu urteilen, ging es hinter diesem Geländer noch weiter. Viel weiter. Er konnte die Größe des Raumes förmlich spüren.

Ein Licht flackerte auf. Phoenix hielt ein Streichholz an eine Fackel, die an der Wand befestigt war. Sekunden später loderte eine helle Flamme auf. Ein Raunen ging durch die kleine Menge.

Es war tatsächlich eine Plattform. Und sie befand sich etwa vier Meter über dem Boden. Eine frei schwebende Treppe aus Stahl führte hinunter in einen riesigen Saal. Er war vielleicht zwanzig bis dreißig Meter lang – bei dem schwachen Licht war das schwer zu schätzen –, annähernd quadratisch und gut sechs Meter hoch. Die Wände sahen so aus wie in der restlichen Anlage. Doch da endeten die Gemeinsamkeiten bereits. Überall im Saal standen weiße Tische mit Computern herum. Bildschirme, Tastaturen und Drucker. Neonlampen hingen von der hohen Decke, doch sie blieben dunkel. Die Stühle waren ordentlich an die Schreibtische gerückt. Es sah nicht so aus, als hätte hier in der letzten Zeit jemand gearbeitet. Doch Peter hätte es nicht gewundert, wenn gleich ein schmächtiger Mann im weißen Kittel, mit wirrem Haar und einer dicken Brille aufgetaucht wäre und etwas von der Neukalibrierung der Kondensatorenmatrix gefaselt hätte.

»Was zum Teufel ist das?«, rief Dr. Svenson.

Peter wusste, was es war. Er hatte es in unzähligen Filmen gesehen. Das hier war nicht Indiana Jones, sondern James Bond: eine Kommandozentrale. Oder ein Labor. Hier wurde irgendetwas untersucht, überwacht oder getestet. Etwas streng Geheimes. Hier arbeiteten Leute, die den ganzen Tag über verwirrenden Computerdaten grübelten, Befehle gaben oder ausführten und absolutes Stillschweigen bewahren mussten. Oder besser gesagt: Hier hatten sie gearbeitet. Denn ganz offensichtlich war diese Anlage verlassen worden.

»Was ist das?«, wiederholte Svenson.

»Wir wissen es nicht. Nicht genau. Fest steht nur, dass dieses Was-immer-es-ist von uns gebaut wurde. Von den Amerikanern. Zumindest stehen überall nur amerikanische Computer herum. Und auf einem Schreibtisch ganz hinten im Raum steht eine kleine amerikanische Flagge.«

Der CIA! Fast hätte Peter seinen Gedanken laut ausgesprochen, doch er biss sich im letzten Moment auf die Lippen. Das war also der Grund, warum der CIA Jelena und Morton beschattet hatte. Sie waren einem Geheimnis zu nahe gekommen, das etwas mit der Regierung zu tun hatte. Diesem hier.

»Was haben Sie sonst noch herausgefunden?«, fragte Olin aufgeregt.

»Nicht viel. Sämtliche Papiere und Aufzeichnungen, falls es sie je gegeben hat, sind verschwunden. Es gibt keinen einzigen persönlichen Gegenstand, nichts, was darauf hindeutet, wer hier mal gearbeitet hat. Oder woran. Es gibt zwei Türen. Die eine lässt sich nicht öffnen. Die andere führt zu ein paar einfachen Quartieren. Aber auch dort fanden wir keine Hinweise. Obwohl in den Quartieren Betten stehen, haben wir es vorgezogen, oben zu schlafen. Denn wer immer einmal hier war, kommt vielleicht zurück. Wir wollten im Notfall so schnell wie möglich verschwinden können. Fest steht nur, dass das alles hier maximal drei oder vier Jahre alt ist.«

»Woher wissen Sie das?«, fragte Juan.

»Die Computermodelle sind relativ neu.«

Einen Moment lang redeten alle wild durcheinander. Auch Peters Gedanken überschlugen sich. Wer hatte das hier gebaut? Und wann? Und warum? Und warum war die Anlage nun verlassen? Was war hier geschehen?

»Können wir uns das alles mal ansehen?«, fragte Juan.

»Bitte sehr! Aber stolpern Sie nicht. Diese Fackel ist leider die einzige Lichtquelle, die wir haben.«

Mr Schwartz war der Erste, der die schmale Treppe hinunterstieg. Juan und Peter folgten, danach kam der Rest.

Es war ein unheimliches Gefühl, durch die Kommandozentrale zu streifen. Dieser Raum war ohne Zweifel Hunderte von Jahren alt und Teil einer heiligen Grabstätte eines vergessenen Volkes. Aber all die Computertische bildeten einen so extremen Kontrast, dass Peter ständig das Gefühl hatte, durch zwei völlig verschiedene Welten gleichzeitig zu wandern. Überall auf dem Boden lagen Kabel, in denen sich Peter mehr als einmal verhedderte. Er strich über eine weiße Tischplatte. Er pustete ein bisschen Staub von einem Monitor. Alles echt.

»Gruselig, was?« Al war neben ihm aufgetaucht.

»Das kannst du laut sagen.«

»Komm mit, ich zeig dir was!« Al zog ihn am Arm in den

hinteren Teil des Saales, wohin fast kein Licht fiel. In die massive Felswand war eine schwere Tür eingelassen. Aber sie war völlig anders als der Eingang zu diesem Komplex am oberen Ende der Treppe. Diese Tür sah eher aus, als käme sie direkt vom Raumschiff Enterprise. Rechts war eine kleine Schalttafel in die Wand eingebaut, in die man vermutlich den Zugangscode eingeben konnte. Doch kein einziges Lämpchen blinkte. Hier war alles tot. »Ich möchte zu gern wissen, was dahinter ist.«

Peter nickte gedankenverloren und schlenderte weiter. Dieser Ort war völlig leer gefegt. Wie eine Wohnung, die auf ihre neuen Mieter wartete. Wer immer hier gewesen war, sie hatten es nicht besonders eilig gehabt, diesen Ort zu verlassen.

Nach einigen Minuten trafen sie sich in der Mitte des Raumes und Professor Phoenix richtete erneut das Wort an sie: »Ich weiß, das alles ist etwas viel auf einmal. Lassen Sie mich trotzdem versuchen, Ihnen unseren Plan zu erklären, denn wir sollten so schnell wie möglich an die Arbeit gehen. Ich möchte nicht länger als nötig auf dieser Insel bleiben. Zuerst brauchen wir Strom. Sie haben einen leistungsstarken Generator mitgebracht, nehme ich an?«

Mr Schwartz nickte. Aha, dachte Peter. Es war also unter anderem ein Generator gewesen, den sie hier hochgeschleppt hatten.

»Gut. Sobald wir Strom haben, hoffen wir, das Licht und die Computer wieder in Gang zu kriegen. Der verschlossene Zugang ist eine elektronisch gesicherte Panzertür, die manuell nicht zu öffnen ist.«

Elektronisch gesicherte Panzertür! Er war wirklich in einem James-Bond-Film!

»Aber mithilfe der Computer und etwas Geschick dürften wir Zugang zu den Systemen erlangen und die Tür öffnen können. Das weitere Vorgehen hängt davon ab, was sich dahinter verbirgt. Wir müssen improvisieren. Aber Mr Hadden hat Sie alle nicht zufällig ausgewählt. Jeder von Ihnen hat bei dieser Mission eine Aufgabe. Und Ihnen ist wahrscheinlich gerade klar geworden, warum ausgerechnet Sie von allen Sphinx-Mitgliedern für diese Expedition ausgesucht wurden.«

Mr Schwartz nickte. »Ich habe die ganze Generatoranlage organisiert und bin vermutlich auch der Einzige, der sie installieren kann.«

»Ich bin ein Computerexperte«, fuhr Olin fort. »Tatsächlich war es mir bis gerade eben ein Rätsel, warum Hadden mich für eine Mission auf eine mikronesische Insel braucht, die seit Hunderten von Jahren keine menschliche Seele mehr gesehen hat. Aber so langsam wird es mir klar.«

»Verzeihung«, sagte Maria Svenson, hob die Hand und trat in die Mitte der Gruppe. »Ich bremse Sie alle nur ungern in Ihrer Euphorie, aber ich glaube, ich habe da einen entscheidenden Punkt noch nicht mitbekommen. Wir alle haben eine Aufgabe, schön und gut. Wahrscheinlich sind wir für diese Mission das perfekte Team, mag sein. Aber was ich noch immer nicht verstanden habe: *Warum* sind wir hier? Wo befinden wir uns? Was ist das für eine Anlage? Und vor allem: Was sollen wir tun? Was erwartet Hadden von uns?« Sie blickte herausfordernd in die Runde.

Peter spürte, wie ihm heiß wurde. Unerträglich heiß. Er wollte weg hier. Sofort.

Professor Phoenix lächelte sein gruseliges Lächeln. »Als wir diese Anlage entdeckten, nahm ich sofort Funkkontakt zu Mr Hadden auf. Ich sagte ihm, dass wir hier sehr wahrscheinlich keine mikronesischen Kunstschätze finden würden, weil schon vor uns jemand hier gewesen ist. Dafür wären wir aber auf etwas anderes gestoßen. Ich erzählte ihm alles, was wir zu diesem Zeitpunkt wussten. Er wollte die Situation überdenken. Wir blieben auf der ›Montana‹, um seine Antwort abzuwarten. Ein paar Tage später meldete Hadden sich über Funk und kündigte an, dass er so schnell wie möglich ein zweites Schiff mit Fachleuten und der nötigen Ausrüstung losschicken würde.«

»Fachleute!«, sagte Juan verächtlich. »Typisch Hadden.«

Der Professor lachte. Es hallte unheimlich in der Weite des Gewölbes. »Ich gebe zu, ich war überrascht, als ich heute erfuhr, dass Sie alle nicht die geringste Ahnung haben, warum Sie hier sind. Trotzdem ist Ihre Anwesenheit kein Zufall. Ich nehme an, Mr Hadden hat aus Sicherheitsgründen nur einem von Ihnen den wahren Grund für Ihre Reise verraten. Einer von Ihnen weiß, was das hier ist. Was genau wir hier tun sollen. Was Hadden von uns will. Und wann dieser Auftrag beendet ist.«

Langsam, ganz langsam wandten sich sämtliche Köpfe in Peters Richtung. Alle blickten ihn an. Peters Beine wurden weich. Das Blut stürzte ihm aus dem Kopf in die Füße. Ihm wurde schwindlig. Alles um ihn herum schien plötzlich in Zeitlupe abzulaufen.

Professor Phoenix lächelte.

Albert fixierte ihn voller Spannung.

Anne schien Angst vor dem zu haben, was er sagen würde.

Schwartz sah aus, als erwartete er einen Befehl von ihm.

Juan starrte ihn finster an.

Olin machte den Eindruck, als verfolgte er interessiert die Abendnachrichten.

Und auf Dr. Svensons Gesicht stahl sich ein hämisches Lächeln. »In Ordnung, Skinner. Ich würde sagen, deine große Stunde ist gekommen.«

Der unheimliche Drache

»Da!«, rief Bob. »Da vorn ist sie! Makatao!«

Justus warf einen prüfenden Blick auf die Karte und nickte. »Das muss sie sein. Ich hatte zwar errechnet, wir würden die Insel erst in einer halben Stunde erreichen, aber ich muss mich getäuscht haben. Oder der Tacho spinnt.«

»Meinst du, wir waren noch schneller als siebzig Meilen? Wow!« Bob drosselte die Geschwindigkeit. »Wie gehen wir eigentlich vor? Wenn wir jetzt auf die Insel zurasen, wird man uns sofort entdecken.«

Justus nickte. »Wir sollten bis Sonnenuntergang warten. Noch etwa eine Stunde. Dann können wir nur hoffen, dass uns niemand hört.« Er blickte zur Insel hinüber. Plötzlich stutzte er. »He, Bob! Was ist das da?«

»Was?«

»Diese zweite Insel da vorn!« Justus kramte ein Fernglas hervor und suchte den Horizont ab. »Ohne Zweifel: Direkt neben Makatao liegt noch eine Insel.«

Bob schüttelte den Kopf. »Nein. Jedenfalls nicht, wenn die Karte stimmt. Zeig mal her!« Er riss dem Ersten Detektiv die Karte aus der Hand. »Sag ich doch. Makatao liegt einsam und verlassen im Ozean. Da ist keine zweite Insel.«

»Aber ich sehe sie doch ganz deutlich vor mir.«

»Willst du sagen, die Karte ist falsch?«

Justus schüttelte nachdenklich den Kopf. »Nein. Ich befürchte, wir sind falsch.«

»Was?«

»Ja. Wir sind zu früh. Und da ist noch diese zweite Insel. Wir müssen auf dem ganzen Weg ein klein wenig schiefgelegen haben. Was keine Kunst ist, wenn man sich nur nach dem Kompass orientiert. Aber auf so einer langen Strecke hat sich das ganz schön geläppert. Motor aus!«

Bob nahm den Schub zurück und stoppte das Motorboot schließlich ganz. Ruhig trieben sie dahin. Das erste Mal seit einer halben Ewigkeit hörten sie nur den Wind und die Wellen, die an den Rumpf klatschten. Eine unheimliche Stille.

Justus schüttelte seufzend den Kopf. »Das darf man niemandem erzählen.«

»Was?«

»Dass wir uns im Pazifik verfahren haben.«

Am liebsten wäre Peter einfach weggerannt. Oder hätte laut geschrien. Am schlausten wäre es natürlich gewesen, endlich, endlich, endlich die Wahrheit zu sagen. Dass er nicht Skinner Norris war. Dass das alles vom ersten Tag an eine schreckliche Verwechslung gewesen war. Dass er nicht die geringste Ahnung hatte, worum es hier überhaupt ging.

Skinny! Dieser Dreckskerl hatte sie die ganze Zeit belogen. Er hatte immer gewusst, was auf Makatao vorging. Und sie alle waren auf ihn reingefallen, am Ende sogar Peter selbst, obwohl er Skinny von Anfang an nicht getraut hatte. Aber wenn er sich an Skinny rächen wollte, musste er hier irgendwie lebend rauskommen. Er musste von der Insel fliehen. Und dafür musste er ... Zeit gewinnen.

Er blickte in die erwartungsvollen Gesichter. Dann rief er fröhlich und aufmunternd: »An die Arbeit! Wir haben keine Zeit zu verlieren!« Hoffentlich hatte niemand den leicht hysterischen Kiekser in seiner Stimme bemerkt.

»Moment mal!«, rief Maria Svenson aufgebracht. »Du willst uns immer noch nicht sagen, warum wir hier sind?«

»Ich denke, das wissen Sie, Dr. Svenson. Mr Hadden wollte alte mikronesische Kunst. Dann fand er heraus, dass auf Makatao etwas viel Wertvolleres versteckt ist. Und genau das will er jetzt haben. Wir sind hier, um es für ihn zu bergen.«

»Und wo?«

»Hinter der verschlossenen Tür.«

Juan trat auf ihn zu und funkelte ihn wütend an. »Und *was*?« Peter schwieg. Innerlich zitterte er vor Angst. Egal, was er jetzt sagte, alle würden sofort merken, dass er log. Also sagte er gar nichts.

Die Luft knisterte. Für einen sehr langen Moment war Peter sicher, dass Juan auf ihn losgehen würde. Doch dann kam Professor Phoenix ihm zu Hilfe: »Ich denke, jeder von uns hat seinen Job zu erledigen. Und wenn es Skinners Aufgabe ist, aus Sicherheitsgründen bis zum Schluss ein Geheimnis zu wahren, sollten wir das akzeptieren.«

»Hadden bescheißt uns!«, explodierte Juan. »Er hat dieses Bürschchen mitgeschickt, um uns alle aufs Kreuz zu legen!«

»Hören Sie auf, Juan!«, fuhr Schwartz ihn an. »Wollen Sie etwa behaupten, Sie hätten von Mr Hadden keinen Vorschuss kassiert?«

»Nein.«

»Einen sehr ansehnlichen Vorschuss sogar? Mr Hadden hat keinerlei Grund, uns aufs Kreuz zu legen. Er bezahlt uns, damit wir unsere Arbeit tun. Und welche Mittel er dafür einsetzt, ist ganz allein seine Sache. Wir haben einen Job zu erledigen! Also gehen wir besser an die Arbeit, wie Skinner schon sagte.«

Juan war kurz vor einer zweiten Explosion. Doch Professor Phoenix ließ es nicht so weit kommen: »Also schön, Schwartz, stellen Sie ein Team zusammen, um den Generator aufzubauen. Alle anderen transportieren den Rest der Ausrüstung runter. Wir werden fast alles hier unten brauchen. Los geht's!«

Es funktionierte tatsächlich. Alle befolgten Professor Phoenix' Anordnungen, ohne noch ein weiteres Mal auf das Thema einzugehen. Peter konnte es nicht fassen. Er war mit seinem Bluff durchgekommen. Gleichzeitig war er sich aber sehr wohl bewusst, dass er damit das Unvermeidliche nur hinausgezögert und letztlich verschlimmert hatte. Sollte jetzt die Wahrheit ans Licht kommen, würde es ihm an den Kragen gehen. Bevor es so weit kam, musste er von hier verschwinden. Heute Nacht würde er die ›Explorer‹ entführen und abhauen. In den letzten Tagen war er oft genug auf der Brücke gewesen, um wenigstens zu wissen, wie man das Schiff steuerte. Das musste reichen. Er würde zur nächsten Insel fahren, an Land gehen und sich irgendwie durchschlagen. Die anderen hatten immer noch die ›Montana‹, um von Makatao wegzukommen. Aber bis sie begriffen, dass er nicht mehr da war, würde Peter schon über alle Berge sein. Hoffte er.

Doch diesen einen Tag musste er das Spiel mitspielen. Das fiel nicht weiter schwer. Plötzlich brachten ihm alle einen unterkühlten Respekt entgegen. Er war vom einfachen Schiffsjungen zum Geheimnisträger geworden, zur zentralen Figur der ganzen Expedition. Doch dadurch war es bei den meisten auch mit der Freundlichkeit vorbei. Anne schien permanent Angst vor ihm zu haben. Dr. Svenson mied ihn. Und Peter achtete peinlich genau darauf, niemals mit Juan allein zu sein. Olin schlug ihm einmal freundlich auf die Schulter und sagte, er solle sich keine Sorgen machen.

Nur Al ließ sich von dieser neuen Konstellation kein bisschen beeindrucken. Als sie gerade gemeinsam eine Holzkiste in die Kommandozentrale schleppten, sagte er: »Also, was ist nun das Geheimnis, Skinny?«

»Wie bitte?«

»Du weißt schon. Dein Geheimnis. Mir kannst du es doch sagen, oder?«

»Äh ... nein.«

»Ich verrate es auch keinem, versprochen.«

Mein Geheimnis ist, dass ich kein Geheimnis habe, dachte Peter und sagte: »Du wirst es früh genug erfahren.« Das war nicht einmal gelogen.

Den Rest des Tages vermied es Peter, mit Al zu sprechen. Genau genommen vermied er es, überhaupt zu sprechen. Er gab sich ungeheuer geschäftig. Je eifriger er jedoch bei den Arbeiten half, desto schneller tickte die Bombe. Desto schneller würden sie fertig werden.

Sie arbeiteten bis zur Erschöpfung. Die Kisten auszupacken und den Inhalt die schmalen Treppen hinunterzutragen, erwies sich als äußerst schwieriges Unterfangen. In der Kommandozentrale war Mr Schwartz eifrig damit beschäftigt, im schwachen Fackelschein den Generator aufzubauen und sich durch den Kabelwust zu wühlen, um die richtigen Anschlüsse zu finden. Es gab eine Menge Fehlschläge und zwischendurch sah es so aus, als würde das Gerät niemals die nötige Energieleistung erbringen können, um alle Geräte mit Strom zu versorgen. Niemand wusste, wie viele – und welche – Geräte in diesem Raum und hinter den verschlossenen Türen Energie brauchten.

Doch schließlich, viele Stunden nach Sonnenuntergang, war es so weit. Sie versammelten sich in dem großen Gewölbe, um im entscheidenden Moment dabei zu sein.

»Wir haben es geschafft«, sagte Professor Phoenix über das monotone Surren des Generators hinweg. »Mr Schwartz, das ist Ihre Stunde der Wahrheit.« Der Mann mit der Narbe lächelte ihm aufmunternd zu. »Bitte sehr!«

Mr Schwartz legte einen großen Hebel um. Es gab ein elektrisches Zischen. Etwas summte. Das war alles.

Peter atmete innerlich auf. Er wusste nicht, was schiefgegangen war, aber das war auch egal. Seine Galgenfrist war verlängert worden, das war alles, was zählte.

Die seit Jahren unbenutzten Neonröhren begannen zu flackern, bis sie schließlich nacheinander aufflammten und das unterirdische Grabgewölbe in helles, kaltes Licht tauchten. Von einer Sekunde auf die andere wurde die unheimliche Atmosphäre von der kühlen Ausstrahlung eines Hightechlabors verscheucht. Jetzt fehlten wirklich nur noch die Wissenschaftler in den weißen Kitteln.

Alle klatschten begeistert. Peter fiel wohl oder übel in das Klatschen ein, obwohl ihm eher danach war, so schnell wie möglich das Weite zu suchen.

Mr Olin ging auf einen der Computer zu und schaltete ihn ein. Es piepte, dann summte der Rechner leise. »Es funktioniert!«, rief er begeistert. »Die ganze Anlage scheint noch intakt zu sein!«

»Bravo!«, lobte der Professor. »Das war großartige Arbeit, die Sie heute geleistet haben!«

»Und noch nicht die letzte«, verkündete Olin und schaltete den Monitor ein. »Vielleicht finden wir gleich noch mehr heraus. Oder können sogar die Tür öffnen.« Alle traten neugierig näher. Einige Sekunden lang rasten wirre Buchstaben- und Zahlenfolgen über den schwarzen Bildschirm. Dann erschien das Startbild: die amerikanische Flagge. Doch das war nicht alles. Über den weißen Sternen auf blauem Grund und den rot-weißen Streifen war das stilisierte Bild eines unheimlichen Drachen zu sehen, der mit angelegten Flügeln und gefletschten Zähnen schräg nach unten schoss, als jagte er einem Vogel hinterher. Darunter stand in nüchternen Buchstaben: ›Project Dragon‹.

»Fantasievoller Name«, sagte Dr. Svenson sarkastisch. »Die Frage ist: Was bedeutet er? Kommen Sie in das Programm rein, Olin?«

Der Computerexperte drückte eine Taste und ein neues Bild erschien: Das Programm verlangte einen Benutzernamen und ein Passwort. Olin seufzte schwer. »Es wird einige Zeit dauern, bis ich das geknackt habe.«

»Was ist mit den Türen?«

Al lief zu einem der Eingabefelder hinüber. »Sie haben Strom!«, rief er und tippte wahllos ein paar Zahlen ein. Ein wütender Summton und das Aufleuchten einer roten Lampe waren die Antwort.

»Ich nehme an, dass ich die Türen auch von den Computern aus öffnen kann«, meinte Olin. »Erst mal muss ich aber den Code knacken.«

»Aber nicht mehr heute«, entschied Phoenix. »Ich denke, wir alle haben uns etwas Schlaf verdient.«

»Wenn es Ihnen nichts ausmacht, würde ich gern noch eine Weile versuchen, den Computer zu überlisten«, sagte

Olin. Er lächelte. »Ich bin zwar hundemüde, aber gleichzeitig aufgekratzt genug, um ein bisschen auf der Tastatur herumzuhacken. Erinnern Sie sich? Deshalb bin ich schließlich hier.«

Phoenix nickte. »In Ordnung. Brauchen Sie Hilfe?«

»Ich denke, damit komme ich am besten allein zurecht.«

»Wie Sie meinen.«

»Wir haben inzwischen so viel Chaos hier unten angerichtet, dass wir genauso gut die Quartiere beziehen können, meinen Sie nicht?«, fragte Al.

Phoenix überlegte einen Moment. »Du hast recht. Wer zur Abwechslung in einem Bett schlafen möchte, kann es sich gern dort bequem machen.«

Nach und nach kramten alle ihre Schlafsäcke aus der verstreut liegenden Ausrüstung heraus und suchten sich einen Platz für die Nacht. Anne, Juan und Dr. Svenson zogen es vor, in der oberen Kammer zu schlafen. Peter hätte sich ihnen am liebsten angeschlossen. Von dort war eine Flucht sehr viel leichter. Doch er fürchtete, dass Juan ihn mit Argusaugen beobachten und vor lauter Misstrauen kein Auge zumachen würde, wenn er in seiner Nähe war. Also beschloss er, eines der Quartiere zu beziehen. Zum Glück gab es genügend, sodass er einen Raum für sich hatte. Als er die Tür hinter sich schloss, atmete er erleichtert auf und warf sich auf eines der schmalen Betten.

Was für ein Tag! Erst die Begegnung mit Al, die ihm das Herz in die Hose rutschen ließ, dann die Grabanlage und schließlich die Entdeckung der Kommandozentrale und des geheimnisvollen ›Project Dragon‹. Nicht zu vergessen, dass seine Tarnung um ein Haar aufgeflogen wäre und er praktisch den ganzen Tag lang Todesängste ausgestanden hatte. Er war erledigt! Aber das Letzte, was ihm jetzt passieren durfte, war einzuschlafen.

Zwei Minuten später träumte er bereits von weißen Palmenstränden.

Peter schrak hoch. Makatao! Er war auf Makatao! Und er musste von hier verschwinden! Wie lange hatte er geschlafen? Er drückte auf die Beleuchtung seiner Armbanduhr. Zwei Uhr nachts. Erleichtert atmete er auf. Es war noch nicht zu spät. Genau genommen sogar die beste Zeit für eine Flucht. Jetzt hatte sich bestimmt auch Olin schlafen gelegt. Peter stand auf, atmete ein paar Mal tief durch und hüpfte auf der Stelle, um richtig wach zu werden. Dann öffnete er die Tür. Das leise Quietschen der Angeln hallte von den Felswänden wider.

Auf dem Gang war alles ruhig. Die Türen zu den anderen Quartieren waren geschlossen, die zur Kommandozentrale stand offen. Von dort drang ein schwacher Lichtschimmer zu ihm. Der Generator brummte. Peter bildete sich ein, dass er lauter war als vor ein paar Stunden, doch wahrscheinlich war er einfach zu angespannt. Auf Zehenspitzen schlich Peter den Tunnel hinunter und warf einen Blick in das große Gewölbe. Die Neonlampen waren ausgeschaltet. Das Licht kam vom einzigen eingeschalteten Computerbildschirm. Olin saß davor.

Verflixt! Peter würde sich niemals unbemerkt an Olin vorüberschleichen können. Fieberhaft dachte er nach. Das war der einzige Ausweg aus der Anlage. Und der einzige Zeitpunkt. Morgen war es wahrscheinlich zu spät für eine Flucht. Sollte er noch warten, bis Olin schlafen ging? Und was tat er, wenn er die ganze Nacht durcharbeitete?

Ein leises Geräusch riss ihn aus seinen Gedanken. Was war das? Eine Art Knurren. Da! Noch einmal! Nein, es war kein Knurren, sondern ein ... Schnarchen! Olin schlief! Er war vor dem Computer eingenickt!

Peter musste es wagen. Er huschte so schnell und leise wie möglich durch den Raum zur Metalltreppe und sah sich um. Olin hatte sich nicht gerührt, er saß noch immer zusammengesunken vor dem Computer. Nichts wie weg hier! Die Treppe quietschte und ratterte bei jeder einzelnen Stufe. Wahrscheinlich war es nicht mal besonders laut, doch Peter kam es vor wie ohrenbetäubender Krach, der ganz Mikronesien wecken konnte.

Olin schlief weiter.

Als der Zweite Detektiv endlich am oberen Ende angekommen war, war er schweißgebadet. Eine letzte Hürde galt es noch zu überwinden, dann war er frei! Die weiße Stahltür ließ sich lautlos öffnen. Aus der Gebetskammer waren gleichmäßige Atemgeräusche zu hören. Dafür war es stockdunkel. Peter hatte zwar eine Taschenlampe dabei, aber er wagte es nicht, sie einzuschalten. Also tastete er sich an der runden Wand entlang in der Hoffnung, über niemanden zu stolpern. Plötzlich ein Rascheln, direkt vor ihm! Peter erstarrte. Jemand hatte sich in seinem Schlafsack umgedreht, keinen Meter von ihm entfernt. Peter musste irgendwie an ihm oder ihr vorbei! Zögernd verließ er seinen sicheren Halt an der Wand, trat zwei Schritte in den Raum hinein und setzte seinen Weg in völliger Dunkelheit fort. Dann kehrte er zur Wand zurück und tastete sich bis zum Ausgang weiter. Schließlich gelangte er zur Treppe. Es dauerte eine Weile, bis er den zweiten magischen Kreis fand, mit dem man den Altar auch von innen bewegen konnte. Peter presste seine Hand darauf und mit einem Rumpeln und Kratzen öffnete sich die Geheimtür. Spätestens jetzt waren alle wach!

Er lief die Treppe hinauf ins Freie. Luft! Freier Himmel! Der Mond warf unheimliche Schatten auf die Kultstätte. Es war nicht sehr hell, aber es reichte aus, um den Weg zu finden. Doch dann kam Peter ein Gedanke: Wenn vom Geräusch der Geheimtür jemand aufgewacht war, war es vielleicht klüger, noch einen Moment zu warten. Falls ihm jemand folgte, konnte er immer noch behaupten, er habe nur frische Luft schnappen wollen. Das war allemal besser, als sich dabei beobachten zu lassen, wie er sich heimlich davonstahl.

Der Zweite Detektiv wartete, bis sich der Altar wie von Geisterhand in seine ursprüngliche Position bewegte. Dann zählte er langsam bis fünfzig. Die Tür blieb geschlossen. Offenbar hatte er niemanden geweckt.

»In Ordnung, Peter«, murmelte er. »Endgültig Zeit zu verschwinden.«

»Aber warum denn? Wir sind doch gerade erst angekommen.«

Der lachende Schatten

Peter zuckte zusammen. Er war entdeckt worden! Hinter einer halb zerfallenen Mauer trat eine Gestalt hervor. Dann eine zweite. Sie blieben im Schatten stehen. Peter konnte weglaufen. Vielleicht würde er es sogar bis zur ›Explorer‹ schaffen. Aber er hatte niemals eine Chance, das Schiff in Gang zu bringen, bevor seine Verfolger ihn einholten. Das Spiel war aus.

Der erste Schatten lachte. »Nur keine Panik, Peter.« Dann trat er ins Mondlicht und Peters Herz machte einen Sprung. »Justus!«

»Schön, dich wiederzusehen, Zweiter.«

»Bob! Was ... was ... was ... was ...«

»Spuck's aus, Kollege.«

»Was macht ihr hier?«

»Dich retten.«

Peter lief auf seine Freunde zu und fiel ihnen in die Arme. »Wie kommt ihr denn hierher?« Er musste plötzlich lachen. »Was habt ihr hier zu suchen?«

»Wir retten dich«, wiederholte Bob. »Das heißt, falls du Rettung brauchst. Mann, bin ich froh, dich gesund und munter wiederzusehen. Wir hatten ja keine Ahnung. Ist alles in Ordnung, Peter?«

»Ja. Das heißt, nein. Ich ... oh mein Gott! Ich muss euch so viel erzählen! Aber nicht hier. Wir müssen verschwinden.«

»Was ist das für ein Loch, aus dem du gerade herausgekommen bist?«

»Ist das die Grabanlage?«

»Sind noch andere Leute da unten?«

»Haben die was gefunden?«

»Haben sie dich eigentlich an Bord der ›Explorer‹ entdeckt?«

Peter hob abwehrend die Hände. »Leute, bitte! Glaubt mir, wir sollten von hier verschwinden! Wie seid ihr hier?«

»Mit einem Motorboot«, antwortete Bob. »Wir wären schon früher hier gewesen, aber wir haben uns verirrt und mussten bis zur Nacht warten, um anhand der Sterne die Orientierung wiederzufinden.«

»Der Zeitpunkt war perfekt«, versicherte Peter.

»Weißt du, die alten mikronesischen Völker haben schon vor Tausenden von Jahren den Pazifik befahren. Ich habe vor der Reise einiges darüber gelesen und mich daran erinnert, wie sie den Stand des Mondes und der Sterne benutzt haben, um –«

»Das ist bestimmt alles sehr spannend, Justus, aber könntest du mir das nicht erzählen, wenn wir die Insel verlassen haben? Bitte!« Peter wandte sich zum Gehen. In welcher Richtung lag noch mal der Weg zum Strand? Dort vorn! Er ging los, trat um einen Felsquader herum – und fuhr zusammen!

Dort stand jemand. Ein Mann mit einem kalten Lächeln und einer Pistole in der Hand. Juan! »Nicht so schnell, mein junger Freund Skinner. Oder wie haben deine Freunde dich genannt? Peter?«

Blitzschnell spielte Peter alle Möglichkeiten durch. Es gab keine.

»Denk nicht einmal daran, wegzulaufen. Und deine

Freunde besser auch nicht. Ich garantiere euch, ich bin ein guter Schütze, auch im Dunkeln.«

»Juan, ich ... ich bitte Sie, ich kann das erklären!«

»Du musst gar nichts erklären, Bürschchen! Ich wusste von Anfang an, dass mit dir etwas nicht stimmt. Nach dem heutigen Abend erst recht. Deshalb habe ich mich hier draußen auf die Lauer gelegt. Und ich habe recht behalten! Und jetzt vorwärts! Ich bin gespannt, was Professor Phoenix zu meiner Entdeckung sagt ... Peter!« Er fuchtelte unmissverständlich mit seiner Pistole. Den drei ??? blieb keine Wahl. Sie gingen zurück zum Altar.

»Das war ja eine tolle Rettung«, knurrte Peter. »Danke noch mal.«

»Öffne!«

Peter drückte den magischen Kreis und der Altar schwang zur Seite.

»Könnte mir mal jemand erklären, was das ist?«, bat Bob. »Und wer dieser Kerl ist? Und was das alles soll?«

»Schnauze!«

»Wow!«, sagte der Erste Detektiv, als er die Treppe hinabstieg. Juan hatte eine Taschenlampe und leuchtete Peter, der voranging, den Weg. Er hätte seinen Freunden gerne erklärt, was sie hier sahen, aber er hielt besser den Mund. Sie betraten den Gebetsraum.

Maria Svenson brummte unwillig, dann schlug sie die Augen auf, blinzelte in das Taschenlampenlicht und murmelte: »Was ist denn hier los?«

»Wachen Sie auf! Wir haben Besuch. Los, vorwärts, ihr drei, in die Kommandozentrale!«

»Kommandozentrale?«, echote Bob. »Wo zum Geier sind wir überhaupt?«

»Schnauze!«

Peter führte sie durch den Gang zur Stahltür und öffnete sie. Das Gewölbe war immer noch vom schwachen Flimmern des Monitors erhellt. Doch das reichte aus, um Bob und Justus vor Verblüffung keuchen zu lassen.

»Wow!«, wiederholte Justus. »Was ist das?«

»Als ob du das nicht wüsstest, Dicker!«, knurrte Juan. »Los, die Treppe runter! Wecken wir Professor Phoenix. Der wird schon wissen, was wir mit euch anstellen.« Die drei ??? waren auf halbem Weg hinunter, als Juan den Lichtschalter betätigte.

Es blitzte, der Generator sprühte blaue Funken, dann war es dunkel.

Juan schrie. »Verflucht! Lasst sie nicht entwischen! Olin! Sind Sie wach? Olin!« Der Lichtkegel der Taschenlampe jagte hektisch durch die Finsternis. Die drei ??? standen immer noch unbewegt auf der Treppe. »Runter mit euch! Runter!«, brüllte Juan.

»Was ist hier los? Wer ist das?« Das war Olin.

»Ich kenne die beiden! Ich habe sie schon mal gesehen!« Dr. Svenson, die gerade durch die Tür getreten war.

Und nun kam Al aus dem Quartiergang gestürmt. Auch er trug eine Waffe. »Was geht hier vor? Wer ist das? Macht das Licht an!«

»Setzt euch auf den Boden!«

»Wie bitte?«

»Nicht du, Al. Du weckst Schwartz und den Professor! Schnell! Und ihr drei: Setzt euch auf den Boden!«

»Mach doch mal einer das Licht an!«

»Der Generator ist explodiert!«

»Was?«

Zwei Minuten lang herrschte das totale Chaos. Obwohl die drei ??? sich gehorsam auf den Boden setzten, fuchtelte Juan endlos lange mit seiner Waffe und der Taschenlampe herum, alle liefen wild durcheinander und riefen irgendwas. Das endete erst, als Mr Schwartz und Professor Phoenix den Raum betraten. Der Mann mit der Narbe beobachtete das Durcheinander einige Augenblicke lang, dann brüllte er: »Ruhe!«

Alle verstummten.

»Licht an!«

»Der Generator funktioniert nicht.«

Schwartz trat an die Maschine heran. »Da hat jemand dran herumgefummelt! Sabotage!«

»In Ordnung. Was geht hier vor? Wer ist das? Und ich wäre Ihnen sehr dankbar, wenn mir nur einer antworten würde! Juan!«

Der Spanier berichtete stolz von seinem Fang. »Er heißt in Wirklichkeit nicht Skinner, sondern Peter. Und ich bin sicher, dass er den Generator sabotiert hat. Er wollte gerade abhauen. Zusammen mit seinen Kumpanen.«

Phoenix nickte. »Schön. Weiß sonst noch jemand etwas über diese Burschen?«

»Ich kenne die beiden«, meldete sich Dr. Svenson zu Wort. »Eine Woche vor unserer Abreise waren sie bei mir und fragten mich über Sphinx aus. Und bei unserem Treffen im Büro von Ethnoart haben sie uns belauscht. Jedenfalls nehme ich an, dass sie es waren.«

»Wir waren es«, erklärte Justus selbstsicher. Bisher hatte er geschwiegen. Aber jetzt war offenbar die Stunde der Wahrheit gekommen.

Professor Phoenix beugte sich zum Ersten Detektiv hinunter. Justus schreckte zurück. Es war das erste Mal, dass er das entstellte Gesicht des Professors aus der Nähe sah. In der Hektik hatte er seine Augenklappe nicht aufgesetzt. Er sah jetzt wieder aus wie ein wilder Tiger. »Wer seid ihr?« Er stellte die Frage ganz ruhig, aber der drohende Unterton war nicht zu überhören.

Doch Justus dachte gar nicht daran, sich einschüchtern zu lassen. »Dürften wir bitte aufstehen? Dann werde ich es Ihnen erzählen.«

Phoenix nickte knapp und Justus erhob sich. Dann berichtete er, was vorgefallen war. Von Anfang an, die ganze Geschichte. Wie sie auf die Spur von Sphinx und Mr Hadden gekommen waren, von Skinny Norris und der fatalen Verwechslung auf der ›Explorer‹. Hier übernahm Peter. Er konnte weder Phoenix noch den anderen in die Augen sehen, als er erzählte, wie er vor einer Woche an Bord des Schiffes aufgewacht war und ohne es anfangs zu wollen die Rolle von Skinny Norris übernommen hatte. Und wie er heute seinen Fluchtplan gefasst hatte und verschwinden wollte, als seine Freunde zu seiner Rettung auftauchten.

Alle traten ganz nahe heran, um kein Wort zu verpassen. Hin und wieder ging ein Raunen durch die kleine Gruppe. Maria Svenson ließ ein- oder zweimal ein kurzes Lachen vernehmen. »Diese Geschichte ist absurd«, sagte sie schließlich. »Du willst mir also sagen, dass du dich gleich zu erkennen gegeben hättest, wenn ich dich am ersten Morgen nicht mit Skinner angesprochen hätte?«

Peter nickte.

»Was ihr erzählt, klingt zwar wie ein verrücktes Märchen«, gab Phoenix zu, »aber ich sehe keinen Grund, warum ich euch nicht glauben sollte.«

»Sie lügen!«, fuhr Juan dazwischen.

»Haben Sie dafür einen Beweis?«

»Ja. Skinner oder Peter oder wie immer er wirklich heißen mag, hat den Generator sabotiert, um damit unsere Mission zu vereiteln. Das ist der wahre Grund, warum er an Bord gekommen ist. Die drei haben den echten Skinner beiseitegeschafft und Peter hat seine Rolle übernommen, weil genau das seine Aufgabe war: Sabotage!« Er trat wütend vor und packte Peter beim Kragen. »In wessen Auftrag arbeitet ihr?«

»Ich ... ich weiß nicht, wovon Sie reden!«

»Wer dahintersteckt, will ich wissen!«

»Lassen Sie den Jungen los, Juan!«, rief der Professor.

Juan rührte sich nicht.

Blitzschnell sprang Phoenix vor, packte Juan und schleuderte ihn zur Seite. »Wenn ich sage, Sie sollen ihn loslassen, dann lassen Sie ihn los, verstanden!«

Einen gefährlichen Moment lang sah es so aus, als würden die beiden aufeinander losgehen. Dann wandte sich Juan ab. Phoenix entspannte sich.

»Wir haben die Wahrheit gesagt. Ich habe den Generator nicht sabotiert«, sagte Peter. »Ich habe ihn nicht einmal angerührt.«

»Skinner ... ich meine, Peter hat recht«, sagte Al. »Er war es nicht.«

Alle wandten erstaunt ihre Köpfe.

»Was sagst du da?«, fragte Dr. Svenson.

»Er war es nicht. Ich bin heute Nacht von einem Geräusch wach geworden. Jemand schlich über den Gang. Ich stand auf, um nachzusehen. Da entdeckte ich Mr Schwartz, der sich gerade am Generator zu schaffen machte. Er hat mich nicht bemerkt. Ich beobachtete ihn eine Weile, konnte aber nicht genau erkennen, was er tat. Schließlich kehrte er zu den Quartieren zurück. Ich dachte, ich behalte das erst mal für mich. Wusste ja nicht, was er da wirklich gemacht hat. Aber ich schätze, das ist jetzt wohl klar.«

»Das ist eine Lüge!«, rief Mr Schwartz. »Der Junge lügt! Ich meine ... er lügt nicht. Ich war wirklich in der Kommandozentrale, weil ich sehen wollte, ob Mr Olin weitergekommen war. Aber er war nicht da.«

»Da muss ich kurz oben gewesen sein, um ... na, Sie wissen schon.«

»Der Generator machte seltsame Geräusche, also habe ich ihn mir genauer angesehen. Aber ich habe ihn nicht sabotiert!«

»Sah aber ganz danach aus«, widersprach Al.

»Du vorlauter Bengel! Mich zu verdächtigen, ich hätte etwas mit der Sache zu tun! Es ist doch wohl klar, wer hier der Saboteur ist!« Er sah zu den drei ??? hinüber. »Skinner hat uns die ganze Zeit angelogen!«

»Ich heiße Peter.«

»Das heißt nicht, dass er den Generator zerstört hat«, sagte Al.

Justus räusperte sich. »Ich bin zwar erst seit wenigen Minuten hier, aber ich denke, Sie täten gut daran, Ihren Mitarbeitern zu misstrauen anstatt uns, Mr Phoenix.«

»Schnauze, Dicker!«, fuhr Juan ihn an.

»Das ist ja wohl die Höhe!«, rief Dr. Svenson.

»Wir sollten die drei einsperren!«, forderte Schwartz.

»Ruhe!« Professor Phoenix blickte grimmig in die Runde. »Wir werden schon herausfinden, wer hier was sabotiert hat. Und ob die Geschichte der drei Jungen wirklich wahr ist. Und ob Peter nun das Geheimnis der Insel kennt oder nicht, wir werden es auch ohne seine Hilfe lüften. Eins nach dem anderen! Zuerst einmal brauchen wir wieder Strom!«

»Moment mal!«, rief Dr. Svenson. »Wo ist eigentlich Anne?« Alle wandten sich um. Schweigen.

»Wo ist Anne? Hat sie niemand gesehen? War sie die ganze Zeit nicht hier?«

Al schüttelte langsam den Kopf. »Nein, ich glaube nicht. Das ist das Problem an Anne. Man übersieht sie so leicht.«

Peter fiel etwas ein: »Sie war schon nicht mehr im Gebetsraum, als Juan uns hier runterführte. Ich habe sie jedenfalls nicht gesehen.«

Wieder brach Unruhe aus.

»Ist ihr etwas zugestoßen?«

»Hat sie den Generator sabotiert?«

»Hat sie etwas entdeckt?«

»Ist sie geflohen?«

»Die drei Burschen haben sie entführt!«

»Unsinn, dann hätte Juan sie draußen gesehen.«

»Ruhe!«, rief Professor Phoenix. »Wie ich schon sagte: eins nach dem anderen! Wir brauchen Strom und wir müssen Miss Fox finden.« Er drehte sich zu Mr Schwartz, zögerte und wandte sich dann an Olin: »Denken Sie, Sie können den Generator reparieren?«

Olin nickte. »Ich kann es versuchen.«

»In Ordnung. Ihr drei bleibt hier. Fesseln Sie die Jungs! Sicher ist sicher!«

»Mit Vergnügen!«

»Olin, Sie behalten die drei im Auge, während wir unterwegs sind.«

»In Ordnung.«

»Alle anderen kommen mit mir! Miss Fox kann nur irgendwo draußen sein. Und Sie, Mr Schwartz, bleiben in meiner Nähe!«

Die verschwundene Seglerin

»Ich glaub das alles nicht«, sagte Peter zum wiederholten Mal. »Ich glaub das alles nicht!« Sie waren an Stühle gefesselt, die so weit voneinander entfernt standen, dass an ein Lösen der Fesseln nicht zu denken war. Die Kommandozentrale war in den düsteren Schein der Wandfackel getaucht. Abgesehen von Mr Olin, der mithilfe einer Taschenlampe am Generator herumbastelte, waren sie allein. Die anderen suchten die Insel nach Anne ab. Seit einer knappen Stunde waren sie schon weg. In dieser Zeit hatten sich die drei ??? detailliert erzählt, was sie erlebt hatten.

»Eigentlich wäre alles perfekt gewesen. Ihr kommt genau in dem Moment an, als ich abhauen will. Und dann funkt uns dieser blöde Juan dazwischen!«

»Aber es hat auch sein Gutes«, meinte Justus.

»Justus Jonas, erklär mir doch bitte, was gut daran sein soll, dass wir nun gefesselt in einer unterirdischen Grabanlage sitzen, auf der ein böser Fluch lastet, und darauf warten, gelyncht zu werden!«

»Wären wir abgehauen, hätten wir keine Chance mehr gehabt, das Geheimnis von Makatao zu lüften.«

»Na, darauf kann ich inzwischen verzichten, herzlichen Dank!«

»So? Ich nicht. Dieser Fall wird immer rätselhafter, und ich werde wahnsinnig, wenn ich nicht herausfinde, was dahintersteckt. Was will Hadden? Warum hat seine Schwester uns hierhergeschickt? Was wusste Skinny über die ganze

Sache? Was ist das hier für eine Anlage? Ist Schwartz wirklich ein Saboteur? Wo ist Anne? Und was, zum Teufel, verbirgt sich hinter dieser Tür?« Justus fixierte die elektronisch gesicherte Panzertür, als wollte er sie allein kraft seiner Gedanken öffnen. »Das alles werden wir jedenfalls nur hier auf der Insel herauskriegen. Spätestens dann, wenn der Strom wieder funktioniert und die Tür mithilfe des Computers geöffnet werden kann. Nicht wahr, Mr Olin?«

Olin blickte überrascht von seiner Arbeit auf. »Wie bitte?«

»Sie haben mich schon verstanden. Oder wollen Sie behaupten, dass Sie uns nicht die ganze Zeit zuhören?«

Olin lächelte. »Du bist ein schlaues Kerlchen, Justus. Mir ist zwar überhaupt nicht klar, welche Rolle ihr in diesem Verwirrspiel übernehmt, aber vor dir muss man sich in Acht nehmen.« Er zwinkerte ihm zu und fuhr dann fort, Kabel zu verzwirbeln und Maschinenteile zu ölen.

»Meinen Sie, Sie kriegen das Ding wieder in Gang?«, erkundigte sich Justus.

»Ich glaube schon. Es ist nicht so schwer beschädigt, wie ich dachte.«

»Hat denn wirklich jemand daran herumgefummelt?«, fragte Bob.

»Kann ich nicht genau sagen. Es könnte sein.«

»Meinen Sie, dass es Mr Schwartz war?«

Olin legte den Schraubenzieher beiseite und sah Justus ernst an. »Ich meine gar nichts. Ich mache hier nur meine Arbeit. Wenn du wissen willst, ob jemand den Generator manipuliert hat und wenn ja, wer es war, wenn du wissen willst, wo Anne ist oder was sich hinter dieser Tür verbirgt – ich habe keine Ahnung. Und ich werde mir nicht anmaßen, haltlose Behauptungen aufzustellen, wie es gewisse andere Leute in dieser Gruppe tun. Ich möchte nur dieses Ding reparieren.«

Justus nickte, ließ den Mann jedoch nicht aus den Augen.

»Wie sollen wir je wieder aus der ganzen Sache rauskommen?«, fragte Bob düster. »Uns glaubt ja doch kein Mensch. Und ob nun Mr Schwartz oder Anne den Generator sabotiert hat oder er von ganz allein kaputtgegangen ist – am Ende sind wir die Deppen.«

»Abwarten«, sagte Justus. »Abwarten.«

»Woher nimmst du nur deine Zuversicht?«

Justus antwortete nicht, warf seinen Freunden jedoch einen vielsagenden Blick zu. Als hätte er schon einen Plan. Oder als wüsste er etwas, das die anderen nicht wussten. Doch bevor Bob oder Peter nachhaken konnten, flog die Tür am oberen Ende der Treppe auf und Professor Phoenix, Mr Schwartz und Juan stürmten herein.

»Ist sie hier?«

»Nein.«

»Verflucht!«, stöhnte Mr Schwartz erschöpft. »Wir haben den ganzen Krater nach ihr abgesucht und sind bis hinunter zum Strand und in die versteckte Bucht gelaufen. Die beiden Schiffe sind noch da, das Motorboot ebenfalls. Geflohen ist sie also nicht. Aber wo steckt sie?«

»Wo sind Dr. Svenson und Albert?«, fragte Olin.

»Bei den Schiffen, um sie zu bewachen. Ich traue es ihr zwar nicht zu, aber es könnte immerhin sein, dass sie uns hintergangen hat und abhauen will. So langsam vertraue ich niemandem mehr.«

»Ich auch nicht«, giftete Juan leise.

»Wir müssen endlich herausfinden, was hier gespielt wird!«, rief Phoenix. »Olin, wie weit sind Sie?«

»Fast fertig. Nur noch ein paar Minuten. Aber das bedeutet nur, dass wir dann Strom haben. Was die Computer angeht ...«

»Justus kann Ihnen dabei helfen!«, rief Peter.

»Auf gar keinen Fall!«, fuhr Juan dazwischen.

»Aber er ist gut in so was! Er knackt garantiert jedes System!«

»Abwarten!«, sagte Phoenix streng.

»Könnten Sie uns trotzdem bitte wieder losmachen?«, bat Justus. »Wir werden Ihnen bestimmt keinen Ärger machen. Auf Dauer ist diese unflexible Körperhaltung dem allgemeinen Wohlbefinden nicht sehr zuträglich.«

Professor Phoenix hob eine Augenbraue, was seinem Gesicht einen dämonischen Ausdruck verlieh. Dann trat er auf die drei zu und löste nacheinander ihre Fesseln. Juan beobachtete sie zähneknirschend.

»Danke sehr«, sagte Justus und rieb sich die Handgelenke.

»Ich wäre so weit«, sagte Mr Olin. »Der Generator dürfte wieder funktionieren. Möchten Sie das übernehmen, Professor?« Phoenix nickte knapp und trat auf das Gerät zu. Er legte seine Hand an den Schalter.

»Halt!«, rief Justus und sprang vor.

Der Professor hielt inne. Juans Hand zuckte nach der Waffe an seinem Gürtel. »Was ist denn nun schon wieder?«

»Schalten Sie den Generator nicht ein! Er wird Ihnen um die Ohren fliegen!«

»Wie bitte?«

»Es wird einen Kurzschluss geben, mit etwas Pech einen

Kabelbrand, der alle angeschlossenen Geräte gleich mit lahmlegen wird.«

»Was redest du denn da?«

»Hören Sie, Professor! Meinem Onkel gehört ein Trödelladen. Das Gebrauchtwarencenter T. Jonas in Rocky Beach, vielleicht haben Sie schon mal davon gehört.«

»Ich weiß wirklich nicht, was –«

»Was ich damit sagen will, ist: Ich kenne diese Maschinen. Mein Onkel kauft sie kaputt ein, lässt sie reparieren und verkauft sie wieder. Um genau zu sein: Er lässt sie von mir reparieren. Ich weiß, wie ein Generator funktioniert. Und ich habe Mr Olin die letzte Stunde genau beobachtet. Ich hatte den Eindruck, als wüsste er sehr gut, was er tut. Er hat die Kabel so miteinander verbunden, dass das ganze Ding mit einem großen Knall hinüber ist, sobald man es einschaltet.«

Olin lachte nervös. »Das wird ja immer bizarrer hier. Wieso sollte ich das tun?«

»Weil Sie der Saboteur sind.«

»Wie bitte?«

»Sperren Sie endlich diese Kinder weg, Professor!«, forderte Juan aufgebracht.

»Das werde ich tun«, versprach Professor Phoenix. »Sobald ich mir angehört habe, was der Junge zu sagen hat.«

Justus trat auf ihn zu. »Sehen Sie diese drei Kabel hier? Falsch angeschlossen.«

Phoenix beugte sich über die Schaltstelle und runzelte die Stirn. Nach einer Weile nickte er. »Ich glaube, der Junge hat recht.«

Olin wurde blass. »Tatsächlich? Darf ich mal sehen? Oh mein Gott! Wie konnte das passieren! Ich muss von dem Geschwätz der drei abgelenkt gewesen sein!«

»Das heißt, der Generator wäre wirklich endgültig zerstört gewesen, wenn ich ihn angeschaltet hätte?«

»Ich ... ich ... es tut mir leid, Professor! Gut, dass Justus mich so aufmerksam beobachtet hat, sonst ...«

Phoenix riss die Kabel aus ihrer Verbindung und steckte sie richtig wieder zusammen. Dann schaltete er den Generator ein. Summend begann er seine Arbeit und wandelte das verbrennende Benzin in elektrische Energie um. Die Neonröhren flackerten und flammten auf. Phoenix nickte dem Ersten Detektiv ausdruckslos zu. »Danke, Justus. Und nun zu Ihnen, Mr Olin.«

»Professor, ich schwöre Ihnen, es war ein Versehen! Wieso sollte ich die ganze Mission sabotieren?«

»Ich weiß es nicht. Aber im Moment ist mein Vertrauen in alle Anwesenden sehr geschwächt.«

»Sie waren es, Mr Olin«, behauptete Justus erneut. »Und ich habe Beweise.«

Olin lachte unsicher. »Was sollen das denn für Beweise sein?«

»Sie waren nicht hier, als Mr Schwartz in die Kommandozentrale kam und nach dem Generator sah, der seltsame Geräusche machte.«

»Richtig. Ich sagte bereits, ich war oben, um ... mich zu erleichtern.«

»Sie sagen also, Sie waren draußen an der frischen Luft.«

Olin nickte.

Der Erste Detektiv wandte sich an Juan. »War er das tatsächlich?«

»Wie bitte?«

»Sie waren doch die ganze Zeit draußen und haben den Altar beobachtet, weil Sie auf Peter warteten. Sie müssen

Mr Olin gesehen haben, falls er die Grabanlage wirklich verlassen hat.«

Juan runzelte die Stirn. Dann verfinsterte sich sein Blick. »Nein«, sagte er. »Ich habe ihn nicht gesehen. Und ich war die ganze Zeit hellwach, weil ich diesen Burschen schnappen wollte. Mr Olin hat die Anlage nicht verlassen.«

Triumphierend wandte Justus sich wieder an Olin. »Können Sie uns das erklären?«

»Jetzt ... jetzt fällt es mir wieder ein. Ich war gar nicht draußen, sondern nur oben in der Gebetskammer. Dort lagen noch ein paar Sachen von mir.«

»Sie waren nicht in der Gebetskammer«, entgegnete Justus. »Dort ist es stockdunkel. Sie hätten das Licht einschalten müssen, um etwas zu finden. Dabei hätten Sie bemerkt, dass Anne verschwunden ist. Und in diesem Fall hätten Sie Ihr Wissen vorhin mit den anderen geteilt. Sie hätten so etwas gesagt wie: ›Vor zwei Stunden war sie noch da.‹ Oder: ›Sie war schon vor zwei Stunden verschwunden.‹«

»Ich ... ach, zum Teufel, es geht euch überhaupt nichts an, wo ich vor ein paar Stunden war.«

»Das glaube ich schon, Mr Olin«, sagte Professor Phoenix drohend.

»Ich kann mir denken, wo Sie waren«, fuhr Justus unbeirrt fort. »Es gibt nur eine logische Erklärung: Wenn Sie weder draußen noch in der Gebetskammer noch hier waren und auch nicht in den Mannschaftsquartieren – denn dort hätte man Sie gesehen –, dann bleibt nur noch ein Ort übrig.« Justus wies auf die Tür. Die elektronisch gesicherte Panzertür. Die Tür, hinter der sich die Antworten auf all ihre Fragen verbargen.

»Das ist doch absurd!«, lachte Olin. »Die Tür ist verschlossen und daran hat sich offenkundig auch nichts geändert.«

Justus schüttelte ruhig den Kopf. »Sie sind der Computerexperte. Es hatte seinen Grund, dass Sie die Nacht durcharbeiten wollten. So konnten Sie durch diese Tür gehen und tun, was immer Sie tun wollten, ohne dass es jemand mitbekam. Anschließend sabotierten Sie den Generator, damit uns der Zugang verwehrt bleibt. Pech für Sie, dass Mr Schwartz nicht schlafen konnte und in der Kommandozentrale bemerkte, dass Sie verschwunden waren.«

»Wow«, sagte Peter. »Bin ich froh, dass du hier bist, Just.«

Juan und Professor Phoenix bauten sich drohend vor Mr Olin auf. Der wich unwillkürlich einen Schritt zurück. Und noch einen. Und noch einen, bis er gegen einen Stuhl stieß und stehen blieb. »Justus' Schlussfolgerungen klingen bestechend logisch«, sagte Phoenix. »Was haben Sie dazu zu sagen, Olin?«

»Nur eines, Professor: Sie können mich mal!« Olin griff hinter sich, packte den Stuhl und schleuderte ihn Professor Phoenix entgegen.

Phoenix riss die Arme hoch. Zu langsam: Die Lehne knallte gegen seinen Kopf, die Haut an der Stirn platzte auf. Stöhnend ging er zu Boden.

Olin griff unter sein Hemd und holte aus dem Nichts eine Pistole hervor. Er richtete sie abwechselnd auf Juan und die drei ???. »Und ihr rührt euch nicht von der Stelle!« Er wirbelte herum und rannte durch die Kommandozentrale auf die Panzertür zu.

Kaum hatte er ihnen den Rücken zugekehrt, zückte auch Juan seine Pistole und zielte auf den Flüchtenden. Er ließ den Sicherungshebel klicken.

Peter schnappte sich den am Boden liegenden Stuhl und schleuderte ihn von unten gegen Juans ausgestreckten Arm. Ein Stuhlbein krachte gegen die Waffe und riss sie Juan aus der Hand. »Nicht schießen!«, brüllte Peter. »Sind Sie bescheuert?«

»Du kleiner Idiot!«, schrie Juan. »Er entkommt!«

»Schnauze, Juan!« Das hatte Peter seit einer Woche auf der Zunge gelegen. »Er entkommt nicht!« Damit sprintete er Olin hinterher. Bob und Justus folgten ihm.

Der Verräter erreichte die Panzertür und gab mit fliegenden Fingern einen Code in das Tastenfeld ein. Es piepte und die beiden Türhälften glitten zischend auseinander. Eine Sekunde später war Olin in dem dahinterliegenden Tunnel verschwunden. Die Tür begann sich zu schließen, als Peter hindurchschlüpfte.

Was war mit Bob und Justus? Der Zweite Detektiv drehte sich um. »Beeilung!« Bob war schon durch und in letzter Sekunde quetschte sich auch Justus durch die Öffnung. Mit einem pneumatischen Zischen schloss sich der Durchgang. Auf dem Display des Eingabefeldes diesseits der Tür blinkte in roten Buchstaben ein Wort: locked.

Verschlossen.

Nacht in Angst

»Kommen wir hier auch wieder raus?«, fragte Bob.

»Darum kümmern wir uns später«, rief Justus. »Los, hinterher!«

Sie befanden sich in einem langen, neonbeleuchteten Gang. Alle paar Meter eine Tür. Olin verschwand gerade am Ende des Tunnels um die Ecke.

Die drei ??? sprinteten los. Schon nach wenigen Metern übernahm Peter die Führung. Er raste um die Ecke. Ein weiterer Flur, noch mehr Türen, noch mehr Abzweigungen. Peter sah Kameras an der Decke. Doch Olin war verschwunden. »Verflixt! Wo ist er hin?« Er drückte die nächstbeste Klinke herunter. Verschlossen. Die nächste Tür: verschlossen.

»Sie sind alle verschlossen«, keuchte Justus. »Er muss eine der Abzweigungen benutzt haben.«

Plötzlich hörten sie ein Brummen. Es kam aus einem Gang links vor ihnen. Sie rannten darauf zu. An seinem Ende befand sich eine metallene Doppeltür.

»Ein Fahrstuhl!«, rief Bob überrascht. »Er fährt gerade hoch!«

»Oder runter«, meinte Justus und lief auf die Tür zu. »Runter«, stellte er mit einem Blick auf die Anzeige fest. Er drückte den Knopf.

Das Rattern verstummte. Der Fahrstuhl war an seinem Ziel angekommen. Doch er kam nicht wieder zurück.

Peter hämmerte wütend auf den Knopf. »Nun komm schon, du blödes Teil!«

»Lass, Zweiter, das bringt nichts. Wahrscheinlich hat Olin ihn unten blockiert. Wir müssen einen anderen Weg finden.«

»Es gibt aber keinen anderen Weg. Oder siehst du vielleicht eine Treppe?«

Sie rüttelten an den umliegenden Türen. Alle verschlossen.

»Da gibt es wohl nur eins«, meinte Bob und wies auf die Fahrstuhltür.

»Du ... du meinst, wir sollen den Schacht runterklettern?«

»Weißt du was Besseres?«

»Nein.«

Mit vereinten Kräften stemmten sie die Tür auf. Dahinter lag der in den rohen Fels geschlagene, dunkle Fahrstuhlschacht. Die Stahlseile, die die Kabine transportierten, zitterten noch leicht. Justus warf einen Blick nach unten und stieß einen Pfiff aus. »Ganz schön tief. Der Fahrstuhl ist etwa dreißig Meter unter uns. Dazwischen liegen keine Stockwerke. Die Frage ist: Wie kommen wir da runter?«

»Na, so«, sagte Peter und zog sein T-Shirt aus. Er wickelte es straff um eines der Stahlseile und hielt sich daran fest. Dann sprang er, ohne zu zögern, in den Schacht. Rasant ging es abwärts. Das T-Shirt verhinderte, dass das Seil in Peters Handflächen schnitt. Als er jedoch etwas zu schnell auf dem Dach der Kabine landete, war das Hemd ruiniert. »Kommt nach!«, rief er nach oben. »Es ist ganz einfach!«

Bob folgte ihm, ohne zu zögern. Justus brauchte einen Moment, um seine Angst vor dem finsteren Schacht zu überwinden. Dass das Seil Bob und Peter getragen hatte, hieß noch lange nicht, dass es auch sein Gewicht aushalten würde. Außerdem hatte er wahrscheinlich gar nicht genug Kraft in den Händen, um seinen Sturz abbremsen zu können. Doch schließlich sprang auch Justus. Die Felswände flogen an ihm vorüber. Zu schnell, zu schnell! Er klammerte sich fester an das T-Shirt, doch es half nichts. Wie ein nasser Sack stürzte er in die Tiefe. »Aufpassen!«, rief er.

Peter und Bob sprangen auf dem Kabinendach zur Seite, als Justus neben ihnen runterkam. Wie ein Vorschlaghammer sprengte er mit den Füßen den Verschluss der Notausgangsluke und stürzte in die Fahrstuhlkabine. »Aaaaaah!«

»Ist dir was passiert?«

»Nein. Glaube ich jedenfalls nicht.«

»Typisch Justus«, sagte Peter kopfschüttelnd. »Immer gleich den direkten Weg.«

»Kommt, weiter!«

Bob und Peter sprangen in die Kabine. Die Tür war tatsächlich verkeilt worden. Unermüdlich versuchte sie immer wieder, sich zu schließen, und prallte dabei gegen eine Eisenstange.

Ein weiterer Gang schloss sich an. Hier war die Beleuchtung nicht weiß und hell, sondern bedrohlich rot. »Wo sind wir hier eigentlich?«, fragte Peter. »Diese Anlage ist ja noch zehnmal größer, als ich dachte!«

»Aber wozu sie gebaut wurde, wissen wir immer noch nicht«, stellte Bob fest.

»Das kriegen wir schon noch raus. Kommt, Kollegen!« Sie liefen den Tunnel hinunter. Auch hier waren links und rechts Türen, alle geschlossen. Nur die am Ende des Ganges stand ein Stück offen. Die drei ??? stürmten hindurch.

Ein kleiner Raum. Ein Schreibtisch mit Computer. Eine Wand mit einer großen Glasscheibe. Dahinter stand Olin und fummelte an einem großen, metallenen Objekt herum, das auf einem Tisch lag. An einer Wand waren kleine Bildschirme angebracht, die die Aufnahmen der überall in der Anlage installierten Kameras zeigten. Olin sah auf. Er war nicht überrascht. Wahrscheinlich hatte er die drei Detektive über die Kameras die ganze Zeit verfolgt. Eine Tür führte in diesen Nebenraum. Bob rannte darauf zu. Verschlossen. Natürlich. Es gab keine Klinke und kein Schloss, nur ein weiteres Tastenfeld.

Olin wandte sich wieder seiner Arbeit zu. Das Objekt auf dem Tisch war ein mattschwarz glänzender, schmaler Kegel, einen knappen Meter lang. In knalligem Rot leuchtete darauf ein Symbol, das Peter zu gut kannte: ein nach unten stürzender, unheimlich aussehender Drache. ›Project Dragon‹!

Auch Bob beschlich ein seltsames Gefühl. Er hatte diesen schwarzen Metallkegel mit dem roten Drachen schon einmal gesehen. Verzweifelt versuchte er sich daran zu erinnern, wann und wo das gewesen war.

Mit fliegenden Fingern schloss Olin ein paar Drähte an den hinteren Teil des Kegels an. Sie führten zu einem kleinen Gerät, das danebenstand.

»Wenn wir nicht durch die Tür kommen, nehmen wir eben das Fenster«, beschloss Peter, packte den Schreibtischstuhl und warf ihn mit aller Kraft gegen die Scheibe. Der Stuhl flog zurück und verfehlte Peter knapp. Das Glas erzitterte nur leicht.

»Sicherheitsglas«, stellte Justus fest. »Ich glaube, wir haben so etwas wie das Heiligtum dieser Anlage betreten. Olin! Können Sie mich hören?«

Er reagierte nicht.

»Schalldichtes Sicherheitsglas.« Justus entdeckte eine Gegensprechanlage auf dem Schreibtisch. Er drückte die Sprechtaste. »Olin?«

»Ihr seid schnell«, erklang seine Stimme leicht verzerrt aus dem Lautsprecher.

»Geben Sie auf, Olin. Sie kommen aus diesem Raum nicht raus. Es ist besser, Sie beenden das hier freiwillig.«

»Falsch«, antwortete Olin. »Niemand kommt hier mehr lebend raus.«

»Was meinen Sie damit, Olin?«

Anstatt zu antworten, grinste Olin nur teuflisch und schloss ein letztes Kabel an.

Die Erkenntnis traf Bob wie ein Schlag. Adrenalin flutete durch seinen Körper. Jetzt wusste er, woher er diesen schwarzen Kegel mit dem roten Drachen kannte! Er wusste, was da vor Olin auf dem Tisch lag! »Eine Bombe!«

Peter und Justus starrten ihn an. »Was?«

»Das da ist eine Bombe!«

»Ihr Burschen seid schlauer, als ich dachte«, sagte Olin. »Du hast recht, Bob. Eine Bombe. Und ich habe gerade den Zünder angeschlossen.« Er drehte das kleine Gerät um. Ein rotes Display zeigte die Zeit an: zehn Minuten. Olin drückte auf einen Knopf und der Countdown startete.

9:59

»In den nächsten fünf Minuten könnte ich den Countdown noch abbrechen, danach ist es zu spät. Noch zehn

Minuten und der ganze Laden fliegt in die Luft.« Er lachte. Es war ein schrilles, verrücktes Lachen.

»Was ... was ... warum tun Sie das, Olin?«

»Weil ihr die Ruhe der Ahnen gestört habt. Genau wie die Männer, die diese Anlage gebaut haben. Sie haben das Heiligtum geschändet und damit den Fluch heraufbeschworen. Makatao ist ein heiliger Ort und er ist entweiht worden. Die Ahnen haben mich ausgewählt, um sie zu rächen!«

Für einen Moment waren die drei Detektive sprachlos. Was redete dieser Verrückte da?

»Das kann nicht Ihr Ernst sein!«, rief Bob.

»Wer die Ruhe der Toten stört, ist selbst dem Tod geweiht.«

»Das war von Anfang an Ihr Plan!«, sagte Justus und ein kalter Schauer lief ihm über den Rücken. »Sie sind auf diese Expedition gegangen, um das alles hier in die Luft zu jagen!«

»Ganz recht. Es stimmt, Justus, ich war wirklich vor ein paar Stunden hier. Um die Bombe zu installieren.«

»Woher haben Sie das Ding überhaupt?«, rief Peter.

Olin lachte. »Ich habe sie mitgebracht. Sie war die ganze Zeit an Bord der ›Explorer‹. Ich glaube, du hast sie selbst hier hochgeschleppt, Peter. Die anderen hatten natürlich keine Ahnung davon. Bei der ganzen Ausrüstung fällt eine Holzkiste mehr oder weniger nicht auf.«

»Warum ... warum haben Sie sich hier unten verschanzt?«

»Dies ist der beste Ort für die Explosion. Wenn die Bombe detoniert, wird alles zerstört werden. Ihr werdet es nicht verhindern können. Verschwindet, solange ihr noch könnt. Sonst werdet ihr in neun Minuten unter Millionen

Tonnen Vulkangestein begraben. Vielleicht verschonen euch die Geister der Ahnen!«

Justus drückte auf den Knopf der Gegensprechanlage und unterbrach die Verbindung. Er drehte sich so, dass Olin seine Lippen nicht sehen konnte. »Redet auf ihn ein! Versucht, ihn von dem Wahnsinn abzubringen! Ich werde sehen, ob ich die Tür öffnen kann. Vielleicht kriege ich über das Tastenfeld einen Kurzschluss hin.« Er stellte die Sprechverbindung wieder her und ging zur Tür. Hier konnte Olin ihn nicht sehen. Das Tastenfeld war verschraubt. Keine Zeit für die sanfte Methode. Justus griff nach dem Stuhl und rammte das Stuhlbein immer wieder in das Plastikgehäuse, bis es zertrümmert war und einen Wust von Kabeln freigab.

»Wenn Sie den Countdown nicht stoppen, werden Sie auch sterben!«, rief Bob.

»Ich bin auserwählt.« Das schien für Olin eine Logik zu haben, die Bob nicht nachvollziehen konnte.

»Aber da oben sind noch Menschen! Unschuldige Menschen!«

»Niemand hier ist unschuldig. Ihr nicht, die anderen nicht und auch ich nicht. Aber ich bekomme eine Chance, meine Seele zu retten, wenn ich Makataos Boden von den ungläubigen Grabschändern reinige. Die Geister der Ahnen werden entscheiden, wer bestraft wird und wer nicht.«

Bob warf einen Blick auf das Display.

8:12

»Das ist doch Wahnsinn, Mr Olin!«, versuchte es Peter. »Niemand hier wollte irgendein Heiligtum schänden! Die Menschen, die hier sind, haben diese Anlage doch nicht gebaut!«

»Aber sie haben den Frieden der Ahnen gestört. Die Schändung muss enden! Diese Anlage muss endgültig vernichtet werden!«

»Sie werden uns alle töten!«, schrie Peter außer sich.

»Du weißt, was ich dir erzählt habe, Peter: Niemand, der zu lange auf Makatao ist, verlässt die Insel lebend. Der Fluch wird sie alle zur Strecke bringen.«

Justus hörte nur mit halbem Ohr zu. Er arbeitete fieberhaft an dem zerstörten Tastenfeld. So viele Kabel! So viele Verbindungen und Anschlüsse! Wenn er doch nur Zeit hätte! Nur ein paar Minuten mehr Zeit. Er schielte durch das Sicherheitsglas auf den Zünder.

7:27

In zwei Minuten und siebenundzwanzig Sekunden war es zu spät, dann konnte der Countdown nicht mehr gestoppt werden. Er wandte sich wieder den Kabeln zu. Konzentration! Er musste sich konzentrieren! Das rote Kabel führte vom roten Lämpchen in die Wand, das grüne Kabel war mit den Tasten verbunden ...

Währenddessen gingen Bob und Peter die Argumente aus. Olin schenkte ihren Worten sowieso keine Beachtung. Mit einem fiebrigen Glanz in den Augen starrte er auf die Bombe, sein Werkzeug der Zerstörung.

6:50

Es war zum Verrücktwerden! Dieser Mann hörte ihnen überhaupt nicht zu! Er war völlig in seiner eigenen Welt gefangen. Wie hatte Peter sich nur so in ihm täuschen können! Rasend vor Wut griff der Zweite Detektiv nach dem Stuhl und hämmerte ihn gegen das Panzerglas. Wieder und wieder und wieder schlug er darauf. Die Scheibe bekam nicht den kleinsten Sprung.

»Flieht, solange ihr noch könnt«, sagte Olin ruhig. »Vielleicht verschonen euch die Geister.«

5:52

Keine Zeit mehr zum Nachdenken. Keine Zeit für Analysen und Logik. Justus musste es einfach versuchen! Er riss das rote und das grüne Kabel aus der Wand und führte sie zusammen. Nichts geschah.

5:39

Bob fiel etwas ein! »Wenn die Bombe hochgeht, wird auch die ganze Grabanlage zerstört! Damit werden Sie die Ahnen noch viel mehr erzürnen, Olin! Denken Sie darüber nach!«

»Das werden die Ahnen Ihnen nie verzeihen!«, bekräftigte Peter.

Olin zuckte zusammen. Langsam sah er auf. Für einen Moment war das wahnsinnige Leuchten aus seinem Gesicht verschwunden. Ruhig blickte er die beiden Detektive durch die dicke Scheibe an.

5:26

Seine Hand glitt in einer unendlich langsamen Bewegung auf den Zünder zu. Der Zeigefinger verharrte über dem roten Knopf, mit dem er den Countdown gestartet hatte. Noch immer starrte er sie an. Die drei ??? hielten den Atem an, während die Sekunden verstrichen.

5:11

Tick-tack, tick-tack.

»Es tut mir leid«, sagte Olin, senkte den Kopf und zog die Hand langsam wieder zurück.

4:59

»Weg hier!«, schrie Peter. »Wir müssen hier raus! Wir müssen hier raus!!!« Geistesgegenwärtig drückte er einen Knopf an seiner Stoppuhr. Dann stürzte er aus dem Raum.

Den Gang hinunter! Schneller, schneller! Peter kickte die Stange weg, die den Fahrstuhl blockiert hatte, sprang in die Kabine und drückte auf den Knopf. Bob und Justus drängten sich ebenfalls hinein, dann schlossen sich die Türen.

Nichts geschah.

Der Fahrstuhl rührte sich nicht.

»Komm schon, komm schon, komm schon!«, murmelte Bob.

»Du blödes Scheißding, beweg dich endlich!«, rief Peter.

»Die Notausstiegsluke!«, rief Justus. »Der Fahrstuhl fährt nicht los, weil die Luke offen steht! Bestimmt eine Sicherheitsvorkehrung.«

»Und wie kriegen wir die wieder zu?«

»Gar nicht. Ich hab sie zerdeppert.«

»Wir müssen klettern!« Peter sprang hoch und zog sich in Windeseile durch die Öffnung nach oben. Fieberhaft sah er sich um. Er griff nach dem Stahlseil und rutschte sofort wieder ab. Es war geölt. Es gab keine Leiter, keine Stege, keine Vorsprünge, an denen man den Schacht nach oben klettern konnte. Der Zweite Detektiv sprang zurück. »Vergesst es. Wir müssen einen anderen Weg finden!« Panisch sah er auf die Uhr. Noch gut vier Minuten.

Bob sprang aus dem Fahrstuhl und probierte die nächstbeste Tür. Verschlossen. Die nächste. Verschlossen. Die nächste. Offen! Dahinter war es stockfinster. Nur der schwache rote Schein aus dem Gang ließ sie etwas von diesem Raum erahnen. Die rauen Felswände waren mit bizarren mikronesischen Ahnenbildern bemalt. Bob starrte sie an. Die fremdartigen Gesichter starrten zurück. Und Bob fühlte, wie etwas in ihm zerbrach.

»Dahinten ist eine Treppe!«, rief Peter und rannte darauf zu. Die Tür fiel hinter ihnen zu. Es war dunkel. Peter tastete sich blind vor und stieß schließlich gegen die erste Stufe. »Ich hab sie!« Es war eine steinerne Wendeltreppe. In absoluter Finsternis stolperte Peter nach oben. Justus' Keuchen war dicht hinter ihm. Herum, herum, immer weiter nach oben! Der Weg schien endlos. Der Schweiß rann ihm den nackten Oberkörper herunter, sein Herz schlug schmerzhaft gegen die Rippen. Er stürzte, rappelte sich wieder auf, rannte weiter durch die Finsternis. Und die Zeit rannte ebenfalls.

Peter prallte gegen eine Wand. Er taumelte zurück. Nein, keine Wand. Es war eine Tür. Der Zweite Detektiv riss sie auf und stürzte nach draußen.

Ein Gang. Sie waren wieder im oberen Stockwerk. Irgendwo hinter der Panzertür. Ein Blick auf die Uhr: noch zweieinhalb Minuten.

»Wo ist der Ausgang?«

»Da!«, rief Justus, obwohl er es nicht genau wusste, und rannte los. Um die Ecke, geradeaus, um die nächste Ecke ... da war die Panzertür!

Locked. Sie war verschlossen.

Doch neben dem Eingabefeld war ein roter Hebel in die Wand eingelassen. ›Emergency‹ stand darauf. Notausgang. Der Erste Detektiv drückte ihn herunter. Ein ohrenbetäubender Alarm plärrte los. Einen schrecklichen Augenblick lang geschah nichts. Doch dann glitt die Tür auf. Vor ihm standen Juan und Professor Phoenix, der sich ein Tuch an die blutende Stirn presste. Sie starrten ihn überrascht an.

»Was ist passiert?«, fragte der Professor.

»Keine Zeit! Wir müssen hier raus!«

»Wie bitte?«

»Olin hat eine Bombe!«, rief Peter. »In knapp zwei Minuten fliegt hier alles in die Luft! Raus!!!« Er wartete nicht ab, ob die beiden begriffen hatten, was er sagte. Er stürzte an ihnen vorbei, durchquerte die Kommandozentrale und hechtete die Treppe hinauf. Weiter durch den Gang in den Gebetsraum.

Und hier wurde Peter klar, dass etwas nicht stimmte. Etwas war falsch. Justus holte ihn gerade ein, als ihm aufging, was es war. »Bob! Wo ist Bob?«

»Was?«

»Wo ist Bob? Er ist ... er war die ganze Zeit hinter dir, oder?«

»Ich dachte, er sei vor dir gewesen! Aber dann ... hätte er ja als Erster die Panzertür erreichen müssen.«

»Bob! Bob steckt noch irgendwo da unten!« Er sah wieder auf die Uhr. Eine Minute. Er konnte es noch schaffen. Peter sprintete los, stieß im Gang mit Professor Phoenix zusammen und rief: »Verschwinden Sie hier!«

»Und was ist mit dir?«

»Ich muss Bob finden!«

Die weiße Stahltür. Die Treppe. Peter sprang mehr hinunter, als dass er lief. Er hatte die Kommandozentrale gerade halb durchquert, als sich die Panzertür plötzlich schloss. Peter legte noch einen Zahn zu, doch er schaffte es nicht. Als sich die Flügel in der Mitte trafen, verstummte der Alarm. Es war totenstill.

»Bob!«

Keine Antwort.

Keine Zeit mehr.

»Bob!!!«

Noch vierzig Sekunden. Peter rang mit sich, wandte sich um, blieb wieder stehen, hämmerte gegen die Tür. »Bob!!!«

Dreißig Sekunden. Er musste hier raus! Peter spurtete zurück, durch das Gewölbe, die Treppe rauf, den Gang hinunter, durch die Gebetskammer. Er erreichte die Steintreppe, als sich die Geheimtür unter dem Altar gerade von allein schloss. Im letzten Augenblick quetschte er sich durch die Öffnung und war im Freien.

Justus stand vor ihm und starrte ihn panisch an. Er packte ihn bei den nackten Schultern. »Was ist mit Bob?«

»Ich weiß nicht! Er ist noch da unten!«

Vierzehn Sekunden.

»Wir müssen hier weg!« Tränen der Wut und der Verzweiflung schossen Peter in die Augen, als er durch das Ruinenlabyrinth zum Rand des Kraters rannte.

Sieben.

Die letzte Mauer. Dahinter führte der steile Hang nach oben. Keine Zeit mehr! Peter warf sich auf den Hang. Nur weg aus dem Vulkankessel, der gleich zusammenstürzen würde!

Er vergrub sein Gesicht in der Erde, verschränkte die Arme über dem Kopf und zählte die Sekunden.

Zwei

Eins

Null

Die drei ???®

Teil 3
Der Fluch der Gräber

erzählt von André Marx

Inhalt

Die rätselhaften Bilder

Eine ohrenbetäubende Explosion.

Eins.

Eine Druckwelle erschütterte die ganze Insel, zerriss meterdicke Felsschichten und ließ die Erde in Wellen aufbrechen.

Zwei.

Felsbrocken rasten wie Geschosse durch die Luft und bohrten sich ins aufgewühlte Erdreich. Hochgeschleuderte Steine regneten herab.

Drei.

Schreiende Menschen. Schreie der Angst, des Schmerzes, des Todes. Die Welt ging unter.

Vier.

Auf all das wartete Peter, während er die Sekunden zählte. Doch nichts davon geschah.

Fünf. Sechs. Sieben. Acht. Noch immer schützte er seinen Kopf mit den Armen und drückte seinen Körper so flach wie möglich auf den Boden. Es musste jeden Moment losgehen. Jetzt! Jetzt!

Einundzwanzig. Irgendwas stimmte nicht. Entweder hatte er seine Uhr falsch abgelesen oder ... Peter wagte es, den Kopf ein Stück zu heben und einen Blick auf seine Sportuhr zu werfen. Es gab keinen Zweifel, die fünf Minuten waren längst um. Und es hatte keine Explosion gegeben. Jedenfalls keine, die so nennenswert gewesen wäre, dass er sie hier oben bemerkt hatte.

Wo waren die anderen? Der Zweite Detektiv blickte sich um. Es war noch Nacht, aber Mond und Sterne erhellten den Kraterkessel genug, um die umliegende Umgebung erkennen zu können. Niemand war zu sehen. Dann tauchte Justus' Kopf hinter einem Felsen am Kraterhang auf. Justus sah verstört aus. Er war offenbar genauso irritiert wie Peter, gab ihm jedoch ein Zeichen, unten zu bleiben. Vielleicht hatte der Zünder ein paar Sekunden Verspätung.

Sie waren eine Minute über die Zeit. Eineinhalb Minuten. Nichts geschah.

»Ihr verfluchten Burschen! Verarschen kann ich mich allein! Was wird hier gespielt?« Juan. Wer sonst. Er krabbelte aus seiner Deckung in einer kleinen Mulde heraus, klopfte sich den Staub von der Kleidung und stapfte wütend auf Peter zu.

»Vorsicht!«, rief Peter. »Die Bombe muss jeden Moment hochgehen!«

»Bombe!«, schnaubte Juan. »Es gibt keine Bombe! Oder hast du was gehört?«

»Ich habe sie gesehen«, antwortete Peter und wies auf den Boden. »Da unten.«

»Gar nichts hast du! Du hast mit dem Verräter gemeinsame Sache gemacht! Dir werd ich's zeigen, Bürschchen!« Juan schien Peter beim Hemdkragen packen zu wollen, doch Peter trug kein Hemd mehr. Also griff sein Gegner kurzerhand nach Peters Kehle.

»He!«, brüllte Peter. »Spinnen Sie jetzt komplett?«

»Juan!« Professor Phoenix kam vom oberen Rand des Kraters zurück. »Ich sage es Ihnen zum letzten Mal: Lassen Sie den Jungen in Frieden!«

»Sehen Sie denn nicht, was hier passiert, Professor? Diese Burschen –«

»Haben sicherlich nichts mit der Verschwörung zu tun, die Sie hinter allem und jedem vermuten.«

»Und was macht Sie da so sicher?«

»Mein Instinkt. Und mein gesunder Menschenverstand. Machen Sie doch Ihre Augen auf, Juan: Diese Jungs sind höchstens sechzehn Jahre alt. Glauben Sie ernsthaft, Mr Hadden würde drei Teenager losschicken, um Sie oder mich auszuspionieren?«

»So. Und wie erklären Sie sich dann das, was gerade geschehen ist? Eine Bombe! Dass ich nicht lache! Ich kann Ihnen sagen, was die drei vorhatten: Sie haben uns aus der Anlage rausgelockt, das steckt dahinter!«

Nun kam auch Justus aus seinem Versteck und gesellte sich zu den anderen. »Das ist nicht wahr. Es gibt wirklich eine Bombe. Olin hat sie an Bord der ›Explorer‹ hierhergeschmuggelt.«

»Aber warum geht sie nicht hoch?«, rief Peter. »Warum passiert denn nichts?«

»Was ist da unten geschehen, Justus?«, fragte Phoenix. »Was befindet sich hinter der Panzertür? Und was hat Olin getan?«

Der Erste Detektiv erzählte die ganze Geschichte. »Wir wissen immer noch nicht, welches Geheimnis hinter dieser Anlage steckt. Nur eines ist sicher: Sie ist viel größer, als wir angenommen hatten. Ich glaube nicht, dass wir auch nur eine Ahnung davon haben, wie groß. Es gibt so viele Türen und Gänge, an denen wir vorbeigekommen sind und von denen wir nicht wissen, was sich dahinter verbirgt.«

»Und das glauben Sie ihm?«, brauste Juan auf.

Professor Phoenix nickte ruhig. »Ja, das tue ich. Es macht nämlich mehr Sinn als die Geschichte, die Sie sich zusammengebastelt haben.«

»Mit einem hatte Juan allerdings recht«, warf Justus ein. »Die Sache mit der Bombe war ein Fake.«

»Was?«, rief Peter. »Wie kommst du denn darauf? Wir haben das Ding doch gesehen, samt Zünder!«

»Schon. Aber du siehst ja: Es ist nichts passiert. Und findest du es nicht auch etwas merkwürdig, dass sich jemand von einer Sekunde auf die andere in einen völlig anderen Menschen verwandelt? Dass ein intelligenter Mann wie Olin plötzlich von einer Art religiösem Wahn besessen ist? Das war alles nur Show!«

»Und wozu sollte diese Show gut sein?«

»Um uns alle aus der Anlage zu vertreiben. Das war Olins einzige Chance, heil aus der Sache herauszukommen, nachdem ich ihn durchschaut und bloßgestellt hatte. Dieser Quatsch vom Zorn der Ahnen und der heiligen Insel war nur dummes Gerede. Irgendeinen Grund für sein Verhalten musste er uns ja nennen. Da war es natürlich einfacher, den verrückten Wissenschaftler zu spielen, als mit der Wahrheit herauszurücken.«

»Die Wahrheit?«, fragte Peter. »Aber was ist die Wahrheit?«

»Das kann ich dir auch nicht sagen. Noch nicht. Ich weiß nur eines: Mr Olin ist der Schlüssel zum Ganzen. Ich bin sicher, dass er ganz genau weiß, wer diese Anlage gebaut hat und zu welchem Zweck. Wenn wir ihn kriegen, lösen wir auch das Rätsel um Makatao.« Justus knetete gedankenverloren seine Unterlippe. »Allerdings gibt es da ein Problem.«

»Welches, Just?«

»Wenn ich mit meinen Vermutungen richtig liege, wird Olin dafür gesorgt haben, dass wir die Anlage so schnell nicht wieder betreten können. Wahrscheinlich hat er die Panzertür fest verriegelt. Und mit etwas Pech haben wir uns den ersten Zugang selbst versperrt.« Abrupt setzte Justus sich in Bewegung. Er durchquerte die Ruinen bis zur Mitte des Kraters, wo sich der Altar befand. Der Erste Detektiv presste seine Hand auf den magischen Kreis. Nichts rührte sich. Der Steinblock blieb unbewegt an seiner Position.

Justus nickte grimmig. »Wie ich vermutet hatte. Bei unserer Flucht hat natürlich niemand daran gedacht, die Gewichte des Öffnungsmechanismus neu zu verteilen. Jetzt haben wir uns ausgesperrt.«

»Und was nun?«

»Wir haben noch ein Ass im Ärmel. Bob ist da unten. Weißt du, wo er zurückgeblieben ist, Peter?«

Der Zweite Detektiv schüttelte den Kopf. »Keine Ahnung. Es war ja stockdunkel auf dieser Treppe. Als wir den Aufgang entdeckten, war er jedenfalls noch bei uns. Und danach? Ich kann mich nicht erinnern, aber ich hatte auch andere Sachen im Kopf.«

»Wahrscheinlich ist er auf der Treppe gestürzt«, vermutete Justus. »Aber inzwischen wird er bemerkt haben, dass die Bombe nicht hochgegangen ist. Ich hoffe, er tut das Richtige.«

»Und was wäre das?«

»Na, uns die Tür aufmachen. Er wird ja wohl nicht so leichtsinnig sein, etwas im Alleingang gegen Olin zu unternehmen. Oder?«

Große, runde, glotzende Augen. Lange Nasen. Verzerrte Münder, die die Zähne bleckten. Die an die Felswand gemalten Ahnenbilder starrten Bob an. Bob starrte zurück. Die Welt um ihn herum versank in einem Nebel aus Stille und Dunkelheit. Ganz am Rande seines Bewusstseins bekam er noch mit, wie Peter und Justus die Treppe am Ende des Raumes erklommen. Es war nicht wichtig. Nichts war mehr wichtig. Es gab nur noch diese Gesichter: verzerrte Fratzen mit gebleckten Zähnen und stechendem Blick. Bob schritt langsam an der Wand entlang. Sie schienen ihm mit den Augen zu folgen. Es war beunruhigend. Sie wirkten so lebendig, so ... so wissend. Als hätten sie auf ihn gewartet. Als wollten sie ihm etwas mitteilen.

Bob kannte diese Gesichter. Er wusste, dass er sie schon einmal gesehen hatte. Aber wo? Und wann? Er konnte sich nicht erinnern. Doch dann fiel sein Blick auf ein Gesicht in der Mitte der Wand. Es war das größte von allen und seine Augen waren so durchdringend, dass Bob das Gefühl hatte, sie würden direkt in seinen Kopf sehen. Da war eine Mauer. Eine Mauer in seiner Erinnerung. Bob hatte nicht gewusst, dass sie da war, aber jetzt spürte er, dass dahinter etwas verborgen lag, abgeschirmt von seinem Bewusstsein.

Die Mauer bekam Risse. Bilder sickerten hindurch.

Nacht. Ein Industriegebiet. Lagerhäuser.

Die Wand in seinem Geist begann zu bröckeln.

Ein Versteck hinter einem Stahlcontainer. Ein Geräusch.

Sie brach zusammen und eine Flut von Erinnerungen ergoss sich in Bobs Gehirn. Die Wirklichkeit ...

löste ...

sich ...

auf.

Eine große, dunkle Gestalt war aus dem Nichts hinter seinem Rücken aufgetaucht. Sie holte zum Schlag aus! Bob riss den Arm hoch. Ein schwerer, harter Gegenstand traf sein Handgelenk. Glühender Schmerz durchzuckte ihn. Bob wollte schreien, doch da krachte etwas auf seinen Kopf. Bizarre Muster explodierten vor seinen Augen. Es wurde dunkel.

Als er erwachte und die Augen aufschlug, gab es Licht. Eine Lampe. Weit entfernt. Schwach. Er lag irgendwo. Auf einer Pritsche oder so was. Bobs Kopf schmerzte. Schlimmer war jedoch sein Handgelenk. Er konnte es kaum bewegen. Wo war er? Was war geschehen? Er hatte im Industriegebiet von Santa Monica auf Skinny Norris gewartet, der sich dort mit Joseph Hadden treffen wollte. Dann hatte ihn plötzlich jemand niedergeschlagen. Es war weder Skinny noch Hadden gewesen.

»Ich glaube, er ist aufgewacht.« Eine leise, tiefe Stimme aus der Richtung, aus der auch das Licht kam. Stühlerücken. Jemand kam auf ihn zu. Zwei Menschen, ein kleiner, ein großer – mehr konnte Bob in der schwachen Beleuchtung nicht erkennen.

»Geht es dir gut, Skinny?«, fragte der Kleine und beugte sich über ihn, sodass Bob sein Gesicht sehen konnte. Es war hager und eingefallen, die Augen leuchteten hellblau. Dieser Mann sah nicht gesund aus. Und was hatte er da gerade gesagt? Skinny?

»Ich ...«, begann Bob und fing an zu husten. Sein Mund war ausgetrocknet.

»Hol etwas Wasser, Dave!«, fuhr der Kleine den Großen an. »Es tut mir leid, dass er dich so heftig niedergeschlagen hat, Skinny. Ich habe ihm gesagt, er soll dich gefügig machen, von einem angeknacksten Handgelenk und einer dicken Beule war nie die Rede. Er ist manchmal etwas grob. Oh, du wunderst dich, dass ich deinen Namen kenne? Ich weiß so einiges über dich, Skinner Norris. Und ich hätte eine weniger brutale Methode vorgezogen, dich hierher zu bringen. Aber Mr Hadden war der Meinung, du würdest dich sträuben. Daher hat er mir diesen ... Gorilla an die Seite gestellt.«

Bobs Gedanken rasten. Was redete dieser Mann da? Er hielt ihn für Skinny! Aber natürlich, Skinny war von Hadden zu Halle 3 bestellt worden, dort aber nicht aufgetaucht. Dafür Bob. Dieser magere Typ und sein ›Gorilla‹ Dave hatten den echten Skinny wahrscheinlich nie zu Gesicht bekommen. Was sollte er jetzt tun? Den Irrtum aufklären? Oder ... das Spiel mitspielen? Wenn er doch nur wüsste, welches Spiel es überhaupt war!

Dave brachte ihm ein Glas Wasser. Bob setzte sich auf, nahm es umständlich entgegen und trank in langsamen, kleinen Schlucken. Er musste Zeit gewinnen. Er blickte über den Rand des Glases hinweg und sah sich seine Umgebung näher an. Der Raum war klein und kahl. An den Wänden blätterte der Putz. Außer dieser Pritsche und einem Tisch unter einer schwachen Funzel, die von der Decke hing, gab es nichts. Das Fenster hatte hölzerne Läden, die den Blick nach draußen versperrten, die Tür war geschlossen. Kein Laut drang herein. »Du wirst dich sicherlich fragen, warum du hier bist, Skinny«, sagte der Kleine. »Ich werde es dir sagen. Aber es ist wichtig, dass du mir genau zuhörst. Ganz genau, verstehst du? Sieh mich an!«

Bob blickte in die eisblauen Augen und nickte.

»Du wirst in zwei Tagen mit der ›Hadden Explorer‹ auf

eine sehr, sehr wichtige, geheime Mission gehen. Und du wirst dabei eine zentrale Rolle spielen. Du wirst eine große Verantwortung tragen. Hast du mich verstanden?«

»Ja ... das heißt nein. Was für eine Verantwortung?«

Der Mann machte eine beruhigende Geste. »Vor zehn Tagen hat die Besatzung der ›Hadden Montana‹ auf Makatao eine erstaunliche Entdeckung gemacht. Eine Entdeckung, die dazu führte, dass eine zweite Expedition startet. An Bord der ›Hadden Explorer‹ werden Fachleute sein, die wissen, was mit dieser Entdeckung zu tun ist. Es gibt nur ein Problem.«

»Nämlich?«

»Mr Hadden, der das ganze Unternehmen finanziert, vertraut der zweiten Mannschaft nicht. Aus sicheren Quellen weiß er, dass mindestens ein Maulwurf unter den Expeditionsteilnehmern ist. Er weiß jedoch nicht, wer. Die Zeit reicht nicht aus, um ein neues Team zusammenzustellen, die ›Explorer‹ muss in zwei Tagen auslaufen. Welche Möglichkeit bleibt also?« Er sah ihn forsch an.

»Ich weiß nicht«, gestand Bob.

»Divide et impera!«

Das war Latein. So viel wusste Bob. Nicht jedoch, was es bedeutete.

»Teile und herrsche! Gib niemandem die ganze Macht, gib jedem nur einen Teil davon, so wird dich niemand hintergehen können. Genau das hat Mr Hadden getan. Jeder an Bord der ›Explorer‹ hat nur einen Teil der Informationen, die er benötigen würde, um das Unternehmen zu gefährden. Egal wer der Maulwurf ist, er wird die Expedition nicht vereiteln können, weil ihm die wichtigste Information fehlt.«

»Und die wäre?«

»Der Ort, an dem sich das, was Mr Hadden haben will, befindet.«

»Das verstehe ich nicht. Ich denke, die Besatzung der ›Montana‹ hat bereits etwas gefunden.«

Der Kleine schüttelte lächelnd den Kopf. »Nein. Sie hat nur entdeckt, dass es auf Makatao mehr gibt als erwartet. Wo genau es sich jedoch befindet, das weiß niemand. Und es wird deine Aufgabe sein, dieses Geheimnis zu bewahren.«

»Meine?« Bob schluckte. »Aber ... aber ich weiß doch gar nicht, worum es überhaupt geht!« Er biss sich auf die Lippen. Hatte er sich verraten?

Doch sein Gegenüber schüttelte den Kopf. »Das weiß niemand. Divide et impera! Jeder bekommt nur einen kleinen Teil der großen Wahrheit. Selbst ich kenne sie nicht. Mr Hadden hat mich nur damit beauftragt, dir die Information zu geben, wo sich des Rätsels Lösung verbirgt.«

Bob runzelte die Stirn. Es gab eine Frage, die ihn schon seit zwei Tagen beschäftigte. Jetzt hatte er vielleicht die Chance auf eine Antwort: »Wenn Mr Hadden niemandem von der Mannschaft traut – warum vertraut er ausgerechnet mir?«

Der Kleine lachte. »Das tut er nicht.«

»Und warum will er dann mir diese wichtige Information geben? Ich könnte sie dem Maulwurf zuspielen und mich dann aus dem Staub machen.«

»Könntest du nicht.«

»Und warum nicht?«

»Weil du dich nach diesem Gespräch an nichts mehr erinnern wirst.«

»Was soll das heißen?«

»Natürlich nur mit deiner Zustimmung.«

»Bitte?«

»Ich möchte dich hypnotisieren. Oh, ich vergaß vollkommen, mich vorzustellen. Gestatten? Cypher, der beste Hypnotiseur Kaliforniens.«

»Cypher«, wiederholte Bob spöttisch.

»Ein Künstlername. Kein besonders guter, das gebe ich zu, aber dafür umso einprägsamer.«

»Sie werden es nicht schaffen, mich zu hypnotisieren«, sagte Bob bestimmt. »Niemals.«

»Nicht, wenn du dich dagegen wehrst, da gebe ich dir recht. Deshalb bitte ich dich ja auch, mir zuzuhören. Damit du verstehst, worum es hier geht. Ohne die Information, die ich dir geben werde, ist die ganze Mission bedeutungslos. Es ist ungeheuer wichtig, dass ein Mensch an Bord der ›Explorer‹ weiß, wo auf der Insel überhaupt gesucht werden soll. Aber der Maulwurf wird natürlich versuchen, an diese Information heranzukommen. Er wird nichts unversucht lassen. Er wird vielleicht nicht einmal vor Gewalt zurückschrecken. Unser Geheimnisträger muss sich also so unauffällig wie möglich verhalten. Und wie gelingt ihm das? Indem er gar nicht weiß, dass er ein Geheimnis kennt.«

Bob runzelte die Stirn. »Ich verstehe immer noch nicht ganz. Sie … Sie wollen mir eine Information implantieren?«

»Sozusagen, ja. Wenn ich dich hypnotisiere, wirst du dich erst dann wieder an die Information erinnern können, wenn du auf der Insel angelangt bist. Bis dahin ist das Geheimnis sicher verwahrt. Sicherer als an jedem anderen Ort in der Welt, nämlich in deinem Kopf. Und du wirst es nicht einmal wissen.«

»Und wenn ich mich weigere?«

»Ich kann dich nicht zwingen. Niemand kann hypnotisiert werden, wenn er es nicht möchte. Deine innere Bereitschaft ist eine Voraussetzung, damit es funktioniert. Andernfalls kann der beste Hypnotiseur der Welt nichts ausrichten.« Cypher blickte ihn ernst an. Er wartete auf eine Entscheidung. Aber Bob war noch nicht bereit, der Sache zuzustimmen.

»Was habe ich von der ganzen Sache?«

»Nun, ich denke, das weißt du.« Bob zuckte zusammen. Er wusste von gar nichts! »Mr Hadden sagte, du würdest für diesen Auftrag äußerst großzügig entlohnt. Wenn du ablehnst, wird er dich ohne Zweifel morgen anrufen, um dir zu sagen, dass du deinen Seesack wieder auspacken kannst. Oder Schlimmeres.« Er lächelte vieldeutig. »Hadden ließ durchblicken, dass du in seiner Schuld stehst. Ich denke, du weißt, was er damit meint.«

Bob konnte es sich denken. Skinny hatte irgendwas ausgefressen, so viel wusste er. Und das setzte Hadden als Druckmittel gegen ihn ein. Das Problem war: Bob war nicht Skinny. Was hatte es für Konsequenzen, wenn er diesen Cypher in seinem Hirn herumpfuschen ließ? »Angenommen, ich sage Ja«, begann Bob vorsichtig. »Was passiert mit mir, wenn ich aus der Hypnose aufwache?«

»Du wirst dich an nichts erinnern können und nach

Hause fahren. Nicht an Daves ruppigen Überfall, nicht an mich, nicht an diesen Ort und nicht an das Geheimnis. Es wird so sein, als hättest du bei Halle 3 vergeblich auf Mr Hadden gewartet.«

»Und mein Handgelenk?«

»Dafür werden wir uns etwas Nettes ausdenken.«

»Warum erzählt mir Mr Hadden die ganze Geschichte eigentlich nicht selbst?«

Cypher schüttelte lächelnd den Kopf. »Du bist ziemlich neugierig. So hatte Mr Hadden dich gar nicht beschrieben. Also schön: Mr Hadden ist deshalb nicht hier, weil du ihn in den nächsten Tagen noch einmal treffen und dich dann womöglich an die Hypnose erinnern könntest. Wir werden mit Bildern arbeiten. Ich werde die Informationen, die ich dir anvertraue, in deinem Kopf mit Bildern verschlüsseln. Wenn du diese Bilder das nächste Mal siehst – und das wird auf Makatao sein –, wird die Erinnerung zurückkommen. Das könnte jedoch auch mit allem anderen passieren, was du heute Nacht hier siehst. Daher ist dieser Raum völlig kahl. Deswegen ist Mr Hadden nicht hier. Und Dave und mich wirst du garantiert nie wieder zu Gesicht bekommen. Also?«

Bob dachte nach. Es war zum Verrücktwerden. Natürlich musste er Ja sagen. Das war eine einmalige Gelegenheit, Licht in diesen Fall zu bringen! Dieser Mensch hielt ihn für Skinny und würde ihm streng geheime Informationen anvertrauen. Justus hätte der Hypnose ohne zu zögern zugestimmt. Das Dumme war nur: Justus würde hiervon nie etwas erfahren. Genauso wenig wie Peter. Und nicht einmal Bob würde morgen noch wissen, was hier passiert war. Wenn Cypher die Wahrheit sagte, würde Bob das alles erst wieder einfallen, wenn er auf Makatao war. Und er hatte eigentlich nicht vor, diese verfluchte Insel jemals zu betreten. Und damit waren die wertvollen Informationen auf ewig verloren.

Aber vielleicht war das gar nicht das Problem. Vielleicht lautete die Frage viel eher: Was passierte, wenn er es ablehnte, sich hypnotisieren zu lassen? Dann würde Hadden benachrichtigt werden. Hadden würde sich bei Skinny melden, Skinny würde die Verwechslung aufklären und Hadden wüsste, dass die drei ??? ihm auf der Spur waren. Dieses Risiko konnte Bob nicht eingehen.

Andererseits ... wenn er sich hypnotisieren ließ und Skinny in zwei Tagen ohne die geheime Information an Bord der ›Explorer‹ ginge, würde er damit die Expedition höchstwahrscheinlich vereiteln. Welche Folgen das hatte, konnte Bob unmöglich abschätzen. Aber dass Hadden etwas im Schilde führte, war so gut wie klar, und dies war die Chance, ihm auf gut Glück einen Knüppel zwischen die Beine zu schmeißen. Verrückt blieb es trotzdem: Wenn die Mission der ›Explorer‹ durch die Entscheidung, die Bob nun treffen musste, scheiterte ... würde Bob niemals erfahren, dass er für dieses Scheitern verantwortlich war. In seinem Kopf drehte sich alles. Dieses Gedankenspiel machte ihn ganz wahnsinnig! Aber er musste zu einer Entscheidung kommen! Cypher und Dave wurden schon misstrauisch. Wenn er nicht bald etwas sagte ... »Also schön. Ich mach's.«

Cypher nickte. »Gut. Ich versichere dir, dir wird nichts geschehen. Ich nehme an, du bist noch nie hypnotisiert worden?«

»Doch«, antwortete Bob zögernd. »Einmal.«

Sein Gegenüber hob überrascht die Augenbrauen. »Tatsächlich? Wann? Und von wem?«

»Von einer Ärztin. Es ist noch nicht so lange her. Aber eigentlich ist das eine private Angelegenheit.«

Cypher zuckte die Schultern. »Nun gut. Du hast also bereits Erfahrung. Umso besser. Dann wird es einfacher sein, dich in einen tiefen Entspannungszustand zu versetzen. Du weißt ja, bei Hypnose handelt es sich um nichts anderes als eine Entspannungsübung. Es kommt in erster Linie auf dich selbst und deine Bereitschaft an. Ich bin nur ein Mittelsmann zwischen dir und deinem Unterbewusstsein. Leg dich hin!«

Während Bob es sich bequem machte und versuchte, seine Nervosität abzuschütteln, redete Cypher mit ruhiger Stimme auf ihn ein: »Du wirst dich gleich sehr ruhig und entspannt fühlen. Ich werde dir einen kleinen Spiegel zeigen. Wenn du ihm mit den Augen folgst, wirst du müde werden.«

Aha, dachte Bob, da bin ich aber mal gespannt.

Cypher hockte sich auf den Rand der Pritsche und nestelte unter seinem schwarzen Hemd eine kleine Kette hervor. Der Anhänger war ein runder Spiegel. Er hielt die Kette hoch und ließ den Spiegel vor Bobs Gesicht hin- und herschwingen. »Fixiere den Spiegel!«

Bob folgte dem kleinen Gegenstand mit den Augen. Hin und wieder fing er das schwache Licht der Lampe ein und mit jedem Aufblitzen spürte Bob, wie seine Lider tatsächlich immer schwerer wurden.

»Du fühlst dich wohl ... Du bist entspannt ... Dir ist angenehm warm.«

Eine wohlige Ruhe breitete sich in Bobs Körper aus. Ruhe und Müdigkeit.

»Sieh den Spiegel an! Mit jedem Schwingen wirst du müder ... immer müder ... immer müder ... immer müder ...«

Der Spiegel war alles, was Bob noch sah. Klein und rund und funkelnd schwebte er vor seinem Gesicht hin und her, hin und her, hin und her, hin und her ... Er konnte kaum noch die Augen offen halten.

»Ich zähle nun von fünf rückwärts bis null. Bei null wirst du deine Augen schließen und vollkommen entspannt sein. Es wird sein wie ein tiefer, ruhiger Schlaf. Du wirst auf nichts mehr reagieren, außer auf meine Stimme. Fünf ... vier ...«

Bob war schon jetzt so benebelt, dass er sich wünschte, Cypher würde schneller zählen.

»... drei ... zwei ...«

Der Spiegel und die Stimme und die Müdigkeit. Mehr gab es nicht.

»... eins ... null.«

»Ich habe immer gesagt, dass ein Verräter an Bord ist!«

»Sie haben so einiges gesagt, Juan!«, entgegnete Dr. Svenson genervt. »Wahrscheinlich haben Sie jeden Einzelnen von uns verdächtigt.«

»Mit gutem Grund! Mindestens zwei von fünf Leuten auf der ›Explorer‹ haben ein doppeltes Spiel gespielt!«

»Mindestens? Was wollen Sie damit sagen?«

»Glauben Sie etwa, ich vertraue hier noch jemandem? Wer sagt mir, dass nicht auch Sie etwas im Schilde führen, Svenson?«

»Das ist ja wohl das Allerletzte! Wenn dem so wäre, stünde ich bestimmt nicht auf dieser Seite dieser verfluchten Geheimtür. Das dürfte selbst Ihnen klar sein!«

Dr. Svenson, Mr Schwartz und Al waren zum Krater der Vulkaninsel zurückgekehrt, nachdem Professor Phoenix Peter losgeschickt hatte, um sie zu holen. Seit einer halben Stunde herrschte großes Gezeter. Jeder machte jedem Vorwürfe und besonders Maria Svenson und Juan hatten nichts Besseres zu tun, als sich gegenseitig Beleidigungen an den Kopf zu werfen. Justus hörte schon gar nicht mehr zu. Er sah sich um. Inzwischen war die Sonne aufgegangen und vertrieb zumindest die Kälte, die sich in seine Knochen geschlichen hatte. Richtig warm wurde ihm trotzdem nicht. Das lag an seiner Müdigkeit. Ihm fiel auf, dass er seit Ewigkeiten nicht mehr richtig geschlafen hatte. Die paar Stunden in der Hütte auf Ponape zählten kaum. Und die Nacht im Flugzeug erst recht nicht. Am liebsten hätte er sich auf der Stelle inmitten der überwucherten Ruinenmauern und zwischen all den streitenden Menschen hingelegt. Aber das kam nicht infrage. Bob war noch da unten. Olin verfolgte wahrscheinlich gerade finstere Pläne. Anne war verschwunden. Dies war definitiv der falsche Zeitpunkt, um an Schlaf zu denken.

Müde blickte er zu Peter hinüber. Dem Zweiten Detektiv schien es nicht anders zu ergehen. Aber eines stand fest. Eine Ruhepause durften sie sich erst gönnen, wenn sie Bob befreit, Anne gefunden und Olin das Handwerk gelegt hatten. Doch dazu mussten sie die Geheimtür öffnen. Alle hatten gehofft, dass ihnen das mit vereinten Kräften gelingen würde, doch selbst zu siebt hatten sie den steinernen Altar keinen Millimeter verrücken können. Was jedoch nicht bedeutete, dass es unmöglich war. Sie mussten es nur richtig anfangen.

»Darf ich Sie alle kurz unterbrechen?«, bat Justus erschöpft. Er hatte eigentlich mehr Entschlossenheit in seine Stimme legen wollen. »Ich habe einen Vorschlag zu machen.«

»Was mischt sich der Dicke denn schon wieder ein?«

»Der Dicke hat garantiert etwas Intelligenteres zu sagen als Sie, Juan!«, fauchte Dr. Svenson. Womit das Wortgefecht in die nächste Runde ging. Diesmal kamen jedoch Professor Phoenix, Mr Schwartz und Albert dem Ersten Detektiv zu Hilfe und brachten die beiden zum Schweigen.

»Anstatt unsere Kräfte mit ineffektiven Diskussionen zu verschwenden, sollten wir sie kanalisieren und unser Hauptaugenmerk auf unsere erfolgreiche Rückkehr in die unterirdische Anlage richten.«

»Wie bitte?«

»Wir sollten die Tür öffnen«, übersetzte Peter.

»Das haben wir schon versucht, Klugscheißer.«

»Dann müssen wir es eben auf effizientere Weise versuchen.«

»Und wie?«

»Indem wir einen Flaschenzug bauen.« Einen Moment lang herrschte Schweigen. Justus nutzte die unerwartete Aufmerksamkeit und fuhr fort: »Mithilfe eines Flaschenzuges ist die zum Bewegen des Altars benötigte Kraft durch einen der Anzahl der Rollen entsprechenden Nenner geteilt.«

»Äh ...«

»Was redet der Junge da für einen Mist?«

»Gar keinen, Juan«, sagte Professor Phoenix. »Im Gegenteil: Die Idee ist brillant. Die Frage ist, wie wir diesen Flaschenzug bauen wollen.«

»Mit Lianen«, erklärte Justus. »Die müssten das Gewicht eigentlich halten.«

»Äh ...«, versuchte es Peter erneut. »Könnte mir mal jemand erklären, wie so ein Flaschenzug funktioniert? Und wie wir ihn mal eben so mir nichts, dir nichts bauen sollen?«

»Ganz einfach, Peter. Bei einem Flaschenzug teilt man die Last, die bewegt werden soll, auf zwei oder mehrere Haltepunkte auf. Das hat zur Folge, dass man weniger Kraft aufwenden, dafür aber mehr Weg zurücklegen muss. In diesem Fall: die Hälfte der Kraft, der doppelte Weg, aber das dürfte kein Problem darstellen. Platz haben wir ja genug. Sag mal, hast du in Physik eigentlich jemals aufgepasst?«

»Tja, also ... gehört habe ich das schon mal«, gestand Peter. »So ganz klar ist es mir aber nicht.«

Der Erste Detektiv winkte ab. »Macht nichts. Wichtig ist nur, dass wir mithilfe eines Flaschenzugs praktisch die Kraft von vierzehn Menschen aufbringen, nicht nur von sieben. Das dürfte reichen, um diesen Klotz zu bewegen. Und ihn zu bauen ist ganz einfach. Wir müssen nur ein ausreichend langes Seil aus Lianen herstellen und an einem fixen Punkt befestigen, zum Beispiel dem Monolithen dort drüben. Dann wickeln wir es einmal um den Altar und führen es wieder um den Monolithen herum, der uns als Rolle dienen wird. Und dann ziehen wir.«

»Ich muss das nicht verstehen, oder?«

»Nein, Peter. Du musst nur ziehen.«

»Die Idee ist echt gut!«, rief Al begeistert. »Hätte von mir sein können!«

»Da steckt doch wieder ein Trick dahinter«, brummte Juan, doch sein Einspruch ging ungehört unter. Es schien, als wollte er seine Rolle als Zweifler aus purer Sturheit nicht aufgeben.

»Also gut!«, rief Phoenix und klatschte in die Hände. »An die Arbeit! Gehen wir in den Urwald und schlagen ein paar Lianen! Wäre doch gelacht, wenn wir das nicht schaffen würden!«

Teils begeistert, teils mürrisch verstreute sich die Gruppe, um den Hang hinaufzuklettern und im dichten Grün des Dschungels zu verschwinden. Nur Phoenix und Justus blieben ein Stück zurück.

»Das war ein guter Gedanke, Justus. Ich weiß, warum Juan dir nicht traut. Du bist zu schlau für ihn. Das macht ihm Angst.«

Justus lächelte nicht. Dafür war er zu müde. Er sagte nur: »Ich weiß.«

Die Bilder der Erinnerung rissen ab und Bob befand sich wieder in der Wirklichkeit: ein unterirdisches Gewölbe auf einer sagenumwobenen Südseeinsel. Er starrte der an die Wand gemalten Fratze noch immer in die Augen. Aber das Gesicht hatte seine Lebendigkeit verloren. Jetzt war es nichts weiter als ein Bild.

Bob atmete tief durch. Er war noch ganz benommen von den Erinnerungen. Es war, als hätte er eine Schatztruhe in seinem Hirn gefunden. Eine Truhe, in der durch die Hypnose zwei Stunden seines Lebens versteckt waren. Und die Schatzkarte war ein Foto von dem Ahnenbild an der Wand gewesen, das Cypher ihm gezeigt hatte. Durch den Blick in die Augen dieses fremdartigen Geschöpfs war ihm wieder eingefallen, wo die Truhe versteckt war. Und nun wusste er auch, wo er suchen musste, um –

Die Bombe!

Der Gedanke traf ihn wie ein Blitz und jagte eine heiße Welle der Panik durch seinen Körper. Er hatte die Bombe vergessen! Peter und Just, wo waren sie? Bob wirbelte herum. Niemand da. Sie waren die Treppe hinaufgerannt, richtig? Hinterher! Wie viel Zeit blieb ihm noch? Er sah auf die Uhr – und erstarrte. Er hatte acht oder neun Minuten hier gestanden und die Wand angestarrt! Die Bombe war bereits vor fünf Minuten explodiert! Aber er lebte noch. Und es war auch nichts eingestürzt. Was war passiert? »Justus? Peter?«, rief er in die Dunkelheit. Keine Antwort. Bob ging zurück zur Tür und blickte auf den rot beleuchteten Gang. Links der Lift, noch immer außer Betrieb. Rechts die Tür, hinter der sich die Bombe befand – und Olin. Sie war geschlossen. Dazwischen gab es noch einige andere Türen. Seine Freunde hatten die Treppe genommen. Waren sie noch irgendwo dort oben? Oder hatten sie es bis nach draußen geschafft? Sollte er ihnen folgen?

Er dachte noch darüber nach, was er tun sollte, als er plötzlich ein Geräusch hörte. Ein leises metallenes Kratzen. Als versuchte jemand, den falschen Schlüssel ins richtige Schloss zu zwängen. Er horchte. Das Geräusch kam von rechts. Der Dritte Detektiv kämpfe einen Moment lang mit sich, dann folgte er dem Scharren. Es kam von der letzten Tür am Ende des Ganges, keine zwei Meter vom Bombenraum entfernt. Nun war Bob sicher: Da versuchte tatsächlich jemand, das Schloss zu knacken. War das Olin?

Das Scharren verstummte. Bob legte sein Ohr an den kalten, glatten Stahl.

Stille.

KRACH!

Etwas explodierte direkt in seinem Gehörgang. Bob taumelte zurück und starrte die Tür an. KRACH! Jemand versuchte, sie mit Gewalt zu öffnen, und hämmerte mit etwas sehr Großem auf die Stahlplatte ein. KRACH! Der Lärm hätte Tote wecken können. Bob beeilte sich, zurück zum Treppenaufgang zu kommen, bevor Olin ...

Jemand kam aus dem Bombenraum. Bob schaffte es im letzten Augenblick, um die Ecke zu verschwinden. Mit angehaltenem Atem presste er sich an die Wand.

»Hör sofort auf damit!« Das war unverkennbar Olin. Ein sehr wütender Olin.

KRACH!

»Aufhören, hab ich gesagt, oder ich werde dafür sorgen, dass du hier bis ans Ende deiner Tage bleibst und verschimmelst!« Der Lärm verstummte.

»Danke sehr, Anne!« Die Tür wurde geschlossen, dann war es still.

Bob wartete noch einen kurzen Moment, bevor er einen Blick auf den Gang wagte. Olin war wieder im Bombenraum verschwunden. Und hinter der anderen Tür befand sich Anne, die verzweifelt versucht hatte, sie aufzubrechen. Sie war also keine Verräterin. Das war ja wenigstens etwas. Auf Zehenspitzen schlich Bob zu ihrem Gefängnis und klopfte ganz leise an. »Anne?«, flüsterte er kaum hörbar. »Anne? Bist du da drinnen?«

»Wer ist da?«, drang es zögernd durch die Tür.

»Schhh! Leise! Olin ist direkt nebenan, er darf uns nicht hören. Mein Name ist Bob Andrews. Ich bin ein Freund von ...

»Ich ... verstehe nicht.«

»Ich bin hier, um dich zu befreien!« Das war eine Lüge, aber er konnte sich nicht auf eine Diskussion mit Anne einlassen. Später vielleicht.

»Du kannst mich hier rausholen?«

»Na ja, ehrlich gesagt ... ich weiß nicht genau, wie. Die Tür ist verschlossen.«

»Ich habe Werkzeug. Aber hier drinnen ist es stockdunkel. Meinst du, du kriegst das Schloss von außen auf, wenn ich dir das Werkzeug unter der Tür durchschiebe?«

»Kann sein.«

Einen Moment später rutschten drei oder vier kleine Metallgegenstände über den Betonboden. Darunter befand sich eine verbogene Haarnadel, die anderen sahen aus, als hätte jemand ein paar Büromöbel auseinandergenommen. Bob hob sie auf und betrachtete sie genauer. »Werkzeug«, brummte er. Wenn Peter nur hier wäre! Der Zweite Detektiv hatte eine Menge Erfahrung im Öffnen von Türen. Bob hatte ihm zwar einige Male über die Schulter gesehen, aber ernsthaft versucht hatte er es selbst noch nie. Egal, er musste es versuchen! Vorsichtig steckte er einen Haken ins Schlüsselloch und ertastete die darin verborgene Mechanik. Das Stück Metall kratzte über kleine Hebel, rutschte in Vertiefungen, bekam jedoch nichts zu fassen. Bob brauchte einige Minuten, um überhaupt zu verstehen, wie dieses Schloss funktionieren könnte. Währenddessen berichtete er Anne in knappen Sätzen, wer er war, wie er hierherkam und was er wusste.

»Wie sieht's aus?«, flüsterte Anne.

Er versuchte, so viel Zuversicht wie möglich in seine Stimme zu legen. »Ich brauche noch eine Weile.« Es war nicht leicht, sich auf die Arbeit zu konzentrieren. Immer wieder hielt er inne und lauschte. War da ein Geräusch gewesen? Ein Stuhlrücken? Schritte? Jeden Moment konnte Olin aus der Tür treten und ihn entdecken. Was trieb er da drinnen? Reparierte er die Bombe oder den Zünder, der versagt hatte? Oder heckte er ganz andere Pläne aus? Früher oder später musste er rauskommen. Und wenn Bob bis dahin immer noch hier stand, dann ... Es klickte. Bob zuckte zusammen. Doch dann begriff er, dass er das Geräusch selbst verursacht hatte. Das Schloss! Er hatte etwas zu fassen gekriegt! Jetzt nur nichts falsch machen! Langsam und ganz vorsichtig drehte er den Metallhaken weiter. Ein Widerstand, der ganz langsam nachgab. Ein weiteres Klicken. Dann rutschte der Haken ab. Bob atmete tief durch. Entweder musste er wieder von vorn anfangen oder ...

Er drückte die Klinke herunter. Die Tür schwang quietschend auf. Vor ihm stand eine phantomhafte Gestalt.

Anne sah furchtbar aus. Ein zierliches Mädchen, blass, fast schon grün im Gesicht. Sie wirkte ausgemergelt und schwach. Ein feiner Schweißfilm glänzte auf ihrer Stirn. Trotz der schwachen Beleuchtung kniff sie die Augen zusammen, als sie aus der absoluten Dunkelheit ins Licht wankte. Bob griff nach ihrem Arm.

»Kannst du laufen?«, flüsterte er.

Sie nickte.

»Dann nichts wie weg hier!« Er schloss die Tür und sie eilten den Gang hinunter in den Raum mit den Ahnenbildern und der Treppe. Erst hier wagte Bob, etwas lauter zu sprechen. »Was hat Olin mit dir gemacht?«

»Mich eingesperrt.«

»Und sonst?«

Sie schüttelte den Kopf. »Nichts sonst.«

»Du bist ganz grün im Gesicht. Siehst aus wie ein Geist.«

»Ich fühle mich auch so. Ich ... ich weiß nicht, was los ist. Die Luft ... sie ist so stickig hier unten. Vielleicht liegt es daran.«

»Was ist passiert?«

»Ich konnte nicht schlafen. Daher wollte ich sehen, was Olin treibt und ob er mit seiner Arbeit am Computer vorankommt. Aber als ich die Kommandozentrale betrat, sah ich, wie er sich am Generator zu schaffen machte. Ich konnte ihn eine Weile beobachten: Er hat ihn sabotiert! Dann entdeckte er mich. Ich wollte fliehen und die anderen wecken, aber er holte mich ein und schlug mich nieder.

Tja, und dann bin ich in diesem dunklen Raum aufgewacht. Wo sind wir überhaupt? Und wieso bist du hier?«

»Wir sind hinter der Panzertür, ein paar Stockwerke tiefer. Warum ich hier bin? Das ist eine lange Geschichte.« Bob berichtete in Kurzform, was sich ereignet hatte. Die plötzlich zurückgekehrte Erinnerung an die Hypnose verschwieg er jedoch.

»Ich will hier raus«, unterbrach Anne ihn unvermittelt. »Erzähl mir den Rest nachher.«

Bob nickte. »In Ordnung. Da vorn ist eine Treppe. Sie führt nach draußen. Hoffe ich. Meinst du, du schaffst das?«

»Ich werde es versuchen.«

Eine Wendeltreppe. Eine Drehung nach der anderen. Es war stockdunkel. Sie mussten sich langsam vortasten. Und Anne keuchte schon nach wenigen Stufen so sehr, dass Bob fürchtete, sie würde in Ohnmacht fallen. Er ließ sie vorgehen, damit sie das Tempo bestimmen und er sie auffangen konnte, falls sie tatsächlich stürzte.

»Die Treppe scheint so alt zu sein wie die Gebetskammer«, dachte Bob laut. »Hier ist nichts verändert worden.«

»Aber der Gang, in dem wir eben waren, ist neu«, bemerkte Anne. »Ich frage mich, warum jemand eine Treppe so tief nach unten baut. In dem Raum, in den sie führt, gibt es doch nichts außer ein paar Bildern an den Wänden. Ob das mal eine Grabkammer war?«

Bob antwortete nicht. Er wusste, was es mit dem Raum und den bemalten Wänden auf sich hatte. Aber er beschloss, sein Wissen vorerst für sich zu behalten.

Anne machte immer häufiger Pausen. Sie wirkte zu Tode erschöpft. Doch schließlich schimmerte irgendwo über ihnen ein schwaches Licht. Sie erreichten das Ende der

Treppe. Eine offene Tür führte auf einen kalt beleuchteten Gang. Bob sah vorsichtig nach links und rechts. Der Tunnel war verlassen. Anne wollte an ihm vorbeitreten, doch im letzten Moment hielt Bob sie zurück.

»Was ist?«

»Wir kommen hier nicht raus.«

»Warum nicht?«

»Kameras. Hier oben sind in allen Gängen Kameras installiert. In Olins Raum sind überall Monitore. Er kann uns von dort aus beobachten. Wenn er uns entdeckt, dann ...« Bob sprach den Gedanken nicht aus. »Verflucht! Wir kommen hier nicht weg!«

»Auf drei!«, rief Professor Phoenix. »Eins, zwei, *drei*!«

Peter stemmte seine Füße in den Boden und zog. Die Liane schnitt in seine Haut. Er packte fester zu. Das lange Seil aus Pflanzensträngen schabte über den Monolithen, den sie als Rolle benutzten. Und der Altar, um den sie das Seil geschlungen hatten, bewegte sich ein Stück. »Es funktioniert!«, rief Peter begeistert.

»Gleich noch mal! Eins, zwei, drei!«

Mit vereinten Kräften zogen sie den behauenen Felsblock Stück für Stück beiseite, bis die Öffnung darunter groß genug war. Diesmal mussten sie sich nicht beeilen, da die Mechanik, die die Geheimtür normalerweise wieder schloss, gar nicht in Kraft gesetzt war.

»Justus, du bist ein Genie!«, sagte Peter anerkennend.

Der Erste Detektiv winkte ab. »Ich nehme dieses Lob gerne an, wenn es mir gelingt, auch die Panzertür zu öffnen.«

»Also schön«, sagte Professor Phoenix. »Dann wollen wir mal in die Höhle des Löwen zurückkehren.«

Fünf Minuten später standen alle in der Kommandozentrale. Sie sah aus, als wäre nie etwas geschehen. Der Generator summte vor sich hin und lieferte ständig Strom für die Lampen und die Computeranlage. Die Panzertür war geschlossen. Peter ging darauf zu und tippte wahllos ein paar Ziffern ein in der Hoffnung, dass der Alarm, den sie vor einer Stunde ausgelöst hatten, die Elektronik lahmgelegt hatte. Aber es gab nur einen wütenden Summton und das rote Lämpchen blinkte auf. Die Tür blieb geschlossen.

»Also schön«, sagte Justus. »Es wäre doch gelacht, wenn ich über den Computer nicht herausfinden könnte, wie man diese verdammte Tür aufkriegt.«

Nicht einmal Juan widersprach, als der Erste Detektiv sich an den Tisch setzte, an dem auch Olin noch vor wenigen Stunden gearbeitet hatte, und den Computer hochfuhr. Der unheimliche Drache auf der amerikanischen Flagge. ›Project Dragon‹.

»Da haben wir dich ja wieder. Na warte«, murmelte Justus. »Ich bin zwar müde, aber nicht so müde, dass ich es nicht noch mit einem Drachen aufnehmen könnte.« Er registrierte gar nicht, dass sich alle anderen nach und nach um ihn scharten und ihm neugierig über die Schulter sahen. Justus versank voll und ganz in der Welt, die der Bildschirm ihm öffnete. Zahlen. Worte, Informationen. Irgendwo hier war der Schlüssel zur Panzertür und damit auch der Schlüssel zum Geheimnis der Toteninsel versteckt. Er musste ihn nur finden.

»Jetzt!« Bob rannte los. Den Gang hinunter bis zur nächsten Ecke, schnell, schnell, bevor die Kamera sich wieder drehte und ihn erfasste! Anne folgte dicht hinter ihm. Hoffentlich war sie nicht zu langsam, hoffentlich stürzte sie nicht! Sie drückten sich in einen Türrahmen, eine Sekunde bevor die Kamera herumschwenkte. Geschafft! Dies war ein toter Winkel. Das hoffte Bob zumindest.

»Und wo geht es jetzt weiter?«, fragte Anne.

»Um die Ecke da vorn, glaube ich.«

»Glaubst du?«

»Ich weiß es nicht mehr genau. Wir sind so schnell durch dieses Labyrinth gerannt, ich bin nicht ganz sicher.«

»Und wenn hinter der Ecke auch eine Kamera ist?«

»Wir müssen es wohl darauf ankommen lassen.« Bob sah nach oben. Sie mussten abwarten, bis die Kamera den Teil des Tunnels im Bild hatte, aus dem sie gerade gekommen waren, bevor sie das nächste Teilstück in Angriff nehmen konnten. Ihnen würden schätzungsweise sechs Sekunden bleiben, um sich vor dem elektronischen Auge in Sicherheit zu bringen. »Achtung, mach dich bereit! Jetzt!«

Wieder rannten sie los. Drei Sekunden bis zur Ecke. Die Zeit reichte, um einen schnellen Blick zu riskieren. Im nächsten Gang war noch eine Kamera! Aber sie war nicht auf sie gerichtet. Noch nicht. »Schnell, weiter!«, rief Bob und stürzte nach vorn. »Beeilung!« In letzter Sekunde kamen sie direkt unter der Kamera zum Stehen. Mit leisem Surren drehte sie sich herum und nahm die Bilder ihrer Umgebung auf. Den Quadratmeter unter ihr, auf dem Bob und Anne sich zusammenquetschten, konnte sie jedoch nicht erfassen.

So ging es weiter, Meter für Meter durch die unterirdische Anlage. Mehr als einmal entgingen sie um Haaresbreite der Entdeckung, doch das Glück blieb auf ihrer Seite. Zwischendurch verlor Bob die Orientierung. Er war überhaupt nicht mehr sicher, ob sie noch in die richtige Richtung liefen, doch er ließ sich nichts anmerken. Anne war sowieso schon völlig erschöpft. Durch das weiße, kalte Licht wirkte sie noch bleicher. Sie war ohne Zweifel krank. Aber das letzte Stück musste sie noch durchhalten!

Dann tauchte am Ende eines Ganges endlich die Panzertür auf. Der Ausgang! »Wir haben es geschafft!«, seufzte Bob. »Zumindest fast. Da ist eine Kamera. Aber die überwinden wir auch noch.«

»Die Tür ist zu«, bemerkte Anne.

»Stimmt. Aber siehst du, da in der Wand ist ein Hebel. ›Emergency‹ steht drüber. Damit kann man die Panzertür bestimmt von innen öffnen.« Bob beobachtete die Kamera, nahm die Zeit, die sie für eine Umdrehung brauchte, und passte den richtigen Moment ab. »Los!«

Sie rannten auf die Tür zu, blieben unter der Kamera eine Sekunde stehen und liefen dann weiter. Bob riss den Notfallhebel herunter.

Nichts geschah.

»Verflixt!« Er rüttelte an dem Hebel, seine Finger flogen über das Tastenfeld, dann versuchte er die Tür mit Gewalt zu öffnen, doch sie rührte sich nicht einen Millimeter.

»Bob! Die Kamera!«

Das Gerät schwenkte herum. Es war zu spät, um umzukehren. Die Kamera erfasste sie – und blieb stehen. Bobs Herz begann zu rasen. Jetzt konnten sie nur noch hoffen, dass Olin nicht auf die Monitore blickte. »Hilf mir, Anne, wir müssen diese Tür irgendwie –«

»Bob und Anne! Ihr verfluchten Gören!« Die Stimme kam von überall. Sie klang verzerrt, blechern. Bob sah zur Decke. Das, was er für ein Belüftungssystem gehalten hatte, waren in Wirklichkeit Lautsprecher. Olin! »Wie bist du hier hereingekommen? Wie hast du es geschafft, sie zu befreien?«

»Lassen Sie uns raus, Mr Olin!«, rief Bob. »Ihr Spiel ist aus, Sie können nicht –«

»Ich verstehe. Du bist gar nicht hereingekommen. Du warst niemals draußen.«

»Er kann uns nicht hören«, raunte Bob. »Er kann uns nur sehen und zu uns sprechen. Los, wir müssen die Tür öffnen!« Sie krallten ihre Finger in den winzigen Zwischenraum der Flügel und zogen mit aller Kraft. Vergeblich.

»Gebt euch keine Mühe!« Ein plärrendes Lachen hallte unheimlich durch den Gang. »Das ist eine Panzertür! Und ich habe das Notfallsystem abgeschaltet. Ihr kommt hier nicht raus.«

»Wir brauchen Werkzeug. Hier gibt es bestimmt Büros. Vielleicht können wir ein Stuhl- oder Tischbein als Hebel benutzen und die Tür aufbrechen.«

Anne schüttelte den Kopf. »Das klappt nie. Olin hat recht. Diese Tür sieht nicht nur stabil und ausbruchsicher aus. Sie ist es auch.«

Bob fühlte seine Hoffnung schwinden. Sie saßen in der Falle! Olin konnte sie hier drinnen verhungern lassen. Wahrscheinlicher war jedoch, dass er sich nun auf die Suche nach ihnen machte. Sie konnten sich nicht ewig vor ihm verstecken. Und er hatte eine Waffe. Sie nicht.

»Falls ihr überlegt, einen anderen Ausgang zu suchen: Es gibt keinen«, sagte Olin höhnisch. »Ich schlage vor, ihr kommt jetzt ganz langsam zu mir zurück.«

Bob rührte sich nicht von der Stelle.

Anne begann zu zittern. »Ich muss hier raus! Ich brauche frische Luft!«

»Keine Panik, Anne, wir finden schon einen Weg.«

»Ich muss hier raus!!! Was sollen wir nur tun?«

Bob wusste es nicht. Wenn doch nur Justus hier wäre, dem würde bestimmt etwas einfallen. Aber Justus war –

Ein Zischen direkt hinter ihnen. Bob drehte sich um. Und traute seinen Augen nicht. Langsam, fast majestätisch und mit einem beruhigenden Summen glitt die Panzertür auf.

»Bob!«

»Anne!«

»Justus!« Bob sprang aus dem Tunnel heraus, bevor die Tür es sich anders überlegen konnte. »Hast du den Ausgang geöffnet?«

Justus nickte. »Wo hast du nur gesteckt?«

»Ich ... äh ... war da unten.«

»Wo steckt Olin?«, fragte Phoenix. »Ist der Kerl noch da drin?«

Bob nickte.

»Schnell, blockiert die Tür, bevor wir wieder ausgesperrt werden!«, befahl der Professor. Peter und Al schnappten sich einen Tisch und stellten ihn in den Durchgang. Selbst die sicherste Panzertür würde es nicht schaffen, einen kompletten Tisch zu zerquetschen.

»Was war denn überhaupt los?«, wollte Peter wissen. »Wo warst du plötzlich, als wir abhauen wollten?«

»Ich ... bin gestürzt«, log Bob. »Auf der Treppe. Muss mir wohl die Birne eingehauen haben. Als ich wieder zu mir kam, merkte ich jedenfalls, dass die Bombe längst hätte hochgegangen sein müssen. Da ist wohl was schiefgelaufen.«

»Wohl kaum«, korrigierte Justus. »Ich wette, Olin wollte uns alle nur aus der Anlage rauslocken. Das hat er ja auch geschafft. Aber ich habe Zugriff zum Computersystem erlangt. Jetzt kann ich jede Tür im ganzen Komplex öffnen und schließen, wenn ich will.«

»Unser Genie«, wiederholte Peter und schlug Justus auf die Schulter.

»Sag mal, Bob, woher wusstest du eigentlich, dass dieses schwarze Ding eine Bombe war?«

»Ich habe sie schon einmal gesehen. In einem Zeitungsartikel war ein Foto abgebildet. Dieser rote Drache, daran konnte ich mich genau erinnern.«

»Und was stand in dem Artikel?«

»Wenn ich das noch wüsste. Ich habe schon nachgedacht. Es fällt mir einfach nicht mehr ein.«

Es dauerte eine Weile, bis sie sich gegenseitig auf den neuesten Stand gebracht hatten. Albert kümmerte sich um Anne und begleitete sie aus der Kommandozentrale nach draußen. Das Mädchen war weiß wie eine Wand und wollte nur noch an die frische Luft, alles andere interessierte es nicht.

»Genug geredet!«, rief Juan. »Schnappen wir uns den Verräter.«

»Ausnahmsweise bin ich mit Ihnen einer Meinung«, sagte Dr. Svenson. »Wir sollten ihm nicht zu viel Zeit geben, sich auf uns vorzubereiten.«

»Wie gehen wir vor?«, wollte Mr Schwartz wissen.

»Ich habe einen Plan«, sagte Justus. Er blickte in die Runde. Alle hörten ihm zu, sogar Juan. Offenbar hatte er sich jetzt endlich Respekt verschafft. »Ich werde Ihnen eine Karte der Anlage ausdrucken, damit Sie nicht unnötig durch die Gänge irren. Den Fahrstuhl können Sie leider vergessen, den habe ich ... der ist kaputt. Sie müssen die Treppe nehmen. Ich nehme an, dass sich Mr Olin noch in dem Raum mit den Monitoren aufhält. Er wird Sie beobachten. Aber das wird ihm nichts nützen.«

»Es gibt nur einen Haken, Just«, fiel Peter ein. »Er hat sich dort eingeschlossen. Sollen wir ihn belagern und aushungern?«

»Es geht auch einfacher. Ich werde oben bleiben und die Tür von hier aus öffnen. Damit wird er nicht rechnen. Entscheidend ist, dass das Timing stimmt. Bob? Uhrenvergleich!«

Sie aktivierten gleichzeitig ihre Stoppuhren. »In genau sieben Minuten werde ich die Tür zu Olins Versteck öffnen.« Justus reichte Professor Phoenix die ausgedruckte Karte. »Viel Glück!«

Juan, Maria Svenson, Professor Phoenix, Peter und Bob machten sich auf den Weg. Mr Schwartz blieb ohne Erklärung bei Justus. Der Erste Detektiv konnte sich denken, warum: Vertrauen war gut, Kontrolle war besser. Und Vertrauen wurde hier niemandem mehr entgegengebracht. Er nahm es Schwartz nicht übel. An seiner Stelle hätte er wahrscheinlich genauso gehandelt.

Bob übernahm die Führung der kleinen Gruppe. Er kannte sich hier am besten aus, trotzdem warf er vorsichtshalber immer wieder einen Blick auf die Karte. Um die Kamera brauchte er sich nun nicht mehr zu kümmern. Im Gegenteil: Manchmal konnte er es sich nicht verkneifen, direkt in die Linse zu blicken und hämisch zu grinsen. Mit der kleinen Armee im Rücken war er am längeren Hebel. Er fühlte sich stark – solange er nicht an die Waffe dachte, die Olin trug. Er konnte diesen Mann absolut nicht einschätzen. Möglich, dass er durchdrehte und schoss.

Bob verscheuchte den Gedanken. »Hier kommt die Treppe. Sie müssen vorsichtig sein, es ist absolut finster.« Langsam stiegen sie die Wendeltreppe hinab. Am unteren Ende vermied es Bob, die Gesichter an der Wand anzusehen. Doch Dr. Svenson bemerkte sie sofort.

»Das ist herrlich! Die Treppe, dieser Raum mit den Wandmalereien ... das alles ist erstaunlich! Dieses Volk muss sehr hoch entwickelt gewesen sein. Trotzdem ist es mir ein Rätsel, warum die Anlage so tief in den Berg hineinreicht. Es ist eine Schande, dass wir nur hier sind, um für Mr Hadden irgendwelche Eisen aus dem Feuer zu holen. Ich würde das alles zu gern näher erforschen.«

Sie wären erstaunt, was Sie dabei vielleicht entdecken würden, dachte Bob. Dann betraten sie den rot beleuchteten Gang. Die Tür am anderen Ende war verschlossen. Professor Phoenix rüttelte daran, pochte dagegen und rief: »Machen Sie auf, Olin! Sie haben keine Chance!«

Keine Antwort.

Juan drängelte sich vor. Er hatte seine Waffe gezogen. »Darf ich, Professor?«

Phoenix nickte. Sie traten einen Schritt zurück. Juan richtete den Lauf der Pistole auf das Türschloss und drückte ab. Ein ohrenbetäubender Knall hallte durch den Gang. Das Schloss splitterte. Juan riss die Tür auf. Der Raum dahinter war leer. Hinter der Panzerglasscheibe war niemand zu sehen. Nur die Bombe lag noch immer dort.

Peter konnte sich einen hämischen Seitenblick zu Juan nicht verkneifen. »Sehen Sie, die Geschichte mit der Bombe war die Wahrheit.«

Juan knurrte nur unwillig. Dann fragte er: »Und wo ist Olin?« Dr. Svenson legte den Finger an die Lippen und wies auf die Verbindungstür. Es war möglich, dass Olin sich dahinter versteckte, denn die Tür lag in einem toten Winkel, der durch die Scheibe nicht einsehbar war.

Juan trat auf die Verbindungstür zu und rief: »Raus da, Olin! Das Spiel ist aus!«

»Meinst du auch, dass er sich da versteckt?«, raunte Peter Bob ins Ohr. »Ich meine, er wusste doch, dass wir kommen. Wäre es nicht ziemlich dämlich von ihm, wenn –«

»Ja«, stimmte Bob zu. »Wäre es. Ich an seiner Stelle wäre abgehauen.«

»Die Kameras!«, fiel es Peter ein und er wies auf die Monitore hinter der Panzerglasscheibe. »Wenn er geflohen ist, müssten wir ihn doch sehen können.«

Aufmerksam beobachteten sie die Bildschirme. Alle Gänge waren verlassen. In der gesamten Anlage waren Kameras installiert; außer in der Kommandozentrale und ... hier. Hier unten, im rot beleuchteten Gang.

Peter hatte den Gedanken noch nicht ganz zu Ende gedacht, als er ein vertrautes Klicken hörte. Das Klicken einer entsicherten Pistole.

»Keine Bewegung! Und jetzt langsam umdrehen!«

Olin musste sich im kaputten Fahrstuhl versteckt und dann von hinten angeschlichen haben. »Die Waffe runter, Juan! Wird's bald!«

Juan blickte ihn grimmig an – und rührte sich nicht.

»Waffe runter!!!«

»Tun Sie, was er sagt, Juan«, zischte Phoenix. »Er ist unberechenbar!«

Olin trat drohend einen Schritt vor und richtete seine Pistole direkt auf Juans Kopf. »Her damit!«

»Juan, den Macho können Sie später raushängen lassen, das ist der falsche Zeitpunkt«, drängte Dr. Svenson.

Mit einem wütenden Schnauben übergab Juan seine Waffe.

»Sie halten sich alle für besonders schlau, was? Aber vergessen Sie's! Mich kriegen Sie nicht!« Er schob sich an der kleinen Gruppe vorbei zur Verbindungstür. Das Tastenfeld war zwar noch zerstört, aber er hatte die richtigen Verbindungen offenbar wiederhergestellt. Denn als er mit fliegenden Fingern eine Zahlenkombination eingab – so schnell, dass Peter und Bob unmöglich beobachten konnten, welche Ziffern es waren –, leuchtete das grüne Lämpchen und das Schloss schnappte auf.

»Was haben Sie vor, Olin?«, fragte der Professor.

»Sie werden jetzt alle in diesen Raum gehen. Ich werde ihn schließen und danach hole ich mir den Rest Ihrer Bande.«

»Was soll das alles? Was verbergen Sie vor uns?«, wollte Dr. Svenson wissen.

Olin lachte nur. »Glauben Sie wirklich, ich mache den Bösewichtfehler und verrate Ihnen meine Geheimnisse? Vergessen Sie es! Rein da!«

»Auf keinen Fall!«, knurrte Juan.

»Nun gehen Sie schon«, drängte Bob. »Es hat ja doch keinen Zweck, sich mit ihm anzulegen.«

Juan sah ihn überrascht an.

»Der Junge hat es kapiert«, sagte Olin anerkennend. »Rein da!«

Nacheinander betraten sie den Raum. Olin schloss die Tür hinter ihnen. Es war totenstill. Das Panzerglas schluckte jedes Geräusch von draußen. Olin winkte ihnen durch die Scheibe noch einmal zu, dann löschte er das Licht und trat zurück auf den Gang. Nur noch der schwache rote

Lichtschimmer, der durch die offene Tür drang, erhellte ihr kleines Gefängnis.

»Wir sitzen in der Falle«, sagte Peter mit Grabesstimme. »Das Panzerglas kriegen wir nie kaputt.«

»Irrtum«, widersprach Bob. »Wir sitzen nicht in der Falle.«

»Warum nicht?«

»Weil Justus in genau zwölf Sekunden diese Tür öffnen wird. Was glaubst du, warum ich vorhin so gedrängelt habe, dass wir in diesen Raum gehen? Olin sollte sich sicher fühlen und verschwinden, bevor Justus sein elektronisches Wunder vollbringt.«

»Oh Mann!«, stöhnte Peter. »Daran hatte ich überhaupt nicht mehr gedacht!«

Klick.

»Tataa, die Tür ist offen.«

»Und was machen wir jetzt?«, fragte Maria Svenson.

»Jetzt wird nicht mehr geredet«, sagte Professor Phoenix grimmig. Im schwachen Licht blitzte sein gesundes Auge gefährlich auf. Jetzt sah er wieder aus wie ein Tiger. »Jetzt wird gehandelt.« Er öffnete die Tür und huschte lautlos wie eine Raubkatze durch den Vorraum auf den Gang hinaus.

Bob und Peter konnten ihm nicht schnell genug folgen. Als sie in das rote Dämmerlicht hinaustraten, sahen sie gerade noch, wie Phoenix ausholte und Olin von hinten niederschlug. Der Verräter ging zu Boden, die Waffe rutschte über den kalten Stein.

Mit Armen und Beinen an einen Stuhl gefesselt und von allen Anwesenden umringt, starrte Olin düster ins Leere. Vor einer halben Stunde war er aus der Ohnmacht erwacht und hatte seitdem kein Wort gesprochen. Und es sah auch nicht so aus, als würde er das in absehbarer Zeit noch tun. Er hatte sein Spiel verloren, aber das war für ihn noch lange kein Grund auszupacken, was er eigentlich gespielt hatte.

»Also schön«, brummte Phoenix. »Dann schweigen Sie meinetwegen, bis Sie schwarz werden! Wir werden auch ohne Ihre Hilfe herausfinden, was Sie vor uns verstecken wollten. Die Antwort liegt irgendwo in dieser Anlage. Es wird eine Weile dauern, bis wir sie durchsucht haben, aber wir haben ja Zeit.« Er wandte sich ab.

»Nichts für ungut, Professor, aber wie wäre es mit ein bisschen Schlaf?«, fragte Albert. Er war mit Anne in die Kommandozentrale zurückgekehrt. Es ging ihr etwas besser, aber sie sah immer noch krank aus.

»Ich denke, den haben wir uns alle verdient. Holen wir also die Nachtruhe nach, die Mr Olin uns geraubt hat.«

Alle atmeten erleichtert auf und kehrten schnell zu ihren Schlafplätzen zurück. Viele wollten jedoch ihr Lager unter freiem Himmel aufschlagen. Die ewige Dunkelheit und das bedrückende Gefühl, unter Tonnen von Stein begraben zu sein, schlug allen aufs Gemüt. Professor Phoenix machte es sich in der Nähe von Olin bequem. Er versicherte ihnen, dass er aufwachen würde, wenn Olin einen Befreiungsversuch unternahm.

»Und wo schlafen wir?«, fragte Peter seine Freunde und gähnte.

»Äh ... gar nicht«, sagte Bob.

»Was soll das heißen?«

Der Dritte Detektiv blickte sich um, aber es war niemand in der Nähe, der sie belauschen konnte. »Ich hatte noch gar keine Gelegenheit, es euch zu erzählen. Als ich allein da unten war ... ist noch etwas mehr passiert. Aber ich wollte warten, bis ich mit euch allein bin.«

Schlagartig war Justus wach. »Was denn? Hast du etwas entdeckt?«

»Könnte man so sagen. Ich kenne das Geheimnis von Makatao.«

Das leere Grab

Sie hatten einen günstigen Moment abgewartet, um unbeobachtet durch die offene Panzertür ins Innere der Anlage zu schleichen. Als sie außer Hörweite waren, erzählte Bob seinen Freunden, was auf ihrer Flucht vor der Explosion wirklich geschehen war.

Justus und Peter trauten ihren Ohren nicht. »Das ist unfassbar!«, rief Peter. »Ich kann das einfach nicht glauben! Und du konntest dich wirklich an nichts erinnern?«

»Zum hundertsten Mal, nein! Glaubst du, ich hätte euch die Sache sonst verschwiegen? Woran ich mich erinnern kann, ist, dass ich vergeblich bei Halle 3 gewartet habe und schließlich nach Hause gefahren bin. Dort bin ich dann die Treppe runtergefallen und habe mir das Handgelenk verstaucht.«

»Und diese Erinnerungen sind alle nicht echt?«

Bob nickte. »Genau.«

»Das ist nicht so ungewöhnlich, wie es sich anhört«, sagte Justus. »Diese Art von Hypnose könnte man auch als Gehirnwäsche bezeichnen. In Sekten ist das beispielsweise eine beliebte Methode, um die Anhänger gefügig zu machen. In einem tranceähnlichen Zustand wird ihnen eingeredet, dass sie ein bestimmtes religiöses Schlüsselerlebnis hatten, obwohl das gar nicht stimmt. Wichtig ist nur, dass der Hypnosezustand mit dem vollen Einverständnis der Person herbeigeführt wird. Aber das war bei Bob ja der Fall. Er wollte sich hypnotisieren lassen in der Hoffnung, sich danach vielleicht doch erinnern zu können und so hinter das Geheimnis zu kommen.«

»Verrückt, nicht?«, sagte Bob und lachte auf. »Eigentlich hätte ich überhaupt nicht hier sein dürfen. Schließlich war die Hypnose für Skinny vorgesehen. Und nun bin ich doch auf Makatao gelandet und die Erinnerung ist zurückgekehrt.«

Justus stutzte. Seine Augen weiteten sich.

»Was ist, Just?«

»Oh mein Gott!«, rief er und schlug mit der flachen Hand gegen seine Stirn. »Wir sind so dämlich!«

»Lass mich aus dem Spiel«, forderte Peter. »Was meinst du denn?«

»Des Rätsels Lösung! Es ist so offensichtlich! Du glaubst, es war Zufall, dass du auf Makatao gelandet bist, Bob? Falsch! Es war Absicht und von langer Hand geplant!«

»Wie bitte?«, fragte Bob. »Geplant? Quatsch! Ich bin doch freiwillig hier!«

»Glaubst du. In Wirklichkeit bist du nur eine Figur in einem Spiel, Bob. Wie wir alle.«

»Aha.« Bob glaubte kein einziges Wort. »Und wer sollen die Spieler sein? Würdest du uns bitte aufklären?«

»Skinny Norris und Joseph Hadden.«

»Was redest du da?«

»Passt auf, Kollegen. Es war genau so, wie Cypher dir erzählt hat: Hadden hat der Mannschaft der ›Explorer‹ nicht über den Weg getraut. Daher musste er eine fünfte Person mitschicken, die die wichtigste aller Informationen transportieren sollte.«

»Skinny Norris.«

»Exakt. Die Sache mit der Hypnose ist auch logisch.

Hadden wollte vermeiden, dass Skinny auspackt. Erst hier auf der Insel, beim Anblick der Ahnenbilder in der Höhle, sollte ihm klar werden, warum er überhaupt mitgefahren ist.«

»Auch klar.«

»Aber Hadden hat die Rechnung ohne Skinny gemacht. Der ist nämlich gar nicht so doof, wie er aussieht, und hat irgendwie spitzgekriegt, dass Hadden ihn benutzen will. Wahrscheinlich wusste er sogar von der Hypnose und dass Hadden bei dem Treffen vor Halle 3 gar nicht anwesend sein würde.«

»Barbara Jefferson!«, rief Peter aufgeregt. »Vielleicht ist sie doch Skinnys Freundin! Und wenn ja, dann wissen wir auch, warum er sich an sie herangemacht hat: um an Informationen zu kommen. Entweder über sie persönlich oder durch ihre Arbeitsunterlagen, in denen Skinny herumgeschnüffelt hat.«

»Gut möglich«, stimmte Justus zu. »Durch Miss Jefferson hat Skinny also vom Hintergrund des Treffens mit Hadden erfahren. Und feige, wie Skinny nun mal ist, hat er dich angerufen, Bob, um dich zu dem vereinbarten Treffpunkt zu schicken und zu sehen, was passiert. Cypher und sein Gorilla hielten dich logischerweise für Skinny und hypnotisierten dich statt ihn.«

Peter schnippte mit den Fingern. »Du hast recht! Jetzt fällt es mir wieder ein! Am nächsten Tag trafen wir uns mit Skinny auf dem Schrottplatz. Er fragte nach dir, Bob, und war ziemlich nervös. Als du dann auftauchtest, reagierte er echt seltsam.«

Justus nickte. »Denn er hatte natürlich erwartet, dass du sofort etwas über deine Entführung erzählst und ihn beschuldigst. Aber du konntest gar nichts erzählen, da dir die Erinnerungen an den Vorfall genommen worden waren.«

Bob war platt. »Wow. Du hast wirklich recht, Justus.« Er schloss die Augen, um sich zu konzentrieren. »In Ordnung, so langsam kriege ich das auf die Reihe. Mein Zusammentreffen mit Cypher war also kein Zufall, sondern von Skinny mehr oder weniger geplant.«

»Und das lässt wiederum vermuten, dass auch der Rest kein Zufall war«, fuhr Justus aufgeregt fort. »Skinny hat dafür gesorgt, dass das Verwechslungsspiel weitergeht. Und zwar indem er Peter an Bord der ›Explorer‹ betäubt und sich aus dem Staub gemacht hat.«

Peter schlug mit der Faust in die offene Hand. »Ich wusste es! Ich wusste es die ganze Zeit! Man kann Skinny nicht trauen! Habe ich es dir gesagt oder nicht, Justus? Hm? Habe ich es dir gesagt oder nicht?«

»Ja, schon gut, du hast es gesagt.«

»In dem Moment, in dem wir erfuhren, dass Skinny Norris unser Auftraggeber ist, hätten wir die Finger von der Sache lassen sollen! Das haben wir jetzt davon! Ah, dieses feige Schwein! Na warte, wenn ich den in die Finger kriege ...« Peter knirschte grimmig mit den Zähnen.

»Er wollte sich aus der Affäre ziehen und hatte zufällig drei größenwahnsinnige Detektive in seiner Nähe, die kein Risiko scheuen«, sagte Bob. »Und genau damit hat er uns aufs Glatteis gelockt: mit unserer Neugier. Wir müssen aber auch in alles unsere Nase stecken!«

»Du warst also an Bord der ›Explorer‹, das Schiff legte ab und wir standen belämmert am Pier«, erinnerte sich Justus. »Aber wir wurden beobachtet. Einer von Haddens Leuten hatte den Auftrag, das Ablegen der ›Explorer‹ zu überwachen. Aus gutem Grund, nehme ich an, denn schließlich war Hadden misstrauisch. Sein Späher bekam mit, dass Skinny nicht an Bord des Schiffes war, und informierte Hadden. Der zählte eins und eins zusammen, sprach mit Cypher und ließ sich eine Personenbeschreibung geben. Schließlich kam er darauf, dass Skinny ihn ausgetrickst hatte: Bob war an seiner Stelle hypnotisiert worden und Peter war an Bord der ›Explorer‹. Aber das durchkreuzte Haddens Pläne. Schließlich musste er unbedingt jemanden mit der Geheiminformation auf Makatao haben. Also –«

»Rief er seine Schwester an!«, fuhr Bob fort. »Die machte einen auf geheimnisvolle Unbekannte und faselte etwas davon, dass wir unseren Freund retten müssten. In Wirklichkeit wollte sie jedoch nur erreichen, dass ich irgendwie nach Makatao komme. Genau genommen ging es nicht mal um mich, sondern nur um die Information in meinem Kopf. Unglaublich! Das Ganze war ein abgekartetes Spiel!«

Justus nickte wütend. »Und obwohl wir durch Morton in letzter Sekunde herausbekamen, dass die Dame Joseph Haddens Schwester ist, siegte auch hier unsere Neugier und wir nahmen das Flugzeug. Tja, und jetzt sind wir hier. Hadden hat sogar recht behalten. Es gab wirklich einen Verräter an Bord der ›Explorer‹, nämlich Olin. Seine Vorsicht war also angebracht.«

»Ich glaube das alles nicht«, sagte Peter und lehnte sich erschöpft gegen eine Wand. Diese Fülle an Informationen musste erst mal verdaut werden. »Wir sind allen auf den Leim gegangen. Den Geschwistern Hadden und sogar Skinny Norris! Aber obwohl wir das alles wissen, haben wir immer noch keine Ahnung, was denn nun das große Geheimnis der Toteninsel ist. Oder habe ich da was verpasst?«

»Leider nicht«, antwortete Justus.

»Aber wir werden es jetzt herausfinden«, versprach Bob. »Deshalb habe ich euch schließlich hierher geführt.«

»Da bin ich aber mal gespannt.«

»Kommt mit!« Sie gingen zur Wendeltreppe und stiegen die endlosen Stufen in die Finsternis hinab.

»Echt faszinierend, dass dieses Volk das alles schon vor so langer Zeit gebaut hat, oder?«, flüsterte Peter. »Dr. Svenson hatte recht, es ist wirklich eine Meisterleistung.«

Justus brummte unwillig. »Schon. Aber es wird trotzdem Zeit, dass wir den blöden Fahrstuhl reparieren. Diese Treppen machen mich ganz krank.«

»Warten wir mal ab, was dieses Volk sonst noch für Geheimnisse hatte«, sagte Bob.

Zwei Minuten später standen sie vor der bemalten Wand. Die Ahnenbilder starrten sie finster an. Justus leuchtete langsam mit seiner Taschenlampe über die Gesichter. Im Spiel von Licht und Schatten schienen sie sich zu bewegen. Bob bekam wieder dieses Kribbeln im Hinterkopf. Es war schon seltsam: Diese Gesichter hatten ihm zwei Stunden Erinnerung geschenkt. Aber sie wollten auch eine Gegenleistung. Er musste etwas tun. Oder besser gesagt: sie alle zusammen.

»Okay, Bob, nun spuck's endlich aus!«, forderte Peter. »Was genau hat Cypher dir während der Hypnose gesagt?«

»Er hat nicht nur etwas gesagt, er hat mir vor allem etwas gezeigt. Fotos. Fotos von genau dieser Wand, von diesen Gesichtern. Du kennst doch diese typische Floskel, wenn jemand in einer Fernsehshow hypnotisiert wird: ›Wenn ich mit dem Finger schnippe, sind Sie wieder hellwach.‹ Na ja, bei mir war es ähnlich. Cypher zeigte mir die Bilder und sagte: ›Wenn du diese Gesichter das nächste Mal siehst, wirst du dich an alles erinnern können.‹«

»Er hat einen Code in deinem Gedächtnis verankert«, sagte Justus. »Sozusagen eine Tür installiert. Und diese Wandmalereien waren der Schlüssel.«

»Ja, schon gut«, meinte Peter ungeduldig. »Aber woran genau solltest du dich erinnern? Ich meine, außer an die Hypnose selbst.«

»Ich sollte mir, wenn ich hier stehe, Gedanken darüber machen, wer von den Expeditionsteilnehmern vertrauenswürdig ist und wer nicht. Hadden ging wohl davon aus, dass sich bis zu diesem Zeitpunkt herausgestellt haben wird, wer ein falsches Spiel spielt.«

»Hat ja auch gestimmt«, stellte Peter fest. »Okay, den Maulwurf kennen wir jetzt. Aber das war doch wohl nicht alles?«

»Nein. Die eigentliche Information, um die es geht, das große Geheimnis, das außer mir niemand kennt, ist diese Wand.«

»Hä? Die Wand? Was soll damit sein?«

»Sie ist nicht einfach bloß eine Wand. Sondern –«

»Eine Geheimtür!«, rief Justus. »Stimmt's, Bob?«

»Richtig, Just.«

»Wow. Wie spannend!«

»Eine Tür? Ich sehe keine.«

»Du wirst sie gleich sehen«, versprach Bob.

»Und ... was ist dahinter?«, fragte Peter unsicher. Er war nicht sicher, ob er es wirklich genau wissen wollte. Geheimtüren verhießen meist nichts Gutes.

»Das, worauf Hadden so scharf ist. Der Grund, warum wir alle hier sind.«

»Und was ist das?«

»Das weiß nur Hadden. Cypher hatte keine Ahnung. Aber wir werden es gleich herausfinden.«

»Eine Geheimtür . . .«, murmelte Justus und zupfte an seiner Unterlippe. Er war aufgeregt. Sie waren kurz vor dem Ziel. Gleich würden sie das Geheimnis lüften. »Wie öffnet man sie?«

Bob grinste. »Wenn ich du wäre, würde ich jetzt sagen, dass du deinen Grips mal ein bisschen anstrengen sollst. Aber ich will mal nicht so sein. Siehst du das große Gesicht da vorn? Und die beiden kleinen auf der rechten Seite? Was meinst du, warum ihre Augen so stechend wirken?«

Der Erste Detektiv brauchte nur eine Sekunde. »Weil es mehr als nur Augen sind!« Er trat näher heran und leuchtete die Bilder mit der Lampe ab. »Tatsächlich! Es ist kaum zu erkennen.«

»Was denn?«

»Sieh ganz genau hin, Zweiter: Die Augen stehen leicht vor. Es sind in die Wand eingelassene Steinzylinder. Ich denke, man kann sie eindrücken.« Justus versuchte es. Tatsächlich verschwanden sie in der Wand. Als Justus die Finger wegnahm, rutschten sie wieder heraus. Das war alles. »Ich nehme an, man muss alle Mechanismen gleichzeitig betätigen. Los, Kollegen, Bob, du gehst nach links, wir beide nach rechts! Auf mein Kommando: eins, zwei, drei!«

Einen schrecklichen Moment lang geschah nichts. Dann knirschte etwas. Justus hatte erwartet, dass sich irgendwo eine geheime Tür öffnen würde. Doch stattdessen bewegte sich die gesamte Wand wie von Geisterhand zur Seite und gab einen etwa zwei Meter breiten Durchgang frei. Dahinter herrschte tiefste Schwärze.

Stinkende Schwärze. Eine Welle faulig riechender Luft schwappte ihnen aus der Öffnung entgegen.

»Wow«, sagte Bob.

»Wow? Ich würde eher sagen: Iih! Riecht ihr das nicht?«

»Doch. Hier ist wohl lange nicht gelüftet worden.«

»Kommt, Kollegen, das sehen wir uns an!«, flüsterte Justus aufgeregt und leuchtete mit der Lampe in den Durchgang. Eine schmale, nach unten führende Treppe schloss sich an. »Es geht noch weiter abwärts. Wie spannend!«

»Wollen wir da wirklich runtergehen?«, fragte Peter. »Ich meine ... denkt an den Fluch!«

»Der Fluch!«, höhnte Justus. »Von dem hat Olin geschwafelt, um uns Angst einzujagen. Glaubst du wirklich, dass an diesem Märchen etwas dran ist?«

»Könnte doch sein. Immerhin ist das hier eine Grabanlage.«

»Komm, Peter, sei kein Schisser. Wir müssen uns das einfach ansehen! Deswegen sind wir schließlich hier!«

»Nach dir!«

»Mit Vergnügen.« Justus trat durch die Öffnung und stieg die steilen Stufen hinunter. Der Fäulnisgeruch wurde mit jedem Schritt intensiver. Hinter ihm gingen Bob und Peter.

»Mensch, Peter«, stöhnte der Dritte Detektiv. »Hast du gefurzt?«

Peter lachte leise. »Nein, die Schuhe ausgezogen.«

Nach ungefähr dreißig Stufen endete die Treppe. Der schmale Gang öffnete sich zu einem gewaltigen Raum. Einem wirklich gewaltigen Raum. Justus ließ das Licht der Taschenlampe umherwandern. Die Höhle war ein lang gezogener Schlauch aus Vulkangestein. Wie eine Art U-Bahn-Tunnel, nur viel, viel größer. Die Decke wölbte sich hoch über ihnen wie in einem Kirchenschiff. Wie groß die Höhle war, konnten sie nicht erkennen. Irgendwo weit, weit hinten verlor sich das Licht der Taschenlampe.

Ehrfürchtig ließen die drei ??? diese ungeheure Größe auf sich wirken. Justus leuchtete über die Wände. Sie waren unregelmäßig gewellt, doch das Gestein hatte eine absolut glatte Struktur, als sei es bearbeitet worden. Dann ließ Justus den Lichtkegel tiefer wandern.

Er zuckte zusammen.

Ein eiskalter Schauer lief ihm über den Rücken, als er den Boden der Höhle beleuchtete. Und das, was dort stand. Was zu beiden Seiten in zwei endlosen Reihen aufgebahrt war und sich weit, weit hinten in der Dunkelheit verlor.

Felsblöcke, mannsgroß, mit Steinplatten als Deckel. Sie lagen mit jeweils zwei Metern Abstand in Reih und Glied auf dem glatten Boden. Es waren Dutzende, vielleicht sogar Hunderte.

Peter war der Erste, der die Sprache wiederfand: »Särge.« Obwohl er geflüstert hatte, hallte sein Stimme lange und unheimlich nach. Das Echo füllte die Höhle mit einem vielstimmigen Wispern.

»Ich glaube, du hast recht«, flüsterte Justus noch leiser. »Ich hatte mich schon die ganze Zeit gefragt, warum ständig von einer Grabanlage die Rede war, obwohl bisher gar keine Gräber aufgetaucht sind. Schätze, wir haben sie soeben entdeckt.« Langsam traten sie in die Höhle hinein. Jeder Schritt verursachte ein endloses Echo. Als liefe ihnen ein unsichtbares Geisterheer nach. Unwillkürlich drehten sie sich um, doch da waren nur ihre eigenen lang gestreckten Schatten. Die drei Detektive gingen an den Särgen vorbei. Es war wie in einer Leichenhalle. Als warteten die

Toten darauf, untersucht oder identifiziert zu werden. Der Gestank war inzwischen fast unerträglich. Die Fäulnis klebte förmlich in der Luft.

»Steinsärge?«, fragte Bob schließlich. »Darauf hat Hadden es abgesehen? Aber warum?«

»Nun, wohl weniger auf die Särge selbst als vielmehr auf deren Inhalt«, vermutete Justus.

»Du meinst die Leichen?«, fragte Peter erschrocken und bereute es sofort, so laut geredet zu haben. Plötzlich sprach das Geisterheer zu ihnen! Tausend unsichtbare Stimmen, die flüsterten: Leichen, Leichen, Leichen, Leichen … »Wir reden doch hier von irgendwelchen Mikronesiern, die schon seit Ewigkeiten tot sind, oder? Da ist doch nicht mehr als ein Haufen Knochen übrig!«

»Und wie steht es mit Grabbeigaben?«, warf Bob ein. »Schmuck, Gold, Edelsteine?«

»Sehen wir mal nach«, beschloss Justus.

»Du willst sie öffnen?«

»Natürlich.«

»Bist du wahnsinnig? Der Fluch!«

»Sei nicht albern, Peter. Es sind nur Knochen, wie du schon selbst gesagt hast. Die können uns wohl kaum etwas anhaben.«

»Aber … findest du es hier nicht unheimlich? Mir kommt es vor, als wären wir nicht allein.«

»Das ist nur das Echo«, versuchte Justus ihn zu beruhigen.

»He, seht mal!« Bob wies auf einen Steinsarg, über den gerade der Lichtstrahl gehuscht war. »Leuchte noch mal, Just! Da, der Sarg sieht aus, als wäre er erst vor Kurzem geöffnet worden. Auf allen anderen Deckeln liegt Staub, auf diesem nicht. Und er liegt auch nicht ganz gerade drauf.«

»Stimmt, Bob. Da hat sich jemand dran zu schaffen gemacht. Und es ist noch nicht allzu lange her. Das sehen wir uns näher an!«

Justus trat auf den Sarg zu, legte die Lampe beiseite und versuchte, den Deckel wegzuschieben. »Helft mir doch mal!«

»Ich weiß nicht, Just, ich weiß nicht. Wenn ... wenn ... wenn ...«

»Was?«

»Wenn er von innen geöffnet wurde!«

»Quatsch!«

»Oder wenn was Gefährliches drin ist!«

»Was sollte das denn sein? Nun mach schon!«

Peter rührte sich nicht, aber Bob fasste mit an und gemeinsam gelang es ihnen, die Steinplatte zu verschieben. Sie kippte zur Seite und landete mit einem ohrenbetäubenden Knall auf dem Felsboden. Peter fuhr zusammen. Das Echo dröhnte und dröhnte und dröhnte, als stürzte die ganze Höhle ein. Spätestens jetzt hatten sie alle Toten dieser Insel geweckt.

Gebannt warteten sie, bis das Echo verhallt war. Dann nahm Justus die Taschenlampe auf und leuchtete in das schwarze Loch.

Der Sarg war leer. Vollkommen leer.

Der Zweite Detektiv atmete auf.

»Also gut. Jetzt wissen wir, warum kein Staub auf dem Deckel lag. Was immer da drin war, jemand hat es herausgeholt. Nehmen wir also den nächsten.«

»Den nächsten? Justus, da ist dann aber wahrscheinlich wirklich eine Leiche drin! Was meinst du, warum es hier so widerlich stinkt?«

»Peter«, sagte Justus ruhig. »Weshalb sind wir hier? Um das Geheimnis dieser Insel zu lüften, oder? Na also. Dann mach jetzt zehn Zentimeter vor dem Ziel nicht schlapp!« Er ging zum nächsten Sarg und mit vereinten Kräften schoben sie auch diesen Deckel zur Seite.

BOOM!

Sie blickten hinein. Es war keine Leiche. Kein Skelett, nicht einmal ein einzelner Knochen. Auch kein Gold und keine Edelsteine. In dem Kasten aus Stein lag ein kegelförmiger, mattschwarzer Gegenstand aus Metall, einen knappen Meter lang. Ein aufgemalter roter Drache stürzte in die Tiefe.

Eine Bombe.

Plötzlich ein Geräusch! Ein lang gezogenes, steinernes Knirschen hallte durch die Höhle wie das Kichern eines Geistes. Oder als würde Stein über Stein schaben. Wie bei einem Sargdeckel, der fortgeschoben wurde. Dann ein dumpfes Knallen. Als wäre der Deckel zu Boden gekracht.

Die drei ??? wagten kaum zu atmen.

Einer der Steinsärge war geöffnet worden!

»Habt ihr das gehört?«, flüsterte Peter. »Habt ihr das gehört? Wir müssen abhauen!«

Justus ließ den Lichtstrahl umherjagen. Er leuchtete die Särge ab, einen nach dem anderen. Sie waren geschlossen. Alle. Der Erste Detektiv atmete auf. »Das war kein Sarg.«

»S... sondern?«

»Die Geheimtür!«, rief Bob. »Sie ist zugefallen!«

Sie liefen zurück zur Treppe, die tausend Phantome folgten ihnen. Peter war der Erste. Im Dunkeln stolperte er die dreißig Stufen hinauf – und stand vor einer Wand. »Zu!«, keuchte er. »Die Tür ist zu!«

»Wahrscheinlich funktioniert sie wie der Altar.«

»Verflixt!«, fluchte Bob. »Wie konnten wir so dämlich sein! Damit hätten wir doch rechnen müssen!«

»Keine Panik! Es gibt garantiert auch eine Möglichkeit, die Tür von dieser Seite zu öffnen.« Er leuchtete über die Wand. Hier waren keine Bemalungen. Keine Zeichen, keine Markierungen, nicht die kleinste Unebenheit. Die Geheimtür schloss absolut luftdicht mit der Felswand ab. »Dann vielleicht irgendwo in der Höhle.« Sie kehrten zurück, doch auch um den Durchgang zur Treppe war nichts zu entdecken.

»Wir sind gefangen!«, sagte Peter mit einem leichten Anflug von Panik. »Gefangen in einer riesigen, stinkenden Gruft. Und niemand weiß, dass es diese Gruft überhaupt gibt, geschweige denn, dass wir hier sind.«

»Eine sehr erstaunliche Gruft allerdings, das musst du doch zugeben, oder?«

»Was meinst du damit?«

»Ich habe noch nicht so häufig Särge gesehen, in denen Bomben statt Leichen aufbewahrt werden. Ich wette, dass hier überall Bomben liegen. Kommt, wir sehen mal nach!«

Peter war zwar im Moment weniger an dem Geheimnis dieser Höhle als an ihrem Ausgang interessiert, aber er konnte Justus sowieso nicht davon abhalten. Also halfen er und Bob mit, noch ein paar weitere Steindeckel zu entfernen. Justus behielt recht: keine Körper, sondern Bomben, in jedem einzelnen Sarg.

»Jetzt wissen wir es also«, sagte Justus und ließ sich erschöpft auf dem Rand eines Steinquaders nieder. »Waffen. In dieser Anlage wurden Waffen entwickelt, gebaut oder getestet. Und zwar vom amerikanischen Militär. Das ist das ›Project Dragon‹. Mikronesien wurde jahrzehntelang von den USA verwaltet, einige Gebiete sind noch heute in amerikanischer Hand. Zum Beispiel das Atoll Kwajalein, nur ein paar Hundert Meilen von hier entfernt.«

»Und was ist da?«, fragte Bob.

»Kwajalein ist ein Militärstützpunkt. Dort werden Raketen getestet. Ich tippe darauf, dass das Militär ein neues Testgelände benötigte und man irgendwann auf Makatao kam. Die Insel ist perfekt. Sie ist weit von allen bewohnten Gebieten entfernt und wird sogar von den Ureinwohnern gemieden. Außerdem gibt es eine geheimnisvolle Grabanlage eines vergessenen Volkes, sprich: eine Menge unterirdischer Räume, die man nur noch ein wenig für seine Zwecke ausbauen musste. Und genau das ist hier vor einigen Jahren geschehen. Ein zweiter, im Unterschied zu

Kwajalein jedoch streng geheimer Militärstützpunkt wurde errichtet.«

»So geheim, dass Makatao in ganz großem Stil für absolut uninteressant erklärt wurde«, sagte Bob. »Erinnert ihr euch, wie ich versucht habe, über diese Insel etwas in Erfahrung zu bringen? Ich hatte den Eindruck, als seien in den letzten Jahren Informationen vertuscht worden. Damit Makatao so uninteressant wie möglich wirkt. Niemand sollte jemals wieder einen Fuß auf diese Insel setzen.«

»Aber Hadden hat trotzdem Wind von der Sache bekommen. Er wusste, dass hier Waffen gelagert werden. Und genau die wollte er haben.«

»Aber wozu?«, fragte Peter. »Was will jemand mit einem Haufen Bomben? Ich meine, wir haben doch keinen Krieg!«

»Wie naiv bist du eigentlich, Peter? Wir haben vielleicht gerade mal ausnahmsweise keinen Krieg. Aber ein großer Teil vom Rest der Welt schon. Waffen werden immer und überall gebraucht. Und aus der Sprengkraft, die in dieser Höhle lagert, kann man eine ganze Menge Geld machen, wenn man die richtigen Leute kennt, die so was haben wollen. Eine gewaltige Menge.«

»Waffen an Länder liefern, die sich bekriegen? Das ist doch Wahnsinn!«

»Natürlich ist es das.«

»In Ordnung«, sagte Bob. »Wir haben das Rätsel also gelöst.«

»Haben wir nicht«, widersprach Justus. »Noch längst nicht. Wir wissen immer noch nicht, warum der Stützpunkt verlassen wurde. Warum die Bomben hier immer noch lagern. Was Olin bei all dem für eine Rolle spielt. Und so weiter.«

»Meinetwegen, aber darüber können wir uns Gedanken machen, wenn wir hier wieder rausgekommen sind, in Ordnung? Allzu viel Zeit sollten wir uns damit nämlich nicht lassen. Denn irgendwann werden die Batterien deiner Taschenlampe leer sein und ich möchte hier nicht im Dunkeln herumlaufen.«

»Aber wie sollen wir rauskommen?«, fragte Peter. »Dem Gestank nach zu urteilen hat die Höhle keinen zweiten Ausgang. Sonst wäre die Luft besser. Ob wir es schaffen, die Geheimtür aufzustemmen?«

»Zu schwer«, meinte Bob. »Außerdem fehlt uns das Werkzeug.«

Justus leuchtete über die Wände und die Decke. Er runzelte die Stirn. Dann bewegten sich seine Finger langsam zu seinem Mund und begannen, die Unterlippe zu kneten.

»Was geht in deinem Kopf vor, Just?«, fragte Peter hoffnungsvoll. »Hast du eine Idee?«

»Was meint ihr, wie diese Höhle entstanden ist?«

»Wie sie entstanden ist? Na ja, so wie der ganze Rest vermutlich auch. Sie wurde in jahrelanger Knochenarbeit in den Fels gehauen.«

»Tatsächlich? Findet ihr es nicht etwas übertrieben, für ein paar Särge eine Höhle zu schaffen, die so groß ist wie ein Dom?«

»Na ja, das hatte wahrscheinlich irgendeine religiöse Bedeutung, damit die Seelen der Toten genug Platz haben oder so, was weiß ich.«

Justus pikste dem Dritten Detektiv in den Bauch. »Falsch! Diese Höhle wurde nicht künstlich geschaffen. Sie ist natürlichen Ursprungs.«

»Meinst du?«, fragte Peter. »Glaub ich nicht. Und selbst wenn: Das hilft uns auch nicht weiter.«

»Doch. Weil dies nämlich ein Lavatunnel ist!«

»Ein was?«

»Ein Lavatunnel. Wir sind hier mitten in einem erloschenen Vulkan, schon vergessen? Was meinst du, wie in einem Vulkan, der ja nur aus erstarrter Lava besteht, eine Höhle entstehen kann? Durch Wind und Wetter? Durch Erdbeben? Nein. Diese Höhle ist so alt wie der Vulkan selbst! Als er vor Tausenden von Jahren ausbrach und die Lava aus dem Krater floss, kühlte die Oberfläche des Stroms schnell ab und erstarrte. Eine feste Decke entstand. Darunter war die Lava jedoch noch flüssig, strömte weiter und hinterließ einen Hohlraum: diese Höhle! In späteren Jahren und nach weiteren Ausbrüchen sackte die Höhle immer weiter in die Tiefe, blieb aber unversehrt. Deshalb sind die Wände auch so wellig und trotzdem glatt: Sie bestehen aus mitten in der Bewegung erstarrter Lava!«

»Woher weißt du das alles?«, fragte Peter fasziniert.

»Ich habe davon gelesen. Es gibt zwar nicht viele solcher Höhlen auf der Welt, aber es gibt sie.«

»Schön. Wir sind also in einem Lavatunnel. Und was fangen wir damit an?«

»Das ist doch logisch, Zweiter. Die Lava muss irgendwohin geflossen sein. Mit anderen Worten: Diese Höhle muss einen zweiten Ausgang haben! Und den suchen wir jetzt. Kommt, Kollegen!«

Sie liefen tiefer in den Tunnel hinein, zwischen den Reihen aus Steinsärgen entlang. Die Höhle wurde mal breiter, mal schmaler, doch sie nahm einfach kein Ende. Sarg reihte sich an Sarg und die Treppe war schon längst hinter ihnen in der Dunkelheit verschwunden. Dann wurde die Höhle schlagartig enger. Die Sargreihen endeten, die Decke senkte sich herab, die Wände kamen auf sie zu. Nach weiteren zwanzig Metern mussten sie bereits geduckt gehen. Der Geruch war schlimmer geworden. Sie hatten noch immer nicht herausgefunden, was hier so bestialisch stank.

Bis Bob, der an der Spitze ging, plötzlich auf etwas trat. Es knirschte unter seinem Schuh und zerbröselte. »Mein Gott, was war das? Gib mir mal die Lampe, Just!« Bob leuchtete den Boden ab – und keuchte erschrocken auf. »Oh mein Gott! Oh mein Gott! Das ist ... das ist ...«

»Ein Friedhof«, stellte Justus mit zitternder Stimme fest.

Knochen. Überall Knochen. Der Boden war übersät von menschlichen Gerippen. Sie türmten sich an den Wänden auf, lagen kreuz und quer verstreut im gesamten Gang. Arme, Beine, Brustkörbe, grinsende Schädel mit leeren schwarzen Augenhöhlen. Teilweise waren sie von einer halb zerfallenen, stinkenden schwarzen Masse bedeckt. Knochenhände griffen in die klebrige Luft und schienen sich im tanzenden Licht der Taschenlampen zu bewegen.

Peter presste die Hände vor den Mund. Ihm war übel. »Was ist das, Just? Was ist das?«

»Das sind die Körper, die in den Särgen lagen. Das war zu erwarten. Die Leute, die die Bomben in die Särge gelegt haben, mussten die Leichen irgendwohin schaffen. Also brachten sie sie hierher, in den hinteren Teil der Höhle. Grabschändung der übelsten Art.«

»Und was jetzt?«

»Jetzt suchen wir den Ausgang.«

»Du ... du meinst, wir müssen da durch?«

»Ich sehe keine andere Möglichkeit. Der Ausgang muss irgendwo am Ende dieses Tunnels liegen. Es sind nur Gerippe. Völlig ungefährlich.«

»Niemals! Ich latsche doch nicht über einen Berg von Leichen!«

Justus schüttelte den Kopf. »Du tust nichts anderes, wenn du über einen Friedhof spazierst. Aber es ist deine Entscheidung. Du kannst natürlich gerne hierbleiben.«

»Ich ... ich ...«

»Wir sollten uns langsam entscheiden, Leute«, drängte Bob. »Wenn mich nicht alles täuscht, wird die Lampe schon schwächer. Noch zehn Minuten und wir sitzen im Dunkeln.«

»Da gibt es nichts zu entscheiden«, sagte Justus und schob sich an Bob vorbei. »Wir haben keine Wahl.« Er setzte seinen Fuß in eine Lücke zwischen zwei Oberschenkelknochen und schaffte noch drei weitere Schritte, ohne ein Gerippe zu berühren. Doch ab da war es hoffnungslos: Der Boden war von Knochen völlig bedeckt. Er musste einfach auf sie treten. Knirschend gab ein Unterarm nach, ein Schulterblatt zerfiel zu Staub, ein Brustkorb rutschte zur Seite. Bob folgte ihm und auch Peter setzte nach einigem Zögern seinen Fuß in den Knochenberg.

Der Weg war ein einziger Albtraum, schlimmer als jeder Horrorfilm, ekelerregender als alles, was Peter je erlebt hatte. Obwohl der Gang nun viel schmaler war, hallte noch immer jedes ihrer Worte als dutzendfaches Echo nach. Es schien fast, als würden die Totenköpfe zu ihnen sprechen. Das leise Wispern der Skelette verfolgte sie den ganzen Weg. Die schwarze, übel riechende Masse stellte sich als Reste von Stoffen heraus, mit denen die Toten bekleidet gewesen waren. Einige Skelette trugen hölzerne Amulette und kleine Steinscheiben um den Hals.

»Ich glaube, das ist es, was hier so stinkt«, sagte Justus. »Die Körper waren einbalsamiert worden, um sie haltbar zu machen. Doch als sie vor ein paar Jahren aus ihren Steinsärgen herausgeholt wurden, verfaulten sie rasend schnell. Von dem Fleisch ist ja nichts mehr übrig, aber die Gewänder sind noch immer getränkt mit Ölen und Salben.«

»Du meinst, das hier sind nicht einfach bloß Skelette, sondern Mumien?« Peter zitterte. »Das wird ja immer besser.« Er stieß mit dem Fuß gegen einen Beckenknochen. Dadurch kam ein kleiner Knochenberg rechts neben ihm ins Rutschen. Ein Totenkopf rollte herunter und klappte den Kiefer auf. Peter stieß einen kleinen Schrei aus, der als kicherndes Echo zurückkehrte: Der Schädel lachte ihn aus. Unwillkürlich wich der Zweite Detektiv einen Schritt zurück. Da spürte er etwas an seinem Unterschenkel. Eine Knochenhand hatte sich auf seine Wade gelegt. Streicheleinheiten von Gevatter Tod. Angewidert riss Peter sich los. Die Fingerknochen fielen einzeln herab. »Raus hier! Just, beeil dich, ich will raus hier! Los, mach schon!«

Der Weg schien endlos. Und die Lampe wurde immer schwächer. Bald schon folgten sie einem rötlichen Glimmen, das kaum noch den Boden direkt vor ihren Füßen erhellte.

Doch dann, endlich, erreichten sie das Ende des Tunnels: Eine Steinplatte versperrte ihnen den Weg. »Sieht nicht so aus, als gäbe es hier einen verborgenen Mechanismus«, stellte Justus fest. »Ich hoffe, es klappt auch mit roher Gewalt.« Er stemmte sich gegen die Platte. Sie rührte sich nicht.

»Wir haben nicht mal eine Ahnung, wie dick diese Platte

ist«, meinte Bob. »Vielleicht ist es ja auch ein riesiger Brocken. Dann müssen wir wieder zurück.«

In diesem Moment erlosch das Licht. Undurchdringliche Finsternis hüllte sie ein. Und plötzlich erschien jedes Geräusch doppelt so laut. Ihr Atmen, das Tasten ihrer Hände über die Felswand, das Schaben der Knochen unter ihren Füßen.

»Niemals!«, keuchte Peter. »Ich gehe nicht wieder zurück! Ich will jetzt hier *raus*!« Er stürzte zwischen Bob und Justus hindurch und warf sich gegen die Wand. Keine Wirkung. »Los, alle zusammen! Eins, zwei, drei!« Gerippe zerbarsten, Schädel splitterten, als die drei Detektive Anlauf nahmen und gemeinsam den Felsen rammten. Die Platte erzitterte leicht. »So wird das nichts, wir müssen schieben!«, rief Justus. Sie suchten sich festen Halt auf dem Knochenboden. »Eins, zwei, drei!« Mit aller Kraft, die sie aufbringen konnten, drückten sie gegen die Wand. Sie kippte leicht. »Weiter, nicht aufgeben!« Die Platte kippte noch ein Stück, erreichte den kritischen Punkt – und fiel nach außen. Mit einem dumpfen Knall walzte sie wucherndes Gestrüpp auf der anderen Seite nieder. Luft! Tageslicht! Sie waren draußen.

Das Geheimnis der Särge

»Faszinierend«, sagte Dr. Svenson zum wiederholten Mal. »Ich hatte mich immer gefragt, was ein Volk dazu bringt, eine so riesige unterirdische Grabanlage in den Fels zu treiben. Aber eure Entdeckung wirft ein ganz neues Licht auf die Geschichte dieser Insel.«

»Was ist Ihre Theorie, Dr. Svenson?«, erkundigte sich Phoenix.

»Ich denke, dass die Mikronesier irgendwann diese Höhle entdeckt haben, den Lavatunnel. Wenn er so riesig und beeindruckend ist, wie ihr sagt, sahen sie darin vielleicht eine Art Zeichen und machten Makatao zu ihrer Toteninsel. Im Laufe der Generationen entwickelte sich der Ahnenkult immer weiter und sie begannen, den Krater als Kultstätte zu nutzen, Tempel zu bauen, Gedenkhäuser zu errichten und schließlich die Höhle mit dem Krater zu verbinden. So entstand das unterirdische Gangsystem mit der Gebetskammer und allem anderen. Das Ganze war ein Mammutprojekt, das sich wahrscheinlich über mehrere Jahrhunderte immer weiterentwickelte. Bis das Volk irgendwann verschwand und der Welt sein geheimnisvolles Erbe hinterließ. Im pazifischen Raum gab es viele Kriege. Vielleicht ist die Kultur, die das hier errichtet hat, von einem anderen Stamm ausgerottet worden. Das wäre nicht das erste Mal in der Geschichte. Ich möchte diese Höhle unbedingt sehen!«

Es war später Nachmittag. Die drei ??? standen mit Dr.

Svenson, Professor Phoenix, Juan, Anne und Albert draußen in der Nähe des Altars und berichteten von ihrer Entdeckung. Mr Schwartz war bei Olin, um ihn zu bewachen.

Der Gang der Toten hatte die drei ??? zu einem Felsen in der Nähe des Strandes geführt. Von außen hätten sie den Eingang niemals entdeckt, da die Platte, die den Durchgang versperrt hatte, völlig überwuchert gewesen war. Das perfekte Versteck.

Nach ihrer Rückkehr in den Krater hatten sie ihren verdienten Schlaf nachgeholt, bis sie und alle anderen von einem tropischen Platzregen geweckt wurden. Inzwischen schien wieder die Sonne, doch es hätte auch schneien können – niemand hätte es registriert. Alle hingen wie gebannt an Justus' Lippen, als er vom Lavatunnel, von den Steinsärgen, den Bomben und dem Knochengang erzählte. Dann brach das große Gerede aus – alle hatten die wildesten Vermutungen und Pläne. Nur Anne hielt sich zurück. Sie war noch immer sehr blass und hatte sich auf den Boden gesetzt, weil ihr schwindlig geworden war.

»Ich will die Höhle auch sehen!«, sagte Al. »Und die Skelette natürlich.«

Peter verzog das Gesicht. »Glaub mir, Al, das möchtest du nicht. Es ist ...« Er schüttelte sich. »... schaurig!«

»Mir egal. Ich will es trotzdem sehen.«

»Ich denke, etwas anderes hat Priorität«, erhob der Professor seine Stimme. »Wir sollten Mr Olin mit der Wahrheit konfrontieren. Wir wissen jetzt, was er vor uns verstecken wollte. Vielleicht ist er nun dazu bereit, uns auch über den Rest der Geschichte aufzuklären.« Er blickte in die Runde. Alle waren einverstanden.

Drei Minuten später standen sie in der Kommandozentrale um Mr Olin herum. Er blickte noch immer starr geradeaus und schien überhaupt nicht zuzuhören, als abwechselnd Professor Phoenix und Justus Jonas auf ihn einredeten. Aber der Erste Detektiv war sich sicher, dass er jedes einzelne Wort genau verstand und es hinter seiner ausdruckslosen Fassade brodelte.

»Diese Waffen wurden hier entwickelt und getestet«, sagte Justus. »Gebaut wurden sie woanders, dafür ist dies nicht der richtige Ort. Die Frage ist: Warum wurde damit aufgehört? Warum wurde die Anlage verlassen? Und was machte ›Project Dragon‹ zu einer solchen Geheimsache? Kwajalein ist ebenfalls ein Militärstützpunkt, aber davon weiß die ganze Welt. Das Atoll ist nur ein paar Hundert Meilen von hier entfernt. Warum wurden die Bomben nicht dort getestet? Warum musste mit einem Aufwand von wahrscheinlich einigen Millionen Dollar eine alte mikronesische Grabstätte in ein Forschungslabor umgebaut werden?«

»Und entweiht!«, warf Dr. Svenson zornig ein. »Ich darf gar nicht daran denken, wie viele archäologische Funde dadurch für immer zerstört wurden! Sogar vor den mumifizierten Toten wurde nicht haltgemacht. Warum, Olin? Um Ihre geliebten Bomben vor Wind und Wetter zu schützen?«

»Es sind nicht meine geliebten Bomben.« Olin sah auf. Zum ersten Mal reagierte er auf die Anschuldigungen. »Erstens sind es überhaupt keine Bomben, sondern Raketenköpfe. Und zweitens habe ich damit nichts zu tun. Ich bin hier, um Sie zu retten.«

Dr. Svenson lachte schrill. »Uns zu retten? Das ist ja wohl

das Anmaßendste, was ich je gehört habe. Mr Olin, wir müssen nicht gerettet werden, glauben Sie mir, schon gar nicht vor der Wahrheit.«

»Nicht vor der Wahrheit. Aber vor dem Fluch der Toteninsel.«

Ihr Lachen wurde noch schriller. »Natürlich! Der Fluch! Wie konnte ich den vergessen!«

Doch Justus knetete seine Unterlippe und sagte: »Es gibt ihn wirklich.«

»Wie bitte?«

»Es gibt diesen Fluch tatsächlich. Deshalb wurde die Insel verlassen, nicht wahr, Mr Olin?«

Olin nickte.

»So ein Unsinn!«, rief Juan. »Was soll das werden? Die Rache der mikronesischen Geister?«

»Niemand weiß das so genau«, antwortete Olin. »Aber es gab Todesfälle. Viele Todesfälle. Nachdem die Anlage fertiggestellt worden war, starb fast die Hälfte aller Männer, die hier gearbeitet hatten.«

»Woran?«, fragte Justus.

»Es gab verschiedene Ursachen. Herzversagen. Nierenbluten. Krebs. Es geschah sehr schnell.«

»Und wann genau war das?«

»Unmittelbar nach der Entdeckung der Gräber. Man hatte vermutet, dass die Anlage schon Jahrzehnte oder Jahrhunderte vorher geplündert worden war, da man keine Leichname entdeckte. Daher hatte auch niemand Skrupel, die unterirdischen Räume zu nutzen, Dr. Svenson. Aber als alles fertig gebaut war und man mit der eigentlichen Arbeit beginnen wollte, wurde durch puren Zufall die Grabhöhle entdeckt. Kurz darauf begann das Sterben.«

»Und das sollen wir Ihnen glauben?«, fragte Juan.

»Es ist mir völlig egal, was Sie glauben, Juan.«

»Was war mit Ihnen, Mr Olin?«, unterbrach Justus.

»Wie ich schon sagte: Ich habe nichts mit der Sache zu tun. Ich arbeite nicht fürs Militär. Ich bin nur hier, um Sie alle vor dem gleichen Schicksal zu bewahren. Dem sicheren Tod, der alle ereilt, die zu lange auf Makatao sind.« Er blickte hinüber zu Anne. »Es fängt schon an.«

Anne riss erschrocken die Augen auf. »Was ... was meinen Sie damit?«

»Was glaubst du, warum du so plötzlich krank geworden bist? Du hast die Ruhe der Toten gestört wie wir alle hier. Es ist der Fluch. Das wusste sogar Mr Hadden. Meinen Sie nicht, er wäre selbst nach Makatao gereist, um sich zu holen, was er will, anstatt das den Leuten von Sphinx zu überlassen? Er hatte Angst vor dem Fluch. Und das aus gutem Grund.«

»Hören Sie auf, ihr Angst einzujagen!«, fauchte Dr. Svenson. »Mit Ihren Gruselmärchen über die Rache der Toten können Sie andere erschrecken, nicht uns.«

»Es ist nicht mein Problem, wenn Sie Angst vor der Wahrheit haben, Dr. Svenson.«

»Da wir gerade bei der Wahrheit sind«, versuchte Justus das Gespräch in eine andere Richtung zu lenken, »Sie sprachen von Mr Hadden. Er wusste von den Waffen, die hier lagern?«

»Ja. Anfangs hatte er nur eine vage Vermutung. Wegen der vielen Gerüchte und Legenden, die sich um Makatao ranken, ahnte er, dass auf der Insel etwas Wertvolles versteckt sein muss. Also schickte er Professor Phoenix, Albert und Anne los, um die Grabanlage zu erkunden. Als die ihm über Funk mitteilten, was sie entdeckt hatten, stellte Hadden umfassende Nachforschungen an. Er ist ein reicher Mann. Mit Geld kann man eine Menge bewirken. Und so erfuhr er, was eigentlich ein Geheimnis bleiben sollte. Das amerikanische Militär hat hier einen geheimen Stützpunkt errichtet und Raketen gelagert. Den Rest der Geschichte kennst du; ein neues Schiff, ein neues Team, die entsprechende Ausrüstung und so weiter.«

Justus nickte. So war Hadden also auf die Sache gestoßen. Aber es blieben immer noch Fragen offen. »Hadden hat dem zweiten Team nicht getraut. Daher hat er die Information, wo die Geheimtür liegt und wie sie zu öffnen ist, in Bobs Erinnerung versteckt. Aber Sie wussten von der Grabhöhle. Denn ich nehme an, dass Sie den leeren Sarg, den wir entdeckten, letzte Nacht geöffnet und den Raketenkopf herausgenommen haben. Sie haben gelogen, als Sie sagten, Sie hätten die Bombe an Bord der ›Explorer‹ hierhergeschmuggelt. In Wirklichkeit stammte sie aus der Höhle.«

Olin nickte stumm.

»Woher wussten Sie von der Höhle? Wer sind Sie wirklich? Und was war Ihre Aufgabe hier?«

»Das sagte ich schon: Sie vor dem Fluch zu retten.«

»Das können Sie sonst wem erzählen!«, ereiferte sich Juan.

»Es ist die Wahrheit.«

»Aber nicht die ganze«, vermutete Phoenix.

»Das stimmt.«

»Dann erzählen Sie uns die komplette Geschichte!«

Olin seufzte und senkte den Kopf. Er schwieg. So lange, dass Justus schon nicht mehr damit rechnete, aus ihm noch ein einziges Wort herauszubekommen. Aber dann sagte er: »Es ist unmöglich geworden, auf dieser Welt ein Geheimnis zu bewahren. Dem Militär ist es nicht gelungen. Obwohl ›Project Dragon‹ der höchsten Geheimhaltungsstufe unterlag, ist etwas davon nach draußen gesickert. Sonst hätte Mr Hadden nie davon erfahren. Von der Geheimtür zur Grabhöhle ganz zu schweigen. Jemand hat ausgepackt, wahrscheinlich gegen ein großzügiges Schmiergeld. Wer das war, ist egal. Wichtig ist nur, dass das Geheimnis keines mehr ist. Aber auch Mr Hadden hat Fehler gemacht. Seit der Ankunft der ›Montana‹ wussten wir, dass Sie hier sind. Und warum.«

»Wer ist ›wir‹?«, fragte Bob.

»Ich arbeite für den CIA.«

Bob zuckte zusammen. Der CIA! Jelena! Langsam fügten sich die Puzzleteile zusammen. »Und woher wussten Sie das alles?«

Olin, der immer noch gefesselt war, deutete mit einem Nicken nach oben. »Satelliten. Jeder Fleck auf der Erde kann zu jeder Tages- und Nachtzeit vom Weltraum aus beobachtet werden. Makatao ist satellitenüberwacht. Wann immer sich ein Schiff der Insel näherte, wurde es sofort registriert und sein Weg zurückverfolgt. In den letzten vier Jahren, seit die Anlage aufgegeben wurde, waren es sieben Schiffe, die auf Makatao angelegt haben. Sechs davon waren harmlose Abenteurer oder Urlauber, die sich einen halben Tag lang durch den Urwald geschlagen haben und dann wieder abgezogen sind. Das siebte war die ›Montana‹. Der CIA fand schnell heraus, dass es sich um Haddens Schiff handelte und er vorhatte, die Anlage zu plündern. Der Plan war, eine Kampfeinheit hierherzuschicken und dafür zu sorgen, dass nichts von dem, was die Besatzung der ›Montana‹ auf der Insel gesehen hat, an die Öffentlichkeit dringt.«

»Dafür … zu sorgen?«, fragte Dr. Svenson lauernd. »Was soll das heißen? Man wollte Professor Phoenix, Albert und Anne festnehmen?«

Olin schwieg. Ein unheilvolles Schweigen.

»Nein«, antwortete Phoenix an seiner Stelle. »Nicht festnehmen. Beseitigen.«

Sie schnappte erschrocken nach Luft. »Sie meinen …«

»Nennen Sie es, wie Sie wollen«, sagte Phoenix düster. »Auf jeden Fall hätte man dafür gesorgt, dass wir drei nicht mehr in der Lage sind, irgendjemandem von unserer Entdeckung zu erzählen. Das war es doch, was Sie meinten, nicht wahr, Mr Olin?«

Olin nickte.

»Sie Schwein!«, rief Maria Svenson und trat drohend einen Schritt auf den Gefesselten zu.

»Nicht ich!«, verteidigte sich Olin. »Wie schon gesagt: Ich habe nichts damit zu tun.«

»Er sagt die Wahrheit«, meinte Justus. »So absurd es klingt, aber er ist einer von den Guten. Sie wollten uns retten, Mr Olin. Zum einen vor dem Fluch, zum anderen vor der Gewaltbereitschaft der Männer, die das Geheimnis von Makatao um jeden Preis bewahren wollen.«

»Das stimmt. Als ich mitbekam, wie skrupellos man vorgehen wollte, erhob ich Einspruch. Mein Argument, dass Mr Hadden garantiert nach seinen Leuten suchen würde und man das Problem nur aufschieben, nicht aber beseitigen würde, setzte sich schließlich durch.«

»Was war Ihr Vorschlag?«

»Ich machte den Verantwortlichen klar, dass keine Gefahr besteht, solange niemand die Grabhöhle entdeckt. Bis dahin würde dies alles nur eine rätselhafte Anlage sein, für die sich im Zweifelsfall jederzeit eine Erklärung finden ließ. Also schlug ich vor, mich bei Sphinx einzuschleusen, auf der ›Explorer‹ mitzufahren und auf der Insel dafür zu sorgen, dass Sie alle so schnell wie möglich wieder abreisen würden.«

Justus nickte. »Durch die Sabotage der ganzen Mission.«

»Genau. Obwohl man meinen Plan für waghalsig hielt, ließ man mich gewähren. Aber dann entdeckte mich Anne und in einer Kurzschlussreaktion habe ich sie niedergeschlagen und nach unten verschleppt. Ich war ratlos, was ich tun sollte.«

»Die Frage hat sich dann ja schnell erledigt«, stellte Peter fest. »Justus ist Ihnen auf die Schliche gekommen. Das Spiel ist aus.«

»Als ihr mich überführt habt, sah ich meine letzte Chance darin, so zu tun, als würde ich die ganze Anlage in die Luft jagen wollen. Ich wollte euch nur aussperren, damit ihr von der Insel verschwindet.« Er senkte den Kopf. »Aber das hat nicht funktioniert.«

Die Anwesenden entspannten sich etwas. Jetzt hatten sie also die Wahrheit erfahren. Olin hatte ausgepackt und das Geheimnis von Makatao war gelöst.

Fast. Denn Justus behielt ein ungutes Gefühl. Irgendetwas war noch nicht richtig. Da war dieser Fluch ... War es wirklich wahr, dass der geheime Stützpunkt wegen einer Reihe von unerklärlichen Todesfällen aufgegeben wurde? Oder steckte etwas anderes dahinter? Und dann war da noch etwas ... Das Bild, das Olin ihnen geliefert hatte, war schief, etwas passte nicht, etwas fehlte. Und schließlich dämmerte es Justus, warum das immer noch nicht die ganze Wahrheit gewesen sein konnte.

»Mr Olin«, sagte er so ruhig wie möglich. »Eines ist mir trotzdem noch nicht ganz klar: Man hätte Makatao ganz einfach zum Sperrgebiet erklären können, genau wie Kwajalein. Ein paar Zäune, die verhindern, dass jemand an Land geht, ein Patrouillenboot – das hätte gereicht. Oder noch viel einfacher: Man hätte die ganze Anlage gleich auf Kwajalein bauen können. Warum hat man das nicht getan?«

»Die Kapazitäten auf Kwajalein sind erschöpft. Das Atoll ist recht klein, dort war einfach kein Platz mehr für ein weiteres Testgebiet.«

Justus kniff die Augen zusammen. »Das glaube ich Ihnen nicht. Selbst wenn das stimmt, ist das kein Argument für die strenge Geheimhaltung. Es gibt genug andere unbewohnte Inseln, die zu den USA gehören. Es wäre kein Problem gewesen, sie ebenfalls zu militärischem Gebiet zu erklären. Dass auf Kwajalein Raketen getestet werden, weiß jeder. Aber Makatao wurde vor dem Rest der Welt verschwiegen. Warum war ›Project Dragon‹ streng geheim?«

Olin antwortete nicht. Aber Justus sah seinem Gesicht an, dass es eine Wahrheit gab, die noch nicht ausgesprochen worden war.

»Oh mein Gott!«, flüsterte Bob plötzlich.

Alle wandten sich ihm zu. »Was ist?«

»Die Bomben. Oder Raketenköpfe, oder was auch immer. Ich habe euch doch erzählt, dass ich Fotos davon in der Zeitung gesehen habe.«

»Ja. Und?«

»›Streng geheim‹ war das Stichwort. Jetzt weiß ich wieder, was das für ein Bericht war.«

»Nämlich?«

»Ein sehr langer Artikel über die Geschichte der amerikanischen Atomversuche.« Bob wandte sich an Olin und beobachtete sehr genau sein Gesicht, als er sagte: »Was da unten in Hunderten von Steinsärgen liegt, sind keine einfachen Raketenköpfe. Es sind Atomraketen.«

Dreckiger Deal

Ein Zucken in Olins Gesicht. Das reichte.

»Was?«, rief Dr. Svenson. »Stimmt das? Atomraketen? Ist das wahr, Olin? Ob das wahr ist, habe ich gefragt! Antworten Sie!«

»Nicht ganz.«

Dr. Svenson explodierte: »Nicht ganz?«

»Es ist nicht das, was Sie unter einer Atomrakete verstehen würden.«

»Ich denke, ich weiß, was er meint«, sagte Bob. »In diesem Artikel war von einem neuartigen Raketentyp die Rede. Mit Atomsprengköpfen versehen, die jedoch bei Weitem nicht eine so große Sprengkraft haben, wie es bei Atombomben üblich ist.«

Olin nickte. »Nicht einmal die der allerersten Atomwaffen. Also kein zweites Hiroshima, wenn Sie das meinen.«

»Moment mal, Moment mal, Moment mal!«, rief Peter. »Was geht hier ab? Soll das heißen, wir rennen seit Tagen auf einem riesigen Atombombendepot herum? Spinnen Sie?«

»Ich habe diese Waffen schließlich nicht entwickelt«, verteidigte sich Olin.

»Atomwaffen!«, rief Dr. Svenson. »Wir reden hier über Atomwaffen! Was für ein Wahnsinn war hier geplant?«

Olin schwieg.

Justus versuchte, die Geschichte auf die Reihe zu bringen: »Sie sollten dafür sorgen, dass die Existenz der Raketen geheim bleibt. Aber warum? Bob hat sogar schon von ihnen in der Zeitung gelesen.«

»Ich glaube, ich schnalle es langsam«, sagte Bob. »In dem Artikel stand, dass dieser neue Raketentyp zwar schon entwickelt, aber noch nicht getestet worden war. Die Regierung hat die Versuche in den alten Testgebieten in der Wüste von Nevada nach massiven Bürgerprotesten verboten. Schließlich gibt es schon genug Waffen, kein Mensch braucht eine neue. Und der Test von Atomwaffen ist immer mit einem erheblichen Sicherheitsrisiko verbunden. Egal, wann, wie und wo man sie versuchsweise zündet – es tritt immer radioaktive Strahlung aus, so oder so.«

»Was geschah dann?«

»Wenn ich mich recht erinnere, wurde die geplante Versuchsreihe abgeblasen und das gesamte Projekt gekippt.«

»Zumindest wollte man das die Öffentlichkeit glauben machen.« Justus drehte sich wütend zu Olin um. »Es ist wahr, oder? Unter unseren Füßen liegen die Raketen, für die es ein Testverbot gab. Die Versuche sollten im Geheimen stattfinden, hier auf Makatao.«

Olin sagte nichts, doch sein Schweigen war Antwort genug.

»Aber wieso auch nicht«, knurrte Justus sarkastisch. »Schließlich ist das überhaupt nichts Neues. Die Amerikaner, die Franzosen, sie alle haben jahrzehntelang ihre Kolonien im Pazifik für Atomtests missbraucht. Warum sollte man auch die Menschen und die Natur im eigenen Land gefährden, wenn man stattdessen ein paar unbedeutende Inseln in die Luft sprengen oder auf Hunderttausende Jahre verseuchen kann? Und das alles im Dienste der Wissenschaft zur Entwicklung neuer Waffen, die in neuen Kriegen eingesetzt werden sollen, die eigentlich niemand will. Aber man muss ja vorbereitet sein, nicht wahr, Mr Olin? Der Feind lauert überall.«

Maria Svenson spuckte verächtlich aus. »Das ist ja wohl die größte Schweinerei, von der ich je gehört habe! Die letzten Atomversuche der Vereinigten Staaten im pazifischen Raum fanden 1962 statt! Damals versprach die Regierung, die pazifischen Inseln nie wieder für solche Tests zu missbrauchen! Ach, was rede ich überhaupt! Atomwaffen! Nichts auf dieser Welt ist überflüssiger!«

»Aber das ist nicht das Thema«, brach Mr Olin sein Schweigen. »Sondern dass Sie alle kurz davor waren, ein streng geheimes militärisches Projekt zu enttarnen. Das musste um jeden Preis verhindert werden!«

»Nein«, widersprach Dr. Svenson und lief auf und ab. »Darum geht es nicht. Es geht darum, dass das ein Riesenbetrug ist. Es geht darum, dass die amerikanische Regierung ihr Volk belügt. Und das *muss* an die Öffentlichkeit!«

»Es gab keine Explosionen. Bevor die eigentliche Testreihe gestartet werden sollte, wurde dieser Stützpunkt wegen der Todesfälle verlassen. Inzwischen wurde das gesamte ›Project Dragon‹ aufgegeben. Es ist ein Fossil, wenn Sie so wollen. Ein Fossil aus einer Zeit, in der man glaubte, weitere Waffentypen entwickeln zu müssen, da sich die politische Situation in einigen Ländern verschärfte.«

»Es ist mir völlig egal, ob die Tests stattfanden oder nicht, ob das Projekt aufgegeben wurde oder nicht. Und es ist erst recht egal, gegen wen diese Waffen eingesetzt werden sollten.«

»Sie sollten gar nicht eingesetzt werden! Es war eine reine Verteidigungsmaßnahme, die –«

»Hören Sie auf!«, schrie sie. »Angriff oder Verteidigung ist immer eine Frage des Standpunktes. Nichts weiter als rhetorische Spitzfindigkeiten, die nur dazu dienen, das Gewissen der Männer zu beruhigen, die für diese Entscheidungen verantwortlich sind. Es ist und bleibt Betrug, Verrat, eine Riesenschweinerei!« Maria Svenson baute sich drohend vor dem gefesselten Mann auf und für einen Moment sah es so aus, als würde sie ausholen und ihn schlagen. Dann drehte sie sich abrupt um und stürmte aus der Kommandozentrale nach oben.

Bob kickte einen Kieselstein über die moosbewachsenen Steinplatten. Er rollte klickernd in ein Gebüsch. Ein paar Moskitos schwirrten auf. Moskitos. Bald würde es dämmern und Tausende der verfluchten Viecher würden wieder aus ihren Löchern kommen und sich gnadenlos auf alles stürzen, was Blut in den Adern hatte. Angriff der Killerinsekten. Wie Bomben würden sie auf ihn herabfallen und Dutzende kleiner Explosionen auf seiner Haut verursachen. Es war eigentlich Zeit, in die schützende Kommandozentrale zurückzukehren. Aber Bob wollte nicht zurück. Nie wieder. Beim Gedanken an das, was da unter ihren Füßen in den Steinsärgen lag, drehte sich ihm der Magen um.

Fernsehbilder gingen ihm durch den Kopf. Aufnahmen von Atomexplosionen. Wie sich nach einem grellen Blitz ein gigantischer Atompilz dem Himmel entgegenwölbte. Wie die Druckwelle Bäume und Häuser zerfetzte. Berichte über den radioaktiven Niederschlag, der riesige Gebiete verseuchte. Über Bomben, die auf den Atollen Mikronesiens zur Explosion gebracht wurden und Millionen von Fischen aus der Lagune kilometerhoch in die Luft schleuderten, die anschließend auf die umliegenden Inseln niederprasselten. Über Tausende von Mikronesiern, die aus ihrer Heimat vertrieben wurden und nie wieder zurückkehren konnten. Über Menschen mit Strahlungsschäden, radioaktiven Verbrennungen, in die Höhe geschnellte Krebsraten …

Bob wollte weg von hier. Er wollte aufwachen aus diesem Albtraum und ihn so schnell wie möglich vergessen. Aber das war unmöglich. Er musste sich mit dem Thema auseinandersetzen. Schon allein deshalb, weil Dr. Svenson recht hatte: Die Geschichte musste an die Öffentlichkeit.

Aufgeregtes Stimmengewirr riss ihn aus seinen Gedanken. Er kehrte zurück zu den anderen, die im Schatten eines Monolithen standen und miteinander stritten. Bob bekam gerade noch mit, wie Schwartz sagte: »Mr Hadden hat uns für diesen Auftrag bezahlt! Er ist schon seit Jahren der Hauptfinanzier von Sphinx. Wenn wir den Job nicht erledigen, ist Sphinx tot!«

»Das kann nicht Ihr Ernst sein!«, rief Dr. Svenson. »Sie wollen ihm die Bomben wirklich liefern?«

»Das ist unser Auftrag, nicht wahr?«, gab Schwartz kühl zurück.

»Ich glaube das einfach nicht.« Dr. Svenson war nicht die Einzige, die sich ereiferte. Peter, Albert und Juan redeten ebenfalls auf Mr Schwartz ein. Nur Anne, Justus und Professor Phoenix hielten sich zurück.

»Wissen Sie überhaupt, was Sie da sagen?«, rief Peter. »Das sind Atomwaffen! Haben Sie eine Ahnung, was Hadden damit vorhat?«

»Er wird sie verkaufen wollen, nehme ich an.«

»Und dann hat irgendein Wahnsinniger Gewalt über

Hunderte Atomsprengköpfe. Das macht Ihnen keine Angst?«

»In diesem Fall bin ich mit Dr. Svenson einer Meinung. Es ist mir völlig egal, gegen wen sie eingesetzt werden sollen.«

»Und wenn es gegen uns ist?«, explodierte der Zweite Detektiv. »Wenn Hadden die Dinger an Terroristen verkauft? Was dann?«

»Darum geht es nicht«, erwiderte Schwartz.

»Worum dann?«

»Um das Geschäft. Ich wurde von Hadden bezahlt, also erledige ich seinen Auftrag, so einfach ist das.«

»Sie haben eine echte Söldnerseele«, sagte Dr. Svenson verächtlich. »Sie würden sofort die Fronten wechseln, wenn Ihnen jemand mehr zahlen würde, nicht wahr?«

»Nein«, behauptete Schwartz. »Das ist keine Frage des Geldes, sondern der Ehre. Wenn ich jemandem mein Wort gebe, halte ich es auch. Und Hadden hat mein Wort, dass ich ihm das, was auf Makatao versteckt ist, bringe.«

»Dann schleppen Sie ihm meinetwegen die paar alten Computer an«, schlug Peter vor. »Und sagen Sie, Sie hätten sonst nichts gefunden.«

Schwartz ignorierte ihn. »Was ist denn Ihr Plan, Dr. Svenson?«

»Wir werden die Sprengköpfe hierlassen, nach Hause fahren und die Geschichte öffentlich machen. Diese Insel ist haarscharf an einer Katastrophe vorbeigeschrammt. Ohne die Todesfälle wären die Bomben gezündet worden. Wir haben es einzig und allein dem Zufall zu verdanken, dass das nicht geschehen ist. Und jemand muss dafür zur Rechenschaft gezogen werden.«

Schwartz lächelte boshaft. »Sie sind so verbohrt, dass Sie

unfähig sind, auch nur einen Schritt weiterzudenken. Haben Sie sich schon mal überlegt, was passieren wird, wenn wir zurückkehren und alles an die große Glocke hängen? Dann sind wir dran, wir alle! Schließlich ist allein unsere Anwesenheit auf Makatao schon illegal, ganz zu schweigen von unseren Plänen und allem, was wir in der Vergangenheit getan haben. Alles wird rauskommen und jeder Einzelne von uns wird in den Knast wandern. Sie waren schon einmal da, wenn ich Sie daran erinnern darf, Dr. Svenson. Möchten Sie wieder zurück in Ihre Zelle?«

Sie schwieg verbissen. »Das ist kein Argument«, sagte sie schließlich leise. »Es geht hier um höhere Interessen als darum, unsere eigenen Köpfe zu retten.«

»Das mögen Sie in Ihrer idealistischen Engstirnigkeit so sehen, ich tue es nicht. Mir ist mein eigener Kopf etwas wichtiger.«

»Wichtig genug, um dafür zu riskieren, dass in naher Zukunft irgendwo auf der Welt diese Bomben hochgehen?«

»Die Welt ist schlecht, Dr. Svenson«, wich Schwartz der Frage aus. »Daran werden weder Sie noch ich etwas ändern können, egal was wir tun.«

Bob war genauso entsetzt wie die anderen über Schwartz' Meinung, doch er bemerkte, dass Justus sich auffällig zurückhielt und nachdenklich seine Unterlippe bearbeitete, während er dem Gespräch nur mit einem Ohr zu folgen schien. Bob schob sich zu ihm heran, nahm ihn ein Stück beiseite und raunte: »Was ist los, Just? Was geht in dir vor?«

»Hier stimmt etwas nicht«, gab Justus ebenso leise zurück.

»Was meinst du?«

»Diese ganze Geschichte ist immer noch nicht rund.

Diese Anlage, die Bomben, Olins Gerede über seinen Versuch, uns zu retten ... das alles klingt zwar nachvollziehbar, aber ich werde das Gefühl nicht los, dass da immer noch etwas fehlt.«

»Wie kommst du darauf?«

»Ich weiß nicht. Mir erscheint es einfach unlogisch, dass ...«

»Was tuschelt ihr denn hier?«

Bob fuhr zusammen. Unbemerkt hatte sich Peter von hinten angeschlichen.

»Ist es nicht unglaublich, was Schwartz für einen gequirlten Müll absondert? Er will diese Atomdinger mitnehmen, damit Hadden sie verkaufen kann! Das ist ja wohl der dreckigste Deal, von dem ich je gehört habe. Was sagt ihr dazu?«

»Justus denkt«, wich Bob dem Thema aus.

»Tatsächlich? Was denkst du denn so, Just?«

»Dass ich Schwartz für seinen gequirlten Müll eigentlich recht dankbar bin. Er hat mich nämlich auf etwas gebracht.«

»Nämlich?«

Justus schwieg und zupfte weiter an seiner Unterlippe. Langsam verdüsterte sich seine Miene. »Wir müssen zu Olin.«

»Warum denn das?«

»Weil ich eine sehr üble Vermutung habe. Und er ist der Einzige, der sie bestätigen oder widerlegen kann. Kommt, Kollegen!«

Die anderen stritten immer noch und schenkten den drei Detektiven keine Beachtung, als sie sich von der Gruppe entfernten und zum geheimen Eingang zurückkehrten. Sie kletterten durch die Öffnung unter dem Altar und gingen in die Kommandozentrale, wo Olin noch immer an einen Stuhl gefesselt war, diesmal unbewacht.

»Seid ihr geschickt worden, um zu sehen, ob der Verräter noch nicht getürmt ist?«, erkundigte sich Olin bissig.

»Wir sind gekommen, um mit Ihnen zu reden, Mr Olin.«

»So? Ich dachte, ich würde nun bis ans Ende meiner Tage mit Missachtung gestraft. Hätte ich doch nur geschwiegen, dann würde man sich weiter um mich bemühen, statt mich hier stundenlang allein sitzen zu lassen. Allein und durstig vor allem, hatte ich das schon erwähnt?«

Justus griff nach einer Flasche Wasser, die auf dem Tisch stand, und setzte sie Mr Olin an die Lippen. »Ich bin nicht sicher, ob Sie Ihr Schweigen tatsächlich gebrochen haben. Vielmehr habe ich den Eindruck, als würden Sie uns immer noch etwas verheimlichen.«

»Tatsächlich?« Olin lächelte vieldeutig. »Was könnte das wohl sein?«

»Beispielsweise, dass die Raketen dort unten völlig ungefährlich und damit wertlos sind.«

»Was?«, rief Peter verblüfft. »Was meinst du damit, Just? Ich denke, das sind Atomraketen.«

»Richtig, Peter. Raketen. Aber wer sagt uns, dass die atomaren Sprengköpfe noch enthalten sind?«

»Wie ... wie meinst du das? Enthalten? Ich dachte ...«

»Man kann den eigentlichen Sprengkopf, das, was die Rakete so gefährlich macht, entfernen. Wie die Kugeln in einer Pistole. Und ich denke, genau das ist hier getan worden. Nicht wahr, Mr Olin? Sie können ruhig antworten. Andernfalls werde ich einfach nach unten gehen, so einen Kopf aufschrauben und nachsehen.«

»Bist ein schlauer Junge«, gab Olin zu. »Wie bist du darauf gekommen?«

»Nun, es ist nicht besonders schwer, die richtigen Schlussfolgerungen zu ziehen. Man muss sich nur die Zeit nehmen, darüber nachzudenken. Diese Anlage ist zwar verlassen worden, aber das geschah nicht überstürzt, sondern wohlüberlegt. Man hat sich zwar nicht die Mühe gemacht, die gesamte Computeranlage und die Betten und Schränke in den Quartieren abzubauen, aber alle persönlichen Gegenstände, alle Unterlagen, alles, was Aufschluss über den Zweck dieser Einrichtung gegeben hätte, wurde mitgenommen. Niemand, absolut niemand, lässt Dutzende von Atomsprengköpfen auf einer einsamen Insel zurück. Auch nicht, wenn sie von allen Geistern der Welt verflucht wäre. Da kann das Versteck noch so sicher sein. Atomwaffen gehören nicht zu den Dingen, die man irgendwo versehentlich vergisst. Und man lässt sie auch nicht absichtlich unbewacht zurück, weil man glaubt, dass sie sowieso nicht entdeckt werden. Niemals.«

Bob nickte langsam. »Du hast absolut recht, Just. Darauf hätten wir aber auch schon eher kommen können. Aber warum wurden denn dann die Raketen zurückgelassen?«

»Wahrscheinlich aus dem gleichen Grund, aus dem auch die Computer und das andere Zeugs noch hier sind: Es wäre zu mühselig gewesen und hätte zu lange gedauert, alles abzutransportieren. Man hätte ohnehin nicht alle Spuren restlos beseitigen können, es sei denn, die Anlage wäre gesprengt worden, und selbst das hätte nicht gereicht. Habe ich recht, Mr Olin?«

Der Gefesselte nickte. »Mit jedem einzelnen Wort.«

»Dann ging es also nie darum, zu verhindern, dass Mr

Hadden in den Besitz von gefährlichen Atomwaffen kommt. Ihre Aufgabe war es lediglich, dafür zu sorgen, dass niemand hinter das Geheimnis von Makatao kommt.«

»Ich habe nie etwas anderes behauptet.«

»Na, dann können die da oben ja noch bis in die Nacht weiterdiskutieren«, meinte Peter. »Ist jetzt sowieso egal. Es gibt keine Beute. Das wird Schwartz nicht gefallen. Und Hadden erst recht nicht.«

Olin lächelte. Es war ein Lächeln, das Justus nicht gefiel. Ein Lächeln, das Olin eigentlich nicht zustand: Es wirkte siegessicher. Dabei hatte Olin gerade verloren und sogar seine letzten Geheimnisse preisgegeben. Oder seine fast letzten.

Denn da war immer noch etwas. Das allerletzte Puzzleteil fehlte. Und so wagte es Justus, seine allerschlimmste Befürchtung auszusprechen: »Es gibt einen Plan B, nicht wahr?«

»Ich weiß nicht, was du meinst.«

»Doch, das wissen Sie ganz genau. Sie sagten, dass ursprünglich eine kleine Armee hierhergeschickt werden sollte, um dafür zu sorgen, dass kein Geheimnis die Insel verlässt. Sie konnten jedoch Ihren Plan durchsetzen, uns von der Insel zu vertreiben, noch bevor wir etwas aufdecken könnten. Aber sicherlich erhielten Sie diese Zustimmung nicht ohne Sicherheitsvorkehrungen. Es gibt einen Plan B, der in Kraft tritt, wenn Sie mit Ihrem Vorhaben scheitern. Sollte das der Fall sein, wird die Armee doch losgeschickt, nicht wahr? Sie werden kommen, um dafür zu sorgen, dass niemand von uns ein Sterbenswörtchen über die üblen Machenschaften der Regierung und des Militärs verraten kann.«

Olin blickte ihn stumm an. Sein Gesichtsausdruck war schwer zu deuten. Es war eine Mischung aus Befriedigung und Bedauern. Eines aber war sicher: Justus hatte ins Schwarze getroffen.

»Wann?«, fragte Justus.

»Ist die Sonne schon untergegangen?«

»Jeden Moment.«

»Dann ist es zu spät. Ich hatte zwei Tage Zeit, euch von der Insel fortzulocken. Ich habe ihnen gleich gesagt, das ist zu wenig, viel zu wenig, aber auf mehr wollten sie sich nicht einlassen. Die Insel wird immer noch von Satelliten beobachtet. Wenn die ›Explorer‹ und die ›Montana‹ bis Sonnenuntergang des zweiten Tages nicht verschwunden sind, ist das das Zeichen für die auf Kwajalein stationierten Soldaten, hierherzukommen.«

»Mein Gott! Wir müssen sofort weg hier, Just!«, rief Peter. »Sofort! Die ›Explorer‹ ist schnell, wir können ihnen noch entkommen!«

Olin schüttelte den Kopf. »Sie werden nicht mit Schiffen kommen, sondern mit Hubschraubern. In einer Stunde sind sie hier.«

Verdeckte Fouls

Justus ging mit weit ausgreifenden, widerhallenden Schritten auf und ab, die Hände hinter dem Rücken verschränkt. Jede Kehrtwende war kraftvoll, jede Bewegung des Kopfes energisch. Wie ein Feldwebel, dachte Bob. Und irgendwie war er das ja auch. Er marschierte vor seiner kleinen, zusammengewürfelten Truppe aus zwei Detektiven, sechs Archäologen und einem gefesselten Verräter hin und her und versuchte, sie zum Kampf zu motivieren.

»Wir verlieren nur Zeit!«, rief Dr. Svenson zum wiederholten Male. »Ich sage, wir sollten so schnell wie möglich verschwinden.«

»Gegen Hubschrauber haben wir keine Chance«, schmetterte Justus den Vorschlag ab. »Sie werden uns abfangen, noch bevor Makatao außer Sichtweite ist.«

»Ausnahmsweise geben ich dem Di... dem Jungen recht«, sagte Juan. »Wir fliehen nicht wie feige Hunde. Wir werden kämpfen!«

»Ach, hören Sie doch auf, Juan! ›Wir fliehen nicht wie feige Hunde‹, wenn ich das schon höre! Haben Sie zu viele Western gesehen? Was haben Sie denn vor? Ein bisschen den Helden spielen? ›Zwölf Uhr mittags‹ auf Makatao? ›Spiel mir das Lied vom Tod‹ in der Südsee?«

»Und Sie? ›Auf der Flucht‹ im Pazifik?«

»Ein Kampf kommt ebenso wenig infrage wie Flucht«, unterbrach Justus die Diskussion. »Oder wie stellen Sie sich das vor? Wollen Sie aus dem Hinterhalt eine Armee bewaffneter Soldaten angreifen? Womit? Mit einem Lasso aus Lianen?«

»Ich bin bewaffnet«, erwiderte Juan und zückte seine Pistole. »Albert und unser verehrter Mr Olin ebenfalls.«

»Drei Pistolen«, sagte Dr. Svenson. »Es läuft also doch auf einen Western hinaus. Großartig. Bitte sehr, ich spiele gerne das Barmädchen, das sich hinter dem Tresen versteckt. Legen Sie sich nur mit der Armee an, ich lehne dankend ab.«

»Dann soll der Dicke einen Vorschlag machen! Oder warum stolziert er hier auf und ab wie ein Offizier?«

Justus blieb abrupt stehen. »Ich habe in der Tat ein paar Ideen.«

»Dann mal raus damit«, forderte Professor Phoenix. »Uns bleibt nicht mehr viel Zeit, wenn Olin recht hat. Fünfundvierzig Minuten.«

»In Ordnung. Wir haben einen entscheidenden Vorteil auf unserer Seite: Die Soldaten glauben, sie könnten uns überraschen. Aber das können sie nicht. Wir drehen den Spieß um: Wir werden ihnen ein paar Überraschungen bereiten. Aus dem Hinterhalt. Fair Play können wir uns nicht leisten. Wir müssen uns ein paar gemeine Fouls ausdenken. Nur so können wir sie schlagen.«

»Sehr vage«, fand Albert. »Geht es etwas konkreter?«

»Natürlich. Aber dazu müssen wir so viel wie möglich über den Gegner wissen.« Er wandte sich an Olin. »Sie wollten verhindern, dass das passiert. Sie wollten uns retten und uns rechtzeitig von der Insel fortschaffen. Aber wir waren mehr an der Wahrheit interessiert und haben Ihre Pläne durchkreuzt. Auf wessen Seite stehen Sie jetzt?«

»Ich möchte nicht, dass jemand zu Schaden kommt.«

»Heißt das, Sie werden uns helfen?«

Er zögerte. Dann ein Nicken.

»Moment mal!«, rief Juan. »Soll das heißen, wir sollen dem Kerl vertrauen? Er ist ein Verräter! Das hat er mehr als einmal bewiesen!«

»Aber er ist der Einzige, der uns jetzt helfen kann«, sagte Justus scharf.

»Ich gebe keinen Cent auf das, was er sagt!«

Der Erste Detektiv ignorierte ihn. »Wie viele Soldaten werden kommen?«

»Ich weiß es nicht. Vielleicht ein Dutzend. Eher mehr.«

»Mit wie vielen Hubschraubern?«

»Zwei, vielleicht drei.«

»Es gibt nur zwei mögliche Landeplätze auf der Insel: Den Krater und den kleinen Strand, wo die ›Explorer‹ vor Anker liegt. Wo werden sie landen?«

»Ich weiß es nicht. Im Krater, nehme ich an. Aber sie werden das Schiff nicht unbewacht lassen.«

»Was heißt das?«

»Dass sie wahrscheinlich zwei oder drei Leute am Strand absetzen und dann zum Gipfel der Insel fliegen werden.«

»Ich nehme an, beide Gruppen werden permanent in Funkkontakt stehen?«

»Ja.«

Justus zupfte an seiner Unterlippe. Er wandte sich an Professor Phoenix: »Was ist mit der ›Montana‹? Ist sie so gut versteckt, dass man sie auch aus der Luft nicht sehen kann?«

»Nein. Aber in der Nacht schon. Ich glaube nicht, dass sie das Schiff in der Dunkelheit entdecken werden.«

»Moment«, warf Bob ein. »Sie wissen aber, dass die ›Montana‹ in der Bucht versteckt ist. Schließlich haben sie alle Informationen vom Überwachungssatelliten. Sie kennen die Standorte von beiden Schiffen.«

»Stimmt, Bob. Aber sie können dort nicht landen. Alles ist voll spitzer Felsen und dichtem Urwald. Und ich glaube nicht, dass sie es wagen werden, sich in der Dunkelheit über den Landweg zur Bucht durchzuschlagen. Da die ›Explorer‹ an exponierter Stelle liegt, werden sie dieses Schiff bewachen. Das heißt, wir nehmen die ›Montana‹.«

»Was soll das nun wieder bedeuten?«, fragte Juan. »Wir werden doch fliehen?«

»Ja. Aber erst nachdem wir die Soldaten bewegungsunfähig gemacht haben.«

»Wir schießen ihnen in die Beine?«

»Herrgott!«, stöhnte Dr. Svenson. »Diese gewalttätigen Männerfantasien!«

»Nein. Aber wir werden dafür sorgen, dass sie uns weder auf dem Wasser- noch auf dem Luftweg folgen können.«

Professor Phoenix runzelte die Stirn. »Selbst wenn uns das gelänge – und ich wüsste nicht, wie –, wie soll uns das helfen? Sie werden über Funk die Militärbasis auf Kwajalein kontakten und sofort Verstärkung anfordern. Mit dem Hubschrauber sind sie in einer Stunde hier. In einer Stunde kommen wir nicht weit.«

»Wir müssen es irgendwie hinauszögern«, sagte Justus. »Nur ein paar Stunden Vorsprung, das reicht.«

»Aber wohin sollen wir denn fliehen?«, fragte Peter. »Auf dem offenen Meer sind wir leichte Beute. Bis nach Kalifornien brauchen wir eine Woche!«

»Wir werden auch nicht nach Kalifornien fahren. Sondern nach Ponape. Bis dahin brauchen wir acht Stunden. Und morgen früh um acht geht von dort ein Direktflug nach Los Angeles. Wenn wir das Flugzeug erwischen, sind wir in Sicherheit. Sie werden es kaum wagen, uns in der Luft anzugreifen.«

»Wir haben also noch Zeit bis Mitternacht, um von Makatao zu verschwinden«, stellte Bob fest und warf einen Blick auf die Uhr. »Dreieinhalb Stunden, in denen wir die Soldaten irgendwie beschäftigen müssen. Wie sollen wir das anstellen?«

»Erst mal müssen zwei oder drei von uns zum Strand runter und die ›Explorer‹ lahmlegen, damit die Soldaten uns nicht mit dem Schiff folgen können. Außerdem muss das Motorboot weggeschafft werden, am besten in die Bucht. Und zwar so schnell wie möglich. Albert? Traust du dir das zu?«

Der Junge nickte. »Kein Problem. Schließlich bin ich deshalb von Mr Hadden für die Expedition ausgewählt worden. Ich bin der Einzige, der sich wirklich mit Schiffen auskennt.«

Justus nickte zufrieden. »Jeder hier hat seine Aufgabe. Peter, du begleitest ihn. Am besten nehmt ihr Anne mit.«

»Das ist eine gute Idee«, stimmte Anne müde zu. »So gerne ich euch helfen würde, aber ich fürchte, ich kann froh sein, wenn ich es bis zum Schiff schaffe, ohne zusammenzubrechen.«

»Und Mr Olin wird euch ebenfalls begleiten. Ihr bringt ihn an Bord der ›Montana‹ und verschnürt ihn dort gut. Dann wird er uns keinen Ärger mehr machen.«

»He!«, rief Olin.»Was soll das heißen? Ich habe euch schließlich geholfen!«

»Tut mir leid, Mr Olin, aber so weit geht mein Vertrauen dann doch nicht. Auf geht's, Leute, uns bleibt nicht viel

Zeit!« Justus trat hinter den Stuhl, an dem Olin festgeschnürt war, und löste die Fesseln. Er stand auf. Seine Hände waren nach wie vor auf dem Rücken zusammengebunden. »Und lasst ihn bloß nicht entwischen!«

»Keine Sorge, Just, mit dem werden wir schon fertig!«, versicherte Peter. »Aber wie geht der Plan weiter? Was sollen wir tun, wenn wir die ›Explorer‹ sabotiert, das Motorboot versteckt und auf der ›Montana‹ Stellung bezogen haben?«

»Warten. Nichts als warten. Wenn alles gut geht, werden wir innerhalb der nächsten Stunde zu euch stoßen und dann verschwinden. Und jetzt los, ab mit euch!«

Peter nickte dem Ersten Detektiv zu und machte sich mit Albert, Anne und Mr Olin auf den Weg zur Treppe.

»Ach, Peter? Moment noch!«

Peter hielt inne, während die anderen die Kommandozentrale verließen. Justus ging auf ihn zu und flüsterte ihm etwas ins Ohr. Der Zweite Detektiv machte große Augen, dann nickte er und folgte den anderen.

»Was hast du ihm gesagt?«, fragte Juan misstrauisch.

»Dass er auch ein Auge auf Albert und Anne haben soll«, erwiderte Justus. »Sicher ist sicher.«

»Und wer hat ein Auge auf euch? Wer sagt uns, dass ihr uns nicht in eine Falle locken wollt? Du tauchst hier mit deinem Freund aus dem Nichts auf, tischst uns eine abenteuerliche Geschichte nach der anderen auf und jetzt sollen wir auch noch nach deiner Pfeife tanzen.«

»Ich bin der Einzige, der bisher konstruktive Vorschläge gemacht hat«, erwiderte Justus kühl.

»Der Junge hat recht«, sagte Professor Phoenix. »Bis jetzt klingt sein Plan vielversprechend. Wenigstens der erste

Teil. Ich bin allerdings sehr gespannt auf den zweiten. Uns bleibt noch etwa eine halbe Stunde. Was hast du vor, Justus?«

Der Erste Detektiv lächelte. »Ganz einfach. Wir decken die Kaffeetafel.«

»Wie bitte?«

»Ich will damit sagen, dass wir unserem Besuch einen sehr netten Empfang bereiten werden.«

Bob sah auf die Uhr. Dann in den Himmel. Dann wieder auf die Uhr. Es war inzwischen dunkel. Und ihnen blieben noch sieben Minuten. Dann würde sich zeigen, ob Justus' Plan aufging. Immer vorausgesetzt, Olin hatte diesmal die Wahrheit gesagt.

Ein paar lästige Moskitos schwirrten vor Bobs Gesicht umher. Er scheuchte sie weg. Verflucht! Justus hatte darauf bestanden, dass sie sich in den Urwald zurückzogen und dort auf die Lauer legten.

»Ich pfeif auf die Suchscheinwerfer«, knurrte Juan neben ihm. »Hier im Gestrüpp ist es nicht auszuhalten! Ich bin schon völlig zerstochen! Ich werde in den Krater runtergehen und mich hinter den Mauern verstecken!«

»Das werden Sie nicht tun!« Professor Phoenix' Stimme duldete keinen Widerspruch. »Wir dürfen auf gar keinen Fall entdeckt werden! Die Soldaten werden glauben, dass wir alle in der Grabanlage sind. Und das soll auch so bleiben.« Bob drehte sich zu ihm um. Der Professor hockte zusammen mit Mr Schwartz gleich hinter ihm. Im schwachen Mondschein sah sein vernarbtes Gesicht noch gruseliger aus als sonst. »Die Sonne ist vor einer Stunde untergegangen. Die Moskitos werden bald Ruhe geben.«

Juan brummte etwas Unverständliches, blieb aber, wo er war. Sie warteten.

Bob war krank vor Sorge um Justus und Dr. Svenson, doch er schwieg. Er wollte nicht kindisch wirken. Plötzlich legte sich von hinten eine Hand auf Bobs Schulter. Es war Professor Phoenix. »Keine Sorge, Junge. Dein Freund Justus ist ein schlauer Bursche.« Er lachte leise. »Bei Peter bin ich mir zwar nicht ganz sicher, aber dafür weiß ich, dass man sich hundertprozentig auf Albert und Anne verlassen kann.«

Phoenix hatte offenbar seine Gedanken gelesen. Bob wollte etwas erwidern, doch da hörte er ein Geräusch. Ein Brummen, noch weit entfernt. Aber es kam rasch näher. Aus dem dumpfen Laut schälte sich ein schnelles Knattern heraus. »Sie kommen!«

Das Knattern wurde lauter, immer lauter, und plötzlich war es direkt über ihnen. Bob konnte durch das dichte Blätterdach nicht viel erkennen. Nur ein paar rote Punkte, die über sie hinwegflogen. Es waren zwei Helikopter. Zum Glück nur zwei. Sie überquerten den Krater, dann wurde das Dröhnen ihrer Rotoren wieder leiser.

»Sie suchen die Küste der Insel ab«, vermutete Professor Phoenix. »Genau wie Mr Olin gesagt hat.«

»Hoffentlich sind Peter und die anderen in Sicherheit.«

Es dauerte ein paar Minuten, dann kamen sie zurück. Diesmal flogen sie sehr viel tiefer. So tief, dass sich die Bäume unter der aufgewühlten Luft sträubten und duckten. Plötzlich zerriss der grelle Lichtstrahl eines Scheinwerfers die Dunkelheit, tastete einen Moment über den Dschungel und schließlich über den Krater. Ein zweiter Scheinwerfer. Sie suchten nach einem geeigneten Landeplatz.

Ganz in der Nähe des Altars gab es eine freie Fläche, auf

der keine Ruinen oder Steinquader standen. Wie zwei riesige schwarze Insekten umkreisten die Hubschrauber den Platz und sanken schließlich herab. Die metallenen Kufen schabten beim Aufsetzen über den Stein. Dann wurden die Motoren abgestellt. Die Scheinwerfer tauchten die Kultstätte in ein unwirkliches Licht. Noch unwirklicher wurde es, als sich die Türen öffneten und dunkel gekleidete Männer heraussprangen und sich in geduckter Haltung vor den kreisenden Rotorblättern in Sicherheit brachten. Einige Meter entfernt stellten sie sich in einer Reihe auf.

Fünf Männer in dunkelgrünen Militäruniformen, alle mit tief ins Gesicht gezogenen Mützen und geschulterten Gewehren. Die Scheinwerfer erloschen und die beiden Piloten gesellten sich hinzu. Sieben Männer. Das Motorgeräusch erstarb, die Rotoren standen still. Ein achter Mann mit einer sehr hellen Taschenlampe baute sich vor den anderen sieben auf und sprach mit ihnen.

Bob war zu weit entfernt, um etwas verstehen zu können, doch es war klar, dass er Befehle erteilte. Eine halbe Minute redete er auf die Soldaten ein, dann wies er zum Altar hinüber und die Männer liefen los. Nur zwei blieben zurück und nahmen ihre Position neben den Helikoptern ein.

Es war erschreckend, mit welcher Zielstrebigkeit und Selbstsicherheit der Rest der Truppe um den Altar herum Stellung bezog. Sie wussten genau, was zu tun war. Es gab keinen Moment des Zögerns, keinen Augenblick der Orientierungslosigkeit. Alles war perfekt eingespielt, so als hätten sie dieses Manöver schon hundertmal geübt. Vielleicht hatten sie das tatsächlich.

Der Befehlshaber beugte sich hinunter, presste seine

Hand auf den magischen Kreis und der Altar gab den Geheimgang frei. Die eine Hälfte der Männer leuchtete das Loch mit Taschenlampen aus, die anderen hatten die Gewehre im Anschlag und zielten in die Bodenöffnung. Dann verschwanden sie nacheinander in der Tiefe.

Eine halbe Minute später schloss sich der Geheimgang mit einem steinernen Knirschen und die Stille kehrte zurück. Totenstille.

Das schwarze Monster

Als Albert das Motorboot startete, zuckte Peter zusammen. Es dröhnte so laut, dass wahrscheinlich der halbe Pazifik aufwachte. Mindestens. Dann rief der Zweite Detektiv sich zur Ordnung. Bevor ein Soldat in einem Hubschrauber am Himmel ein Motorboot im Wasser hörte, würde der Detektiv im Motorboot den Hubschrauber hören. Ganz sicher. Also keine Panik.

Neben ihm stand Mr Olin. Anne hockte im Sand. Der Abstieg zum Strand war anstrengend für sie gewesen. Sie atmete schwer und wischte sich den Schweiß von der Stirn. Albert lenkte das Boot zur ›Explorer‹ hinüber, legte dort an und kletterte an Deck. Dann verschwand er für zehn Minuten. Wahrscheinlich in den Maschinenraum, um das Schiff lahmzulegen. Als er zurückkehrte, grinste er breit. »Dieses Schiff wird sich so schnell nicht mehr vom Fleck bewegen.«

»Was hast du angestellt?«

Albert legte den Zeigefinger auf die Lippen und nickte zu Olin hinüber, der teilnahmslos am Wasser stand. »Feind hört mit! Sagen wir so, ich habe dafür gesorgt, dass unsere lieben Freunde einige Stunden brauchen werden, um überhaupt zu verstehen, was kaputt ist. Von der Reparatur ganz zu schweigen.«

»Okay, dann lass uns abhauen!« Peter half Anne an Bord des Motorbootes. Danach stützte er Olin, der durch seine Fesseln Schwierigkeiten mit dem Gleichgewicht hatte. Er schob das Boot ein Stück ins Wasser, sprang hinein und

Albert gab Gas. Sie hielten sich dicht am Ufer. Peter leuchtete mit einer Taschenlampe die Felsen ab, während Al das Boot steuerte. Schon nach kurzer Zeit tauchte die Bucht vor ihnen auf: eine schmale Durchfahrt zwischen zwei großen Felsen, die abweisend in den Nachthimmel ragten.

Ein dumpfer Laut ließ Peter zusammenschrecken. »Was war das?«

Al grinste. »Das wirst du schon noch sehen. Keine Angst, nichts Gefährliches.«

Das Pochen wiederholte sich. Es klang, als würde jemand verhalten auf einen gigantischen Amboss schlagen.

»Hier habt ihr die ›Montana‹ durchmanövriert?«, staunte Peter, als sie die Passage durchquerten. »Alle Achtung!«

»Die ›Montana‹ ist ein bisschen kleiner als die ›Explorer‹«, erklärte Anne. »Aber es war trotzdem Millimeterarbeit.«

»Wenn wir also verschwinden, wird es garantiert kein Blitzstart«, fügte Al hinzu. »Darauf müssen wir uns von vornherein einstellen.«

»Wir könnten das Schiff schon so weit in Position bringen, dass wir nur noch Gas geben müssen, wenn es drauf ankommt«, schlug Peter vor.

»Aber dann kann niemand mehr an Bord klettern«, antwortete Al. »Nein, wir müssen warten, bis alle hier sind, bevor wir die Motoren starten.«

Das Motorboot tuckerte in Minimalgeschwindigkeit um die Kurve. Peter leuchtete in die Dunkelheit. Eine schwarze Wand ragte vor ihnen aus dem Wasser. Sie war glatt und gerade: der Rumpf der ›Hadden Montana‹. Das Schiff war viel größer, als Peter gedacht hatte. Es wirkte sogar größer als die ›Explorer‹. Doch das lag vermutlich daran, dass es förmlich zwischen die Felsen gequetscht worden war. Wie ein riesiges, schwarzes, schlafendes Monster in einem zu engen Käfig. Es wartete darauf, von ihnen geweckt zu werden und aus seinem Gefängnis auszubrechen.

Da, wieder der dumpfe Schlag! Jetzt begriff Peter, was das Geräusch verursachte: Es war der Schiffsrumpf, der durch den leichten Wellengang immer wieder die Felsen rammte. Nicht stark genug, um Schaden zu nehmen, aber das Geräusch war trotzdem unheimlich. Der Stahlrumpf der ›Montana‹ war ein riesiger Klangkörper, der wie eine Glocke in Schwingungen versetzt wurde.

Al manövrierte das Motorboot so nahe wie möglich an das Schiff heran, ohne von seinen Schaukelbewegungen zerquetscht zu werden, und band das Haltetau an eine Felsspitze. Von hier aus konnten sie relativ einfach über die Felsen hinaufklettern, bis sie auf der Höhe des Decks waren. Hierzu musste Peter Mr Olin die Fesseln abnehmen.

»Machen Sie keinen Ärger«, riet er ihm und versuchte, so viel Entschlossenheit und Härte wie möglich in seine Stimme zu legen.»Sie haben keine Waffe mehr und wir sind zu dritt.«

Anstatt zu antworten, lächelte Olin nur vieldeutig, rieb sich die Handgelenke und begann mit dem Aufstieg. Albert und Anne waren vor, Peter hinter ihm. Der Zweite Detektiv rechnete jeden Augenblick mit einem Fluchtversuch, aber Olin blieb ruhig.

In einer Spalte im Gestein war eine Holzplanke versteckt. Al zog sie hervor und legte sie als Brücke zwischen den Felsen und die Reling. Als sie an Bord waren, brachten sie Olin unter Deck. Peter fesselte ihn an einen Stuhl.

»Ich werde mich hinlegen«, sagte Anne. »Ich bin zu Tode erschöpft.«

»In Ordnung. Und wir werden warten. Mehr können wir jetzt sowieso nicht –« Peter unterbrach sich und lauschte. Hubschrauber! »Da sind Sie! Komm, Al, nach oben!«

Sie liefen die Treppe hinauf an Deck. Gerade noch rechtzeitig, um zu sehen, wie zwei Helikopter die Scheinwerfer anwarfen und den Urwald absuchten. Sie flogen in gerader Linie den Hang des Vulkans hinunter zum Wasser. Doch anstatt zum Strand und zur ›Explorer‹ hinüberzuschwenken, drehten sie sich in die andere Richtung, blieben einen Moment in der Luft stehen und flogen dann parallel zur Küste weiter – direkt auf sie zu!

Sie waren schnell. Sehr schnell. Nur wenige Sekunden und die Hubschrauber waren nahe genug herangekommen, um die ›Montana‹ mit den Scheinwerfern zu erfassen. Ohrenbetäubend laut schwebten sie über dem Schiff, die nach unten gepresste Luft kräuselte das Wasser. Peter und Al drückten sich in den Schatten des Treppenaufbaus, als die Lichtkegel langsam das Deck abtasteten und näher kamen. Immer näher ...

»Sie entdecken uns!«, flüsterte Peter. Es war zu spät, unter Deck zu flüchten. Eine Bewegung und die Scheinwerfer würden sie sofort erfassen!

Buchstäblich in letzter Sekunde drehten die Helikopter ab und flogen zurück Richtung ›Explorer‹. Der Zweite Detektiv atmete auf. »Das war knapp. Nur noch ein Stückchen weiter und ...«

»Ist ja noch mal gut gegangen.«

In der Ferne kreisten die Hubschrauber über dem Strand. Einer ging runter und verschwand hinter einem Felsen. Eine Minute später stieg er wieder auf.

»Sie haben wahrscheinlich ein paar Soldaten abgesetzt,

um die ›Explorer‹ zu bewachen«, sagte Al. »Genau wie Mr Olin gesagt hat. Jetzt fliegen sie rauf zum Krater.«

Doch Al irrte sich. Anstatt sich direkt zum Gipfel des Vulkanberges zu bewegen, flogen die Hubschrauber langsam den Hang hinauf und leuchteten den Dschungel ab.

»Die suchen etwas«, wunderte sich Peter. »Nur was?«

Die Maschinen blieben in der Luft stehen. Erneut sank eine herab, verschwand hinter den Bäumen und tauchte eine halbe Minute später wieder auf. Dann setzten sie ihren Weg nach oben fort und verschwanden kurz darauf im Krater.

»Seltsam«, murmelte Al. »Sah aus, als hätten sie da noch jemanden abgesetzt, oder? Mitten im Urwald?«

Peter runzelte die Stirn. Das war wirklich seltsam. Es sei denn ...

»Oh nein!«

»Was ist?«

Der Zweite Detektiv überlegte fieberhaft. Konnte das stimmen? Hier war die ›Montana‹, dort die ›Explorer‹, da hinten führte die Steintreppe zum Krater. Und die Stelle, an der der Hubschrauber gelandet war ... »Das ist eine Katastrophe!«

»Was denn?«

»Sie sind nicht mitten im Urwald gelandet!«

»Sondern?«

»Am Ende des Knochenganges.«

»Ich glaube, ich höre etwas!«

Justus hielt inne und horchte. Sekundenlang wagten Dr. Svenson und er nicht zu atmen. Doch alles, was er hörte, war das Brummen des Generators und sein eigener Herzschlag.

»Diese verfluchte Maschine!«, knurrte Dr. Svenson. »Über

uns könnte eine Armada von Militärhubschraubern landen, wir würden es nicht hören.«

»Wir können den Generator nicht abschalten, sonst funktioniert unser Plan nicht«, sagte Justus.

»Das weiß ich auch, Schlauberger! Wie lange brauchst du noch?«

»Bin gleich fertig.« Justus löste die letzte Schraube. Dann hatte er die Festplatte des Computers in der Hand. »Beweisstück A. Selbst wenn die geheimen Daten gelöscht wurden: Ich bin sicher, dass ein Computerexperte genug rekonstruieren kann, um anhand dieses Stücks Technik einwandfrei zu belegen, dass es das ›Project Dragon‹ wirklich gegeben hat.«

»In Ordnung. Dann verschwinden wir mal, bevor unsere Freunde hier auftauchen.«

Justus ließ den aufgeschraubten Rechner so liegen, wie er war. Es hatte keinen Sinn, Spuren zu verwischen. Die Soldaten wussten sowieso, dass sie hier waren. Dann konnten sie auch erfahren, was sie getan hatten. Zusammen mit Dr. Svenson räumte er den Tisch beiseite, der noch immer die Panzertür geöffnet hielt. Dann machten sie sich auf den Weg nach unten.

»Hoffentlich kommen die Soldaten nicht ebenfalls auf die Idee, einen Tisch als Blockade in den Durchgang zu stellen«, überlegte Maria Svenson. »Dann ist dein genialer Plan nämlich nichts mehr wert.«

»Das werden sie nicht«, antwortete Justus zuversichtlich. »Weil sie nicht damit rechnen, dass wir einen Plan haben. Sie werden landen, sich umsehen und feststellen, dass sich niemand auf dem Schiff und niemand im Krater aufhält. Sie werden schlussfolgern, dass wir alle irgendwo hier unten sind. Sie werden die Geheimtür öffnen, die Kommandozentrale und die Quartiere nach uns absuchen und schließlich darauf kommen, dass wir irgendwo hier unten stecken. Das Wichtigste ist aber: Sie haben nicht die geringste Ahnung, dass wir von ihrem Besuch wissen. Daher schöpfen sie auch keinen Verdacht.«

Sie stiegen die dunkle Wendeltreppe hinab, durchquerten den roten Gang und gelangten schließlich in den Monitorraum. Die Bombe lag noch immer da, der Zünder blinkte 0:00. Die Bildschirme zeigten leere Gänge. Justus setze sich an den Computer. Was Olin geschafft hatte, würde er auch hinkriegen – ein Kinderspiel! Und tatsächlich dauerte es nicht lange, bis er den Zugang zu der Panzertür gefunden hatte. Jetzt hieß es warten.

Ihre Geduld wurde auf keine harte Probe gestellt. Dr. Svenson, die die ganze Zeit gebannt auf die Monitore gestarrt hatte, zuckte plötzlich zusammen. »Da sind sie!«

Der Bildschirm zeigte die Panzertür. Sechs Soldaten bezogen Stellung, richteten ihre Gewehre in den Gang, sicherten jeden Winkel ab und betraten dann den Tunnel. Alle bis auf zwei. Sie blieben an der Tür stehen.

»Verflixt!«, fluchte Justus. »Kommt schon, Jungs, was lungert ihr denn da an der Tür herum? Seid tapfere Soldaten! Folgt euren Kameraden!«

Die beiden Uniformierten rührten sich nicht. Währenddessen sicherten die anderen vier jede Tür. Der Befehlshaber der Truppe hatte einen Generalschlüssel. Jeder Raum wurde geöffnet, abgecheckt und wieder verlassen. So arbeiteten sie sich Stück für Stück immer weiter in das Labyrinth vor – immer weiter auf Justus und Dr. Svenson zu!

Die Präzision, mit der sie vorgingen, war beängstigend. Jede Bewegung war hundertfach einstudiert, nichts wurde dem Zufall überlassen. Die vier Männer arbeiteten wie eine einzige Person. Nein, nicht wie eine Person, eher wie eine Maschine. Eine schwer bewaffnete, tödliche Maschine, die nur ein Ziel hatte: sie zu finden.

»Was sollen wir jetzt tun?«

»Abwarten«, sagte Justus ruhig.

»Wir können nicht mehr lange warten. In fünf Minuten haben sie die obere Ebene durchkämmt. Und dann werden sie nach unten kommen. Du musst die Tür schließen, Justus!«

»Dann haben wir vier Soldaten hier drinnen und zwei da draußen. Und diese zwei können den Rest warnen. Das ist zu riskant. Wir warten.«

»Wir müssen hier noch rechtzeitig verschwinden, hast du das vergessen?«

Der Erste Detektiv antwortete nicht. Dr. Svenson hatte recht. Es konnte knapp werden. Sehr knapp sogar. Trotzdem wollte er so lange wie möglich warten. »Da! Sie haben den Fahrstuhl erreicht! Jetzt begreifen sie wahrscheinlich gerade, dass er kaputt ist.« Justus beobachtete, wie einer der Soldaten ein Walkie-Talkie einschaltete und hineinsprach. Eine andere Kamera hatte gerade die beiden Wachen an der Panzertür im Bild. Sie sprachen über Funk miteinander. Dann verließen die beiden Männer ihren Posten, um sich der Truppe anzuschließen.

»Ja!«, rief Dr. Svenson und klatschte in die Hände. »Klappe zu, Affe tot!«

Justus drückte die Enter-Taste auf dem Computer. Die Panzertür schloss sich. Und der Notfallhebel würde nicht funktionieren, dafür hatte er gesorgt.

Die Soldaten wirbelten herum, liefen zurück, doch zu spät: Sie waren gefangen. In der Truppe brach Chaos aus, doch Justus und Dr. Svenson hatten keine Zeit mehr, das zu beobachten. Sie mussten von hier verschwinden!

»Was ist, wenn sie in diesen Raum kommen und die Tür mit dem Computer wieder entriegeln können?«, fiel es Dr. Svenson plötzlich ein.

»Daran habe ich schon gedacht.« Justus schob den Computer direkt vor den Tisch. Dann gab er der Bombe einen Stoß. Der zentnerschwere Metallkegel rollte über die Platte, kippte herunter und krachte aus einem Meter Höhe in das Plastikgehäuse des Rechners. Zischend und Funken sprühend zerbarst es wie eine Eierschale. »Mit diesem Computer wird das niemand mehr bewerkstelligen. Und jetzt nichts wie weg hier!« Sie verließen den Raum, liefen durch den Gang und standen schließlich vor der bemalten Wand. Dr. Svensons Augen leuchteten, als sie die Ahnenbilder betrachtete, doch Justus drängelte: »Dafür haben wir jetzt keine Zeit! Vielleicht können Sie eines Tages zurückkehren und alles genau untersuchen, aber jetzt müssen wir hier verschwinden!«

Gemeinsam betätigten sie den Öffnungsmechanismus. Die Archäologin war hochgewachsen und sportlich. Es gelang ihr, zwei der versteckten Knöpfe gleichzeitig zu drücken, einen mit der linken Hand, den anderen mit dem rechten Fuß. Die Wand glitt zur Seite. Eilig liefen sie die Treppe hinunter in den Lavatunnel.

»Unfassbar!«, flüsterte Dr. Svenson ehrfürchtig, als der Strahl ihrer Taschenlampe über die langen Reihen der Steinsärge glitt. »Die Kultur, die das erschaffen hat, muss sehr hoch entwickelt gewesen sein. Meistens waren Särge und Grabkammern nur Königen oder Schamanen vorbehalten. Hier sieht es jedoch so aus, als hätte jeder ein Begräbnis dieser Art bekommen. Das ist außergewöhnlich – der Gestank hier unten allerdings auch.«

Mit einem Rumpeln schloss sich hinter ihnen der Eingang. Justus schauderte. Das Geräusch war auch beim zweiten Mal noch gruselig. »Hoffentlich waren die Soldaten noch nicht auf der Treppe. Sonst wissen sie jetzt, wo wir stecken.«

»Ist dir eigentlich schon der Gedanke gekommen, dass sie auch diese Höhle und ihren Eingang kennen? Dass sie uns möglicherweise ohne Probleme folgen können?«

Justus nickte. »Ja. Aber sie werden eine Weile brauchen, um das zu begreifen. So perfekt eingespielt dieses Team auch ist, es hat einen Nachteil: Die Truppe ist unflexibel. Sie hatte den Befehl, in die Anlage einzudringen und uns rauszuholen. Das funktioniert nun nicht mehr. Jetzt sind sie ratlos. Hoffe ich jedenfalls. Kommen Sie, dahinten ist der Ausgang!«

Sie liefen durch den Lavatunnel, bis er sich zu einem schmalen Gang verjüngte. Bis die Knochen kamen.

»Das ... das ist entsetzlich!«, keuchte Dr. Svenson, als sie mit der Taschenlampe über die Gerippe leuchtete.

Justus war nicht sicher, ob sie als Archäologin über die Grabschändung sprach oder sich ganz einfach vor den Skeletten gruselte. Er wollte gerade etwas erwidern, als er ein Geräusch hörte. Das Echo eines entfernten Krachens und Knackens. »Licht aus!«

Dr. Svenson schaltete die Taschenlampe aus, doch es wurde nicht vollständig dunkel. Aus dem Gang drang Licht. Und jetzt erkannte Justus das seltsame Geräusch: Es war das Brechen und Bersten von Knochen! Jemand lief durch den Gang direkt auf sie zu!

Ihr einziger Fluchtweg – versperrt!

Tal des Schreckens

»Okay, was nun?« Mr Schwartz sah erwartungsvoll zu Professor Phoenix hinüber, doch der blickte unverwandt Bob an. Als wüsste der die Antwort auf diese Frage.

Bob starrte in das Tal hinunter. Auf die schwarzen Ungetüme, die auf dem Altarplatz gelandet waren. Auf die beiden kampfbereiten Soldaten, die als Wachen zurückgelassen worden waren. »Wir müssen sie irgendwieablenken.«

»Ablenken wird nicht reichen«, meinte Juan. »Wir müssen sie überwältigen. Sonst werden sie zurückkommen und unsere Arbeit gleich wieder zunichte machen.«

»Sie sind bewaffnet«, erinnerte Mr Schwartz.

»Das sind wir auch.« Juan hob grimmig seine Pistole.

»Als ausgebildete Soldaten werden sie keine Skrupel haben, von ihren Waffen Gebrauch zu machen«, fuhr Mr Schwartz fort.

»Im Gegensatz zu uns!«, sagte Phoenix scharf. »Verstanden?«

Bob nickte. »Es muss eine andere Möglichkeit geben. Wir überlisten sie.«

»Und wie?«

Der Dritte Detektiv dachte nach. »Sie erwarten auf dieser Insel erwachsene Männer, nicht wahr? Sie wissen nicht, dass Justus, Peter und ich hier sind. Sie haben keine Ahnung, dass wir zu Ihnen gehören.«

»Sie werden es sich denken können«, meinte Juan.

»Es sei denn, ich überzeuge sie vom Gegenteil.«

»Wenn sie dich überhaupt reden lassen.«

»Ich bin nur ein Junge. Ich stelle keine Gefahr dar. Wenn sie einen Jungen sehen, werden sie nicht schießen. Oder?«

»Also gut. Versuchen wir's.«

Bobs Herz schlug bis zum Hals, als er auf die Soldaten zuging. Er trat um die Ecke einer zerfallenen Mauer. Wie schwarze Rieseninsekten ragten die Helikopter vor ihm auf. Die beiden Männer waren sofort in Alarmbereitschaft. Blitzschnell hatten sie die Gewehre im Anschlag und zielten auf Bob.

»Stehen bleiben!«

Das ließ der Dritte Detektiv sich nicht zweimal sagen. Automatisch hob er die Hände. »Um Himmels willen! Was ... was ist denn hier los?«

»Umdrehen!«

»Wie bitte?«

»Umdrehen!«

Bob gehorchte. »Ich ... ich bin nicht der, den Sie suchen! Sind Sie hier, um diese Verrückten zu schnappen? Gott sei Dank! Endlich ist Hilfe gekommen! Ich stehe Todesängste aus auf dieser verdammten Insel!«

Einer der Männer kam auf ihn zu und tastete seinen Körper nach Waffen ab. Aus der Nähe sah der Soldat noch gefährlicher aus. Bob bekam Angst. Er redete einfach weiter. Das war seine einzige Möglichkeit, sie zu überlisten. »Ich hatte ja keine Ahnung, was hier abgeht, sonst hätte ich mir garantiert ein anderes Ausflugsziel gesucht. Haben Sie meinen Funkspruch empfangen? Sind Sie deshalb hier? Sie müssen diese Kerle festnehmen! Wissen Sie, wo sie sind? Soll ich es Ihnen zeigen?« Das hatte gesessen.

»Du weißt, wo sie sind?«

»Aber natürlich. Schließlich mache ich einen Bogen um diese Typen. Es ist gleich da vorn.« Bob setzte sich in Bewegung, doch der Soldat hielt ihn am Arm zurück. Sein Griff war eisern.

»Du bleibst hier!« Ohne ein weiteres Wort schleifte er ihn zu einem der Hubschrauber, zückte ein Paar Handschellen und kettete Bob an die Kufen.

»He! Was soll denn das? Ich sagte doch, ich bin nicht derjenige, den Sie suchen! Machen Sie mich sofort wieder los! Das ist Freiheitsberaubung!«

Keiner von beiden antwortete. Die Soldaten verständigten sich durch ein wortloses Nicken. Einer von beiden ging in die Richtung, in die Bob gewiesen hatte. Seine Haltung war gespannt, seine Waffe hielt er schussbereit, seine Blicke waren überall. Er verschwand hinter einer Mauer.

»Was geht denn hier für ein Film ab?«, fragte Bob, um den anderen Mann abzulenken. »Sie gehören gar nicht zur Polizei, oder? Können Sie mir mal sagen, was das soll?«

»Schnauze!«

»Ich lasse mir von Ihnen nicht den Mund verbieten, nur weil Sie eine Waffe tragen! Ich ...«

»Schhhhh!« Der Soldat horchte auf. »Da war ein Geräusch.«

»Das war bestimmt der Tiger«, sagte Bob.

»Tiger?«

»Ja. Hier läuft ein Tiger herum, habe ich das noch nicht erwähnt?«

»Hier gibt es keine Tiger.«

»Das weiß ich selbst. Aber hier läuft trotzdem einer rum. Gehen Sie doch nachsehen!«

Der Soldat hielt ihn für verrückt, das war offensichtlich.

Trotzdem drehte er sich um und rief in die Dunkelheit. »Dan! Dan, wo bist du? Dan!!«

Keine Antwort. Der Mann zögerte. Dann folgte er seinem Kameraden, noch angespannter und aufmerksamer. Auch er verschwand hinter der Mauer.

Bob wartete zehn Sekunden. Dann brüllte er: »Geben Sie acht auf den Tiger!«

Einen Augenblick später hörte er einen leisen Schrei, ein Knurren, ein Handgemenge, einen Schlag – und es blieb still. »Hallo?«

Keine Antwort.

Bob bekam es mit der Angst zu tun. »Hallo!«

Eine Gestalt trat hinter der Mauer hervor. Professor Phoenix. Und hinter ihm Mr Schwartz und Juan, die jeweils einen bewusstlosen, mit den eigenen Handschellen gefesselten Soldaten über den Steinboden schleiften.

»Sie haben es geschafft!«, rief Bob erleichtert. »Haben sie Ärger gemacht?«

»Kaum«, erwiderte Phoenix gelassen, suchte in der Kleidung der Soldaten nach dem Schlüssel für die Handschellen und befreite Bob. »Sie haben genau den Fehler gemacht, den ich erwartet hatte: Ihre Augen waren fast überall. Hätten wir uns hinter einem Felsen versteckt, wären wir geliefert gewesen. Aber es gab eine Richtung, in die sie nicht gesehen haben.«

»Nach oben«, ergänzte Juan triumphierend. »Als wir uns von dem Monolithen auf sie stürzten, hatten sie keine Chance.«

»Eine Glanzleistung«, lobte Bob. »Ketten wir sie an die Helikopterkufen. Und dann machen wir diese beiden Dinger erst mal flugunfähig. Ein paar Lianen zwischen die

Rotorblätter, ein bisschen Laub in den Motor und eine Handvoll herausgerissener Drähte im Cockpit, das dürfte reichen.«

Sie machten sich ans Werk.

»Sag mal, was sollte denn dieser Unsinn mit dem Tiger?«

Bob lächelte den Professor verlegen an. Er wollte gerade antworten, als plötzlich aus dem Nichts eine Stimme erklang. Eine blecherne, verzerrte Stimme. »Gruppe vier an Gruppe drei, bitte kommen!«

»Das Funkgerät!« Bob wies auf den Gürtel eines Soldaten, wo das schwere Sprechgerät festgemacht war.

»Gruppe vier an Gruppe drei, bitte kommen! Kommen, Gruppe drei!«

»Was machen wir jetzt?«, fragte Bob.

»Gar nichts«, antwortete Phoenix. »Wir können gar nichts machen. Nur verschwinden.«

»Aber dann wissen sie, dass hier oben was schiefgelaufen ist«, warf Mr Schwartz ein.

»Da können wir nur hoffen, dass Justus' Plan inzwischen funktioniert hat.«

»An Gruppe eins, zwei und drei: Höchste Alarmbereitschaft! Man hat uns hier drinnen eingesperrt!«

»Er hat«, stellte Bob zufrieden fest.

»Ich wiederhole: Höchste Alarmbereitschaft! Die feindlichen Subjekte sind nicht im Innern der Anlage. Sie sind draußen auf der Insel!«

»Wir müssen zurück!«, flüsterte Dr. Svenson.

»Wir können nicht zurück. Man kann die Geheimtür nicht von innen öffnen. Oder wenigstens weiß ich nicht, wie.«

»Dann werden sie uns schnappen!«

»Es sei denn ...«

»Ja?«

Justus bearbeitete seine Unterlippe. »Wir verstecken uns!«

»Aber wo denn? Hier gibt es nicht die kleinste Nische! Etwa hinter den Särgen? Nimm es mir nicht übel, Justus, aber bei deiner Körperfülle wäre das keine –«

»Nicht *hinter* den Särgen.«

Dr. Svenson starrte ihn aus weit aufgerissenen Augen an. Dann blickte sie in den Knochengang. Das Licht kam immer näher. »Wir sollen uns in den Särgen verstecken?«

Justus wollte gerade antworten, als er ein Geräusch hörte. Ein sehr ungewöhnliches Geräusch. Über das Echo der knochenzermalmenden Schritte hinweg drang ein anderer Laut aus dem Tunnel: das Zwitschern eines Vogels.

Ein Vogel mitten in der Nacht. Noch dazu ein Vogel, den es auf dieser Insel garantiert nicht gab. Ein Rotbauchfliegenschnäpper.

»Peter ist da draußen!«, flüsterte er.

»Wie bitte?«

»Dieser Vogelruf. Das ist unser Geheimzeichen. Er will uns etwas mitteilen.«

»Wahrscheinlich will er uns warnen. Als ob wir nicht schon längst bemerkt hätten, dass wir in der Falle sitzen.«

Plötzlich hallte ein markerschütternder Schrei durch den Knochengang. Das Echo jagte ihnen eine Gänsehaut über den Körper.

»Nein. Er will uns hier rausholen.«

Das Licht im Tunnel wanderte hektisch hin und her. Rufe wurden laut. »Sie sind da draußen!« »Wir müssen sie schnappen!« »Los, zurück!« Eilige Schritte, die sich von ihnen entfernten. Das Licht verschwand.

»Großartig, Peter!«, flüsterte Justus. »Kommen Sie, Dr. Svenson. Wir müssen draußen sein, bevor die beiden Burschen zurückkehren. Und das werden sie, wenn sie merken, dass da draußen niemand ist. Peter wird sich nämlich ganz sicher nicht schnappen lassen.«

»Bist du verrückt, so laut zu schreien?«, zischte Al.

»Wieso? Wir wollen die Kerle doch aus dem Tunnel herauslocken, oder? Etwas anderes fiel mir nicht ein. Und wir werden auch so weitermachen. Du läufst rechtsrum, ich links. Das Spiel ist beendet, sobald die Kerle weit genug vom Eingang der Höhle weg sind. In zehn Minuten treffen wir uns wieder auf der ›Montana‹.« Peter nickte Al zu, dann schlug er sich ins dichte Gestrüpp des Urwalds.

Nachdem der Zweite Detektiv begriffen hatte, dass eine weitere Gruppe Soldaten vor dem Ausgang des Lavatunnels postiert worden war und Justus und Dr. Svenson damit in der Falle saßen, hatte er in Windeseile einen Rettungsplan entworfen. Es war nicht einfach gewesen, den Tunnel im Dunkeln überhaupt zu finden, doch Al kannte sich inzwischen auf der Insel gut genug aus. Anne und Mr Olin waren auf der ›Montana‹ zurückgeblieben.

Peter kauerte sich hinter einen Baum. Er war so weit vom Höhleneingang entfernt, dass er gerade noch das Licht der Taschenlampen erkennen konnte, als die beiden Soldaten hinaustraten. Die Lichtkegel irrten umher, konnten den Dschungel jedoch nicht tief genug durchdringen, um Peter zu entdecken. Der Zweite Detektiv wartete noch einen Moment, dann stieß er erneut einen Schrei aus.

Sofort zuckte das Licht zu ihm herüber. Stimmen wurden laut, dann stampften schwere Stiefel durch das Unterholz. Die Soldaten kamen näher und näher, doch Peter blieb unbewegt hinter dem Baum hocken. Wenn er sich nicht bewegte, konnten die Männer im dunklen Urwald zwei Meter an ihm vorüberlaufen, ohne ihn zu bemerken.

Sie waren nicht mehr weit entfernt, als ein anderer Schrei erklang. Er kam aus der entgegengesetzten Richtung – Al. Die Soldaten waren irritiert, diskutierten kurz, dann änderten sie ihren Weg und bewegten sich von Peter fort. Als sie außer Hörweite waren, wagte er sich aus dem Versteck und schlug sich durch das dichte Gestrüpp Richtung Meer. Auf halbem Weg kauerte er sich hinter einen Felsen und schrie erneut. Schließlich musste er die Kerle von Al ablenken.

Dieses Spielchen spielten sie zehn Minuten lang, wobei sie sich immer weiter voneinander entfernten. Schließlich, als die Soldaten gerade auf halbem Weg zwischen ihnen waren, gaben sie keinen Laut mehr von sich. Die Männer irrten noch eine Weile umher, dann gaben sie es auf und kehrten zur Höhle zurück. Der Zweite Detektiv beobachtete aus der Ferne, wie sich die Lichtkegel wieder den Berg hinaufbewegten. Dann machte er sich selbst auf den Rückweg zur ›Montana‹.

Er erreichte das Schiff nahezu gleichzeitig mit Al.

»Gute Arbeit, Al!«

»Ebenfalls.«

»War doch ein super Plan, oder?«

»Jedenfalls hat er funktioniert.«

»Und das ist die Hauptsache. Jetzt müssen Dr. Svenson und Justus es nur noch begriffen haben und rechtzeitig abgehauen sein. Und wenn auch mit Bob und den anderen alles klargegangen ist, können wir gleich von Makatao verschwinden. Mir reicht's auch langsam mit dem Südseeurlaub.«

Sie gingen gerade über die Holzplanke an Bord des Schiffes, als Anne ihnen entgegentaumelte. Sie wirkte noch blasser, noch schwächer. Aber da war noch mehr. Sie war wütend. Und verzweifelt.

»Anne! Du solltest dich doch hinlegen und ausruhen! Warum bist du …«

»Olin ist weg!«

Peter und Al sahen einander an.

»Er ist abgehauen! Irgendwie muss er sich von den Fesseln befreit haben. Ich hörte plötzlich Schritte auf dem Gang, stand auf und ging aus der Kabine, da sah ich ihn gerade noch die Treppe hochlaufen.«

Der Zweite Detektiv erwiderte nichts.

»Hört ihr mir überhaupt zu?«, rief Anne. »Olin ist weg! Das ist eine Katastrophe! Er wird zur ›Explorer‹ laufen und den Soldaten sagen, dass sie das falsche Schiff bewachen! Dass wir mit der ›Montana‹ fliehen wollen. Sie werden bald hier sein! Und wir können auch nicht mit der ›Explorer‹ abhauen, weil Al sie lahmgelegt hat. Wir sitzen hier fest! Früher oder später kriegen sie uns!«

Al und Peter nickten einander zu und grinsten. Dann wandte sich der Zweite Detektiv an Anne. »Ganz genau so wird es kommen. Alles verläuft nach Plan.«

Schüsse aus dem Dunkel

Fünf Minuten später trafen Justus und Dr. Svenson ein. »Danke, Peter! Das war Rettung in letzter Sekunde.«

»Ich muss dir ebenfalls danken«, schloss sich Dr. Svenson an. »Hättest du die Soldaten nicht abgelenkt, hätten wir uns in den Steinsärgen verstecken müssen.«

»Hat alles funktioniert?«

»Sie sind hinter der Panzertür eingesperrt«, berichtete Justus. »Aber das wird nicht lange vorhalten. Ich bin sicher, sie kennen den geheimen Eingang in die Grabhöhle. Und dann werden sie ebenso wie wir durch den Knochengang nach draußen gelangen. Uns bleibt also nicht viel Zeit. Wie lief es hier?«

»Perfekt. Beim Klettern über die Felsen musste ich Olin die Fesseln abnehmen. Als ich ihn danach unter Deck an einen Stuhl band, habe ich den Knoten extra locker gemacht, genau wie du gesagt hast. Und während Al und ich in unserer Rettungsmission unterwegs waren, ist Olin geflohen.«

»Nun klärt mich doch mal auf!«, rief Anne aufgebracht. »Was soll das Ganze? Warum habt ihr es darauf angelegt, dass Olin flieht?«

»Damit er zur ›Explorer‹ läuft und den Soldaten sagt, dass wir mit der ›Montana‹ fliehen werden«, erklärte Justus gelassen.

»Wozu soll das gut sein? Sie werden uns schnappen!«

»Werden sie nicht. Weil wir jetzt nämlich an Bord der

›Explorer‹ gehen. Natürlich mit dem Motorboot, um den Soldaten nicht zu begegnen, die bestimmt schon auf dem Weg hierher sind.«

»Aber die ›Explorer‹ ist hinüber!«

»Falsch. Ich habe Olin von Anfang an nicht getraut. Ich wusste, dass er Schwierigkeiten machen würde, sobald er Gelegenheit dazu bekommt. Also war mein Plan, ihn mit falschen Informationen zu versorgen und ihm dann die Möglichkeit zur Flucht zu geben. Jetzt lockt er die Soldaten von der ›Explorer‹ fort und das ist genau in unserem Sinne.«

»Und dein Verschwinden im Maschinenraum, Al? Du warst bestimmt zehn Minuten da unten!«

»Alles Fake«, antwortete Al grinsend. »Es sollte doch möglichst echt wirken. Schließlich hat Olin uns beobachtet.«

»Was ist mit Professor Phoenix und den anderen?«

»Die wissen Bescheid und werden zur ›Explorer‹ kommen, sobald sie die Hubschrauber flugunfähig gemacht haben.«

Anne verzog das Gesicht. »Und ich war die Einzige, die nichts von dem Plan wusste.«

»Es gab keine Gelegenheit, ihn dir mitzuteilen«, entschuldigte sich Peter. »Justus hat ihn mir zugeflüstert, als wir aufbrachen. Und ich konnte Al auf dem Weg zum Strand für ein paar Sekunden beiseitenehmen. Du warst aber immer in Olins Nähe und der durfte ja nichts merken.«

»Wir sollten jetzt verschwinden«, drängte Justus. »Sonst vereiteln wir unseren eigenen Plan, indem wir hier ewig lange herumstehen und quatschen.«

Sie verließen die ›Montana‹ und kletterten nacheinander in das Motorboot. Die Holzplanke, die ihnen als Brücke zwischen den Felsen und dem Schiff gedient hatte, verwendeten sie als Paddel, um aus der Bucht herauszukommen. Der Motor wäre zu laut gewesen. In großem Bogen paddelten sie um die Insel herum, damit sie vom Land aus nicht gesehen wurden. Dann tauchte die ›Explorer‹ vor ihnen auf. Jetzt würde sich zeigen, ob ihr Plan wirklich funktionierte und das Schiff unbewacht war. Zumindest war es dunkel. Doch trotz sternklarer Nacht war der Strand kaum zu erkennen. Unmöglich zu sagen, ob sich jemand in der Nähe des Schiffes befand. Da leuchtete plötzlich ein Licht auf. Eine Taschenlampe! Jemand stand an Bord der ›Explorer‹ und gab ihnen Lichtzeichen. An, aus, an, aus.

»Das ist Bob!«, rief Justus.

»Bist du sicher?«, fragte Peter zweifelnd. »Es könnten auch die Soldaten sein, die uns für ihre Kumpane halten. Oder uns reinlegen wollen.«

Der Erste Detektiv schüttelte energisch den Kopf. »Achte auf den Rhythmus der Leuchtzeichen.«

Angestrengt starrten alle hinüber. »Zweimal kurz, zweimal lang, zweimal kurz«, zählte Al. »Das sind Morsezeichen!«

Peter kramte in seiner Erinnerung. Morse. Irgendwann hatte er das mal gelernt. Aber leider längst wieder vergessen. »Und was heißt das?«

»Kurz, kurz, lang, lang, kurz, kurz ist der Code für das Fragezeichen«, erklärte Justus. »Glaubst du mir nun, dass es Bob ist?«

Als sie die ›Explorer‹ erreichten, blickte der Dritte Detektiv zu ihnen herunter. »Alle da?«

»Ja!«

»Wartet, ich lass euch eine Strickleiter runter!«

Wenig später kletterten sie an Bord des Schiffes.

Professor Phoenix schüttelte Justus feierlich die Hand. »Herzlichen Glückwunsch, Justus. Dein Plan hat vom ersten bis zum letzten Punkt funktioniert.«

»Nicht ganz«, gestand der Erste Detektiv. »Dass die Soldaten auch zwei Wachen am Ausgang des Lavatunnels postieren, war nicht vorgesehen.«

Bob winkte ab. »Kleinigkeiten. Der Rest passte jedenfalls. Die Helikopter sind flugunfähig, die Piloten gefesselt. Als wir den Strand erreichten, konnten wir noch beobachten, wie Olin aufgeregt zu den Soldaten lief und auf sie einredete. Dann haben sie Funkkontakt zu ihren Kollegen aufgenommen und sind verschwunden.«

»Und das sollten wir jetzt auch tun«, unterbrach Juan das Gespräch. »Bevor sie zurückkehren. Ich lasse die Maschinen an!«

Zwei Minuten später dröhnte der gewaltige Motor des Schiffes. Der Anker wurde gelichtet und die Positionslichter eingeschaltet. Dann gab Juan Gas. Die ›Explorer‹ setzte sich in Bewegung und nahm schnell Fahrt auf. Justus und Bob hatten sich entschieden, das Motorboot zu nehmen. Wie ein Putzerfisch, der einem gewaltigen Hai folgt, tuckerte es neben der ›Explorer‹ her.

Alle außer Mr Schwartz, der das Ruder übernommen hatte, standen am Heck und sahen auf die Insel zurück. Makatao war ein schwarzer Koloss in der mondbeschienenen Nacht. Doch Peters Blicke galten weniger der Insel als dem, was auf ihr vorging. Jeden Moment rechnete er damit, die Hubschrauber aufsteigen zu sehen wie wütende Hornissen. Wie lange würden die Soldaten brauchen, um sie zu reparieren? Sie hatten die Flucht der ›Explorer‹ garantiert gesehen oder gehört. Wahrscheinlich waren sie außer sich vor Wut.

»Sie stehen bestimmt vor den Helikoptern und begreifen langsam, dass sie uns auf den Leim gegangen sind«, freute sich Juan. »Vermutlich kommt gerade jemand auf die Idee, über Funk Kontakt mit Kwajalein aufzunehmen. Aber wir haben die Funkgeräte an Bord zerstört. Und die Handgeräte haben nur eine geringe Reichweite. Tja, Olin, nun sehen Sie mal, wie Sie wieder nach Hause kommen. Ich habe dem Kerl nie getraut.«

»Natürlich«, sagte Dr. Svenson abfällig, allerdings mit einem Lächeln.

»Ich werde mich trotzdem erst sicher fühlen, wenn ich im Flugzeug nach Los Angeles sitze«, murmelte Peter. Anne und Albert nickten zustimmend.

»Noch ein paar Stunden, dann sind wir auf dem Weg nach Hause«, sagte Dr. Svenson. »Ade, Makatao. Vielleicht komme ich eines Tags zurück, um deine restlichen Geheimnisse zu lüften. Wenn dann noch welche da sind.«

Die Insel wurde kleiner. Ein dunkler Fleck am Horizont, der langsam verblasste.

Ein dunkler Fleck, in dem plötzlich ein Licht aufleuchtete. Zwei Lichter. Peter kniff die Augen zusammen. »Was ist das?«

»Irgendwas am Ufer«, sagte Al. »Vielleicht Taschenlampen?«

»Zu hell für Taschenlampen.« Ein kalter Schauer erfasste Peter. »Ich habe kein gutes Gefühl.«

»He! Ihr da oben!« Das war Bob.

Peter beugte sich über die Reling. Das Motorboot war direkt hinter ihnen. Bob stand am Steuer, während Justus mit dem Fernglas nach hinten blickte. »Habt ihr die Lichter gesehen?«, rief Peter. »Kannst du erkennen, was es ist, Just?«

»Ja! Es ist . . . oh mein Gott!«

»Was?«

»Es ist die ›Montana‹!«

»Die ›Montana‹?«, rief Al. »Aber das ist unmöglich! Ich habe den Motor sabotiert! Sie können uns nicht folgen!«

»Sie tun es aber«, antwortete Justus entsetzt. »Offenbar war deine Arbeit diesmal nicht gründlich genug, Al! Sie halten direkt auf uns zu!«

Peter wandte sich an Professor Phoenix: »Wie schnell ist die ›Montana‹? Können wir sie abhängen?«

Die Miene des Professors erstarrte. »Nein. Die ›Montana‹ ist schneller als die ›Explorer‹. Nicht viel, aber unser Vorsprung ist nicht sehr groß. Bei Maximalgeschwindigkeit werden sie uns in einer halben Stunde eingeholt haben.«

Juan drehte sich um. »Schwartz! Volle Kraft!«

»Das wird uns nicht retten, Juan. Wir brauchen acht Stunden bis Ponape. Bis dahin hat die ›Montana‹ uns zehnmal eingeholt.«

»Oh mein Gott!«, keuchte Dr. Svenson. »Die ›Montana‹ hat ein Dutzend schwer bewaffneter Soldaten an Bord! Sehr wütender Soldaten! Wir haben keine Chance!«

An Bord der ›Montana‹ blitzten kleine Lichter auf. Zwei Sekunden später erreichte sie das Knallen von Schüssen. »Sie schießen auf uns!«, rief Anne.

»Keine Angst«, versuchte Al sie zu beruhigen. »Das sind nur Warnschüsse. Sie wollen uns Angst einjagen. Aus der Entfernung können sie gar nicht treffen.«

»Noch nicht«, sagte Peter düster, den Blick starr auf die

beiden hellen Positionslichter gerichtet. »Aber sie kommen näher! Was sollen wir nur tun?«

»Kommt runter!«, rief Justus.

»Was sagst du?«

»Ihr müsst auf das Motorboot umsteigen! Es ist zwar etwas eng für neun Leute, aber damit hängen wir das Schiff locker ab!«

Phoenix nickte. »Das ist die einzige Lösung. Wir müssen die ›Explorer‹ aufgeben. Schnell, verlieren wir keine Zeit!«

»Wenn wir stoppen, ist die ›Montana‹ in fünf Minuten bei uns«, gab Albert zu bedenken. »Das könnte knapp werden.«

»Dann stoppen wir eben nicht.« Professor Phoenix beugte sich zu Bob und Justus hinunter. »Könnt ihr das Boot gut genug steuern, um das Manöver bei voller Fahrt durchzuführen?«

»Ich denke schon!«, rief Bob.

Sie versammelten sich an der Reling. Mr Schwartz hatte die ›Explorer‹ auf einen geraden Kurs eingerichtet. Schnurgerade, aber mit voller Geschwindigkeit pflügte das Schiff durch die Wellen. Peter warf die Strickleiter hinunter, wo sie von Justus aufgefangen wurde. Der Zweite Detektiv kletterte zuerst. Das Wasser raste unter seinen Füßen hinweg, und obwohl Bob als Steuermann sein Bestes gab, schaukelte das Motorboot bedenklich hin und her. Doch Peter sprang unbeschadet an Deck.

Die Nächste war Anne. Ängstlich klammerte sie sich an jede einzelne Sprosse.

»Komm schon, Anne, trau dich, du schaffst es!«, rief Bob ihr ermutigend zu.

»Es sieht oben schlimmer aus, als es ist!«, fügte Peter hinzu.

Schließlich war auch sie sicher an Bord.

»Kollegen«, raunte Justus, während sich die anderen an den Abstieg machten. »Ich möchte euch nicht beunruhigen, aber wir haben ein Problem.«

»Ich würde sagen, wir haben eine ganze Menge Probleme«, sagte Peter. »Dreizehn Stück, um genau zu sein. Zwölf Hardcore-Soldaten, die uns lieber tot als lebendig wollen, und einen sehr übel gelaunten Mr Olin. Habe ich etwas übersehen?«

»Ja«, sagte Justus ernst. »Mit dem Boot schaffen wir es zwar in der Hälfte der Zeit bis nach Ponape, aber unser Flug geht erst morgen früh. Bis dahin hat die ›Montana‹ die Insel ebenfalls erreicht.«

»Oh nein!«

»Oh doch.«

»Dann sitzen wir auf der nächsten Insel fest. Und was jetzt?«

»Wir müssen uns etwas einfallen lassen.«

Nach und nach kletterte die gesamte Besatzung an Deck des Bootes. Der Letzte war Professor Phoenix. »Alle an Bord? Gut, dann gib Gas, Bob! Lassen wir diesen lahmen Kahn und unsere lieben Freunde hinter uns!«

Der Dritte Detektiv lenkte das Motorboot vom Rumpf des Schiffes weg. Plötzlich schubste Anne Justus zur Seite, sprang auf den Bootsrand und stieß sich ab. Sie bekam die Strickleiter zu fassen und klammerte sich daran fest.

»Anne!«

»Mein Gott!«

»Was tust du da?«

Sie antwortete nicht, sondern begann, nach oben zu klettern.

»Bob!«, rief Justus. »Zurück! Lenk uns zurück! Wir müssen sie wieder an Bord holen!«

»Leichter gesagt als getan!« Sie waren schon ein gutes Stück von der ›Explorer‹ entfernt. Bob hatte in dem Moment, als er das Steuer herumgerissen hatte, Gas gegeben. Nun musste er die Geschwindigkeit wieder anpassen und ganz vorsichtig zurücklenken, um nicht mit dem stählernen Rumpf zu kollidieren.

»Anne!«, schrie Dr. Svenson. »Komm zurück!«

Sie war inzwischen oben angekommen und kletterte über die Reling. Bob war gerade wieder auf der Höhe der Strickleiter, als diese plötzlich hochgezogen wurde.

»Anne!!!«

»Sie ist völlig wahnsinnig geworden!«

»Bob! Lenk uns vom Schiff weg! Wir müssen sehen, was sie vorhat!«

»Aye, aye, Käpt'n Jonas.« Bob brachte ein Stück Distanz zwischen Boot und Schiff. Sie konnten sehen, wie Anne die Brücke betrat. Justus blickte durch das Fernglas. »Sie steht am Steuer. Sie lenkt das Schiff herum!«

Die ›Explorer‹ legte sich zur Seite und fuhr eine Rechtskurve. Immer noch mit voller Fahrt beschrieb das Schiff einen riesigen Bogen. Bob hielt einen sicheren Abstand zu dem Stahlmonster, blieb jedoch in seiner Nähe.

»Oh mein Gott!«, rief Peter. »Sie fährt auf die ›Montana‹ zu! Mit voller Kraft!«

»Sie ... sie geht auf Kollisionskurs? Wenn die ›Explorer‹ die ›Montana‹ rammt, dann ...«

»Vielleicht will sie die Soldaten dazu bringen, abzudrehen«, überlegte Justus.

Doch die ›Montana‹ dachte gar nicht daran. Mit unverminderter Geschwindigkeit steuerten die beiden Schiffe aufeinander zu. Die ›Montana‹ kam rasend schnell näher. Sie war noch höchstens einen Kilometer entfernt.

»Dreh ab, Mädchen!«, rief Juan. »Dreh ab!«

Sechshundert Meter. Auf der ›Montana‹ wurde gefeuert. Warnschüsse, doch diesmal aus einem anderen Grund. Dann änderte das schwarze Schiff plötzlich seinen Kurs. Die ›Montana‹ fuhr ein Ausweichmanöver. Doch die ›Explorer‹ drehte ebenfalls bei – und steuerte wieder auf die Soldaten zu!

»Sie will sie wirklich rammen!«, rief Justus. »Bleib dran, Bob, bleib dran!«

Dreihundert Meter. Die ›Montana‹ versuchte zu entkommen. Doch das Wendemanöver kostete sie Geschwindigkeit. Wenn die ›Explorer‹ ihren Kurs nicht änderte, würden sie kollidieren.

Hundert Meter.

»Da!«, rief Justus. »Sie springt von Bord!«

Ein kleiner schwarzer Schatten fiel von der Reling zehn Meter tief in den Pazifik.

»Halt auf sie zu, wir müssen sie aus dem Wasser ziehen!«

Fünfzig Meter. Die ›Montana‹ stand quer zur ›Explorer‹ und drehte weiter ab. Zu langsam.

Zehn Meter.

BAMM!

Mit schrecklichem Getöse rammte der messerscharfe Bug der ›Explorer‹ das andere Schiff, riss die zentimeterdicke Stahlwand auf und zerquetschte den Rumpf wie einen faulen Apfel. Die ›Montana‹ legte sich zur Seite, drohte umzukippen, doch die ›Explorer‹ bohrte sich knirschend weiter in den Stahlkörper und hielt ihn fest. Die Schiffe ächzten und kreischten, als seien sie zwei riesige Seeungeheuer, verstrickt in einen tödlichen Zweikampf.

Etwas explodierte. Eine kleine Feuersäule stieg auf. Die Maschinen gaben stöhnend auf. Der Albtraum aus zwei ineinander verkeilten Schiffen drehte sich noch ein Stück weiter – und sank langsam. Inzwischen war Bob nahe genug, um zu sehen, wie die Soldaten Rettungsinseln ins Meer warfen, die sich selbst aufbliesen, und hinterhersprangen.

»Anne! Da ist sie!«, rief Dr. Svenson. »Vorsichtig, Bob, langsamer!«

Bob kam neben dem Mädchen, das verzweifelt Wasser trat und wild mit den Armen ruderte, zum Stehen. Albert und Mr Phoenix griffen nach ihr und halfen ihr an Bord.

»Was ist mit den Soldaten?«, fragte Bob. »Wir können doch nicht zulassen, dass sie ...«

»Ich zähle sie gerade«, antwortete Justus, der das aufgewühlte Meer mit dem Fernglas absuchte. »Drei Rettungsinseln. Zehn Männer sind schon drauf. Olin wird gerade hochgezogen. Und Nummer zwölf und dreizehn schwimmen auf ihre Rettung zu. Alles in Ordnung, sie sind alle davongekommen.«

»Seht doch!« Juan wies auf die beiden Schiffe. Das Wasser stürzte rasend schnell in den zerfetzten Rumpf der ›Montana‹ und zog das Schiff immer weiter in die Tiefe. Doch auch die ›Explorer‹ hatte einen gewaltigen Riss im Bug und sank. Die ›Montana‹ legte sich auf die Seite und zog die verkeilte ›Explorer‹ mit sich. Beide Schiffe kippten um. Die Wellen leckten gierig an den Körpern aus Stahl, zogen daran, überspülten sie – bis sie sprudelnd und brodelnd in den Fluten versanken.

Einige Augenblicke später hatte das Meer sie vollends

verschlungen. Zurück blieben schäumende Wellen, die ein weißes Leichentuch über den Ozean legten.

»Weg hier«, sagte Justus tonlos, schockiert von allem, was er gerade gesehen hatte. »Bevor die da drüben noch auf dumme Gedanken kommen.«

Bob gab Gas und nahm Kurs auf Ponape.

»Anne!«, rief Dr. Svenson und beugte sich über sie. Sie hockte nass und vor Kälte und Schwäche zitternd auf dem Boden und starrte ins Leere. »Was ... was hast du getan?«

»Miss Fox«, sagte Professor Phoenix bemüht ruhig. »Sie ... Sie ...«

»Nicht Fox«, sagte Anne kaum hörbar und mit zitternder Stimme.

»Bitte?«

»Ich heiße nicht Fox. Mein Name ist ... Anne Hadden.«

Tödliche Spur

Als das Flugzeug abhob, tauchte die aufgehende Sonne die Insel in goldenes Licht. Justus sah aus dem Fenster, bis Ponape hinter ihnen verschwunden war, dann ließ er sich in den unbequemen Sitz zurückfallen und schloss die Augen. Er war erledigt. Zu Tode erschöpft, genau wie alle anderen. Die meisten waren schon eingeschlafen. Doch Justus würde keinen Schlaf finden, und das nicht nur wegen der Luftlöcher. Zu viel ging ihm noch im Kopf herum. Die gesunkenen Schiffe, die Soldaten, die nur knapp mit dem Leben davongekommen waren ... Er war nur froh, dass das Motorboot Ponape unbeschadet erreicht und alle einen Platz in dem Flug nach L. A. bekommen hatten. Seine schlimmste Befürchtung – ein militärisches Empfangskomitee in Kolonia – hatte sich zum Glück nicht bestätigt. Sie waren auf dem Weg nach Hause. Endlich. Aber es gab immer noch einige ungeklärte Fragen.

Anne war nach ihrer Rettung aus dem eisigen Wasser in einen fiebrigen Dämmerschlaf gefallen. Sie war schwer krank. In Los Angeles musste sich sofort ein Arzt um sie kümmern. Dr. Svenson, die neben Justus saß, tupfte Anne fortwährend mit einem feuchten Tuch die glühende Stirn ab.

»Ich glaube, sie wacht auf«, flüsterte sie plötzlich. Justus beugte sich vor. Anne schlug die Augen auf. Sie sah immer noch krank aus, aber offenbar wusste sie, wo sie war. Sie brachte ein kleines Lächeln zustande. »Hallo Anne!«, sagte Dr. Svenson leise. »Wie geht es dir?«

»Miserabel.«

»Wir haben es bald geschafft. Noch ein paar Stunden und wir bringen dich sofort ins Krankenhaus.«

Sie nickte stumm.

Justus konnte nicht an sich halten. Er musste sie einfach fragen. »Anne Hadden also? War das dein Ernst?«

»In lebensgefährlichen Situationen bin ich immer ernst«, antwortete sie leise.

»Bist du ... Joseph Haddens Tochter?«

»Bitte, Justus«, ermahnte Dr. Svenson. »Du siehst doch, wie schwach sie ist. Hat das nicht Zeit bis später?«

»Schon gut«, winkte Anne ab. »Ich gebe euch die Kurzfassung. Ich sehe schon, Justus platzt vor Neugier. Nein, ich bin nicht seine Tochter. Sondern seine Schwester. Die Schwester von Joseph und Rachel Hadden.«

»Und ... dein Bruder hat dich auf diese Expedition geschickt?«

Sie lachte leise. Das Lachen wurde zu einem Husten. Vor Schmerzen verzog sie das Gesicht. »Nein. Er weiß nichts davon. Ich habe mich bei Sphinx eingeschlichen. Ich wusste, dass meine Geschwister ein wirklich übles Geschäft planen. Das war schließlich nicht das erste Mal. Sie haben so viel Geld und so viel Macht. Und beides nutzen sie nur, um noch mehr Geld und Macht zu gewinnen. Das musste ein Ende haben. Also bin ich nach Makatao gefahren, um ihre Machenschaften aufzudecken. Reicht das fürs Erste?«

Justus nickte. »Das heißt, fast. Warum hast du die ›Explorer‹ auf Kollisionskurs geschickt? Du hättest dabei sterben können! Es hätte vielleicht einen anderen Weg gegeben, den Soldaten zu entkommen.«

»Um es Joseph zu zeigen. Ich habe geahnt, dass mein Bruder wieder davonkommen würde wie schon Dutzende Male zuvor. Wir haben seinen Plan zwar vereitelt, aber ein Verbrechen können wir ihm wahrscheinlich nicht nachweisen. Aber ich wollte ihn treffen. Ich wollte ihn endlich für das bezahlen lassen, was er getan hat.« Sie sah Justus grimmig an. Blanker Hass glühte in ihren Augen. Der Erste Detektiv ahnte, dass hinter dieser Geschichte ein Familiendrama von solchen Ausmaßen steckte, dass er die Details gar nicht wissen wollte. Wenigstens nicht jetzt. Vielleicht würde Anne ihnen irgendwann mehr erzählen. Wenn sie wieder gesund war. Wenn das alles vorbei war.

»Nun hat er zwei Schiffe weniger«, sagte Justus.

»Genau. Und das kostet ihn Millionen. Vielleicht ruiniert es sein Unternehmen sogar. Verdient hätte er es. Außerdem wird er sich nun verantworten müssen. Zwei Schiffswracks auf dem Meeresgrund sind Beweise, die sich nur schwerlich beseitigen lassen.« Sie schloss die Augen.

Justus beließ es dabei. Später mehr. Vielleicht. Er wandte sich an Dr. Svenson. »Mr Hadden wird nicht der Einzige sein, der sich verantworten muss«, sagte er so leise, dass keiner der übrigen Passagiere ihn hören konnte.

»Das kommt darauf an«, antwortete Dr. Svenson geheimnisvoll.

»Sobald wir gelandet sind, werden wir von Polizei und Presse belagert sein. Wir müssen die Geschichte mit den verbotenen Atomversuchen und dem Betrug der amerikanischen Regierung an die Öffentlichkeit bringen, das sehen Sie doch hoffentlich noch genauso, oder?«

»Selbstverständlich.«

»Dabei wird auch alles andere zutage kommen. Die

Machenschaften von Sphinx. Sie alle werden vor Gericht landen – und vielleicht im Gefängnis.«

Dr. Svenson sah ihn ernst an. »Das hängt davon ab, ob ihr drei uns verratet oder nicht.«

»Wie meinen Sie das?«

»Wenn das Flugzeug landet, werden wir sicherlich sehr groß empfangen werden. Aber sieh dich um, außer uns neun sind noch dreißig weitere Passagiere an Bord. Die meisten davon werden froh sein, wenn sie dem Trubel schnell entkommen können. Niemand wird sie kontrollieren, denn bei unserer Landung wird noch niemandem klar sein, welche Geschichte ihr zu erzählen habt. Meinst du, es würde auffallen, wenn sich sechs abgerissene Gestalten, die aussehen, als hätten sie wochenlang auf einer einsamen Insel gelebt, unter die anderen dreißig mischen und einfach verschwinden?«

Justus sah sie lange an. Neben ihm saß eine Verbrecherin. Sie hatte unzählige Male wertvolle Kunstschätze in allen Teilen der Welt gestohlen und verkauft. Genauso wie Mr Schwartz, Professor Phoenix, Juan und Albert. Hätte er mit ihnen gemeinsam nicht gerade das gefährlichste Abenteuer seines Lebens bestanden, wäre ihm die Antwort leichtgefallen.

Doch jetzt war er ratlos.

Er stemmte sich aus dem unbequemen Flugzeugsessel. »Entschuldigen Sie mich, ich muss kurz telefonieren.« Er lief den Gang hinunter in den vorderen Teil des Flugzeugs, wo es ein Satellitentelefon gab. In Los Angeles war jetzt Nachmittag.

»Ja?«

»Hallo Jelena.«

»Justus! Himmel, Justus! Wo seid ihr? Geht es euch gut? Was ist passiert?«

»Wir sitzen im Flugzeug nach Hause. Wir sind müde, aber gesund. Und passiert ist so viel, dass mich dieses Gespräch ein Vermögen kosten würde, wenn ich es dir jetzt erzähle. Gedulde dich noch ein paar Stunden.«

Jelena schrie förmlich vor Aufregung. »Gott, bin ich erleichtert! Ich ... ich ... Es geht euch wirklich gut? Und ihr kommt zurück? Wann?«

Justus gab die Ankunftszeit des Fluges durch. »Du darfst uns gerne abholen. Aber bis dahin musst du noch etwas für uns erledigen.«

»Was immer du willst! Schieß los!«

»Benachrichtige Inspektor Cotta.«

»Die Polizei? Aber ... aber ... du weißt schon!« Kaum hörbar raunte sie: »Der CIA!«

»Ich weiß. Aber deshalb sollst du auch nicht nur den Inspektor anrufen, sondern auch die Presse.«

»Du meinst Bobs Vater?«

Justus lächelte. »Nein, den besser nicht. Aber dafür alle anderen Journalisten.«

»Was meinst du damit?«

»Ruf alle Zeitungen, alle Radio- und alle Fernsehsender an, die du kennst. Sag ihnen, dass sie exklusiv etwas über den größten Politskandal der letzten Jahre erfahren werden, wenn sie rechtzeitig am Flughafen von Los Angeles sind. Überzeug sie davon, dass es wirklich wichtig ist, okay? Ich will, dass es am Terminal nur so von Presse wimmelt! Du bist ein Naturtalent im Telefonieren, Jelena, du machst das schon. Ach ja, und noch was: Falls ein größeres Militäraufgebot dort irgendwo herumlungern sollte – wunder dich nicht. Die uniformierten Burschen werden ganz schnell verschwinden, sobald sie die Kameras sehen.«

Bob war der Erste, der den Terminal verließ. Er war noch nicht ganz aus der Tür getreten, da raste schon Jelena auf ihn zu. Ohne Rücksicht auf die anderen Passagiere preschte sie mit dem Rollstuhl durch die Menge und legte keinen halben Meter vor dem Dritten Detektiv eine rasante Vollbremsung hin. Sie strahlte und streckte die Arme aus. »Wenn ich könnte, würde ich dir um den Hals fallen!«

Bob nahm sie in die Arme – und erntete einen so dicken Schmatzer, dass ihm die Schamesröte ins Gesicht stieg.

Justus, der hinter ihm war, sah diskret zur Seite – und traute seinen Augen nicht. Kamerateams, Reporter, Presse überall. Jelena hatte ganze Arbeit geleistet. Er blickte sich um. Keine Uniformen. Vielleicht war es den Soldaten auf Makatao noch irgendwie gelungen, ihre Befehlshaber zu verständigen. Und vielleicht hatten diese dafür gesorgt, dass die Flüchtenden in Los Angeles entsprechend empfangen würden. Aber wenn dem so gewesen war, hatte jemand rechtzeitig die Notbremse gezogen. Drei Jugendliche, die von der Militärpolizei festgenommen werden – das hätte vor den Augen der versammelten Presse mehr Aufsehen erregt, als den Verantwortlichen lieb sein konnte.

Ein Mann in Uniform war jedoch erschienen. Und er sah nicht gerade erfreut aus. Inspektor Cotta stürmte auf sie zu. »Justus Jonas! Was geht hier vor? Was hat das alles zu bedeuten? Was haben die ganzen Reporter hier zu suchen?

Dafür seid ihr doch verantwortlich! Wo seid ihr da schon wieder reingeraten? Diesmal habt ihr es wirklich zu weit getrieben!«

»Guten Tag, Inspektor«, sagte Peter freundlich. »Ich gebe Ihnen absolut recht. Wir haben es zu weit getrieben.«

»Aber wie so oft konnten wir gar nichts dafür«, fügte Bob hinzu. »Es ist einfach so passiert.«

Cotta war nicht zu Scherzen aufgelegt. Er sah sie finster an. »Ich will ein paar Antworten! Sofort!«

»Die bekommen Sie«, versprach Justus. »Jetzt gleich. Bevor unser Publikum, das noch gar nicht weiß, warum es überhaupt hier ist, gelangweilt abhaut.« Er kletterte auf eine Bank, um sich einen Überblick zu verschaffen, und rief: »Ich danke Ihnen, dass Sie alle gekommen sind.« Die ersten Blitzlichter flammten auf. »Kommen Sie näher! Hier bekommen Sie Ihre Story!«

»Justus Jonas!«, rief Cotta. »Ich warne dich! Das ist kein Witz mehr!«

»Nein, Inspektor. Es ist leider auch keiner.«

Die Journalisten traten neugierig auf sie zu. Innerhalb weniger Augenblicke hatte sich eine dichte Traube um sie gebildet. Mikrofone wurden hochgereckt und Kameras ausgerichtet. Justus blickte über die Menge hinweg. Sechs völlig unauffällig wirkende Menschen bewegten sich langsam aus dem Gedränge hinaus auf den Flughafenausgang zu. Niemand außer Justus achtete auf sie.

Kurz bevor sie außer Sichtweite waren, drehten sich alle noch einmal um. Dr. Svenson, die einen stützenden Arm um Anne gelegt hatte, hob kurz die Hand und lächelte. Dann gingen sie.

Zwei Wochen später saßen die drei ??? und Jelena vor der Zentrale auf dem Schrottplatz in der prallen Nachmittagssonne und genossen die Ruhe um sich herum.

Ruhe. Die hatten sie seit ihrer Rückkehr nicht mehr gehabt. Und auch jetzt war es nur ein kleines Zwischenspiel. Erst waren es die Journalisten gewesen, die Justus' Geschichte innerhalb eines Tages überprüft hatten und danach auf Details brannten. Sie wollten alles wissen. Immer und immer und immer wieder. Bis schließlich Inspektor Cotta sie aus der Belagerung befreit hatte. Doch die Verhöre der Polizei waren auch nicht angenehmer gewesen. Die war weniger an wortreichen Ausschmückungen ihrer Geschichte interessiert als an Fakten. Besonders die Flucht der fünf Mitglieder von Sphinx und noch dazu der einzigen weiteren Zeugin des Vorfalls machte den drei ??? zu schaffen. Doch was konnten sie dafür, dass sich Dr. Svenson, Juan, Mr Schwartz, Albert und Professor Phoenix klammheimlich aus dem Staub gemacht hatten? Dafür konnte man sie schließlich nicht verantwortlich machen.

In den nächsten Tagen standen ihnen weitere Verhöre bevor. Diesmal vor dem Untersuchungsausschuss, der gebildet worden war, um den unerhörten Anschuldigungen, die sie gegen die Regierung der Vereinigten Staaten vorgebracht hatten, nachzugehen.

»Sie werden nichts vertuschen können«, war Justus überzeugt. »Inzwischen waren schon Dutzende von Journalistenteams auf Makatao und haben die Insel auf den Kopf gestellt. Habt ihr schon einen Blick in die Los Angeles Post von heute geworfen?«

»Natürlich«, antwortete Bob. »Ein Riesenfoto von unseren Steinsärgen mit dem explosiven Inhalt.«

»Ich hoffe nur, die Journalisten sind vorsichtig und gehen alle gleich nach ihrem Besuch auf Makatao zum Arzt«, sagte Justus.

»Zum Arzt?«, fragte Jelena. »Wieso denn das?«

»Hast du es denn noch nicht gehört?«, wunderte sich Justus. »Man hat jetzt endlich herausgefunden, was es mit dem Fluch der Toteninsel auf sich hat. Die Todesfälle von damals und damit auch Annes rätselhafte Krankheit sind aufgeklärt worden.«

»Nein, das ist mir neu. Erzähl!«

»Aspergillus flavus.«

»Wie bitte?«

»Sein neues Lieblingswort«, lästerte Peter. »Er sagt es hundertmal am Tag. Aspergillus flavus. Aspergillus flavus. Aspergillus flavus.«

Justus ignorierte ihn und fuhr fort: »Ein Schimmelpilz. Er war dafür verantwortlich, dass so viele Menschen gestorben sind.«

»Ein Pilz? Wie denn das?«

»Er hatte sich in den Gräbern entwickelt. Die langsam verwesenden Körper und die Substanzen, die zu ihrer Konservierung benutzt worden waren, boten den idealen Nährboden für diesen Pilz. Als die Grabhöhle gefunden und die Särge geöffnet wurden, drang der Pilz nach draußen. Das Gemeine an diesem Burschen ist, dass er das Immunsystem der Menschen schwächt, die mit ihm in Berührung kommen. Er greift die für Krankheiten anfälligen Organe äußerst aggressiv an, was ohne ärztliche Behandlung innerhalb weniger Tage oder Wochen zum Tod führen kann. Daher gab es bei den Männern damals die verschiedensten Todesursachen – die einen hatten einen Leberschaden, die anderen Nierenversagen und so weiter. Der Pilz hat sich inzwischen in der ganzen unteren Ebene der Grabanlage ausgebreitet. Und dort war Anne ja gefangen. Sie war wohl besonders anfällig für die Infektion. Aber wie ich erfahren habe, ist sie inzwischen aus dem Krankenhaus entlassen worden.«

»Ach du meine Güte!«, rief Jelena. »Und was ist mit euch? Ihr wart doch auch da unten! Ihr seid dieser tödlichen Spur gefolgt!«

»Alles schon abgecheckt«, beruhigte Bob sie. »Wir haben eine Spritze bekommen, die das Immunsystem stärkt, keine Sorge.«

»Das gleiche Schicksal wie die Männer auf Makatao ereilte übrigens im Jahre 1922 die Entdecker des Pharaonengrabes von Tutenchamun in Ägypten«, sagte Justus. »Auch damals war von einem Fluch die Rede, aber Jahrzehnte später stellte sich heraus, dass es sich um Aspergillus flavus handelte.«

»Der kleine Schurke«, grinste Peter.

»Das ist echt Wahnsinn«, sagte Jelena. Nicht zum ersten Mal in den vergangenen Tagen. »Ihr habt eine Riesensache aufgedeckt. Erst die Atomtests, jetzt die Todesfälle ... Ihr seid Helden!«

»Helden?« Peter lachte bitter auf. »Davon merke ich nichts. Alle hassen uns. Cotta zum Beispiel. Er wird es uns nie verzeihen, dass wir ihm Phoenix und Co. nicht ausgeliefert haben.«

»Ach was, darüber ist er längst hinweg«, meinte Bob. »Sphinx ist doch angesichts der Atomgeschichte nur noch ein kleiner Fisch. In Wirklichkeit ist er stolz auf uns. Aber das wird er natürlich niemals zugeben.«

»Ich bleibe dabei: Er ist stinksauer. Und nicht nur er. Am schlimmsten ist es mit meinen Eltern. Seit zwei Wochen muss ich mir täglich Predigten anhören. Sie würden mir sofort Hausarrest erteilen, wenn sie könnten. Aber ich muss ja jeden Tag zur Polizei oder sonst wohin und Aussagen machen. Dass meine Mutter mich heute hierhergelassen hat, ist ein echtes Wunder. Inzwischen kriegt sie die Krise, wenn sie den Namen Justus Jonas nur hört.«

»Das ist ja wohl die Höhe!«, empörte sich Justus. »Als ob ich an allem schuld wäre! Mir geht es doch nicht anders! Tante Mathilda ist auf euch beide auch nicht besonders gut zu sprechen.«

»Bei mir sieht es ähnlich aus«, sagte Bob. »Am liebsten würden meine Eltern mir den Umgang mit euch sofort verbieten.«

»Dabei ist doch allen klar, wer hier der Schuldige ist«, bemerkte Jelena.

Peter nickte grimmig. »Skinny Norris.«

»Der gute Skinny hat sich erst mal aus dem Staub gemacht«, sagte Justus. »Er sei im Urlaub, sagen seine Eltern. Aber irgendwann muss er ja zurückkommen. Und wenn das alles hier vorbei ist und die Wogen sich geglättet haben – dann nehmen wir ihn uns vor.«

»Auf jeden Fall«, stimmte Peter zu. »Aber meinst du, dass sich die Wogen jemals glätten werden?«

»Das müssen sie!«, sagte Justus energisch. »Sonst wäre das das Ende der drei ???.«

»Und das wäre wirklich schade«, meinte Jelena. »Gerade jetzt.« Sie grinste geheimnisvoll. »Gerade jetzt, wo ich euch doch ein so schönes Geschenk mitgebracht habe.«

Bob horchte auf. »Ein Geschenk? Davon weiß ich ja gar nichts.«

»Du musst ja auch nicht alles wissen, Süßer.« Sie kramte in ihrer Tasche herum und holte einen kleinen Stapel Pappkarten heraus. »Damit Justus sich nie wieder über altmodische Visitenkarten beschweren muss. Bitte sehr!«